講談社文庫

試験に出ない

ＱＥＤ異聞

高田崇史短編集

高田崇史

JN041507

講談社

目次

試験に出ないＱＥＤ異聞

高田崇史短編集

ＱＥＤ〜ｏｒｔｕｓ〜―鬼神の社―

1

藤沢鬼王神社巫女の、春江友里は、境内で行われる豆まきの準備に追われていた。

今年の立春は明日の二月四日なので、今日が節分になる。

もともと節分というのは、季節の移り変わる時のことだから、立春・立夏・立秋・立冬の前日、つまり年に四回ある。しかし現代では、節分というと立春の前日のイメージだけが定着してしまっている――と、この神社の宮司、金村幸彦から聞いた。

そして節分の日には、すっかり国民的な行事になっている「豆まき」が行われる。家庭では、父親などが鬼の仮面を被って、小さな子供に豆を投げつけられて追い払われる微笑ましい光景が見られるが、これは遥か千三百年ほども昔、宮中で行われていた「追儺」と呼ばれる、疫病などを祓う儀式がもとになっているらしい。いつしかそれが、一般庶民の間にも鬼を祓う行事として定着したのだという。

宮司からその話を聞いた時、友里は素直に驚いてしまった。

大きく形を変えているとはいえ、それほど昔から続いている行事だったとは！

また、追い払われる「鬼」は、疫病や天災でもあるのだが、桃太郎たちが退治した、暴虐を尽くした悪党たちでもある。それらをまとめて打ち払ってしまおうという儀式が、現代の「豆まき」という行事へと変遷してきた。つまり我々日本人は、それほど「鬼」を恐れ、嫌悪してきたわけだ。もちろん、鬼に好意を抱いている人間に、友里は今まで会ったことがなかったが……。

友里は後ほど自分たちが神楽を舞う本殿前のスペースを歩きながら最終確認をしていた。この神社の狭い境内には、神楽殿はない。そのために、この社殿の中、本殿前で神楽を舞う予定になっていた。

足元から、しんしんと冷える。

社殿の外——境内では、神職や氏子や地元の町内会の人々が、あわただしく立ち働いている。そんな喧噪をよそに、物音一つしない本殿前を、白衣と緋袴姿の友里は歩く。

突然、ガタリ、という音が聞こえた。

本殿の中からだ。

何かが倒れたのだろうか。

友里は足を止めて、正面の扉を見る。

この本殿の造りは少し変わっていて、正面中央には、太い柱が立っている。その柱を真ん中にして、向かって左側は蔀、そして右側に御扉があり、普段はここから宮司たちが出入りしている。例大祭の時などは蔀が開放されて、そちらからも出入りができるが、今日は蔀の上半分だけが開いていた。友里は、御扉に続く五段の階を登ると、縁の上を左に移動して蔀の隙間から本殿を覗く。

すると、本殿中央に立てられている最も太い大黒柱、磐根御柱の陰に、チラリと白い物が動いた。だが、御柱の右側は板仕切りが壁まで続いており、御神座のある向こう側を窺うことはできない。

その板仕切りの向こうに、誰かがいる？

今の時間、この場所に神職たちはいないはずだ。浅黄色の袴姿の神職たちや、白袴を穿いた手伝いの学生たちは文字通り、境内中を走り回っていた。

とすれば誰だ。まさか勝手に昇殿した人間がいるのか――。

友里の心臓が、ドクンと大きく脈打った。

誰かを呼ぼうか！　いや、もしかすると単なる見間違いという可能性もある。

友里は、音を立てないように縁を移動して御扉をスルリと開け、本殿の中に入った。普段は神職しか入れないが、こういった祭礼の時だけは友里たちも昇殿を許される。だがそれも、必ず宮司や禰宜の許可が必要になる。しかし、今は緊急時だと判断して、友里は本殿内下段の床を、板仕切りに沿って磐根御柱まで進んだ時、柱の陰から、茶色い鬼の顔がぬっと現れた。

心臓が大きく跳ねて息が止まりそうになる。

膝がガクガクと震えてその場に立ち竦み、声も上げられず目を大きく見開くと、鬼と目が合った――ような気がした。

しかもその鬼は、友里に向かって白い手をゆらりと伸ばしてきたではないか。

「ああっ」

ようやく声が出た。

友里は尻餅をつきそうになりながら大慌てで、もと来た御扉へと走ろうとした。しかし、膝が笑ってしまってうまく走れない。それでも、前につんのめるようにして本殿から脱け出そうとした。

急いで誰かを！

焦った友里は大きくよろけると、階を踏み外してそのまま転げ落ち――気を失ってしまった。

2

大学に入って初めての後期試験が終了した日、棚旗奈々は、同期生の中島晴美から

「一緒に帰ろうよ」と声をかけられた。

晴美は、鎌倉の雪ノ下女学院からの気が合う友人で、こうしてまた去年の春、明邦大学に揃って合格した。但し、学部は別々。理系が得意だった奈々は薬学部薬剤学科で、読書家の晴美は文学部国文学科だった。

学部名だけを見れば、接点がないように見えるが、奈々の実家は北鎌倉で、晴美の実家は藤沢なので家も近く、授業終了の時間さえ合えば、待ち合わせて一緒に帰っていた。

「あれ？」晴美が尋ねる。「奈々、眼鏡替えたの？」

「う、うん……」

奈々は、少し恥ずかしそうに頷いた。

「ちょっと、ね」

奈々の家は、ごく普通のサラリーマン家庭なのに、いつも「お嬢様」などと勘違いされて、しかも「真面目な優等生」だなどと思われることが多かった。全然違うのに――。

それが嫌でたまらなかった奈々は、その誤解は、自分のかけている地味な黒いフレームの眼鏡のせいだろうと決めつけた。そこで、半ば八つ当たりのようにして、眼鏡を新調したのだ。少しでも優しそうな普通の女性に見えるように、明るいブラウンのセルフレームの、柔らかいオーバル型の眼鏡。

似合うかどうかは分からなかったが、眼鏡店の女性店主に強く勧められて、ついその言葉に乗ってしまった。なので、まだちょっと恥ずかしい……。

それでも「似合うよー」と言う晴美のお世辞を耳に、奈々は二人で電車に揺られながら、試験の話や将来のことなどを、とりとめなく話していた。

すると、急に晴美が、

「そうだ、奈々。これから用事がなければ、家の方まで来ない？」

と言う。何かあるのと尋ねる奈々に晴美は、

「今日、二月三日で節分じゃない」と答えた。「地元の先輩が年男でね。神職を務めている神社で豆を撒くから、よかったら遊びに来ないかって誘われてるの」

そして「ちょっと、イケメン」と笑う。

「そう……」神社仏閣や、そういった行事に興味はなかったが、奈々は一応尋ねた。

「何ていう神社？」

「藤沢鬼王神社よ。鬼の王」

「……鬼王」

初めて聞く名前だった。

いや、そもそも奈々は、神社仏閣には初詣に出かけるくらいで、全く詳しくない。

おそらく、神社とお寺の区別もきちんとついていない。鳥居が建っている方が神社で、それ以外がお寺……？

　でも、名前も忘れてしまったが、昔行ったことのあるお寺では、確か大きな鳥居も建っていたような記憶がある。そして、参拝した時に柏手(かしわで)を打ったら、周囲の人たちから変な目で見られるという経験もしたことがある。日本の風習は、面倒臭いと思いながら、

「ちょっと恐(こわ)そうな名前ね」

　と言う奈々に、

「私も」晴美は笑った。「年に何回かお参りするくらいで、良く知らないんだけど、かなり由緒正しい神社らしいよ。ねえ、一緒に行こうよ」

「え、ええ……」

　奈々は、ほんの少し考える。時間は早いし、おそらく両親も家にいないだろう。もちろん妹の沙織(さおり)は、まだ学校だ。

「分かった」と奈々は、マフラーを巻き直しながら頷いた。「いいよ。つき合う」

「良かった」その言葉に晴美は、ホッと胸を撫(な)で下(お)ろした。

「本当のことを言うと私も、豆まきなんかに一人で行ってもなあ、って思ってたの。子供じゃないんだし。かといって、わざわざイケメンの先輩が声をかけてくれたの

に、あっさり断るのもなんだったから。でも、奈々と一緒なら嬉しいし、撒かれた福豆も確実にゲットできそう」

その点に関しては全く自信がなかったが、奈々もニッコリ微笑んだ。

しかし、いつもこうやって晴美のペースに巻き込まれてしまう。実際、去年の暮れにも晴美が所属している「オカルト同好会」なる非常に怪しげなサークルに入会してしまった。もしも晴美に連れて行かれなかったら、そんな同好会室には近づきもしなかったろう。

「オカルト同好会」は、奈々を入れても十七名と少人数。そして、禍々しい名称のわりには、怪しげな黒魔術も、人造魔神も、薔薇十字団も関係なく、とてもアットホームな雰囲気の会だった。

もっとも、そんな会だから晴美も奈々を誘ったのだと思う。晴美は信頼できるし、こうして自分一人では決して行かないような場所にも足を運ぶことができる——。

奈々は寄り道して、藤沢まで行くことに決めた。


藤沢鬼王神社は、規模や境内の広さは鎌倉の鶴岡八幡宮とは到底比較にならないが、坂ノ下の御霊神社よりは、少しだけ広いかも知れない……などと、知っている場所だけで比較していると、

「あれっ」

突然、晴美が声を上げた。

そして、豆まきの準備でごった返している狭い境内の隅をじっと見つめる。誰か地元の知り合いでも見つけたのかと思ったが、

「もしかして」晴美は、不思議そうな目で奈々を見た。「あそこ。境内の隅にボーッと立って煙草を吸っている男の人、タタルさんじゃない？」

えっ、と奈々も驚いてその方向に目をやった。

間違いない。ヒョロリと高い身長と、色白の顔にボサボサの髪を風になびかせながら、片手をコートのポケットに突っ込んでいるのは、桑原崇――薬学部の一年上の先輩だ。そして例の「オカルト同好会」の先輩でもある。

といっても崇は、奈々たちが同好会室に顔を出しても殆ど会わなかったし、珍しく部屋にいるなと思えば、大抵は昼寝していたから、余り口をきいたことはない。

四ヵ月前に、奈々は原宿駅前でどこかの宗教団体の勧誘員の男につかまってしまった。その時たまたま通りかかった崇が、その男に向かって観音菩薩に関する怪しげな講釈を延々と披露し始めた結果、たじたじとなった男は逃げるように立ち去り、奈々は助かった――。

その時にお礼を言ったくらいで、あとは廊下ですれ違った時、普通に挨拶をする程

度。去年の十二月に同好会に入会した時も、崇は部屋にいたのだが、一言二言言葉を交わしただけで、すぐに鼾をかいて寝てしまった。だから、未だに一、二回しか口をきいたこともない。

ちなみに、この「タタル」というアダ名は、同好会入会書に書いた「崇」という文字を、当時の会長が「祟る？」と読んだことからきているらしい。それ以降、みんなから「くわばら・タタル」と呼ばれているのだという。

「何をしてるんだろう」晴美が奈々を見る。「ちょっと行ってみようよ」

「え……」いつもの無愛想な崇の顔を思い出して、奈々はためらう。「いいんじゃない。放っておけば」

「でも、誰とも一緒じゃないみたいだし。まさか、一人でここの豆まきを見に来たとか？」

「……きっとそうよ」

気のない返事をする奈々に、

「そんなこと言わないで」晴美は言うと、手を引っぱった。「折角だから、挨拶だけでも」

二人は、人混みを掻き分けるようにして崇に近づいた。

「タタルさん！」

晴美の声に、崇はチラリと二人を見ると、

「ああ、きみたちか」一瞬驚いたようだったが、すぐにまた普段の顔に戻って尋ねてきた。「何故ここに？」

それは、こちらが訊きたい質問だったが、晴美が手短に説明した。その話を崇は、殆ど聞き流すかのように煙草を吸っていた。

「それで」晴美は尋ねた。「タタルさんは、どうして？」

「豆まきを見に来た」

「でも、確かお家は、東京でしたよね」

「浅草だ」

それなら！　と晴美は目を丸くする。

「今日、浅草寺で、大々的に豆まきをやるんじゃなかったですか。芸能人や歌舞伎役者や相撲取りが集まるって、テレビのニュースでもやってましたよ。それなのに、そっちへは行かないで、ここに？」

「豆まきのかけ声を聞きに来た」

「かけ声？」

「もちろん、由緒書きも入手したが」

と言ってパンフレットと小冊子を見せる。

そういえば崇の趣味は、寺社巡りと墓参りだといっていたから、この神社に関しても詳しいのか。ふと思って、奈々は尋ねる。

「かけ声が、どうかしたんですか？」

すると崇は、奈々と晴美の顔をじっと見つめた。

「もしかして、きみたちは何も知らないでこの場所にいるのか」

「知らないって……何を知らない？」

「ここでは、豆まきの際に『鬼は内』と言うんだ」

「ああ！」と晴美が、ポンと手を打った。「そうでした。今まで忘れていましたけど、地元ではちょっと変わってると言われていて」

「…………」

無言のまま煙草をスタンドの灰皿に放り投げる崇を見て、

「そうなんですね」奈々は微笑んだ。「私は、この神社に初めて来たので全く何も知らなかったんですけど、確かに『鬼は内』なんて珍しいですね」

そんなことはない、と崇は口を開いた。

「奈良の元興寺、天河大辯財天社、金峯山寺蔵王堂。東京・新宿の稲荷鬼王神社。神奈川の千蔵寺などでは、どこもが『鬼は内』と声をかけるし、地方に行けば、地域全体で、そんなかけ声をかける場所もある。また、千葉の成田山新勝寺では『福は内』

のみだ」

「そう……なんですね」

　としか、奈々は言いようがない。

　というよりも、どうしてこの男はこんなことに詳しいのだ？　奈々の先輩、つまり理系の薬学部の人間ではないのか。実に怪しすぎる。

　すると、晴美が尋ねた。

「でも、何故なんですか？」

「何故とは」

「節分の豆まきは、鬼を追い払う行事なのに、どうして『鬼は内』？」

「むしろ俺は『鬼は外』というかけ声の方が信じ難い。だが、時代が下って、今言ったようにいくつかの寺社で『鬼は内』とかけ声をかけてくれるようになり、少しだけ心が安らかになった」

「は……？」

「わが国では、遥か遠い昔から『福』は『鬼』がもたらしてくれるものと決まっている。それなのに豆まきでは、持ってきた『福』をそこに置いておまえは出て行けと言える、その非人道的な態度に共感できない」

　福は、鬼がもたらしてくれる？

この男は、何を言っているのだろう。

それとも、奈々の聞き違いだったのか。

首を傾(かし)げる奈々の横から、

「何でですか！」晴美が叫ぶ。「相手は鬼ですよ。悪者」

すると、

「そもそも、豆まきのルーツは」と崇は言う。

「文武(もんむ)天皇の慶雲(けいうん)三年（七〇六）に初めて行われた、大晦日(おおみそか)の夜、鬼に扮(ふん)した舎人(とねり)たちを追い回すという年中行事の一つだった。その際には、大舎人長が黄金四つ目の仮面を被り、黒衣朱裳(しゅしょう)を着し、手には矛と盾を持った方相氏(ほうそうし)となって鬼を祓った。『この年、天下諸国に疫疾(えやみ)あり。百姓(おおみたから)多く死す』と『続日本紀(しょくにほんぎ)』にある。つまりこの行事は、多くの人民が命を落としてしまった原因を作ったであろう鬼たちを追い払う、という目的で行われた儀式が嚆矢(こうし)とされている」

ポカンとする奈々の横で、

「ほら」と晴美は言う。「やっぱり、正しいじゃないですか」

「きみは」と崇は晴美を見る。「文系だから、当然『蜻蛉日記(かげろうにっき)』を読んだことがあるだろう」

「も、もちろん、あります」一瞬キョトンとした晴美は答える。「藤原道綱母(ふじわらのみちつなのはは)の、二十年余りにわたる自叙伝的な日記です」

「そこに、何と書かれていた？」

「……豆まきに関する記述なんて、ありましたっけ？」

「豆まきじゃない。鬼遣(おにや)らいだ」

「ええと……」

顔をしかめて首を捻(ひね)る晴美を見て、崇は言った。

「そこには『鬼やらひ来(き)ぬる』と言って『儺(な)やらふ』というかけ声をかけた、とある。これが現在の『鬼は外』に当たるわけだ」

「じゃあ、やっぱり『鬼は外』で正しい——」

「ところが、この『儺』が問題だ。詳しくは家に帰って、漢和辞典などで調べてもらえば良いんだが、簡単に言うと『立派な人』という意味なんだ」

「立派な人って！　鬼がですか」

そうだ、と崇は頷いた。

「しかもその鬼はといえば、今こうして準備しているように、たかだか人間——子供が投げつける豆粒如(ごと)きで、この二月の寒空の下をパンツ一丁という姿で追い払われてしまう。そんな、弱々しい生き物なんだ」

確かに、そう言われれば——。

虚を突かれた奈々は尋ねる。

「ということは……鬼というのは、対症療法で治癒できてしまう程度の『病』ということだったんですか？」

「全く違うね」崇は奈々を見る。「きみは、何も分かっていない」

だって！　と奈々は訴える。

「今、桑原さんは、疫疾って――」

「『鬼』という文字の成り立ちとしては『人の遺体が風化した物』であり、また『由』は鬼の頭を象っているといわれてる。そして『オニ』という読みは、隠れ住まう『穏忍』、あるいは『隠』からだという」

「あ、あの――」

問いかける奈々の言葉を遮って、

「平安時代」崇は更に続けた。「一説では、日本の人口は約五百万人だったといわれている。そして、その中で貴族は千五百人程度。更にその中でも、殿上人と呼ばれた従五位下以上の貴族は、わずか五十人程度ではなかったかともいわれている。つまり日本の人口のわずか〇・〇〇一パーセントの人間たちだけが、いわゆる『人』だったことになる」

「え……」

「そうなると当然、その他の人間たちは『人でなし』――鬼や、物の怪と呼ばれた」

「つまり、鬼は」奈々は、目を大きく開いた。「疫病や天災のことではなくて、普通に生きていた人たち……？」

「きみの家は、貴族の末裔かな」

その問いに、無言のまま首を横に振った奈々を見ると、

「じゃあ」と崇は笑う。「俺と同じ、鬼の子孫だ」

「ということは、桃太郎に退治された、あの鬼たちが私たちの先祖だというんですか！」

「もちろんそうだ」崇は当たり前という顔で頷いた。「桃太郎だけじゃない。源頼光の謀略にはまって斬殺された時に『鬼神に横道なきものを』――つまり、鬼は人間のお前たちと違って卑怯な振る舞いはしないぞ、と叫んだ大江山の酒呑童子もそうだ。正当な理由もなく襲われて、全ての財宝を持ち去られてしまった、可哀想な鬼たちだ」

「は……」

「桃太郎に関して言えば、あの時鬼ケ島に付き従った『犬・猿・雉』は『鬼の方角である艮の反対側の動物たち』という説が一般的だが、方位盤を見れば一目瞭然なように、『艮――丑・寅』の反対は『坤――未・申』で、全く『戌・申・酉』ではな

い。ゆえに、ここには違う何かが騙られていると考えるのが正しいだろうな。それらによって、俺たちの先祖である鬼たちは、退治されてしまった」

崇はまるで独り言のように、わけの分からない話をする。

眉根を寄せて呆然としている奈々の横から、

「そんな！」と晴美が異を唱えた。「そうなると、鬼の子孫の私たちが豆まきをして、鬼を追い払っていることになるじゃないですか。おかしいです」

「私たち、どころじゃない」

「え？」

「能や歌舞伎を始めとする芸能は全て、当時の朝廷から貶められていた人々を始祖としている。いわゆる『河原者』と呼ばれた出雲の阿国は言うまでもなく、かの世阿弥でさえそうだ。また、勇猛な鬼だった野見宿禰は、垂仁天皇七年七月七日に奈良に呼び出され、もう一方の鬼・当麻蹶速と戦って勝利した。これが、相撲の始まりだ。つまり、芸能人や相撲取りのルーツを辿ってみれば、彼らも立派な鬼の子孫ということになる」

「でも！」晴美が再び声を上げた。「さっきも言いましたけど、今日さまざまな寺社では、そういう人たちが率先して豆を撒くんですよ。おかしいじゃないですかっ」

詰め寄る晴美を見ながら、

「だから最初に言ったろう」と崇は苦笑する。「我々が『鬼は外』とかけ声をかけるのは、信じ難いと」

あっ。

そういうことか。

奈々は、何となく納得したが――。

ただ、うまく丸め込まれているだけなのか。

でも、確かに「鬼」が、崇の言ったような人々だったとすると、実は「立派な人」なのだという説明は理解できる。但し、どうしてその人たちの子孫が、自分の先祖に向かって豆を投げつけているのかは不明だったが――。

奈々が思わず考え込んでしまった時、境内が急に騒がしくなった。

浅黄色の袴姿の神職や、緋袴に白衣姿の巫女たちが、本殿の周りを走り回っている。豆まきの準備にしては、慌ただしすぎる。

何かトラブルでも起こったのだろうか。

晴美も、やはりそう感じたようで、

「どうしたんだろう」と心配そうな顔で眺めていたが、「私ちょっと、様子を見てくる。奈々は、タタルさんとここで待っていて！」

「え。晴美っ」

引き留めようとする奈々の声を無視して、晴美は本殿に向かって走って行ってしまい、奈々は崇と二人、境内の隅に残されてしまった。

3

晴美の後ろ姿を呆然と見送った奈々は、崇の白い横顔をそうっと眺めた。

この変わり者の先輩と二人きりになっても、話題がない。薬学の話をしても取ってつけたようで、この場の雰囲気にそぐわない。かといって、二月の北風にさらされながら無言のまま二人並んで立っているのも変ではないか。

そこで奈々は、もじもじしながら、どうでも良い質問をした。

「く、桑原さんのお住まいは、浅草なんですか」

「ああ」崇は答えた。「ずっと、東京の下町だ」

「あ、浅草は良い所ですよね。私も浅草寺に行ったことがあります」

「鎌倉後期の史書の『吾妻鏡』に『牛のごときの者忽然として出現し、寺に奔走す』と書かれている寺だな。その後、食堂に居合わせた僧五十人のうち、七人が即死し、二十四人が立ち上がることのできないほどの病に冒されたと綴られている」

「え……」

「その浅草寺のすぐ側の、浅草神社や、今戸神社は行ったか」

「そ、そちらは、まだ……」

「牛嶋神社や、三囲神社や、待乳山聖天は？」

「い、いいえ、全く」奈々は、どぎまぎして俯きながら首を横に振った。「私、神社とかお寺は余り行かないので――。でも」

と言って崇を見る。

「今の桑原さんのお話を聞いて、少し興味が湧きました。本当です。『鬼は内』なんてかけ声をかける寺社が、そんなにあったなんて全く知らなかったですし。もちろん、ここもそうだなんて」

「ここの神社も」崇は、パンフレットに目を落とす。「鬼を祀っているからな」

「鬼を？」

「鬼、という言い方がおかしければ、怨霊だ」

「怨霊！」

ここは、そんなモノを祀っているのか。

奈々は思わず崇に近づくと、そのパンフレットを覗き込んで祭神の名前を目で探す。するとそこには、

大物主神（おおものぬしのかみ）
宇迦之御魂神（うかのみたま）

と書かれているだけだった。

奈々は、これらの神が果たして鬼なのか怨霊なのか全く知らなかった。なので、食い入るように説明書きを読んでみたが、どこにもそんなことは書かれていなかった。

創建年代不詳。そして、神徳は「縁結び」「安産・子育て」で、地元の人々からは長年にわたり篤（あつ）く信仰されている――などとあるだけだった。

結局、良く分からない。

そう思って顔を上げた時、自分の髪が崇の顔に触れそうなほど近づいていることに気づいた奈々は、

「す、すみません！」

大声で謝ると、あわてて離れる。

恥ずかしい。いつもそうなのだ。ちょっと考え事をしてしまうと、全く周りが見えなくなってしまう悪い癖（くせ）。

奈々の顔を崇は、じっと見つめていた。

きっと、変な女だと思われたに違いない。

それともやはり、新しい眼鏡が似合わなすぎるのか。あの女性店主のお世辞に乗らないで、やっぱりもう少し地味な色にしておけば良かったんじゃないか——。

奈々が、赤くなった顔を口元までマフラーに埋めながら眼鏡をかけ直していると、

「きみの家は」顔をまじまじと見つめながら、崇が尋ねてきた。「こちら方面なのか」

「は、はい」奈々は、ひきつった笑みを浮かべながら答える。「北鎌倉です」

すると崇は、奈々の右頰（みぎほお）のえくぼを眺め、更に尋ねてきた。

「たとえば小さい頃、横浜へはよく行ったかな？　たとえば、山下（やました）公園とか」

「えっ」突然の質問に、奈々は言葉に詰まったが、「は、はい」と答えた。「小さい頃から、両親に連れられて、しょっちゅう……」

「ひょっとすると、きみに妹は？」

「ひ、一人います」奈々は面食らう。「四歳年下の。でも、それが何か……。もしかして、横浜で沙織（さおり）に会われたんですか？　性格は正反対なんですけど、外見は姉妹で良く似てるって言われるので」

「いいや」と崇は首を振る。「名前も、初めて耳にした」

そして、奈々から視線を外すと口を閉ざしてしまった。やはり、間違いなく変な先輩……と再確認していると、

「まあ、それは良いとして」

崇は、今の会話が存在しなかったかのような顔でパンフレットを開くと、奈々に見せた。

「ここの神社の本殿内の造りは、実に面白い。島根の出雲大社とほぼ同じなんだ。おそらく、大社を参考にしたものと思える」

と言われても、奈々は出雲大社に行ったことがない。それに、行ったとしても、本殿の奥を覗けるのだろうか？

考え込む奈々の前で、崇は淡々と続けた。

「つまりここは、完全に鬼を祀っている神社の形式に則っている」

「鬼を祀る……？」

「鬼や怨霊を祀っている神社仏閣には、同じような特徴が備わっているんだ」

鬼を祀る、という言葉自体が初耳だ。

奈々は尋ねる。

「それは何ですか？」

「全てが百パーセントきちんと統一されているわけではないし、長い年月のうちに少しずつ変化してしまったものもあるが——」と前置きして、崇は答えた。「まず、一番大きな特徴として『参道が曲がっている』」

「参道が？」

奈々は思わず振り返ってしまったが、この神社の参道は真っ直ぐだった。というより、ほんの数十メートルで、それほど長くはない。

奈々を見て崇は、

「おそらく、この神社の参道も折れ曲がっていたはずだ。しかし、色々な事情の中で、変化してしまったんだろう。奈良の大神神社のようにね」

と言う。

「でも……それは何故なんですか？」

「怨霊は、真っ直ぐにしか進めないという迷信があったからだ」

「一直線にしか？」

「考えとしては、沖縄の『石敢当』と同じだ」

ああ。

確かに、沖縄に遊びに行った時、道路の突き当たりや門などに「石敢当」と刻まれた石碑が建てられていた。そしてそこに、一直線に走って来た鬼がぶつかると聞いたけれど――。

「最も有名な所では」と崇は続ける。「大怨霊の菅原道真が祀られている、九州の太宰府天満宮だ。ここの参道は、分度器で測ったように直角に折れている。その他は、伊勢神宮、出雲大社、諏訪大社、今の大神神社、明治神宮などなどだ。もちろんこれは神社だけではなく、寺院も同じだ。吉野の金峯山寺とかね」

それらの神社が、どんな鬼や怨霊を祀っているのか全く分からない奈々はポカンとしていたが、崇は全く気にすることもなく続ける。

「次の特徴は『川を渡る』。これは、彼岸と此岸、あの世とこの世を分けるためだ」

「彼岸というのは……あの『お彼岸』ですよね」

「そうだ。生と死の境だ。つまり、あなた方はあくまでもあの世にいるんですよ、私たちのいるこの世とは、この川を以て隔てられているんですよという念押しだ。これはやはり、太宰府天満宮や日吉大社もそうだし、熊野本宮大社などは、当初は熊野川と音無川と岩田川の合流する中州に建っていた。あと、古地図で見れば出雲大社も、名古屋の熱田神宮もそうだ」

「はあ……」

「次に『最後の鳥居をくぐれない』」

「鳥居をくぐれないって、そんな神社が、あるんですか！」

「最も有名なのが大神神社と、やはり奈良、元伊勢と呼ばれている檜原神社だ。両社とも三輪鳥居といって、大きな明神鳥居の両脇に小さな脇鳥居が組み合わされているんだが、通常は柱と貫で作られている空間が塞がれて通行止めになっていて、参拝者は最後の鳥居をくぐることができない」

「え……」

「更に大神神社に関して言えば」崇は煙草を取りだして火を点けた。「御神体といわれる三輪山の頂上を、拝殿から拝むことができない」

「というと……」

「方角が違っているんだ」

「そんな」奈々は笑ってしまった。「まさか、拝殿を建てる時に、向きを間違えたとか？」

「何度も建て直しているんだから、当然それなりの理由があるんだろうな」

崇は、真顔で続ける。

「御神体を正面から拝めないといえば、京都、上賀茂神社や下鴨神社もそうだ。また、広島の厳島神社や、やはり京都の鞍馬寺などは、拝むことはできるものの、神仏の出入り口を塞ぐように、本殿の正面に大きな石灯籠が建てられている。そして」

と崇は、騒がしい本殿を見やった。

「ここの神社と同じ造りになっている出雲大社では、大国主命がそっぽを向いている。だから俺は出雲大社に行った時は、本殿西側まで回って拝んでいる」

その話は……奈々も、どこかで聞いたことがあった。何かのテレビ番組だったか。

大国主命は、西を向いて鎮座されているので、拝殿からでは命の左側の横顔しか拝めなくなってしまったのだという——。

そんな話をすると、崇は苦笑した。

「それなら最初から西側——大国主命の正面に、拝殿を造れば良いだけの話だ」

そう言い切られてしまえば……確かにそうだ。

「では、何故？」

もちろん、と崇は答える。

「意図的にだろうな。今言ったような神社同様、御神体を正面から拝ませないようにしている」

「どうしてですか！」

奈々が詰め寄った時、遠くから救急車のサイレン音が響いてきた。ハッ、と見回したが、間違いない。こちらに近づいてきている。そしてそれに伴って、境内も更に騒がしくなる。

何が起こっているのだろうと思って、本殿を眺めたが、晴美はまだ戻って来る気配がない。奈々が、どうしようかと迷っていると、

「そもそも」と崇が口を開いた。「鬼や怨霊を祀っている神社は——」

「あっ、あの！」さすがに奈々は話を遮る。「救急車が、こちらに近づいてきているようなんですけれど！」

「きっと……何かトラブルでもあったんだろう」

崇は何事もないように、辺りを睥睨した。

すると、

「すみませんでした！」

大声を上げながら、晴美が息を切らして走り寄って来た。

「本殿で、トラブルがあったみたいで」

「一体、何があったの？」

勢い込んで尋ねる奈々に、晴美は青い顔のまま答える。

「春江さんという巫女さんが、本殿前の五段の階を転げ落ちちゃって、脳震盪を起こしたらしいの。意識は戻ってるみたいだけど、一応念のために病院へ行った方が良いだろうって、それで今、救急車が」

「巫女さんたちも、準備で大変だったんでしょうからね」

奈々が同情するように言ったが、

「そうじゃないの」と晴美は首を振った。「それが、違うのよ」

「どうしたの？」

「本殿の中に、鬼がいたって。中で物音がしたから、様子を見に入ったら、鬼と鉢合わせしちゃったらしいの」

「鬼！」

うん、と晴美は青い顔で頷いた。

「でも、いくら節分だからっていって、まさかそんなモノが本当に出るわけないから、きっと誰かが鬼のお面を被っていたんだろうって」

「でも、どうして？」

「こんな時に本殿の中に入り込んで悪戯する人間もいないしね。だから、泥棒じゃないかって」

硬い表情で告げる晴美に向かって、崇が真顔で言った。

「もしかすると、本物の鬼だった可能性もある」

「は？」

「ここの神社の祭神は『鬼』だから」

奈々は呆れて崇の顔を見た。

この緊急時に、つまらない冗談を言うなんて！

奈々は崇の言葉を無視して、晴美に尋ねた。

「そのお面って、豆まきとかで使うような物？」

「そんな、玩具みたいな物じゃなくって、もっとしっかりした物だったって」

「それで、何を盗まれたの？」

「まだ、詳しくは分からないみたい。今、宮司さんや禰宜さんたちが、神像などの御神体や神宝その他を、細かくチェックしてる。でもきっと、巫女さんと鉢合わせになったから、犯人は何も盗らずに逃げた可能性もあるって」

「じゃあ、その巫女さんは、犯人の顔を見たのね！」

「うん。でも」と晴美は肩を落とした。「鬼のお面の顔だけ」

「顔は見えなかったにしても、服装とかは分かったんでしょう」

「板仕切りの端から顔を出したところに出くわしたから、鬼の顔と白い手が見えただけらしいよ」

「白い手？」

「多分、白い手袋を嵌めていたんじゃないかって、みんな言ってた。指紋を残さないように」

「ということは、かなり計画的だったのね」

と言って、奈々と晴美は頷き合ったが、
崇が突然、ボソリと言った。

「理由は謎だが、相手も咄嗟のことで急いでいたんだろう」

「えっ」晴美は崇を見る。「急いでいたって？」

「もしも、この犯行が計画的になされていたとしたら、こんな祭礼の日を実行日に選ぶわけもない。また、どうしても今日しか実行することができなかったとしたところで、わざわざこんな、人出の多い時間帯は避けるはずだ。参拝客も多いし、地元の交通整理係の人たちもいるし、当然、神職たちも全員が来ているはずだ」

それはそうだ、と奈々は納得する。

だからこそ、実際にこうやって巫女に目撃されてしまったのだから……。

しかし。

今、崇は変なことを言わなかったか。

〝どうしても今日しか実行することができなかった〟——。

ということは、この祭礼の時にしか来られない人間ということ？

そんな人間も、いないか。神社は、いつでも開いているのだから。

だが、本殿は開放されないのかも知れない。きっと普段は、しっかりと鍵が掛かっているとか……。

となると犯人は、それらのことを全て知っていた人物ということになる。

それは誰だ？

奈々がそんなことを考えていると、

「巫女が、本殿に上がれるのか？」

崇が尋ね、晴美が答える。

「普段はダメみたいだし、もちろんいつでも勝手にというわけじゃないけれど、こういった祭礼の時だけは許可されるんですって。それに今回は、緊急事態だと思ったからって」

すると崇はパンフレットを広げると、本殿の図を指差して確認した。

「その巫女は、こちらの正面の御扉から中を覗いたということか」

「そうみたいです。そして、下段に上がった」

晴美も、パンフレットを見ながら頷いた。

「だが」と崇は言う。「中に入ったところで、正面は板仕切りだから、左手に回らないと上段奥を覗けない。すると、そこに犯人が顔を出したというわけだな」

「そのようです」晴美はコクリと首を折る。「この太い柱の陰から突然鬼の顔が、わーっ、て出た」

目を大きく見開いて顔の左右に両手を広げた晴美を見て、奈々は一瞬本気で驚いてしまったが。

「その時に」と崇は冷静に尋ねた。「白い手も見えたんだな。犯人は自分の顔を隠すために、鬼の面を持っていた」

「はい。そう思います」

しかし、と崇は軽く首を捻った。

「どうして犯人は、その後すぐに逃げ出さなかったんだ」

「えっ」と晴美は答える。「だって、本殿の唯一の出口の前に、その巫女さんがいたんですから」

「それは……」

「突き飛ばせば良いじゃないか」

言葉に詰まった晴美の前で、崇は続けた。

「それも嫌だというなら、左側の蔀を突き破ればいい。おそらく、その時は閉じられていたとしても、蔀戸ならば、おそらく上下で二枚になっているはずだ。ひょっとしたら、上部は軽く開いていたかも知れない」

「そう……ですね」

「今回は、たまたま巫女が階を転げ落ちて一瞬でも気を失ったから良かったものの、そうでなければ人を呼ばれて、完全に内部に閉じ込められてしまう」

これも、確かにそうだ。

ということは、犯人には巫女を突き飛ばせなかった別の理由でもあったのだろうか。しかし、そんな理由があるのか？

そんなことを思っていると、

〔本殿平面図〕

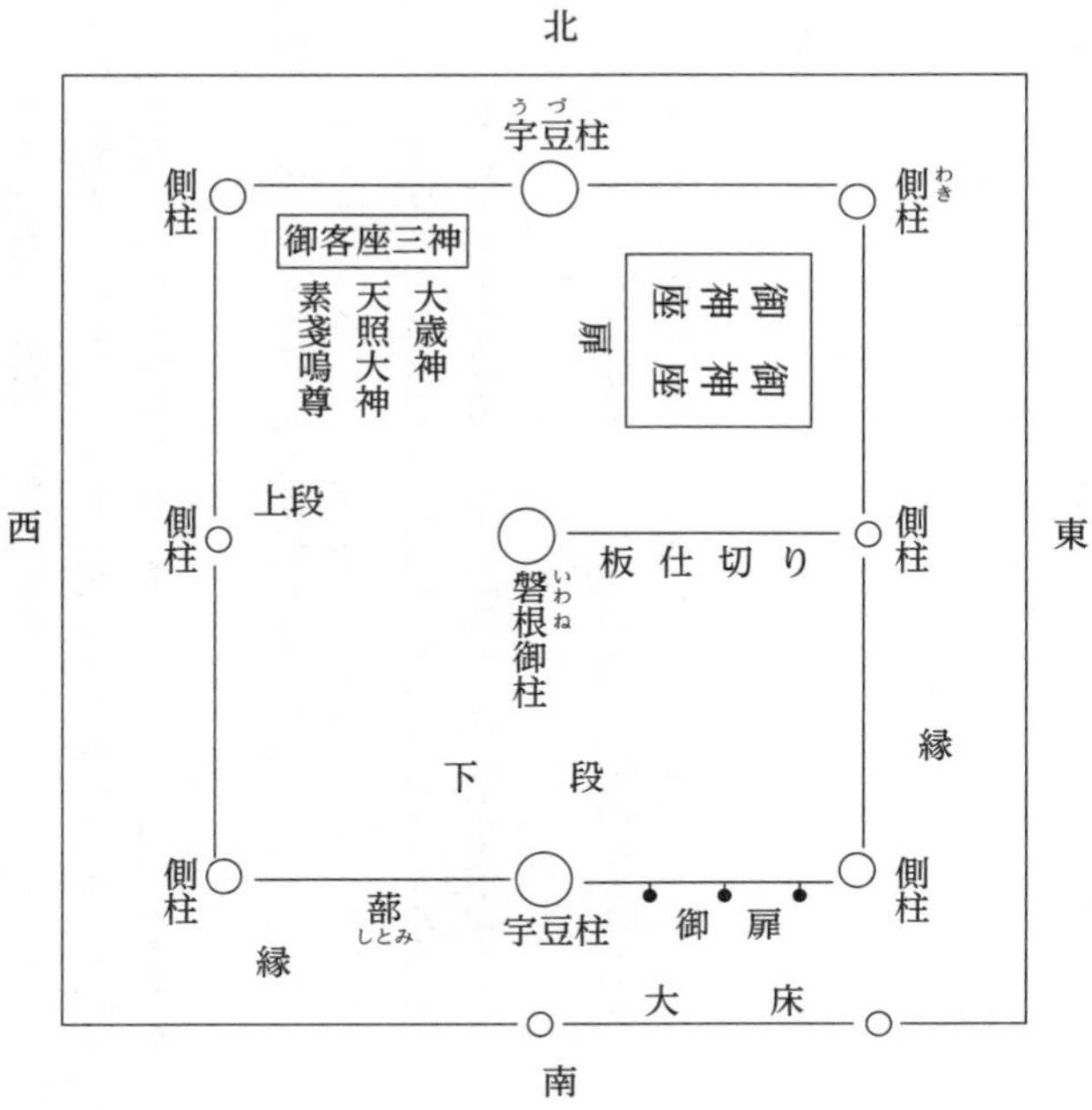
北
西
東
南
宇豆柱
側柱
御客座三神
大歳神
天照大神
素戔嗚尊
扉
御神座
御神座
上段
板仕切り
磐根御柱
下段
縁
蔀
御扉
大床

「あっ」と晴美が声を上げた。「健吾（けんご）さんだ」

人混みの中に、白い狩衣（かりぎぬ）に浅黄色の袴姿の男性が数人見える。その中の一人が、今年二十四歳の、橋本（はしもと）健吾という男性らしい。確かに、晴美の好みそうなイケメンだった。

「ちょっとまた詳しく聞いてくる」晴美が嬉しそうに奈々に言った。「どっちにしても豆まきは、中止にはならないにしても遅れるでしょうから、もう少しここで待ってて。タタルさんも、時間があれば、奈々に付き合ってあげてください」

「い、いえ」奈々はあわてて手をひらひらと振る。「私は大丈夫」

しかし崇は、

「まだ話の途中だから」と言って煙草に火を点けた。「その続きでも」

「そうですか」晴美は二人に背を向けた。「じゃあ、よろしく！」

4

そう言って、またしても晴美が走り去ってしまうと、崇はプカリと煙を吐（は）きながら、再びパンフレットの本殿図に視線を落とした。

眼鏡をかけ直しながら、その図を覗き込み、

「この様式が、出雲大社の本殿と殆ど同じ造りなんですね」

と頷く奈々に、

「きみは」と崇が尋ねてきた。「出雲大社や、大国主命に関しては？」

その問いに肩を竦めながら「あんまり……」と首を傾げた奈々に向かって、

「じゃあ、ごく簡単に説明しておこう」と言って崇は口を開いた。

「出雲大社の主祭神は、さっきも言ったように、大怨霊の大国主命だ。大国主命は知っての通り、天孫降臨の際に自分の統治していた国を奪われた。しかも二人の子供たちのうち、一人の事代主神は入水自殺。もう一人の建御名方神は、両腕を引きちぎられて国を追われ、長野・諏訪大社に幽閉されてしまった。そしてその後、当人の大国主命も殺害されるという、日本史上に名を残す大怨霊だ」

それは凄い。

奈々は、因幡の白兎の話くらいしか知らなかったが、この話が本当なら、確かに大怨霊になってもおかしくはない。

「だからこそ朝廷は」崇は続ける。「出雲国の端の端、海や河川に囲まれた場所に、天を衝くような高い足場を造って、その上に神殿を建てて大国主命を祀った。しかも神殿の前には、彼を閉じ込めるために、太さ約三メートル、長さ約八メートル、重さ約一・五トンともいわれる、日本一巨大な注連縄を飾りつけた」

奈々は、またしてもわけの分からない知識を披露する崇の顔を、唖然として眺める。

こんなことに詳しい薬学生なんて、初めて見た。いや。それ以前に、こういった薬学系では何の役にも立ちそうにない話を、どうして覚えているのだ？

奈々の思いを、全く気にもかけないように、

「ゆえに」と崇は、パンフレットを見せた。「大国主命は、こうやって念には念を入れて、しっかりと本殿の奥に閉じ込められている。座敷牢みたいなものだな」

「座敷牢って……」

「もし御神座から脱け出そうとしても、目の前では父神たちが見張っている。たとえ、そこを何とか通り抜けたとしても、左に九十度、もう一度左に九十度、そして最後に右に九十度と、逆『コ』の字を描くように何度も折れ曲がらなくてはならないから、本殿からは決して出られない。さっきも言ったように、怨霊は真っ直ぐにしか進めないからね」

「ということは――。ここの神社の祭神の大物主神と宇迦之御魂神も、それほどまでに人々から恐れられていたというわけですね。念には念を入れて塞いでいる」

「そうだ。ただ、この男女神に関しては大変な話になってしまうから、何か機会があれば説明する」

はい、と奈々はパンフレットに目を落とす。

大変な話は、また日を改めてもらおう。というより、何かの機会も何も、いつまた崇に会えるのかは不定だったが。

「でも」と奈々は微笑む。「この神々は男女神だし、御利益（ごりやく）も『縁結び。安産・子育て』なんですから、きっと仲良く暮らした幸せな夫婦神だったんでしょうね」

すると崇は、

「全く逆だ」

と言って、煙草を灰皿に放り込んだ。

「えっ」奈々は、思わず崇の顔を覗き込む。「逆って？」

「神々は、自分の身に降りかかった不条理な災厄、あるいは自分たちが受けた悲劇を、我々から取り除いていてくれようとするんだ。それが、神徳だ」

そんな話は、初めて聞いた。そんなことは今まで一度も耳にしたことはなかった。

というより、神々が受けた悲劇？

そんなものがあるのか。

唖然とする奈々を軽く見返すと、崇は再び口を開いた。

「これも、全て百パーセントそうだというわけじゃないし、時代が下るにつれて、さまざまな神徳がつけ加えられたりもしているからね。しかし、基本はそうだ」

「そう……なんですね」

「もちろん、素直にその祭神の徳を称えている神社もある」

「天神さまですね」

奈々は即答した。

さすがにそれくらいは知っている。去年、大学入試に備えて晴美と一緒に、「日本三天神」の一つといわれている、鎌倉の荏柄天神社にお参りした。そしてその後、小町通りのお洒落な店でランチをして帰った。

「菅原道真は、学業がとても優秀だったと聞きましたから」

「天満宮に関しては」崇は、ほんの少し顔を曇らせた。「あらゆる点で非常に複雑だから、また別の機会があった時にしよう」

「……はい」

単純そうな話も良く知らないのに、これで複雑になってしまったら、とても話について行かれそうもない。そう思って素直に頷いた奈々に、

「たとえば」と崇は言った。「家族を離散させられてしまったり、土地や国を無理矢理奪われてしまった神は『家内安全』『国土安穏』という神徳を持つことになる。菅原道真の北野天満宮や、楠木正成の湊川神社。そして豊臣秀吉を祀っている豊国神社などだ。道真に関して言えば、今きみが言ったように『学問成就』という神徳がある

が、この点に関しても、道真が『学問を最後まで成就できなかった』からとも考えられる」

「なるほど……」

大きく頷く奈々に、崇は続ける。

「あと、若くして亡くなってしまった神は『延命長寿』。その原因が病気であれば『健康長寿』。事故や怪我（けが）や争いの結果であれば『航海安全』『交通安全』や『災難除（よ）け』なども加わってくる。こちらもやはり、天満宮が有名だな。あとは、国土を奪われてしまった神々が祀られている神社もそうだ。たとえば、きみの神奈川県ならば、寒川（さむかわ）神社などがそうだろう」

「そう……なんですね」

「また、財産を不当に奪われてしまった神は『商売繁盛』『金運上昇』の神徳を持っている。代表的なのは、秦（はた）氏の奉斎している、稲荷社や八幡宮（はちまんぐう）だ。彼ら一族は、問答無用で殆どの財産を朝廷に強奪されてしまった」

「でも、そうすると……ここの神社の神徳は」奈々は眼鏡をかけ直して、パンフレットを覗き込む。「縁結び、安産、子育てですから、もしかして――縁を裂かれた？」

その通り、と崇は真剣な顔で頷いた。

「夫婦、あるいは恋人との縁を切り裂かれた。その結果、子孫を残すことができず、あるいは子供も小さいうちに殺されてしまった」

「そんな！」

思わず声を上げてしまった奈々に、崇は静かに言った。

「非常に初期の信仰として、陰陽――つまり、男根や女陰を祀っている神社が、数多くある」

「は……」

その言葉に目をパチクリさせる奈々を、気にも留めずに崇は続けた。

「そういった神社は、子宝・安産などを神徳としているが、それ以外で縁結びや安産を謳っている神社は、みな不幸な神々を祀っていると考えて間違いない」

「そ、そう……なんですね」

「事実、縁結びを神徳として掲げている最たる神社は、出雲大社と伊勢神宮だ。国を奪われ、子供たちを殺されてしまった大国主命と、そして、夫婦の仲を裂かれた天照大神を祀っている」

大国主命の話は聞いたけれど、

「天照大神が？」

更にキョトンとする奈々を放って、崇は続けた。

「その他に有名なところでは、やはり稲荷だ。財産を全て奪われた後に、子孫を離散させられたことは、歴史上の事実だ。また少し変わったところでは、遊女たちを多く祀っている寺院などは『縁結び』に『恋愛成就』も加わる場合が多い。あとは、京都の野宮(ののみや)神社も有名だな」

「そこは誰を？」

「主祭神は、やはり天照大神なんだが、それよりここはもともと、伊勢神宮の斎宮(いつきのみや)となられる方たちが身を清めた場所だった。つまり、これより先は、恋愛とも子育てとも縁がなくなる女性たちがいらっしゃった神社だ」

「ああ……」

ということで、と崇は軽く嘆息して言った。

「ここ『鬼王神社』の主祭神である、大物主神と宇迦之御魂神も、そういう目に遭っている神々だ」

そういうことか。

だから「鬼」になったのかも知れない――。

心の中で呟(つぶや)いた奈々の前で、崇は言った。

「俺たちが神様に願い事をすることは一向に構わないし、もちろん神々も、俺たちの願い事を叶(かな)えてあげようと思ってくれている。しかし、だからこそ俺たちは、どうして神々がそう思ってくれるのか、ということに思いを馳(は)せなくてはならない。つまり俺たちには、そんな神々の悲しい過去を思いやる義務があるんじゃないか」

そう言って煙草に火を点けた祟の言葉に、奈々はまたしても虚を突かれた。

神様のことを思いやる義務——？

今まで一度もそんなことを考えたことがない。

全く知らなかったし、気にもしていなかったから、そういった思考回路すら持っていない。神様の前に立ったら、ただ自分の願い事を祈れば良いのだとばかり思っていた。しかし、今までの祟の話が真実だとしたなら——。

奈々は急に恥ずかしくなって、祟から視線を逸らせると眼鏡をかけ直すフリをしながら俯いた。

この神社の神様に関しても、一体どんな悲しい歴史を持っているのかは知らない。それも後から調べてみよう。調べて分かるものなのかどうかも、分からない。でも、少なくともこの二柱の神は、きっと、奈々の想像を超えるような辛い過去を持っているのだ。

そして、そんなことも知らない自分は……。

やっぱり「優等生」なんかじゃない。ただの子供だ。

奈々は再びマフラーに顔を埋めながら、心の中で思った。

5

やがて晴美が、先ほどの神職――橋本健吾と一緒に奈々たちのもとへ走り寄って来た。そこでお互いに簡単な自己紹介をすると、健吾はペコリと頭を下げた。

「晴美さんから聞きました。折角いらしていただいたのに、申し訳ありません、こんなことになってしまって」

「とんでもないです」と奈々は首を振る。「私たちより、そちらの方が大変でしょう。何か盗難に遭われたとか」

「金村宮司の話では、何もなくなっていないようです」

「じゃあ、その犯人はあわてて何も盗らずに逃げ出したというわけですね。取りあえずは、良かったたです。巫女さんのお怪我は？」

「ショックか軽い脳震盪だったようで、すぐに意識も回復して、今は病院に」

「不幸中の幸いでしたね」

「最初」と晴美が苦笑する。「巫女さんが『鬼が、鬼が……』といううわごとを呟いていたというから、健吾さんたちも驚いたんですって」

「ええ」と健吾は頷いた。「春江さんが階を転げ落ちた音だったんでしょうが、本殿から大きな音がしまして、何事かとぼくらが駆けつけると、階の下に彼女が俯せに倒れていて……。本当に驚きました。それで、やはり駆けつけて来た高岡禰宜が、すぐに金村宮司を呼びに行くようにおっしゃって、それからずっとバタバタでした」

「それにしても」と奈々が言う。「犯人は、最初から鬼のお面を用意していたんですね。節分の日ですから、持って歩いていても不審がられはしないでしょうけど」

いや、と健吾は奈々の言葉に首を振った。

「その鬼の面なんですが、どうやらここの神宝——室町時代から伝わっている品だったようです」

「えっ」

「もしやと思った宮司が御神座内の台座下の引き出しを開けて見たら、鬼の面がいつもと違う位置に置かれていた。そこで、面を春江さんに見せて確認したところ、まさにその顔だったと」

「ではお面は、犯人が前もって用意していたのではなくて、その場にあった物を咄嗟につかんだ」

「というより犯人は、その面を盗みに入った可能性もあるのではないかと、宮司もおっしゃっていました。でも、春江さんに発見されそうになって、大急ぎで逃げ出したんだろうと」

「御神座に、鍵は掛かっていなかったんですか？」

「普段は掛かっていて、宮司しか持っていないんですけど、祭礼の日は朝からずっと扉が開かれていますから」

「そうだったんですね……」

納得しながら頷く奈々の横で、
何故、と崇が呟くように言った。

「犯人はそのまま盗み去らなかったんだろう」

「えっ」と健吾は崇を見た。「ですから、自分の姿を春江さんに発見されて――」

「その巫女さんは」と崇は尋ねる。「犯人に突き飛ばされたわけではなく、ご自分で階を転げ落ちたと言われましたが」

「本人も、そう言ってました」

「たとえ突き飛ばされたにしても、自分で転げ落ちたにしても、その時、犯人の目の前から人目が消えたわけだ。それなら、充分に盗み去る余裕があった。というより、すでにその神宝――面を手にしていたんだから」

「きっと……」晴美が言った。「実は、犯人はそのお面が目的じゃなくて、他の物を盗もうと思っていたのかも」

「他にも神宝が？」

崇の問いに、

「はい」と健吾は答えた。「ぼくは委細を承知していないんですが、あと何点か保管されていたようです。古い短刀とか、それこそ、もちろん神像とか」

やっぱり、と晴美は崇に言う。

「犯人は、巫女さんに目撃されそうになって、思わず近くにあったお面を被った」

「どちらにしても、すぐに巫女さんは気を失ってしまった。充分に時間はある」

「それは無理です」と奈々が言った。「巫女さんが階を転げ落ちる大きな音がして、すぐに健吾さんたちが走って来たんですから。よく逃げられたなというくらいのタイミングじゃないですか」

「なるほど……」崇は、微笑みながら頷いた。「面白い」

面白い？

盗難未遂事件が？

何という不謹慎な男だろう。

先ほど抱いた、少しだけ良い人かも知れないというイメージが吹き飛んだが、

「でも」と晴美が言った。「音は響いたけど、まさか巫女さんが失神しているとは思わなかったから、犯人はすぐに逃げ出したんでしょう」

「警察へは？」

「今、宮司や禰宜、それと地元の町会長が相談してる。でも、もう少しきちんと確認してからの方が良いのではないかと」

「どうして？」

うん、と健吾は顔を曇らせた。

「本殿の内部からは、怪しい足跡が見つからないみたいなんだ」

「えっ」

「たとえ犯人が、靴跡を残さないように靴を脱いで上がったとしても、何らかの足跡は残るはずだろう。でも、床に残っている足跡は、ごく普通にぼくらが穿いている足袋のような物ばかりでね――」

「じゃあ！」と晴美がその意味を察して叫ぶ。「まさか、ここの神社の神職の誰か？それとも巫女さんとか」

「いや……それは、信じられないし、考えたくもないけど……」

それで、できるだけ警察を入れたくないというわけか。

納得する奈々の隣で、

「確かに」と崇が言った。「この混雑だから、本殿にこっそり侵入するのは簡単だったろう。だが、すぐに健吾さんたちが駆けつけたわけだから、逃走は難しい」

「それでも」晴美が頬を膨らませた。「あっという間に逃げられちゃった」

「一つお訊きしたいんですが」崇は、晴美の言葉を全く無視するように健吾を見た。「その鬼の面は、能面のようにつけることはできないんでしょうね」

「一応、面紐はついていますが、どちらにしても一人でつけるのはちょっと難しいでしょう」

「それで犯人は、その面を手袋をはめた手で持ち、磐根御柱の陰から覗いたというわけですね」

「しかし」と健吾は眉根を寄せた。「春江さんの話によれば、その犯人は面の下にも、白いマスクのようなものをつけていた気がすると……」

「どういうことですか？」晴美が健吾を見る。「マスクをしていたのに、更にその上に鬼のお面を被ったというんですか！　念には念をいれたとか？」

「分からないね」健吾は顔を曇らせた。「でも普通に考えても、市販のマスクだけだったら、目から上は見えてしまうわけだし。春江さんが見れば誰だか分かるような人間だったんじゃないかと……」

そうなると、やはり内部関係者の犯行の可能性が高くなる。確かにこれでは、警察の介入を避けたくなるのも理解できる。

でも、と晴美が異議を唱えた。

「そうしたら、最初からマスクで顔を隠す意味ないじゃん」

「……だよね」

と頷いて健吾が苦笑いすると、

「こちらの神社は」崇が唐突に尋ねた。「神職さんや巫女さんは、何人ほどいらっしゃるんですか」

「ええ」と健吾は答える。「金村宮司と、高岡禰宜、そして宮司の息子さんの貴博さんと、ぼくですが、今日はその他に、見習いの方や学生さんも数名、お手伝いに来ていただいています。巫女は、春江さんと草間さんという女性二人で、あとはアルバイトでやはり数名」

「みなさん、非常に仲が良い？」

はい、と健吾は首肯する。

「貴博くんとぼくは、年齢が近いこともあって、友だちのような関係ですし。高岡禰宜もとても良い方で、彼やぼくのことを自分の子供のように可愛がってくれています。ただ、金村宮司は貴博くんが一人っ子ということもあるようで、かなり厳しく指導していらっしゃるようですけど」

それは仕方ないだろう、と奈々は思った。神社の跡継ぎとして、しっかり勉強して欲しいと思うのは、親としても当然だ。

「宮司さんの息子さんの神職身分は、当然まだ三級ですね」

「は、はい」

と健吾は答えたが、奈々は何が「当然」なのかは分からない。しかし崇は、

「なるほど」と大きく頷いた。「そういうことか」

「何が、なるほどなんですか？」

不審そうな顔で見つめる健吾に向かって、崇は言った。

「この件は、その高岡禰宜さんにお訊きになられると良いでしょうね」

えっ、と全員で崇を見た。

「高岡禰宜に？　またどうしてですか」

「その方が、全てご存知だと思うからです」

「でも」と健吾は苦笑する。「まさか禰宜が、神宝を盗み出そうとするなんて考えられません」

「そうよ！」と晴美も叫んだ。「一度だけお目にかかったことありますけど、とっても穏(おだ)やかで良い人だったですよ。そんな人が、神宝を盗むなんて」

「俺は、そんなことは一言も口にしていない」

「だって今――」

「禰宜さんが全て知っているんじゃないか、と言ったんだ」

「やっぱり、盗んだっていうことですか？」

「すぐそこにご本人がいらっしゃるというのに、俺が説明するというのも変だ」

「また、そんなことを言って！　ちゃんと説明してくださいっ」

食ってかかる晴美に向かって、

「とにかく」と崇は言った。「今回の事件は、ここで警察が入ると面倒なことになると思います。ちなみに俺は個人的に、犯罪性はとても低いのではないかと考えています。だから、大事（おおごと）になる前に決着させてしまった方がいい」

「それならばなおさら、きちんと説明してくださいよっ」

「そうかな……」

と言って晴美を見る崇に奈々は、

「私も、そう思います」と言った。「この状況では、健吾さんも高岡禰宜さんに、何をどう尋ねれば良いのか分からないでしょうから」

その言葉に大きく頷いた健吾を、そして奈々たちを見て、

「つまり」崇は肩を竦めた。「逆ではないかな」

「逆というと？」

訝（いぶか）しげに問いかける健吾に、崇は答えた。

「おそらく禰宜さんは、その神宝の面を返しに来られたんでしょう」

「何だって」

「何故ならば、犯人はその面を、とても大切に扱われていたと思えるからです。というのも――」

「マスクか！」健吾は叫んだ。「そして、白い手袋もだ」

その言葉に首を傾げる奈々と晴美の横で、

「そういうことです」と崇は頷く。「息が掛からないように和紙製のマスクをかけ、指が直接触れないように、きちんと手袋を嵌めて扱った」

「例大祭の時と同じだ！」健吾は目を見開いた。「神像を遷し奉る際には、宮司と禰宜がそうやっている」

「そもそも」と崇がつけ加える。「盗み出そうとするのに、軍手ではなく白い手袋を嵌めるのもおかしいが、それはまだ良いとしても、白いマスクはかけないでしょう。顔を隠したければ、もっと便利な物がある。この季節であれば、ニットの目出し帽とか。つまり『犯人』は、鬼の面を盗み出そうとしたわけではない」

「で、でも！」健吾は問いかける。「確かにあの時、禰宜はぼくらと一緒にいらっしゃいました。でも、もしも禰宜が犯人だったとしたら、それこそ春江さんを突き飛ばしてでも逃げてしまえば良かったんじゃないんですか」

「顔見知りの巫女さんだったから」晴美が言う。「乱暴なことをするのが可哀想だったとか」

「それもあるだろうが……」

崇は煙草を取りだして火を点けた。

「禰宜さんは、板仕切りの外側に出られなかったんだよ」

「どうして？」

もちろん、と崇は煙を吐く。

「袴を穿いていたから」

「神職さんだけでなく、手伝いの学生さんたちも、全員穿いていますよ。すぐに紛れ込める――」

しかし、

「あっ」と健吾は目を見開いた。「そういうことだったのか……」

「何がそういうことなんですか？」

尋ねる晴美に「うん」と言って健吾は説明する。

「袴の色が違うんだ」

「え？」

うん、と健吾は説明する。

「ぼくらや貴博くんや、今日も手伝いに来てくれている神職の袴の色は浅黄色や白と決まってる。でも、神職一級の宮司の袴の色は紫に藤の紋入り。二級の禰宜の袴の色は紫、という規定がある。そしてこれは、日本全国共通なんだ」

「そう……なんですね」

「春江さんを突き飛ばして逃げて、その時に浅黄色の袴や巫女の緋袴をチラリと見られたとしても、犯人の特定はできない。でも、宮司と禰宜は問答無用、一発で分かってしまう。一人ずつ問い詰めるまでもなく」

「つまり、犯人は宮司さんか禰宜さんの、どちらかというわけ！」

いや、と崇があっさり否定する。

「この場合、宮司さんの可能性はない」

「どうして？」

「最初に言ったように、その人物はこ、の、日、で、な、い、と実行に移せなかった。たとえ昇殿できたとしても、御神座には鍵が掛かっている。しかし、御神座の鍵を持っている宮司さんなら、いつでも可能だ」

「ああ」

それに、と崇はつけ加えた。

「宮司さんならば、神宝を手にしていても何の不思議もない。確認していたんだと答えればすむ」

「確かに……」

「ゆえに犯人は、その場にいても何の不自然さもなく、神職や巫女さんと同じように足袋の足跡しか残さない。しかも、神宝を非常に丁寧に扱っているが、御神座の鍵を持っていない。しかし今日、その扉が開けられることを知っていた。そして、顔を見られなくても、その袴の色で簡単に特定されてしまう人物」

それは！　と健吾は息を呑むと、

「……高岡禰宜」

脱力したように静かに答えた。

その前でプカリと煙を吐いた崇を眺めて、奈々は心の中で呟く。

〝これで証明終（Q.E.D.）わり――〟

「し、しかし！」健吾は、崇に詰め寄る。「どうして高岡禰宜が、そんなことを」

「分かりません」崇はあっさりと答えると、煙草を灰皿に放り込んだ。「だから、ご本人にお訊きくださいと言ったんです。早くしないと、やはり警察に通報しようという話にもなりかねない」

「す、すぐにそうします。ありがとう！」

そう言うと健吾は、境内の玉砂利を蹴って走って行く。その後ろを、

「私も行きます！」晴美が追いかけた。「奈々、ちょっと待っていてね」

「う、うん」

奈々は頷きながら、崇を見たが、

「今日の豆まきは、かなり遅れそうだな」崇はポケットに手を突っ込むと、鳥居に向かって歩きだした。「じゃあ、また」

「帰られるんですか！」

いや、と崇は振り向きもせずに答えた。

「もう一ヵ所、寄ってみたい神社があるから」

神社――節分の豆まきのハシゴ？

「ちょ、ちょっと待ってください」奈々は、あわてて問いかける。「桑原さんは、何故その禰宜さんがそんなことをしたんだと思いますか？」

「さあね」崇は立ち止まって、奈々を振り返った。「想像なら、いくらでもできるが、今言ったように、本人がいるんだから直接尋ねればいい。でも『鬼神に横道なし』だ。禰宜さんは、間違ったことをしていないとは思う。何度も言うが、神宝をあれほど丁寧に取り扱っていたんだしね」

そう言い残すと、崇は軽く手を挙げて境内を後にした。

6

数週間後――。

藤沢鬼王神社の盗難未遂事件は、やはり高岡禰宜が関与していたと晴美から聞いた。祟の言った通り、神宝の鬼の面を、こっそり御神座に戻そうとしたということだった。

では、なぜそんなことをしたのかといえば、宮司の息子の貴博が絡んでいたのだという。彼が宮司のもとから鍵をこっそり持ち出して、鬼の面を盗み出したのだった。

本当の動機は分からない。

というより、他人の心中を推し量るなどという行為は不可能だ。奈々自身だって、往々にして自分の心が分からなくなることもあるのだから。

しかし、取りあえずの動機としては、宮司の厳しい教育指導に嫌気が差したからなのだという。節分を控えて、直前に鬼の面が消失したとなると、宮司の責任問題にも発展する。そうして父親である宮司を困らせて、おろおろする姿を見たかったのだろうと、健吾も言っていた。まだ子供なのだ、と。

実際に貴博も、その面を壊してしまおうとか、どこかに売りさばいてしまおうということは考えていなかったようだったから、それが真実なのかも知れない。

「こんなに閉塞している家はもう、うんざりだったんだ！」

と貴博は訴えたらしい。

確かに、一人っ子の貴博にしてみれば、生まれた時点からほぼ人生が決められてしまい、ただ敷かれたレールの上を走るだけ。端から見れば楽に思えるが、本人の内心はどうなのか。しかも、今まで親に向かって反抗したりすることもなかったというから、かなり自分を抑圧していたのだろう。ところがここにきて、その鬱屈した心に限界が来てしまったというわけか。

とにかく貴博は、こっそりと鍵を手に入れて、鬼の面を盗み出した。最初は、いい気味だと思っていたらしい。しかし、その面を独りで眺めているうちに、やはりこれは、まずいことをしてしまったと思い始めたらしい。この心変わりに関して健吾は「神宝の力じゃないか」と言っていたらしいが、奈々には何とも分からない。

だが、とにかく貴博は、神宝が紛失したことが発覚した後の騒ぎにようやく思いが至り、酷く後悔し始めた。かといって、もう一度宮司の手元の鍵を盗みに行く勇気はない。節分までの発覚を恐れて、盗み出した後の御神座に鍵を掛けてしまったことも、非常に悔やんだという。

そこで——いつも優しく接してくれている高岡禰宜に、全てを告白して相談した。

最初は禰宜も驚愕したが、貴博の心中を慮って、

「私が代わりに、こっそり戻しておきましょう」

と言ってくれたのだという。

「このお面は、御神座内の台座下の引き出しの中に仕舞われていましたね」

確認する禰宜に、貴博はただ無言のまま何度も頷いたらしい。

「節分の朝、宮司が御神座の鍵を開けたら、すぐにこっそり戻しに行きます」禰宜は言うと、貴博に向かって、「誰にも言わなくて良いですよ」

と微笑んでくれたらしい。

但しその時、宮司が万が一引き出しを開けてお面を確認してしまったら、犯行が発覚する。その時は、全て正直におっしゃってください、と告げた。

そして、その通りに実行したのだという。しかし、たまたま通りかかった巫女の、春江友里に見つかってしまい……先日のような事件に発展してしまった――。

そんな話を、晴美は奈々に伝えて、

「一応、タタルさんにも話しておいてね」

と言われたが、奈々は連絡先を知らない。

すると晴美は同好会名簿を調べて、崇の実家の電話番号を教えてくれた。それでもためらう奈々に晴美は、

「いいから、お願い」と言う。「タタルさん、奈々には優しいみたいだから」

えっ。

聞き間違いかと思った。

今まで一度たりとも優しくされたことなどない。

そう主張したのだが、晴美は笑いながら「よろしくね」と言って電話を切ってしまった。そこで奈々は仕方なく渋々、崇に電話を入れて、事件の顛末を伝えた。すると崇は、

「古く大きな伝統を受け継いでいる家の子息が、一度くらい道を外してしまう例は、どこにでも見られる」

と事もなげに言った。

「しかし彼も、本気で『家』を壊すつもりはなかったんだろう。あくまでも、宮司さんを少し困らせたかっただけで」

「どうして分かるんですか？」

尋ねる奈々に、崇は答えた。

「肝心の神像に、手を出さなかったからね。本気であの家を壊したかったなら、神像を盗み出してしまえばいいんだからな」

「ああ……」

納得する奈々に、崇は冗談交じりに言った。

「しかし、そうすれば閉じ込められた鬼神も、解放されただろうにね」

「また、そういうことを……」

と、奈々は言ったが。

確かにその通りだったのかも知れない。

しかし、さすがに貴博も「神」に手を出せなかったのか。それとも、あえて出さなかったのか。

おそらくそれはきっと、奈々たちには分かり得ない次元の話なのだろう――。

奈々は複雑な思いのまま、崇との電話を切った。

そういえば。

奈々は、ふと思う。

奈々の地元近くの江の島にも、江島（えのしま）神社がある。あそこの神社の神徳も「縁結び」だったはずだ。

先日の崇の説に従えば、この弁才天も愛する人との仲を引き裂かれた仏尊ということになる。悲しい歴史を持っている天女なのか……。

今度改めて、きちんとお参りしてみよう。沙織を誘っても良いし、一人でも良い。

きっと何か、新しい発見があるに違いない。

そんなことを考えて、奈々は微笑む。

今回は奈々にとって、ほんのちょっとだけ心に引っかき傷を作られた、大学一年の春休みになった。

九段坂の春

1

本来の桜色というのは、周りに比較する物がないと一見純白に思えてしまうほど薄いピンク色だ。

というのもこれは、限りなく白色に近い吉野山の吉野桜の色を基調にしているからだと聞いたことがある。そのために昔の歌集などでは、桜吹雪を雪と見間違えてしまった——などという歌が多く載っているというわけだ。

でも東京に住んでいるぼくらにすると、桜色といえば染井(そめい)吉野(よしの)の淡い薄紅(うすべに)色をすぐに思い浮かべてしまう。必ずやって来る人生の節目節目に、真っ青な春空を背景にして咲き誇っていた満開の花を。そして桜吹雪の中、胸を弾ませながら歩いていた春の日の道を——。

中二になってクラス替えがあり、ぼくはA組になった。ぼくの通っている九段坂(くだんざか)中学は一学年七クラスあるので、以前のクラスの仲間たちと再び同級生になる確率は、理論上で十五パーセントを切る。つまり新学期になれば、新しいクラスメイトが三十人ほど増えるというわけだ。

　それでもまだ最初のうちは、元のクラスで仲が良かった友人たちと遊んだりしてしまう。ぼくも、クラスが分かれてしまった悪友の飯塚たちとも未だにくだらないお喋りをしながら一緒に帰っている。慣れ親しんだ仲間のもとに、ついつい戻ってしまうのだ。そのうち段々と新しい友だちも増えていくだろうけれど、やはり今はまだ彼らと一緒にいる方が気楽だった。

　嘘か本当か、クラス替えは純粋にくじ引きだと聞いた。あの国語の鬼教師の成瀬先生も、くそ真面目な顔をしてくじを引いたりするのだろうか。想像すると、ちょっと可笑しい。

　また、一年時に担任だった理科の五十嵐先生から、こうして教室で机を並べるのも一つの大きな縁だという話を聞いた。確かに、仲の良かった友人たちと別れてしまう一方で、前のクラスでは殆ど会話したことがなく一度も一緒に遊んだこともないような男子と、再び同じクラスになってしまったりすることもある。

　とすればこの場合など、もしかしてぼくは飯塚たちよりもその男子との縁の方が濃いということになるのだろうか。

　一年のクラスでは、彼はぼくの斜め前の席に座っていた。でも一年間で交わした会話の文字数は、おそらく四百字詰め原稿用紙半分で充分に収まってしまうだろう。そんな彼が今年は、ぼくの隣の席に座っている。

その男子の名前は、桑原崇（くわばらたかし）という。

いつも寝癖がついたままのボサボサの髪で学校に来て、一日中殆ど誰とも口をきかない——もちろん最低限の挨拶（あいさつ）や会話は交わすけれど、全く無駄口を叩（たた）かない——という点がその風貌と相まって、とても異様な雰囲気を醸（かも）し出していた。そしていつも気怠（けだる）そうにイスに腰掛けていた。

彼はぼくらとは違って、特に親しい友だちもいないようだった。休み時間も一人で本を読んでいるし、授業が終わって学校から帰る時も毎日一人だった。運動部にも文化部にも入っていないようだから、ますます友だちができないのだ。

でもそれを苦痛に感じている様子も全くなさそうだった。むしろそれが当たり前の状況で、お喋りをしない分だけ一人で考え事に耽（ふけ）ったり、静かに本を読めて嬉しいという感じすら受けた。

ぼくだって読書は決して嫌いじゃない。でもどちらかといえば、飯塚たちと馬鹿話をしたり、くだらないゲームをしたりして遊んでいた方が楽しい。

ぼくらの年齢では、きっとそれが普通じゃないかと思う。

一年の冬、たまたま帰り道が一緒になったD組の山本（やまもと）たちが彼に色々と話しかけたりしたことがあったという。けれども桑原は、酷(ひど)くつっけんどんで、結局ろくな会話も交わせなかったらしい。

「信じられないことにな、奴は松田聖子も知らないし、それどころか去年、山口百恵が引退したってことすら知らないんだぜ」山本は眼鏡の奥で丸い目をくりくりと動かしながら、へんてこりんな発音で「アンビリーバボー」と言った。

さすがにジョン・レノンが殺された事件は知っていたようだけれど、これらにも余り興味を示さなかったという。

しかし、ぼくにとってはこちらの方が信じられなかった。何故(なぜ)ならば、あのジョンが撃たれたという話を耳にした時、冗談や比喩ではなく、ぼくは自分の足元がいきなり崩れ落ちていくような気がしたからだ。だから、ジョンの死に関して興味がないなどという人間がこの世に存在しているということ自体が信じられなかった。

ぼくらは同年代なのだから、共通点は多いはずだ。それなのにぼくらが興味を持っていることに対する関心が、彼には全くないらしい。

桑原は、運動などしたことのないような色白の顔と、いつも伏し目がちな眠たそうな態度。授業中なども、ノートを取ることもなく、ただじっと教科書と黒板を見つめているだけだった。一度社会の沢井(さわい)がそれを見咎めて、わざと黒板を消した後で桑原を名指しで質問をした。確か、大化の改新に関してだったと思う。すると彼はゆらり

と立ち上がって、滔々と語り出した。唖然とするぼくらを完全に無視するように、彼の話が壬申の乱にまで及び、

「しかし、天智天皇と天武天皇は実は兄弟ではなかった、というかなり信憑性の高い説があり、ゆえに二人に絡んでくる額田王の立場は——」

と言った時、沢井が思いきり苦虫を嚙み潰したような顔で、

「分かった分かった。もういいから座れ」

と桑原を無理矢理座らせた。そしてそれ以来彼は、基本的に指されなくなった。

でも、桑原の成績は図抜けて素晴らしいというわけでもないようだった。それはおそらく、自分の好きな分野は異常に詳しいのだが、それ以外には殆ど興味を示さないという理由によるものだろうとぼくは勝手に分析してみた。さっきの歴史の話にしたところで、聖徳太子に関する授業には全く興味を示さなかったし、あと邪馬台国の辺りもそうだった。そこらへんは一応彼なりのこだわりがあるらしかった。

では、彼がどんな分野に非常に興味を示すのかをトータル的に俯瞰してみると……さっぱり分からなかった。やっぱり変な男だ。

変——といえば、去年こんなことがあった。そしてそれが、去年一年間でぼくが彼とまともに口をきいた唯一の出来事だった。

その頃ぼくらの間では、ルービックキューブが爆発的に流行していた。これは各面

が九個ずつ均等に分割されている、一辺が五、六センチほどの立方体のパズルで、それらを――どういう仕組みになっているのかは、ぼくには未だ分からないけれど――くるくると多方向に回転させて、それぞれの面の色を揃えるというおもちゃだ。発売されるや否や、大人も子供も問わず全国的に大流行した。そして、二面までは誰でも揃えられるとか、誰それの兄さんが三面揃えたとか、F組の宮田（みやた）が四面まで行ったとか、そんな話題で一々（いちいち）大騒ぎになっていた。

　ぼくが休み時間に教室で一人、ルービックキューブと悪戦苦闘していると、いつの間にかぼくの後ろに立っていた桑原が、ぼくの手元をじっと見つめていて、しかもいきなり、

「ちょっとそれを貸してくれないか」

と言う。ぼくは完全に虚を衝かれて、あっさりと気圧（けお）されてしまい、

「あ、ああ。いいよ」

と思わず答えてしまった。すると彼はぼくの手からそれを受け取り、しばらくカシャカシャと軽快な音を立てて遊んでいた。やがて、

「家に借りて行ってもいいかな」

と言う。成り行き上ぼくも、いいよ、と答えた。

「でもきちんと返してくれよ、千九百八十円もしたんだから」

「ああ、分かってる」

桑原はぶっきらぼうに答えて家に持って帰った。

そして四日後。

ぼくは自分の目を疑った。

なぜなら彼は先日のルービックキューブを、きっちり六面揃えて持ってきたからだ。今でこそ六面揃えのタイムレースは珍しくないけれど、当時そんなことができた人間は、少なくともぼくの周りには一人もいなかった。

ぼくは腰を抜かしてしまって、

「こ、これ、桑原くんが自分でやったのか？」

と真剣に尋ねた。すると彼は、

「ああ」とこともなげに答えた。「割と面白かった。ありがとう」

「ちょ、ちょっと待ってよ。これって偶然？」

ぼくの言葉に彼は苦笑いした。

「いつでもできるよ」

最初からとても偶然などでは揃えることができないのは、ぼくにも分かっていた。でも、それ程までに信じがたい出来事だったのだ。

一瞬、新しいルービックキューブを買って来たのかとも思った。しかしそれは、明らかに無理な話だった。当時、どこのおもちゃ屋さんやデパートでも、品切れ入荷待ちになっていたからだ。

その後、噂を聞きつけた友人たちが、どっと彼のもとに押し寄せて来たが、

「自分で解くから面白いんだろう」

と鼻で嗤って、全く相手にしなかった。そのために「桑原はケチで気取って嫌味な奴」というイメージがぼくらの間で定着した。中には、

「あれは絶対に誰かにやってもらったんだぜ。自分じゃできないのがバレるから、俺たちの目の前では六面揃えられないんだ」

などと悪口を叩く奴もいた。でもぼくは、決してそうは思わなかったし、また桑原もそんな悪口は完璧に無視して沈黙を保っていた。そしてそれ以降、彼を遊びの仲間に誘おうという同級生も誰一人としていなくなった。

今こうして改めて思うと、彼はぼくらに誘われるという煩わしさから逃れるために、あんな態度——作戦に出たのかも知れない。そして本当にそうだとしたら、彼はぼくらの想像を超える奇人変人に違いない。

実際ぼくもそれ以来、彼と全く口をきくこともなくなってしまっていた。しかしここにきて今度は隣の席になってしまったわけで、やっぱり不思議な縁でもあるのだろ

うか……などと思ったりした。もちろん余り歓迎できる縁ではないような気がしたが、相変わらず彼との会話は挨拶程度で、それ以上でも以下でもなかった。

それに春は忙しい。

意味もなく周りが慌ただしくなり、理由もなく心がウキウキと弾んで、少しませた同級生たちは彼女や彼氏を作って二人きりでどこかに出かけたりしていた。どこか——といっても、千鳥ヶ淵を散歩したり、市ヶ谷の土手を歩いたり、帰りにこっそりと喫茶店に入ったりする程度なのだけれど、彼女のいないぼくらからしてみれば、そんな話を聞くだけでもとても羨ましかった。

しかしある日、ぼくらの耳に、衝撃的なニュースが飛び込んできた。それは、あの桑原崇が女性と二人で並んで歩いていたのを見たという噂だった。

それを聞いた時誰もが、絶対にあり得ない、完全なる見間違いか他人の空似だと話し合った。というよりも、あんなに無愛想な男に彼女ができるはずはない、万が一にもそんなことが起こったら、毎日毎日クラスの女の子たちに向かって一所懸命に愛敬を振りまいているぼくらが、余りにも可哀想すぎると思った。

「どんな女の人だった？」

尋ねるぼくらに向かって目撃者の石井は、

「遠目で、しかも一瞬だったから良く分からなかったんだ」と——別に何の義理も責任もないのに——申し訳なさそうに答えた。「でも、妹でもお袋さんでもなかったことは確実だったぞ」

「奴には姉貴がいるんじゃないのか」

「さあ、そこまでは……」

「ちゃんと調べておけよ、お前」

「俺に言うなよ俺に！　何なら直接訊いてみればいいじゃんか」

でもその事実関係を彼に問い質そうとする強者もおらず、いつしかそんな話も春の慌ただしさの中に消えて行ってしまった。

＊

この季節になると、必ずどこかしらで引用される句がある。それは、梶井基次郎の小説「桜の樹の下には」の冒頭だ。

「桜の樹の下には屍体が埋まっている！

これは信じていいことなんだよ。何故って、桜の花があんなにも見事に咲くなんて信じられないことじゃないか。俺はあの美しさが信じられないので、この二三日不安だった。しかしいま、やっとわかるときが来た。桜の樹の下には屍体が埋まっている。これは信じていいことだ」

文章的にはさすがに古くさい感は否めないにしても、感性は鮮やかだと思った。だからこそこの一節が、発表後五十年以上経った今でも、春になると必ずどこかで使われるのだろう――。

と生意気なことを言ったりするのも、実のところぼくは特別クラブ活動で、文芸部に所属しているからだ。これは必修ではないから無理に入る必要は全くないし、それにぼくは読書がとても好きだというわけでもない。というよりむしろ、長い文章を読むのは苦手な方だ。

じゃあ、それなのにどうして文芸部なんかに入ったのかといえば、ぼくの悪友の一人、安田（やすだ）が大の推理小説好きだったからだ。彼は一年の時だけで、創元推理文庫やハヤカワ・ミステリを百冊以上も読破したという。彼に無理矢理に誘われて入部したのだ。でも最初ぼくは本など――桑原のように――一人で勝手に読んでいれば良いじゃないかと安田に言ったのだけど、やはり何人かで同じ本を読んでそれぞれの感想を話し合ったり、また一般には余り知られていないような作者の本を教え合ったりする楽しさがあるという。変わった人種もいたもんだ。

それにこの文芸部では読書感想文の他にも創作文を書いたりしていて、こちらはなかなか面白そうだと思ったこともある。

ある日、新学期ということでみんな個人個人で「春」をテーマにして創作文、詩、俳句、短歌、何でも良いから書いて発表しようということになった。すると安田は目を輝かせて、

「この日を待っていた」などと言う。「もう俺には案があるんだ」

それは何なんだと尋ねると彼は胸を張った。

「事故で死んだと思われていた男のズボンの折り返しから、その近くでは絶対に咲いていない桜の花びらが一枚出てくるんだ。それを目にした名探偵・薬袋菊戴（みないきくいただき）（これが彼の小説の主人公だが、何度聞いても凄い名前だ）は、一瞬にしてそれは事故ではなく殺人事件であったこと、そして犯人とトリックを暴く！」

「へえ――」ぼくは感心して尋ねた。「一体どうやって？」

「それは……これから考えるんだ」

ぼくは脱力して、せいぜい頑張ってくれと言って安田と別れた。

その後珍しく一人で図書室に行って、何かテーマになりそうな本でもないかと物色してみたけれど結局何も見つからず、気が付いたらもう外は夕暮れになっていた。あわてて帰り支度をして図書室から出ると空は見事に深紫色になっていて、校庭の桜も

すっかり色褪(いろあ)せて見えた。

　ぼくは、夕暮れ時で交通量の多くなっている靖国通りや内堀通りを避けて千鳥ヶ淵を歩いた。そしてそのまま地下鉄の駅に入ろうと思った。

　千鳥ヶ淵は、日本武道館や北の丸公園の西側に位置しているお堀で、その名前の通り、千鳥が羽を広げているような形をしているためにこう名付けられた。土手には、染井吉野や山桜などが三百本近くも植えられているという。だから今頃の季節になると、濠の水も岸に近い辺りは散った桜の花びらで、一面薄紅色に染まる。それはとても見事な景色だ。

　遊歩道には、綺麗な桜のトンネルができていた。土日になれば、花見客で溢(あふ)れかえる。でも今日は、人影も殆ど見当たらなかった。

　足早に夕暮れの空に沈んでいく桜を眺めながら歩いていると、前方にぼくと同じ制服姿の男子が見えた。見間違えようもない、桑原崇だ。彼も——その理由は分からなかったけれど——学校に居残っていたのだろうか。ぼくは内心凄くためらいつつも、彼に近付いて行った。そして後ろから、

「やあ」と声をかけた。「今帰り？」

　桑原はさすがにハッとしたようで、ぼくを振り向いて無言のまま見つめ返してきた。しかし次の瞬間にはいつもの彼に戻っていて、

「ああ……」

とだけ答えて、再び前を向いて歩き始めた。こうして並んで歩いていると、ぼくとほぼ同じくらいの背丈だった。でも彼が背筋をきちんと伸ばしたら、ぼくより頭半分くらい身長が高いのではないかと思えた。とにかく——ぼくは気まずい沈黙だけは避けようと思って、

「また同じクラスになったね」と、今更ながらの話題を口にした。「五十嵐先生が言ってたように、縁があるってことかな」

「きみが」と桑原は前を向いたまま言う。「運命論者だとは知らなかった」

「そんな大袈裟なもんじゃないよ。でも、縁という概念は現実に存在しているね」

「名詞の選択が少しおかしい気がするけど、きみの言いたいことは分かるし俺もそう思う」

「因果応報ってやつだろう」

調子に乗って思わず意味不明な受け答えをしてしまったぼくを見て桑原は笑った。そしてそれをきっかけにぼくは喋る。去年の夏のルービックキューブの話。そしてあれは、桑原がぼくらから誘いがかからなくなるようにするための作戦だったんじゃないか——など。そんな話を彼は、微笑みながら聞いていた。

珍しかった。今日はやけに機嫌が良いのか、いつもより遥かにテンションが高い。

「でも縁っていえば」ぼくは彼の前に回り込んで言った。「五十嵐先生も変わってたよね。理科が専門教科のくせに、文系の雑学の知識も豊富だっただろう。たまに和歌の話なんかもしたりして。何だっけあの有名な額田王の歌」

ああ、と桑原は暗唱する。

「あかねさす　紫野行き標野行き
　野守は見ずや君が袖振る

天智天皇の七年五月五日に蒲生野に猟をされた時に、額田王が詠んだ歌だ。そしてこの歌に大海人皇子——後の天武天皇が答えた。

紫草のにほへる妹を憎くあらば
　人妻ゆゑにわれ恋ひめやも——」

「……そうそう。まあそれらの歌は有名だから、誰でも知ってるんだろうけどね。その他にも色々と聞かされたな。まるで文系の教師みたいに」

「理系文系なんて」と桑原は苦笑いした。「教える側の便宜上の分類にすぎないさ。俺にしてみれば、全く関係ないね」

「そういうもんかな……」

ここまでで去年一年間に交わした言葉数以上のやり取りを終えていたけれど、ぼくはまだ何だかんだと彼に話しかけた。そして、彼に関してのかなりたくさんの情報を仕入れることができた。

越境入学していて、実家は下町の方で、スポーツは大の苦手で、芸能関係にも詳しくない。そして趣味は――、

「墓参り？」

ぼくは思わず大声を上げてしまったが、良く聞けばこれは身内の墓をお参りするということだけではなくて、歴史上の有名人のお墓が主ということらしかった。それならば少しは話が分かる。

「じゃあ、俺はここで」

いきなり軽く手を挙げると、桑原はぼくに背中を向けた。

これで我が中学一の桑原崇通になったなどと、余りに無意味すぎる感慨に耽っていると、ぼくの脇を酔っ払った若いサラリーマンが二人、歌を大声で歌いながらすれ違って行った。早くもすっかり出来上がっているらしく、とても酒臭かった。

ぼくは彼らから足早に遠ざかり、時折――まさに粉雪のように――降りかかってくる桜吹雪の中をひたすら歩いて行くと、やはり酔っ払いだろう、一本の大きな桜の樹の根元にもたれて地べたに座り込んでいる人影が見えた。こちらもまた三十歳から四

十歳くらいの間のサラリーマンだった。

この楽しい季節で、唯一嫌なものがこれ――酔っ払いだ。彼らは春の素敵な景観をぶち壊しにする。ほろ酔い加減で桜を愛でながら歩くのが本当の花見酒で、泥酔して騒いでは桜に失礼だ。

そんなことを思いながらその男の前を通り過ぎようとした時、彼の体が、ドサリと横倒しになった。スーツの肩や頭に積もっていた桜の花びらが、そして地面に落ちたばかりの桜の花びらが、どっと宙に舞った。ぼくは思わず足を止める。その男のトロリとした生気のない目と視線が合った。ぼくの背中の中心を、ぞわっと冷たいものが勢いよく流れた。足が竦んでしまって動けなくなる。

次にその男はぼくに向かって、震える手を差し伸べてきた。ぼくは目を大きく開いたままその場に硬直してしまった。ただただ怖かった。心臓を直接つかまれたようで、息が止まりそうだった。

すると男は自分の右手に握りしめていたたくさんの桜の花びらをぼくに突きつけた。ぶるぶる震えながらその動作を見つめていたぼくの前で、その男は急に、

「げっ」

と口から大量の血を吐いて――そのままぴくりとも動かなくなった。

2

「岩築、一緒に来い」

と鬼の金森に呼ばれては仕方ない。何しろこの金森慎次警部補に岩築は、警視庁捜査一課配属以来ずっと可愛がってもらっている――というよりも、ずっと苛められ続けている。名前と違ってその行動には、全く「慎み」など無い男だった。

今年三十一歳になったばかりの岩築竹松は、

「はっ」

と返事とも嘆息ともつかない言葉を吐いて、金森の後について行った。

昨年は嫌な事件が多かった。夏に起こった新宿バス放火事件などもそうだったが、川治温泉のホテル火災では宿泊客四十五人もの死者を出してしまった。

あとは、ここ千代田区で起こった女医殺害事件だ。落合小児科院長である女医の落合康美が、金沢での学会から戻って来たと同時に、強盗に遭って殺害されてしまったという悲惨な事件だった。捜査本部が置かれてもう半年経ったというのに、未だに犯人が捕まっていない。

そして今日はやはり千代田区、千鳥ヶ淵で変死体が見つかったという。しかもその第一発見者は中学生。地元の名門校、九段坂中学の二年生だそうだ。その中学生がどうしてまたこんな時間に、一人で千鳥ヶ淵などをウロウロしていたのかは謎だった。しかしクラブ活動などで遅くなり、友だちとこっそり買い食いしたり喫茶店に入ったりしていれば、これくらいの時間か。春の陽気に誘われて、ついフラフラと桜に見とれて——。

　あり得なくもないだろう、と心の中で思いながら岩築は金森を乗せた車のハンドルを握っていた。

　もうすっかり陽が落ちてしまった現場に到着すると、可哀想にその中学生はまだブルブルと震えていた。無理もない。岩築にも可愛がっている良平（りょうへい）という甥っ子がいるが、ちょうど同い年くらいではなかったか。良平も、なりは大きいけれどまだ中学生のはずだ。

　金森と岩築は、一足先に現場に到着していた鑑識から話を聞く。被害者はその所持品から、落合光弘（みつひろ）という男性と判明していた。免許証を確認すれば、昭和二十一年（一九四六）生まれ、今年三十五歳のサラリーマンだった。死因は、それほど鋭利ではない凶器で首の後ろを一突き——。

　岩築たちは再び発見者の中学生に近付く。

名前は？　と尋ねる金森に向かって、彼は俯（うつむ）いたまま消え入りそうな声で答える。

「鴨志田翔一……です。九段坂中学二年A組……」

「ちょっと話を聞きたいんだが――」金森は近くの警官に尋ねた。「この子の家に連絡は?」

するど、きちんと事情を伝えてありますという声が返ってきた。心配はないという話も。そして母親が今、大あわてでこちらに迎えに来るということだった。

「よし」と金森は翔一へ向いた。「それで、どうやって発見したんだって? その時の状況をできるだけ詳しく説明してくれないか」

「はい……」

と翔一は、今にも泣き出しそうな顔で話し始めた。傍から見ていると、怖いオジサンに叱られている子供のような図だ。特に金森の風貌は怖い。いや、岩築も他人様の風貌に関して何のかんのと言える立場にはなかったけれど――。

翔一は、どうしてあんな時間に千鳥ヶ淵を歩いていたのかという理由、そしてそこでクラスメイトに出会って話をしながら歩いた話、その後別れてから被害者を発見した状況などを、ぽつりぽつりと話した。それが終わると、

「その友人とやらにも、明日、話を聞いておこうかな――。それで」金森は尋ねた。「一つだけ訊きたいんだが、被害者が最後にきみに向かって差し出したという桜の花びら。あれには何か意味があったと思うかね?」

「全く……何も」

「何かきみに言い残しておきたかったとか？」

「さあ……」翔一は涙目になって金森を、そして岩築を見た。「全然知らない人だったですし、そんなことを言われても……何が何だか」

「ふん」金森は鼻を鳴らした。「確かにそうだな。見ず知らずの中学生に、いきなり遺言ってのも考えられないだろうからな」

「そりゃあそうっすねえ」岩築も首を捻る。「よく小説であるみたいに、犯人の名前を――なんていうならば、最初から地面に書き残しておけばいいわけですからね。地面は軟らかい土なんだから」

「じゃあ、どういう意味だったんだ？」

「頭が錯乱しちまったんじゃないですかね。死ぬ間際で、べらぼうな時だったから」

「何だその、べらぼうな時ってのは？」

「べらぼうはべらぼうですよ」

まあいい、と金森は翔一を見た。

「じゃあきみは、あっちで連絡先その他を記入してから帰ってもらって良いよ。すっかり暗くなってしまって、悪かったね。すまないが、これも何かの縁だと思って諦めてくれ」

「はい……」

翔一は、ペコリとお辞儀をすると去って行った。もうじき母親も到着するだろう。

その後ろ姿を眺めながら岩築は、これは何となく嫌な事件の部類に入るような気がしていた。そういえば父親の虎蔵も、やはり三十歳くらいの時に、変な事件に遭遇したと話してくれた。確か……弓削何とかという陰陽師の家で起こった事件だったはずだ。絶対に人の出入りができないはずの部屋で起こった殺人事件……。

まあその事件に比べればこちらは単純だ。何一つ不可思議な現象もない。凶器さえ特定されれば、すぐにでも解決に向かえそうな事件だと直感した。

そんなことを思っていると、

「警部補、よろしいですか」

と鑑識が走り寄ってきた。どうしたんだ、と答える金森に鑑識が言う。

「ちょっとこちらへ」

鑑識は二人を、現場から数メートルほど離れて立っている大きな桜の木へと案内した。そしてその木の、ちょうど目線くらいの高さの辺りを懐中電灯で照らした。

「何だこれは……」

二人が覗き込むと、そこには折れた鋭い枝が一本突き出していて、そこにべっとりと血糊が付着していた。

「どういうことだよ、こりゃあ」

はい、と鑑識は大きく頷く。

「実は、こいつが犯人だったんじゃないかと……」

「どういうことだ？」

「これが仏さんに刺さったみたいなんです」

「枝が？」

「ええ。被害者が倒れていた場所からここまで、点々と血痕が続いていたのを発見しました。もうかなり暗くなっているので、すぐには発見できなかったんですけれど、先ほど。そして跡を辿ってきたら、この桜に辿り着いたんです」

「ということは――」

「被害者は、酔っ払って、足がもつれたかどうかしてこの木に背中から倒れかかったんでしょう。そうしたら、その拍子に偶然――本当にたまたま突き出ていたこの枝が、首の後ろに突き刺さってしまった。そしてフラフラと歩いて行って、現場で倒れ込んだ――」

「じゃあ、完全に事故ってことか」

「おそらく」

「この枝の高さと、被害者の傷の位置は？」

「ぴったりと合いました。あとはこの枝に付着している血液と被害者の血液を照合すれば。まあしかし、おそらく同一でしょうな」

「そうか……」金森は脱力したように岩築を見て苦笑いした。

「どうやら俺たちの出番はここまでらしいぞ、岩築。桜の木と酔っ払いの引き起こした事件だ。犯人がこの木じゃ、捕まえるわけにもいくまい」

「確かに」

「じゃあ、あとは鑑識さんに任せて帰るとするか。仏さんには気の毒だったが、不可抗力じゃどうしようもないだろう。岩築、お前も飲み過ぎには注意しろよ」

「はあ……」

と答えたものの、岩築はまだ被害者の差し出したという桜の花びらが頭に引っ掛かっていた。まさか、この事件の犯人は桜だと訴えたわけでもあるまい。それとも本当に頭が錯乱してしまっていたというのだろうか。

所々ライトアップされている妖艶（ようえん）な夜桜を見上げながら、二人は肩を並べて千鳥ヶ淵を歩いた。

「まあとにかく、家族に連絡を入れなくちゃならん。電話番号は分かるな」

「免許証がありますからね」と言って岩築は、鑑識から受け取った免許証をライトで照らした。「ええと……住所はこの近くですね。千代田区三番町だ。それで名前が落合光弘——」

岩築は足を止めた。そして金森を見れば、彼も立ち止まって岩築を見つめていた。

「おい、そいつは例の——」

「ちょ、ちょっと待って下さい金森さん！　今すぐ課に連絡を取ってみますから」

岩築は転がるようにして車に戻ると、無線で捜査一課を呼び出す。そして二言三言喋ると、その回答を持って再び金森のもとに戻った。

「どうだった？」

尋ねる金森に岩築は息を切らせながら答えた。

「間違いないですっ。仏さんは、去年の女医殺害事件の被害者、落合康美の夫です」

「……偶然か？」

「さあ、それは今のところ何とも——」

岩築は答えたが、おそらく……無関係とはいえないのではないか。今のところは殺人事件の可能性は殆どない。しかしこれは……。

「おい、岩築」金森は車のドアを開けて乗り込む。「課に戻って、例の事件を詳しく調べ直すぞ。捜査本部にもそう伝えろ」

「しかし金森さん。確かこの夫は、事件当日は出張していたとかで、全く関与していなかったってことで決着しているはずですがね」

「念には念を入れるんだ。これも何かの縁だろう」

「はいっ。分かりました」

「これでこっちの事件が万が一事故じゃなかったりしたら、こいつはべらぼうだぞ」

金森は岩築の肩を小突いた。

3

理科室の入り口を軽くノックする音が聞こえた。

彼だ——とすぐに分かったが、五十嵐弥生(やよい)はごく平静を保って、

「どうぞ」

と答えた。ガラリと戸が開いて、そこにはボサボサの髪と眠そうな目の男子生徒——桑原崇が立っていた。

「今日はどうしたの？」イスをくるりと回して、弥生は崇を向いた。「また何か新しい疑問？」

「ええ、ちょっと」

「じゃあ、取り敢えずそこにお座りなさい」

「はい」と答えて崇は、弥生の差し出したイスに腰を下ろした。弥生と膝(ひざ)を突き合わ

せて正面から向き合う形になる。

　崇は学生カバンの中から一冊の本を取り出すと、パラリと開いた。そして、窓から覗く満開の桜を背にしている弥生に向かって口を開いた。

「一昨日から漢方の本を読んでいるんです。でも、この『気血水（きけつすい）』という概念が良く分からなくて」

「今やっている授業と全く関係がないじゃないの」

「すみません」

「もうすぐ『人間の体の仕組みと働き』をやるから良しとしましょう。といっても、授業でそんな話はしないと思うけどね」

　弥生は笑うと、崇に向かって「気血水」の説明を始めた。漢方学的にいえば、気というのは形のないエネルギーのようなもので――。

「――ということね。まあどちらにしても、漢方学と現代医学とはその基盤を全く異にするから、同じ言葉や文字が出てきても、きちんと考えながら読み取らないと勘違いするわよ。注意してね」

　弥生の解説が終わると崇は、

「ありがとうございました」

　と頭を下げた。そして何気なく目をやった弥生の机の上に『伊勢物語』が載っているのを見つけた。

「先生は」崇は再び尋ねる。「そんな本も読んでいるんですか？」

「え？」

振り向いた弥生の、肩までの黒髪がサラリと揺れて、甘い香りが崇の鼻腔をくすぐった。

「ああ、これね。面白いわよ。もう、きみは読んだ？」

「いいえ、まだ——。でもこの間先生が勧めてくれた本は、両方とも読みました」

半月ほど前に、何か面白い日本の本はありませんかと尋ねた崇に、弥生は二冊——いや、五冊の本を教えた。そもそも国語の教師でもない弥生に、そんなことを尋ねる崇も崇だが、調子に乗って教えてしまう自分も自分だ、と弥生は心の中で自嘲しながら勧めたのだった。

それは、川端康成の『眠れる美女』と、三島由紀夫の『豊饒の海』四冊だった。年齢的にも少し重たいかなと思ったけれど、自分の好きな本を伝えた。

「早いわね。それでどうだった、『眠れる美女』は？」

「暗澹たる気持ちになりました」

「確かにね」弥生は楽しそうに笑った。「でもきっときみがまた年を経て行くと、感想は百八十度変わると思うな」

「そうですか」

「『豊饒の海』は？」

「『春の雪』だけ面白かったです。あと『暁の寺』が少し」

「『天人五衰』は？」

「これも暗澹たる気持ちです。でもそれこそ、もう一度最初から読み返したら、一番好きになるかも知れない」

「『奔馬』はダメか」

「主人公の気持ちは分かりますけど……」

「これは私個人の見解で、何の根拠もあるわけじゃないけど――きみは『天人五衰』だけが、どうしてあれほど薄いのかという理由に気付いた？」

「え？」

「一巻目の『春の雪』、二巻目の『奔馬』、三巻目の『暁の寺』に比較して、四巻目――最終巻の『天人五衰』は、他の巻に比べて、約七十から百三十ページも少ない。つまり二十から三十パーセント強も薄いの。しかし三島は当初、全て同じ程度の厚さになるように考えていたともいわれている――」

「それは単純な理由です」崇は答える。「何故なら、三島が市ヶ谷で自決してしまったからです。その日が、彼の考えていた予定よりも早くやって来てしまったんでしょう。だから時間がなくなって、最終巻だけ薄くなってしまった」

「確かに『天人五衰』の脱稿は今から十一年前、昭和四十五年（一九七〇）十一月二十五日――自決当日の朝といわれているからね。でも私は、また違う理由があったんじゃないかと思う。実はきちんと計算された」

「……どんな理由ですか？」

「せっかくだから、きみも考えてごらん」

弥生は悪戯っぽく笑った。

「はい。でも五十嵐先生は、どうしてそんなことまで詳しいんですか。というより、何故理科の教師に？　文系の教師になれば良かったじゃないですか」

「きみの口からそんな質問が出るとはね。理系も文系もないって言ったでしょう。全部この世のことなんだから」

「それはもちろん分かっています」

「何事も総合的に、あらゆる角度から考察を入れなくちゃダメ。一方からだけ光を当てると、必ずその後ろに暗い影ができる。そして問題なのは、光を当てている人間はその影ができていることにすら気付かないということ。これはとっても怖いね」

「でも、それを知れば良い話じゃないですか。無知の知じゃないですが」

「相変わらず理論走るね」弥生は笑った。「もちろん知らないよりは知るに越したことはない。そして教師の私がこんなことを言ってしまっては例によって校長や教頭に叱られてしまうけど、知識なんて大して人に自慢できるものじゃないでしょう。何故ならば、知れば済むことだから。それよりも肝心なのは、自分の頭で考えること。ただ覚えるだけなんていうのは、今流行の大型コンピュータに任せておけば良いの」

「でも、歴史の先生によく言われます。ここからここまで丸暗記しておけって」

「そう言われたなら丸暗記しなさい。簡単な作業で喜ばしいことじゃないの」

「それはそうですけど……」

でも――と弥生は声をひそめた。

「ここだけの話、本来、歴史っていうものは覚えて終わるものじゃないんだけどね」

「そう……ですか」

「しかも、ここでもっと問題なのは、古文の勉強と切り離されてしまっているということね。それこそこんな――」と『伊勢物語』を手に取った。「本一冊にだって、平安時代の歴史が延々と語られている。同時に『万葉集』だって『古今和歌集』だって『新古今和歌集』だって」

「先生は、そんな物まで読まれるんですか?」

「全部読んだわよ」

「それこそ膨大な量じゃないですか」

「何を言っているのきみは。一番歌の多い『万葉集』だって、たかだか四千五百首でしょう。一日百首ずつ読んでも四十五日。たった一ヵ月半で読み終わるじゃないの」

「そうは言っても——。それに『古今集』『新古今集』には、駄作がとっても多いというじゃないですか。それも全部読むわけですよね」

「駄作って、一体誰が言ったの？」

「一般的な意見として——」

「自分で確認した？」

「いえ……すみません」

あのね、と弥生は真剣な顔つきになる。

「私たちはすぐに、これは良い歌だ、あれは駄作だと言うけど、果たしてそこまできちんと読み切れて言っているのかしら。これは歌に限らず、小説などでも同じ」

「それこそ、さっきの『豊饒の海』もですか」

「そう。結局、作者の真意まで到達する前に勝手な場所で立ち止まって、全く見当外れの判断を下しているだけなんじゃないかと思う。もちろん自分自身も含めてね。だから慎重に読むようにしてる」

「………」

その時、下校時刻を知らせるチャイムが鳴り響いた。それを合図のように、弥生は机の上の書類を手に取って、トントンと揃えた。

「すみませんでした」崇は頭を下げる。「また先生のお仕事の邪魔をしてしまって。しかも、理科とは全然関係のないことで」

「まあ桑原くんじゃ、しょうがないわね。それより、きみはこのまま帰る?」

「ええ」

「じゃあ、この間みたいに途中まで一緒に帰りましょう。実は私、久しぶりに『万葉集』や『古今集』を読んでいてふと気付いたことがあるの。ちょっと面白い話なんじゃないかと思って」

「それは?」

「きみは『万葉集』巻第一・二十番と二十一番の、額田王と大海人皇子の、いわゆる蒲生野の唱和歌と呼ばれている歌を知ってるわね」

「もちろん知っています。

あかねさす紫野行き標野行き
　野守は見ずや君が袖振る

紫草のにほへる妹を憎くあらば

の二首です」

「そう。その歌なんだけれど、私はこの中にまだもう一つ何かあるんじゃないかと思ったの。秘密とか謎とか、そんな大袈裟なものじゃないけどね」

「……どんなですか？」

「たとえば、最初の歌に『君が袖振る』とあるでしょう。でも色々な本を読んでいくと『袖を振る』というのは本来女性の動作だといわれていたらしいの。この余りにも有名な歌に、大海人皇子——天武天皇が袖を振っているとあるにも拘わらずね。これは一体どういうことだと思う？」

「例外なんじゃないですか、この歌が」

「この二人の唱和歌を例外にするの？」弥生は楽しそうに笑った。「それはまた随分大胆な意見ね。染井吉野を桜から外すみたいな話」

「……じゃあどういうことなんですか？」

「そんな話でもしながら帰りましょう。ちょっと待っててね」

「はい……」

崇は漢方の本をカバンに仕舞い、弥生も立ち上がって帰り支度を始めた。

4

岩築は、千代田区女医殺害事件の資料をめくる。

被害者の落合康美は、千代田区三番町で開業していた小児科の医者だ。医院は千鳥ヶ淵からすぐの場所、東京都の中心にも拘わらず閑静な住宅街の一角にあった。

その彼女が去年の十月に、その自宅を兼ねた医院で殺害された。頭を強く打って亡くなっていたが、家の中も荒らされていたために、物盗り(ものと)の犯行と見られる。ちょうど養子の夫の光弘が神戸に出張していたその間の出来事だった。

康美は十日から金沢で開かれた学会に、一日遅れで出発した。そして帰京した十二日に殺害されたものと考えられていた。十一日の土曜日には金沢の会場で受付を済ませていたし、ホテルももちろんチェックインしていた。明けて翌日は朝一番でチェックアウトして、そのまま列車で東京に戻っている。

東京—金沢間を飛行機を利用せずに、わざわざ片道七時間以上もかけて往復しているということも、もちろん捜査上で引っ掛かった。上野から高崎線に乗り、信越本線、北陸本線と乗り換えるわけだ。

だが彼女は、高崎で一度途中下車して、医療記念館に立ち寄っていたこともあり、それが目的だったのだろうと考えられていた。その記念館には行きも寄っていて、康美の長い茶髪と度の強い鼈甲ぶちの眼鏡姿は見間違いようがないと、係員によって証言されていた。

しかし——。

岩築はハイライトに火をつけた。そして白い煙を天井に向かって吐き出すとイスに寄りかかる。

これが単なる強盗殺人事件ではなく、もしも用意周到に計画されたものだとしたらどうだろう。そして、夫の光弘が絡んでいたとしたら……。

例えば——光弘は出張に出かける十月十日以前に、康美を殺害しておき、何らかの方法で死亡推定時刻を狂わせる。そして共犯者の女性に、康美に成り代わってもらって金沢へ。同時に自分は出張で神戸へ発つ。

その女性には飛行機を使わせずに、わざわざ高崎経由の列車で移動させて、記念館で顔を覚えさせる。顔——というのは正確ではない、康美らしき姿を覚えさせる。髪の毛や眼鏡などの特徴が多いことが、うってつけだったのではないか。

係員たちは康美の姿を初めて見るわけだから、当然細かい部分など覚えていないだろう。それにおそらく長話などはしなかっただろうから、彼女を印象でしか捉えられていないはずだ。

但し問題点はある。光弘が自分の出張を康美の学会に合わせせられるのかということだ。しかしこれも、たまたま日にちが合ったから思いついたのだと考えられなくもない。そして結局は、その女性とトラブルを起こしてしまい、事故かあるいは事故に見せかけられて光弘は殺害された――。

考え過ぎか？

しかし可能性がゼロではない限り、これらも、当然視野に入れておかなくてはならないだろう。

こんな妄想にも近いことを岩築は金森に告げた。他の人間ならば一笑に付されてしまうかも知れないが、金森は真剣に耳を傾けてくれた。そして、

「確かに面白いがな……。そこまでする動機が、光弘にあったかどうかだな」

「それはこれから調べてみます。もしも、そんな共犯者の女性がいたとすれば、そっちの関係の線も出てくるでしょうし」

「そうだな。本当にそんなことが行われていたとすれば、その女性はただのアルバイトじゃすまないだろうしな」

「深い仲、ってわけでしょうね」

しかし――、と言って金森は岩築のハイライトを一本取り出してくわえた。そして百円ライターで火をつけると岩築を見る。

「そう考えた方が、康美――らしき女性――がわざわざ陸路で金沢に向かった理由がはっきりするな」

「と言いますと？」

「羽田から小松空港への便はそれほど多くない。そうなれば康美本人を良く知っている医師も同じ便に乗っている可能性が高くなる」

「なるほど！　そうなったら、いくら変装していたとしても無理ですからね。話しかけられでもしたらアウトだ」

「個人的に親しい医師もいただろうからな。そこで身代わりとなった女性は、列車を利用した。それならば、知人と出会う可能性はずっと低くなる」

「しかも、遅刻して行けば一石二鳥ですからね。日本全国から何百人と集まってくる向こうの会場で、殆ど知人と顔を合わせることもなくなる」

「会場に到着したら受付だけ済ませて、あとはこっそりと変装を解いてしまえばいいんだからな」

　確かにそうだ。

　これはもしかして、単なる自分の妄想でなく、可能性として実際にあり得るのではないか。そして本当にあったとしたら、べらぼうな話だ。

　岩築は本心から思った。

5

「これくらい陽が落ちた頃の桜が素敵ね」弥生はため息交じりに呟いた。「昼間は眩しすぎるでしょう。かといって夜桜は妖艶すぎて」

そして崇を振り返る。

「桑原くん、ちょっと千鳥ヶ淵まで付き合わない。さっきのお話の続きをしながら」

「俺は構わないですけど……」

変な誤解を招いてもいけないのではないか——と思った崇に向かって、

「私も全然平気よ」弥生は笑う。「大丈夫、そんなに気を回さなくても」

「分かりました。じゃあ、ぜひ」

二人は満開の桜並木の下、千鳥ヶ淵の遊歩道を歩く。夕暮れの空をバックに、それこそ雪と見紛うほどの桜が二人の頭上一面に咲き誇っていた。

「それで、話の続きなんだけれどもね」

弥生は崇と並んで歩きながら口を開いた。確かにこうして並んで歩いていると、二人の身長は殆ど変わらない。後ろから見られたら、カップルだと勘違いされてしまうかも知れなかったが、それならそれで構わないとも崇は思った。

「さっきの二つの歌の意味は、もちろん知っているでしょう」

はい、と崇は答える。

「額田王の『あかねさす紫野行き標野行き――』の歌は、茜色（あかねいろ）を帯びているあの紫草の野を行き、その標野――御料地――の野を行きながら、あなたが私に向かって袖を振っているのを、野の番人は見ていないでしょうか……という意味です。そしてそれに答えた大海人皇子は『紫草のにほへる妹を憎くあらば――』と詠みました。これは、紫草のように美しいあなたが憎かったならば、どうして恋をしたでしょうか。あなたは人妻なのに……という意味になります」

「もちろん、この歌の背景にどういう歴史的な事情があったかは知っているわね」

「はい――。当時、額田王は天智天皇の後宮に仕えていましたけれど、元々彼女は大海人皇子と親しかった。というより、この頃すでに二人の間には、十市皇女（とおちのひめみこ）が生まれていたわけですからね。しかし彼女は――その本心は分からないにしても――その時、天智天皇の大津宮に入っていた。そして、二人が久しぶりに蒲生野で出会った時に詠み交わした歌だといわれています」

「相変わらず詳しいね」弥生は微笑む。「大意はそれで間違いないわ。でもここで私が引っ掛かったのは『袖』と『紫』という言葉なの」

「……それが？」

「まず『袖』という言葉は、この歌以降の和歌にも、物凄く多用されている。元来この言葉は『衣（そ）』と『手』を足してできたものとされているけれど、良くは分かっていないみたいね。まあそんな語源探索は今は良いけど、この『袖』といえば『振る』以外に、きみはどんな言葉を連想する？」

「もちろん『濡れる』です。百人一首にも、

音に聞く高師の浜のあだ波は
　かけじや袖の濡れもこそすれ

見せばやな雄島のあまの袖だにも
　濡れにぞ濡れし色はかはらず

わが袖は潮干に見えぬ沖の石の
　人こそ知らね乾く間もなし

などの歌が載っていますから」

「そうね。それで私、ちょっと調べてみたの。でも自分で調べたから、正確な数では

ないかも知れない。でも、大きく間違ってはいないと思う」

そう言うと弥生は、自分のバッグから赤い表紙の手帳を取り出した。そしてそれに目を落としながら続けた。

「『万葉集』には、きみも知っているように約四千五百首――一説では四千五百十六首の歌が載っている。その中で『袖』が出てくる歌は七十八首。そして『古今集』千百十一首の中で『袖』が出てくるのは三十八首。また『新古今集』千九百七十九首の中で『袖』が登場するのは百六十七首だった」

「それ……先生が自分で調べられたんですか？」

「そうよ。私、昔からこういうのは自分の目で確かめないと気が済まないたちだから。損よね」

「凄く時間がかかったでしょう……」

「ええ。でも最近は暇だから。それにほら今、私は受け持ちのクラスがないからね。今年は担任を辞めさせてもらったから」

笑う弥生を崇は呆れ顔で眺めた。言うほど暇ではないはずだ。授業の資料を作り、試験問題を作成し、採点し、生徒からの――崇のくだらない質問も含めて――相談に乗り……。

驚く崇の横で、まるで何事もなかったように弥生は続けた。

「でもここで『万葉集』はちょっと別にしておきたいの。何故ならば、まだ完全に解読し切れているとはいえないから、正確な統計に入れることはできないと思う。それで『古今集』を見ると、その三十八首中、二十五首までもが『濡れ』るの。そして『新古今』も百六十七首の中で、九十九首が『濡れ』ている。つまり『古今集』では六十六パーセント、『新古今集』では五十九パーセントもの『袖』が『濡れ』るというわけね」

「当然じゃないですか」崇は不思議そうに弥生を見つめた。「『袖』には落ちた涙がたまる、あるいは『袖』で涙を拭うという役目がありますからね」

「『袖の涙』といえば、こんな資料もある」弥生は手帳のページをめくった。「『後撰和歌集』では、約千四百二十五首中、『袖の涙』に触れた歌は、約百六十首。『拾遺和歌集』では千三百五十一首中、百五首。『後拾遺和歌集』では千二百十八首中、百三十首。『金葉和歌集』では七百十七首中、六十五首。『千載和歌集』では千二百八十八首中、約百八十首――。つまり、これら全ての歌集で『袖の涙』に関与している歌が、全体のほぼ一割程度を占めているというわけね」

「そうですね……。でも、それが何か？」

「だから、古の歌の世界では『袖』は最初から『濡れる』ものだという認識があり、それを――無言の内の――大前提として歌が詠まれていたんじゃないかと思ったわけ。しかも、ほぼ全ての歌が恋愛に関係している」

「何しろ『袖』は、『人こそ知らね乾く間もなし』なんですから」

「それもおかしくない？　『乾く間も』ないくらいに『袖』が濡れていたら、他の人が絶対に気付くでしょう。それなのにどうして『人こそ知らね』なのかしら」

「えっ。じゃあ先生は、どんな意味があると？」

「だから……」

「だから、何ですか？」

「つまり女性って――」弥生は珍しく、少しためらいがちな視線で崇を見た。「好きな男性と一緒にいる時『濡れる』のよ」

「え……」

「きみはまだ知らないと思うけど、何かの本で読んだり、ませた噂話を耳にしたりしたことがあるでしょう」

思わず耳たぶまで赤くしてしまって、あわてて俯く崇を横目でチラリと眺めると、弥生は続けた。

「つまり『袖』には、古代そういった意味がもたされていたんじゃないかと私は思う。一種の隠語のようにしてね。だからこそ、さっきも言ったように『袖』を振るのは『女性の動作』だといわれていたんじゃないかな。そう考えれば額田王の歌も、男性である大海人皇子が袖を振るという意味が見えてくる。つまり――」

「二人が出会ったから……ということですね」

「そう。そしてまた『袖』は『白』を表すともいわれている。これは単に『白衣（しろたえ）』からの連想かも知れないけれど、女性の美しい脚と考えることもできる。そしてそれが現代に近付くに従って、その本来の意味が失われてきて、ただ単純に『涙で濡れる』となったんでしょうね。そしてどちらにしても、男女の恋愛の場面で多用される言葉になっていったんじゃないかと勝手に思ってる。もちろん素直に、涙を拭ったりする歌や、墨染めの袖といったような歌も多いけどね」

「…………」

「ちなみに、時代が江戸あたりまで下ってくると『袖』は、『袖にする』とか『舞台の袖』といったような使われかたをするようになった」

「そうなると、今先生がおっしゃったような意味合いはなくなってしまいますね」

「いいえ。決してそんなことはないの。『袖にする』という言葉の意味は、元来は『粗末に扱う』ということだった。これは『衣類の左右にある付属物だから』ということから来ている。そして『舞台の袖』というのは、やはり舞台の『左右の場所』ということ。つまりどちらにしても、体の中心から左右に分かれて伸びているモノ、ということになるわけ。これが体の上部ならば両腕、そして下部ならば――脚」

まさか弥生の話が、こんな展開を見せるとは思ってもいなかった。

しかし本当なのか。

それともただ、弥生一人の妄想なのか。

啞然とする崇に向かって、さらに弥生は言う。

「そして私は『紫』も『袖』と殆ど同じような意味を持っていたと考えてる。だからこそ『紫野』というのは、他人が触れてはいけない『標野』なんじゃないかな……。ちなみに、大海人皇子の歌に出てくる『にほへる』——『匂う』という言葉は、ずっと『美しく映えている』という意味で使われてきていたということは、きみならばどこかで読んだことがあるよね」

ええ、と崇は頷いた。

「卯の花の匂う垣根に——ですね。これは『卯の花が美しく映えている垣根』という意味です。何故ならば、卯の花に香りはないから」

「その通りね。ちなみに『紫』の出てくる歌は『万葉集』には十六首、『古今集』には四首、そして『新古今集』には六首載っているんだけれど、たとえばそう考えると、『万葉集』で今の二首以外の、

紫の帯の結びも解きも見ず
　もとなや妹に恋ひ渡りなむ

紫のわが下紐の色に出でず
　恋ひかも痩せむ逢ふよしを無み

紫は灰指(さ)すものそ海石榴市(つばいち)の
　八十(やそ)の衢(ちまた)に逢へる児(こ)や誰(たれ)

などの歌も、意味が一層深くなるでしょう。特に最後の歌に出てくる『海石榴市』というのは、後の世で言う『嬥歌(かがい)』――男女が集って歌を詠み合うこと――つまり現代の合コンっていうのかしら、そういった集まりのことだったというしね。また『古今集』では、

恋しくは下にを思へ紫の
　根摺(ねず)りの衣色に出づなゆめ

君来ずは閨へも入らじこ紫
　我が元結ひに霜は置くとも

などなど。『新古今集』では、

春日野の若紫のすり衣
　しのぶの乱れかぎり知られず

紫の色に心はあらねども
　深くぞ人を思ひそめつる

などの歌も深みが増してくるでしょう。それにまず、さっきの『あかねさす——』の歌にしたところで、蒲生野の唱和歌といわれているのに、蒲生野が本当に紫草の栽培地であったかどうか分かっていない。また『あかねさす』紫野、という表現は歌の情景描写としておかしい、という説もある。でも紫にそういう意味が隠されていたとすれば、別に実際にその場所で紫草が栽培されていようがいまいが関係なくなるわね。『女性』ならば、どこにでもいるわけだし」

「けれど……当時、紫は高尚な色だといわれていたんじゃないですか。聖徳太子の冠位十二階の最高位の色にもなっているように」

「女性が高尚な色になって、どこがいけないの？」

「え」

「ちょっとここに座りましょう」

そう言って弥生は、皇居のお堀を見下ろすベンチに腰を下ろした。その隣に崇が座る。これでは他人から見たら、完全に恋人のようだ——。

「日本の歴史上で最も有名な『紫』は、やはり『紫式部』でしょう。紫式部は、藤原為時（ためとき）の女（むすめ）——つまり藤原北家の出の女房だった。そしてその女房名は『藤（とうの）式部』。それが『源氏物語』の『紫の上』と、父の官位である『式部丞（しきぶのじょう）』との合名となったという説が有力ね。そして彼女の書いたこの物語は当初『紫の物語』とか『紫のゆかり』と呼ばれていて、その中には実際に『桐壺』や『藤壺』や『紫の上』などの、紫にちなんだ名前の女性たちが多く登場する。どう？　つまりこの物語は『女性物語』というわけね」

「確かに……そう言われれば、紫の上が初めて登場する帖は『若紫』ですし……」

「そのまま『若い女性』ね」

「はい……」

「そしてまた、歌にも多く歌われているように、紫は匂う——美しく映えるのだけれど、やはり『袖』の多くも『香る』と詠まれているでしょう。こちらも同じように、美しく映えると考えられるんじゃないかな」

「ということは、

五月待つ花橘の香をかげば
　昔の人の袖の香ぞする

などの歌もですか？」

「そうね。たとえば同じ『古今集』に載っている、

色よりも香こそあはれと思ほゆれ
　誰が袖ふれしやどの梅ぞも

などもね。ちなみに江戸時代以降『匂袋』のことを『たがそで』と呼ぶようになったのは、この歌の影響が大きかったからといわれているわね。あとは『新古今集』の定家の歌、

梅の花にほひをうつす袖の上に
　軒漏る月の影ぞあらそふ

とか、俊成女の、

風通ふ寝覚めの袖の花の香に
　かをる枕の春の夜の夢

などもね。もちろんこれらは直接的に女性を詠んだ歌ではないけど、イメージの二重写しというのかな、そんな気がする。でも、こんな話を国語の成瀬先生なんかにしたら、額に青筋を立てて怒られそうだわね。『あなたは由緒正しい日本の歌を冒瀆するつもりなんですかっ』ってね」

「確かに……」

苦笑いして頷く崇に向かって、弥生は言う。

「突然こんな話をしてしまって、驚いた？」

「正直言って、戸惑いました。いや……まだ戸惑っている」

「まあ、普通の教師と普通の生徒の会話じゃないことだけは確実ね」

「俺はごく普通の生徒です」

「じゃあ、他のみんなが普通じゃなさ過ぎるというわけね、相対的評価として」

「どういう意味ですか……。でも俺は、先生とお話するたびに自分の凡庸さを感じてしまいます」

「私は桑原くんと話すたびに、毎回きみの非凡さを感じるわよ。これからも頑張ってね、私がいなくなっても」

その言葉が、ズン……と崇の胃に響いた。

「いなくなって――」

ええ、と頷いて弥生は遠くを見た。

「私、九段坂中学を辞めることにしたの。自分は教師に向いていないということを自覚したし。いみじくもさっき、きみが言った『無知の知』」

「何を急に……。絶対にそんなことはないです。俺が保証します」

崇が保証したところでどうなるわけでもなかったが、身を乗り出した。そんな崇に向かって弥生は、

「ありがとう」と淋しさと嬉しさのない交ぜになった笑顔を見せた。「でも、もう決めたの。辞表も受理されたし」

「そんなバカな……。誰ですかそんな紙切れを受理したのは！　ふざけてる。俺が行って破り捨てて来ます」

「いいのよ、もう。私って実際の話、凄く我が儘でいいかげんな性格だからすぐに欠勤したり、毎日のように他の先生たちと衝突したりして、このままじゃ周りの人たちに迷惑をかけるばかりだな、って思って」

「話になりません。今まで聞いた先生の話の中で一番非論理的です――」

「ちょっと聞いて――」

「たわごとには耳を貸せません。それに――」

「聞きなさい！」

眉根を寄せてじっと俯く崇に、弥生は言った。

「私ね、もうすぐ引っ越すの」

「引っ越すって……どこにですか？」

「ずっと西の方。実は私、子供がいるの。二十歳の時に生まれた女の子。今年で八歳になった」

「えっ」

「もちろん夫もいるし、三人で暮らすの、東京を離れて」

「そんな……」

ああ。それで弥生はさっき、もう何をどう取られても気にすることもないというようなことを言っていたのか――。

「ちなみに私の昔の名字は、桜月（さくらづき）というのよ」

「桜……月」

「変な名前でしょう、桜月弥生なんて」弥生は笑う。「余りにもベタベタで。だから名字が五十嵐になった時は嬉しかった」

「いえ……素敵な名字です」

「ありがとう」

「それで……いつ辞められるんですか？」

「辞めるのは来週だけど、でももう殆ど学校へは行かなくなるわね。行っても自分の身の回りの後片付けだけで」

「さっき、授業で『人間の体の仕組みと働き』をやるって言われたじゃないですか」

「私の後任の先生がね。おそらく藤谷（ふじたに）先生になるんじゃないかな」

「そうですか……」崇は、ぐっと唇を噛んだ。「でも俺は、もっと先生とお話をしたかったです」

「お世辞でも嬉しいね」

「最悪に暗澹たる気持ちです」

「一人でもそう言ってもらえると、何だか胸が詰まるわね。きっと他の先生たちは、せいせいしているだろうし」

そんなことはないでしょう――とは言えなかった。弥生が他の教師連中から、とても煙たがられていることは周知の事実だった。

崇は無言のまま、ただ俯く。

どうしてこんなに胸が痛いのだろう。どうして鼻の奥が痛いのだろう。

どうして……。

自分は単なる生徒だし、弥生本人がそう決めてしまっている以上、おそらくもう何を言っても無駄だ。彼女の性格からいっても、もう決定を覆せはしないことは明らかだった。

辺りはすっかり暗くなり、時折ハラリと降ってくる桜の花びらだけが時間の経過を教えてくれる。

「桑原くん」弥生は静かに尋ねた。「今週末は、何か予定ある？」

「え。い、いえ……別に何も。本を読むくらいで」

「良かったら私の家に来ない？　私のための、ささやかなお別れ会に」

「はい。旦那さんやお子さんにもご挨拶に――」

「今、誰もいないの」

「えっ」

「二人は、もう一足先に引っ越したの。娘の小学校の問題もあるから。今は私一人。だからもう『五十嵐先生』でもなく『弥生お母さん』でもない、ただの『五十嵐弥生』のお別れ会――。もしも嫌でなければ」

「嫌だなんてことは……」

「私の家は横浜なんだけど、来られる？」

「もちろん行けます。俺一人で良いんですか？」

「友だちを連れて来る？」

「友だちは、いません」

「私と一緒ね。それなら二人きりで」

「はい」

「じゃあ、どこで待ち合わせましょうか」

そう言うと弥生はパラリと手帳を開いた。そして崇との待ち合わせ場所と時間を決める。メモを取り終わると、それを崇に一度復唱させて二人は立ち上がった。

弥生と別れて崇は一人、千鳥ヶ淵を歩く。桜の樹が少しずつライトアップされ始めて、妖艶すぎて嫌いと弥生が言っていた夜桜に変わる。

しかし――。

喉元に何か重い石でもつかえているような、この感覚は一体何だろう。動悸もいつもより少し速い。いつの間にか汗ばんでいた手のひらを、制服の上着の裾で拭（ぬぐ）って、崇は大きく深呼吸した。

その時、

「やあ」

と後ろから声をかけられた。見れば同級生の鴨志田翔一だった。彼は、少しだけ引きつったような笑顔を見せて崇に言った。

「今帰り？」

「ああ……」

と内心の動揺を隠しながら答える崇に向かって、

「また同じクラスになったね」と、今更ながらの話題を口にした。「五十嵐先生が言ってたように、縁があるってことかな」

6

パーティ会場に、一人の男がいきなり乱入してきたとする。会場にいる人たちの大騒ぎを尻目に、その男はテーブルの上に飛び乗ったり、次から次へとイスを倒したり

の狼藉(ろうぜき)を働いた後、風のように去って行った。するとその時、

「さて――」司会者がこの事件の真相を発表する。

「今の出来事は、みなさんの注意力を試させていただく実験でした。ではお尋ねします。今、この会場に乱入してきた男の被っていた赤い帽子には、どこの野球チームのマークが入っていたでしょうか？」

おそらく会場の客はどよめく。その後、ジャイアンツだ、阪神だ、近鉄だといった名前が次々に上がるだろう。その中には「絶対にぼくの目に間違いはない。両眼共に二・〇だから」とか「私の目の前で転んだ時に確認した」などといった自信満々の答えも返ってくるに違いない。実際その乱入者は、帽子など被っておらずに黒い長髪をなびかせていたにも拘わらず――である。

岩築は、昔どこかで読んだそんな話を思い出しながら、落合康美の事件を洗い直していた。そして調書を見直せば見直すほど、この事件は単なる物盗りの犯行とは思えなくなってきた。

まず、十月十一日の康美の行動だ。直前に飛行機をキャンセルしたのは良いとしても、果たしてわざわざ高崎で途中下車して、医療記念館に立ち寄る必要性があったのだろうか。確かにその時記念館では、群馬県出身の医療関係者の特別展が開催されていた。だから興味がある人にとってはぜひとも見学したかっただろうが、康美にとっ

てはどうだったのだろうか。わざわざ空路を陸路に変えてまで立ち寄る価値があったのか……。

やはり金森の説の方が説得力がある。

そもそも、どうして康美が記念館に立ち寄ったことが判明したのかといえば、テレビで事件を知ったという女性からの情報提供があったからだ。たまたま高崎で下車した康美の姿を見かけたという。

そこで捜査官が、康美の写真を持って高崎まで向かい、記念館の係員から証言を取ったというわけだ。だが最初から「こういう女性を見かけませんでしたか？」と尋ねられて、しかも特徴がぴったりの人物を見かけていれば「はい」と答えるしかないだろう。

そこで岩築は、もっと引き延ばした康美の写真を手に高崎まで出かけた。そして証言をした係員二人に、じっくりと見てもらった。すると、やはり百パーセント本人だったという自信はなくなったようだった。最初にテレビで報道され、高崎で途中下車したらしいという噂が流れ、そして実際に刑事が「茶髪のロング」「鼈甲ぶち眼鏡」姿の女性の写真を持って現れれば、誰もがあの時の女性は康美だと思ってしまうのも不思議ではない。

岩築は次に、金沢に飛んだ。そして学会の受付を担当した役員を訪ねた。そして康美のサインをもう一度引っ張り出してもらって、それを筆跡鑑定にかけた。すると、やはり微妙に違っているが、決定的とまではいかないようだった。また、宿泊先のホテルのサインも同様だった。

岩築は、ますます替え玉作戦の可能性が濃厚になってくるのを肌で感じた。

そして今度は、光弘個人の周辺を調べる。当日の神戸出張に関しては、あくまでも会社主導で決定したようだった。だがこちらも――以前に考えたように――たまたま日にちが合ったために計画を実行した可能性もある。

たとえば十日に殺害して、冷房の利いた部屋に遺体を放置しておくなどして殺害日時を誤魔化す。事実、あの日の前後は暖かかった。この程度で大丈夫だったのではないか。それにこの場合は、たった一日二日誤魔化せれば良いのだから、それ程大掛かりで専門的な仕掛けも必要ないだろう。

同時に、光弘のプライヴェートも徹底的に洗い出した。殺された康美の身代わりとなって人前に出るという危ない役を引き受けるような女性――つまり愛人などがいるかどうかを調べたのだ。

ところがこちらに関しては、全く誰一人として捜査線上に浮かんでこなかった。行きつけのスナックやクラブは何軒かあったのだが、しかし特に親しい女性は見つからなかった。

ただ、今更ながらの発見が一つあった。

光弘には弟が一人いたのである。ところがこの弟は康美の葬儀にも顔を出さなかったらしいから、その存在が薄かったのだ。そんなくらいだから、非常に兄弟仲が悪いらしい。ちなみに今現在、弟は実家の和歌山に帰ってしまっている。

一瞬だが、岩築は思ったことがある。

康美に化けるのに、何も女性でなくてはならないという話もない。特に最近は、随分と可愛らしい男性も増えている。もしもその弟が、柔道家やプロレスラーのような体格でなければ、そして変装さえ上手くいけば、充分に康美の替え玉となるのではないか……。

ただ、それほどまでに仲が悪いのならば、果たしてその弟が、そんなに危ない橋を渡ってくれるだろうか？　そして光弘も、そんな大役を信頼して任すことができただろうか？

しかし念のためにと思い、岩築は弟のアリバイも調べてみた。ところが、こちらのアリバイもしっかりとしたもので、十一日、十二日ともに、これは何人もの他人によって証言されているし、無理矢理に拵(こしら)えたようには見えなかった。まだ若い岩築でも、それくらいの鼻は利く。

とすると……やはり全く別の線か。

だが、康美の周辺はすでにもうすっかり洗ってある。こちらも何一つ怪しい影は現れなかった。もちろん替え玉を務めそうな女性の姿も。

それでも岩築は、金沢に行った女性は、康美の替え玉だという確信を日々、強くしていった。物的証拠は、まだ何もない。ただ勘がそう教えている。

それならば、その女性は誰だ？

そして、光弘とは一体どういう関係にあったのだろうか——？

もう一歩、深く真実に迫ることができない。

もどかしかった。

肝心の光弘が死んでしまった今、この事件は行きずりの強盗殺人事件と、そして単なる酔っ払いの事故として片付けられてしまうのか……。

岩築は、ハイライトの吸い口を嚙みしめながら、目の前に乱雑に広がっている書類に目を落とした。そこには、まだ若い男の写真が——光弘の弟の写真があった。関連書類の名前の欄には「五十嵐徹也（てつや）」とある。

それを睨（にら）み付けながら岩築は、短くなったハイライトを、ぎゅっと灰皿に押しつけて消した。

7

ぼくらのクラスは久しぶりに大騒ぎになってしまっていた。実に不謹慎な話ではあるし、ぼくにとっては一生のトラウマになりかねない話だというのに、飯塚たちがどやどや押しかけてきては、ぼくからその時の様子を聞き出そうとする。

自分たちの通っている中学のすぐ近くであんな事故があって人が死んだのだ。確かに興味津々にはなるだろう。でも彼らの態度は良くないと思う。中にはわざわざ遠くのクラスからやって来て、ぼくをじろじろと見て帰る女子もいて、うんざりだった。

何しろあっという間に「A組の鴨志田が、千鳥ヶ淵で死体を発見した」という噂が、全校中を駆けめぐってしまっていたのだからたまらない。

それにぼくが「死体を発見した」というニュアンスは少し違うと思った。でも面倒臭かったので、あえて訂正しないことにした。おかげで休み時間になる度にぼくの机の周りには大勢の友だちが集まって来て、桑原はいつもサッサと姿を消していた。

少しだけ落ち着いた数日後、ぼくらは理科の五十嵐先生が学校を辞めるという噂を耳にした。これは、かなりショックだった。

五十嵐先生は個性的すぎて、他の教師たちからは余り良く思われていないようだった。そして、色々と変な噂を立てられたりもしていた。結婚しているのに、違う男性と付き合っているとか、生徒を誘ってどこかに遊びに行ったりしているとか……。

確かに、艶やかな黒髪とか、ぼくらとは年齢が一回り以上違う大人の女性の色香――とでもいうのだろうか――と、スカートの裾から覗く脚も、とてもセクシーだったことなどを、ぼくは思い出した。

でも、もう殆ど学校へは来なくなるという。せめてお別れの挨拶だけでもしたかったのに、とても残念だった。

そんな濃い一週間も終わろうとしていた土曜日、珍しくぼくの周りに友だちがいなくて、ぼくはこれまた珍しく、机の中を整頓していた。

すると、ぼくを横目で見ていた桑原が、珍しく声をかけてきた。

「激動の一週間だったな」

彼もやはり警察から事情聴取を受けていた。でもそれはぼくとは違って、あくまでも参考程度だったようだった。

「まいったね」ぼくは苦笑いした。「一生忘れられないね、絶対」

「良い経験だよ。これできみは一生、話題には困らない」

「嫌なことを言うなよ。人が死んだんだぜ」

「人は誰でも死ぬさ。そして別れる」

　中学生の頃にありがちな、過激な発言だとぼくは思った。まだ実体験が伴っていないくせに、ついエキセントリックな言葉を使いたくなる。大人っぽいといったところで桑原も、そんな一人なのだろう。

「でも、別れるといえば五十嵐先生、辞めちゃうんだって？　びっくりしたよ」

「そうらしいな」

「先生に何があったのかは分からないけれどさ、考えてみればあの先生、ぼくらの倍の歳だものね。ぼくらがこの本一冊の人生を生きてきたとすれば、五十嵐先生はちょうど二冊分だろう。考えたら凄いことだよ。あ。そうすると校長なんか『広辞苑』並みになるか」

　とぼくは笑ったけれど、

「…………」

　桑原はじっと黙ってぼくの手元の教科書やノートを見つめていた。一体どうしたんだろうと思って彼の顔を覗き込むと、桑原も——笑っていた。

　目がキラキラと輝いて、髪の毛を何度か掻き上げて、そしてかえってボサボサになっていた。

　やっぱり変な男だと思って、ぼくはサッサと片付けに戻った。

「ああ、そうだ」ぼくは彼に言った。「本て言えば、あの話聞いた？　E組の上田壮(うえだそう)の話」

「いや……」

「上田がさ、ずっと好きだったB組の青山(あおやま)にスタンダールか何かの本を借りたんだって。そして返す時に本の中にラブレターを挟んでさ。自分じゃあ格好良いつもりだったらしいんだけど、放課後にB組まで行って渡したら、その相手が青山じゃなくって坂田(さかた)だった。間違えちゃってさ。ほら、あいつら一見似てるじゃないか、後ろから見たりしたら。でもおかげで、学校中のみんなに言いふらされてんだ。バカだねえ」

桑原は、ぶるっと震えた。

見れば今度は真剣な顔つきだった。

かなり変だ。何か悪いことでも言ったのか……。

ぼくはあわてて視線を逸らせて、今度はこそこそと片付けを続ける。すると、

「鴨志田くん」桑原はぼくを見て言った。「きみは面白いね。将来ジャーナリストのような仕事に就くと良いかも知れないな。中学生にしては、文章をまとめるのも上手そうだし」

「え？　一体何の話？」

「いや……」

「ああ、そういえば例の事件に関して、担当の刑事さんからこんな話を聞いた。岩築っていう人なんだけれど――」

そう言ってぼくは、自分が耳にした範囲での捜査の進捗具合を伝えた。

もしかしたら千鳥ヶ淵の事件は、去年の女医強盗殺害事件に関連しているかも知れない……など。

「あの事件は俺も新聞で読んだ」珍しく彼が反応した。「金沢まで行くのに、わざわざ列車に乗って行ったたっていう事件だろう」

やはり変な捉え方をする男だ。

でもぼくは「そうだね」などと答えて、しばらく話を続けた。しかし桑原はそれ以降、急に沈黙してしまったので、例によってぼくらの会話は唐突に終わった。

ぼくらは平穏な日常生活へ戻っていった。結局桑原崇とも特に友だちと呼べるような関係を未だ築くことはできていない。

でも――やっぱりぼくは何となく彼と縁があるような気がしている。それはただ単に、二回同じクラスになったからというだけではなく……何と言ったら良いのか分からなかったけれど……文字通り何となく。

たとえば、このまま卒業して行っても、またどこかで巡り合うことになるんじゃないかとか、何年も経ってから街角でふと出会うんじゃないかとか。

もちろんこんな思いに関して何の根拠もなかったが、ぼくは心の中でそう確信していた。

8

弥生と崇は、夕暮れ近い「大さん橋」近くのレトロな喫茶店にいた。

弥生の家から二人で、山下公園をずっと歩いて来た。それでも何となく別れづらくて、最後に喫茶店に入った。窓ガラス越しに山下公園が、そして横浜港が見える。そろそろ氷川丸も火点し頃だろう。

「今日は……私が無理矢理に誘ってしまったみたいで……ごめんね」アップルティを目の前にして弥生が伏し目がちに軽く微笑んだ。「でも、素敵な思い出ができた」

「俺もです……」

「もうこれで本当に会えなくなるわね。最後に何か私に言っておくことはない？　いつものような質問でも良いわよ」

言いたいことなど尽きない。しかしそれらを全て言葉にしたところで、もうどうしようもないではないか。そう思って崇が口を閉ざしていると、

「そういえば」と弥生は尋ねた。「例の『豊饒の海』の話、私が何を言いたかったのか分かった？」

「はい。分かりました」

仕方なく口を開いた崇に向かって、弥生は瞳を輝かせながら言った。

「きみもやっぱり、そう思うでしょう」

ええ、と崇は頷く。

「つまりこういうことですね。あの作品に於いて『春の雪』は三島由紀夫にとっての十代を表している。恋をテーマにして。そして『奔馬』が二十代。血気盛んな年頃です。続く『暁の寺』が三十代で仏教について考え、最後の『天人五衰』が四十代となって、あれは三島の人生を二重写しにしている作品なんだ——と」

「そういうこと。ゆえに——」

「『天人五衰』だけが、他の巻よりずっと薄いんです。つまり、三島の四十代は半分しかなかった——四十五歳で自決したから」

「そういうこと」弥生は楽しそうに頷いた。

「あれは彼が半(なか)ば計画的に行ったことじゃないかと思ってる。そうでなくては、あれほどまで己の美学にこだわった三島が、最後にあんなアンバランスな四冊の本を残そうと思うわけがない」

「……単なる偶然ではなく？」

「きっと誰もが偶然だって言うと思う。妄想だって。そして、やっぱり私の勘違いなのかも知れない。でもね桑原くん」

「はい」

「そんなことでも、こうやって自分の頭で考えたりして、それなりに答えを見つける人生の方が、それこそ『豊饒』なんじゃないかな」

「一理あると思います」

崇は素直に頷いて、コーヒーを一口飲む。

やけに苦かった。この答えを今言わない方が良かったのではないか。そうすれば、まだ弥生との絆が繋がっていたのではないか……。

そんなことも思った。

ただ時間だけが過ぎ、マリンタワーも横浜の夜空に輝き始めた。でも、これは訊いておこう——と崇は最初から決めていた質問をする。

「さっきお家でお聞きした話なんですけれど」

「なに？」

「和歌山に帰られるっておっしゃいましたよね」

「ええ。もうすぐね」

「和歌山へは、どうやって行かれるんですか？」

「…………」

弥生は探るような瞳で崇を見た。崇は無言のまま、じっとその視線を受け止める。

「それが私への最後の質問というわけ？」

「最後ではないことを願っていますけど」

「でも……どうしてそんなことを訊くの？　大きなお世話ね」

「すみません」

少しの沈黙の後、

「もちろん……」弥生は答えた。「列車で」

「陸路じゃ遠くないですか」

「私は、飛行機が嫌いだから」

「乗れないとか？」

「だって飛行機って、とても男性的すぎるでしょう。ケンタウロスの放つ矢のようで。ちなみに船は女性的。港が女性っていう喩えもあるけど、船自体が女性だわ」

「そういった意味ではなく――」

「ええ」弥生は、ふっと自嘲すると視線を逸らせて、窓の外を眺めた。「全然ダメなの……」

「そうですか」

崇はコーヒーに口をつける。本当に苦い。

「さて」弥生は、店の古ぼけた柱時計に目をやった。「もうすっかり遅くなっちゃったわね。名残は尽きないけれど、そろそろ出ましょうか」

「はい。手紙をいただけますか」

「可能な限り……としか約束できないけれど」

「分かりました」

「桑原くん、ずっと元気でね」

「先生も……」

「もう会うこともないかも知れないけど、きみならば何の心配もないと信じている。まだ若いし、第一私の半分しか生きていないんだし」弥生は笑う。「これからたくさん勉強して、いっぱい恋をして」

「誰も好きにならないような気がします」

「バカなことを言わないで」

「本気です」

なにを言ってるの、と弥生は崇の頬を両手でそっと挟む。

「そんな顔しないで。そのうち必ずきみの心を動かすような女性が現れる。縁というのは人知を超えているからね。例えば……」

弥生が手を離すと、崇の頬の上をすきま風が通り抜けた。

「今、あそこを歩いて行く女の子がそうかも知れない。あの可愛い子」

窓の外には、まだ中学生くらいの可愛い女の子が、小学生くらいの妹の手を引いて歩いて行く姿が見えた。こんな時間に、お使いにでも出てきたのだろうか。それとも山下公園辺りで両親が待っているのか。

「人は『縁』で動いているのよ」弥生は続ける。「相性も確かに大切だけど、そんなものは些末事ね。相性なんてどうにでもなる。それよりもっと大切なのは『縁』。これは人の力だけでは、どうにもならないからね」

「一期一会ですか」

「そう。きみは相変わらず頭だけでは良く分かっているみたいね」

崇が再び窓の外に目をやると、先ほどの姉妹が楽しそうに話している。妹は姉を見てキャッキャッと笑い、姉も微笑み返す。右の頬に、可愛らしいえくぼができた。

弥生は横浜駅まで崇を送り、そして改札をくぐって人混みに紛れるまで、ずっと見送ってくれた。

しかし崇は、まるで雲の上を歩いているようで、足元が落ち着かなかった。

それにしても――。

電車を待ちながら、鴨志田の話を思い出す。

あの殺害された女医に、身代わりの女性がいたとしたら、その彼女が陸路で金沢まで行った理由など、ただ単に飛行機嫌いだったからという他にないではないか。

高崎の医療記念館？　笑い話だ。それごと丸々全てがミスディレクションだ。

そして千鳥ヶ淵のあの男。

彼は朦朧とした意識と、暮れゆく景色の中で、崇と鴨志田を間違えたのだろう。同じ制服で、同じ背丈の男子生徒。そう思うと最後に差し出した「桜」の意味が分かる。本当に事故だったのか、それとも故意だったのかは分からないにしても、とにかく自分をこんな目に遭わせたのは「桜」という人物だということを言いたかったのだろう。その寸前まで「桜」と一緒に歩いていた崇に向かって――。

これで二つのことが分かる。

一つめは、亡くなったあの男はずっと崇たちを見ていたということだ。

何故ならば「桜」が男と会った時には、崇は一緒にいなかった。なのに、告発したということは、二人が一緒にいた場面を目撃していたということだろう。それに、もしかしたらあの日だけではなく、それ以前にも見られていたのかも知れない。

二つめは、あの男は「桜」という、昔の名前を知っていたということだ。

この事実には、もっと深い意味が隠されているような気がした。かといって、あの男のために「桜」が危険な橋を渡るとは、到底思えなかった。ではそこにどんな理由があったのだろう。何が「桜」を動かしたのか？

そもそも「桜」は、その女医殺害事件に本当に関与していたのだろうか……？

そんな崇の思考は、ホームに滑り込んできた京浜東北線の、けたたましい騒音によって中断された。

しかしこれ以上考えてみても、推論の域を出ないだろう。それに——あえて知りたくもなかった。知ったからといって、今更どうなるわけでもない。

いつもの習慣で行き先を確認しようとした文字が、フッと、にじんだ。

甘酸っぱく、そして苦い浜風が頬を打つ。

崇はそれら全てを振り切るように電車に乗り込むと、心の中で呟いた。

〝これで、初恋終わり——〟

#《八月》夏休み、または避暑地の怪

1

　戦国武将の中で誰が一番ハンサムかといえば、やっぱり明智光秀（あけちみつひで）で決まりだろう。いつ見ても惚（ほ）れ惚（ぼ）れとしてしまう。くらっときてしまいそうなほど格好いいね。

　当然その頃だから写真なんてありっこないし、誰かに描かせた似顔絵だけだから、実際はどうだかよくは分からないけれどね。でも、ぼくが感心してしまうのは、光秀のその容姿はもちろんのこと、群雄割拠の時代にあれだけ穏やかで理知的な像を描かせてるってことだ。

　だってその頃の人物画は、みんな少しでも相手よりえらそうに、そして恐ろしげに見えるような姿ばっかりじゃないか。斎藤道三（さいとうどうさん）や前田利家（まえだとしいえ）なんて容貌魁偉（ようぼうかいい）だし、秀吉（ひでよし）や家康（いえやす）だって無理に肩肘（かたひじ）を張って突っ張っちゃってる。雄ライオンの睨（にら）み合いみたいなもんだ。

　その点、光秀はとても自然体のまま涼（すず）やかで、思わず見惚（みと）れてしまう。だから彼の顔に比べたら織田信長（おだのぶなが）の顔なんかはラッキョのように見えてしまうよ。きっと光秀は、他の武将とは一線を画す何かを心に秘めていたに違いない。

となるとやっぱり、どうして光秀が本能寺の変を起こしたのかってことは知りたいね。絶対に表に出てこない論理的な理由があるはずだと思うよ。

でも教科書や日本史の史料をいくら探しても「一五八二年。天下統一を目の前に、織田信長は明智光秀の謀反によって本能寺で自刃」としか書いてない。その理由をこそ知りたいのに、次の行ではもう「同年。山崎の合戦で明智光秀敗死」になっちゃってる。

本能寺の変だけじゃないよ。他にも知りたいことが山ほどある。

たとえば、平安時代の美女といわれる人たちの顔は、本当にあんな引目鉤鼻下膨れだったのか、とかね。だって、ぼくらの時代のことを考えてみればよく分かる。もしもあと五百年後に残った史料が、変なファッション雑誌だけだったりしたら状況は悲惨だ。それを見た五百年後の人たちは、

「ああ。この時代は、こんな異様な顔が美人の代名詞だったんだな。けっけっけ」

なんて、笑っちゃうだろう。これはとても耐えられないよ。

その他にだって、ぼくには疑問がたくさんある。天狗や河童は本当に存在していたのかも知れないし、鬼や土蜘蛛だって山野を闊歩していたかも知れないだろう。なんてったって「いた」という証拠らしき物は、山ほどあるんだからね。それをこっちで

勝手に「いるわけないよ」と否定してるだけだ。しかも、なんで否定できるかって言えば「自分の目で一度も見たことがないから」ってわけだ。最悪の証明方法だよね。こういう人たちには「きみのおじいさんには、おじいさんがいたの?」って聞いてあげればいい。「見たことがないんじゃなあ。証明にはならないねえ」なんてさ。

こんなことだけじゃなくても、本当にぼくが知りたいことはいっぱいあるんだ。なんで聖徳太子の皇子たちが皆殺しにされなくちゃならなかったのかとか、平将門の首は本当に空を飛んだのかとか、松尾芭蕉は本当に忍者だったのかとか、平賀源内はどうして人を殺しちゃったのか——とかね。

だからぼくは歴史が大の苦手なんだ。こういった本当に知りたいことは、ちっとも教科書や参考書に書いてないんだもの。これじゃクラシック・コンサートに行って、指揮者の挨拶だけ見て帰って来ちゃうようなもんだよ。もっともぼくはそんな場所には実際に行ったことがないけれど。

とにかく教科書を読んでると、すごくイライラしちゃうんだ。

確かになかなか年号が覚えられないだとか、人物の名前がこんがらがってしまうからといった純情可憐な理由もあることは事実だけどね。たとえば、享保の改革と天保の改革がそれぞれ何年に起こったのかとか、大坂冬の陣と夏の陣はどちらが先だったかとかなんていうのは何度聞いてもすぐに忘れちゃうし、藤原仲麻呂や橘奈良麻呂や坂上田村麻呂なんて名前は、どう覚えてもいつもごっちゃになってしまう。自分の生まれた国のことでこんな体たらくなんだから、「世界史」なんていう、よその国の事柄に関してなど言うまでもない。

でも、今言ったとおりに、そんなことは些末な話なんだ。根本的に歴史教育のスタンスがちょっとおかしいんじゃないか、なんてこの頃思ったりもしてる。それだからセンター試験も、地歴を選択しないで公民で受けることに決めているんだ。

「しかし、八丁堀」

炎天下の田舎道をだらだらと歩きながら、眩しそうに目を細めながら慎之介はぼくを見る。

ここでいきなりだけど、二つほど説明を加えておかなくてはならないだろう。

まず一つ。ぼくの名前は「八丁堀」ではない。これはぼくが住んでいる愛しい町の名称だ。この名前で、昔のテレビ番組の主人公の顔を思い浮かべる人もいるかも知れないけれど、そんなイメージは頭の中から即座に払拭してもらいたい。ぼくはまだ二十歳前なのだし、顔も長くない。

そして二つめ。慎之介——饗庭慎之介というこの男は、ぼくの高校時代からの悪友で、今年ぼくと同じく代々木にある予備校に、めでたく一緒に入校した天下の浪人生だ。しかし、いくら浪人だからといっても、一年中黒ずくめの服装で、その長髪を頭の後ろで結んでブラブラさせてるってのはどうかと思うけどね。

「物事は、正確に言わないといかんなあ」

「なにが？」

「だって、八丁堀が歴史を嫌いな本当の理由は、授業中に『真言宗の開祖は？』という先生からの質問に、『弘法大師・最澄』と答えて、みんなに大爆笑されたからだろうが」

嫌なところを突いてくる男だね。ぼくは大粒の汗を手の甲で拭いながら言い返す。

「そ、そんなことは断固ない！」

「いや、俺はその事実が、八丁堀を歴史嫌いにした理由の七十五パーセント以上の割合を占めていると考えてる」

と慎之介は、どこから弾き出したのか分からない勝手な数字を上げて、うんうんと一人頷いて続ける。

「単に自分の知識の無さの責任を、他人に押しつけているだけだ」

「お、お前だって『徳川綱吉は別名を何と呼ばれていたでしょう？』って質問に『暴れん坊将軍』って答えた、五つ星の間抜けじゃないか」

そんなことがあったっけなあ……、とごまかす慎之介にぼくは、あったよあったよ、日直日誌にもきちんと記載されてた、と主張した。

「ちょっと論点がズレてますね」

ぼくの隣で、野球帽を目深にかぶって歩いている千波くんが口を開いた。

「今の答えは全く反論になっていません」

彼は、千葉千波。ぼくより二歳年下の従弟で、現在男子高校の二年生だ。成績優秀・眉目秀麗・品行方正な男性なのだ。おまけに彼の家は大地主だ。先月も慎之介と一緒に千波くんの家に遊びに行ったんだけれど、やっぱり庭だけでも確実に代々木公園の五倍くらいはあったな。

その環境だけをとってみても充分に羨ましいのに、その上千波くんときたら色白の文学青年で、背はスラリ、髪の毛サラリ、時折それをパサリと掻き上げる。

「でも――」千波くんは言う。「多かれ少なかれ、歴史の授業というものはそんなもんですよ。そもそも歴史自体があやふやなものなんですからね。なぜなら、戦って生き残った者にしか歴史書を書き残すことができないんですから。負けて死んでしまえば、何を書かれても文句は言えない。歴史の真実がどこにあるかなんていうのは、どこの国のいつの時代でも、常に藪の中です」

「そう言ってしまえば身も蓋もないけどさ」

ぼくはペットボトルに口をつけて、すっかりぬるまってしまったウーロン茶を一口飲んだ。

暑い。しかも田舎道は延々と続いている。

ぼくは千波くんを横目で見て言う。

「でも、そう考えれば考えるほど理系がいいね。1＋1＝2。きっぱりとしていて美しいよ。だいたい、学問に人情なんか持ち込んじゃいけないね」

その言葉に千波くんは、ひさしの下の切れ長の瞳(ひとみ)をぼくに向けた。

「じゃあ、ぴぃくん」

千波くんはぼくのことを、いつもこう呼ぶ。何度も言ったかも知れないけれど、ぼくの名前は「ぴぃ」ではない。本名は――ちょっと恥ずかしいので伏せさせてもらえると、とってもありがたい。

「一つ、クイズを出しましょう。ごく初歩的な数学の問題」

この炎天下の田舎道で？　とぼくは言い返しそうになったけれど慎之介は、おうう面白いじゃないか、と黒いフェイスタオルで汗を拭いながら言う。

「勝負だ！」

なにが勝負だよ、まったく。ちなみに慎之介の服装は、例によって黒いTシャツに黒いジーパンだ。何もこんな真夏日に、余分に熱量を吸収する必要性もないんじゃないかと思うけれどどね。

では計算してください、と千波くんは言う。

「いいですか。1＋0.1＋0.01＋0.001＋……以下無限に続く、では？」

「え？　じゃあ答えは無限」

「なんでそういう無茶苦茶な発想になるんですか！　発散するわけないでしょう。答えは収束します。ちゃんと計算してください」

「簡単じゃないか」慎之介は言う。「1.11111……無限に続く」

「だから」と千波くんは、道端の石ころを軽く避けながら慎之介を見た。「もっと美しく」

「…………」

慎之介とぼくは、しばしの間口を閉ざして、照りつける太陽の下を黙々と歩いた。まだお昼前だっていうのに、日差しがきついね。ぼくら三人の影もすごく短く、乾いた石ころ道に映ってる。でもさすがに東京とは違って、風はすごく爽(さわ)やかだ。木陰に入ればとっても涼しいし、緑の香りもものすごく深かった。

「分かりませんか？」

千波くんはぼくらを見た。そして小さなボストンバッグからメモ帳とペンを取り出して、器用にも歩きながらメモの上に何かの式をスラスラと書いた。

「求める数値をxとおくと、

$x = 1 + 0.1 + 0.01 + 0.001 + \cdots\cdots$

ですから、ここで両辺に10を掛けてみると、

$10x = 10 + 1 + 0.1 + 0.01 + 0.001 + \cdots\cdots$

となりますね。さて、ここで10xの式から、最初のxの式を引いてみましょう」

$$\begin{array}{rl} & 10x = 10 + 1 + 0.1 + 0.01 + \cdots\cdots \\ -) & x = \quad\;\; 1 + 0.1 + 0.01 + \cdots\cdots \\ \hline & 9x = 10 \end{array}$$

$$\therefore x = \frac{10}{9}$$

「つまり、$x=\frac{10}{9}$、というわけです。1から始まるこの式は$\frac{10}{9}$です。簡単な計算でしょう」

パチパチパチ、とぼくはウーロン茶を揺らして拍手した。

「やっぱり数学は綺麗（きれい）だなあ」

「では――」

千波くんはぼくを見て、アルセーヌ・ルパンのように片目だけで微笑（ほほえ）んだ。でも、こんな時は要注意なんだ。

「$0.9+0.09+0.009+0.0009+$……

つまり、0.99999……は、いくつでしょう？」

「単純な話だ」

慎之介は千波くんの手から、メモ帳とペンを奪い取って答える。

「$x=0.9+0.09+0.009+0.0009+$……

とおいて、両辺に10を掛ければいいんだろう。そして、$10x-x$の式を作ればいいだけだ。子供だましだな。つまり――」

$$
\begin{array}{rrl}
 & 10x= & 9+0.9+0.09+\cdots\cdots \\
-) & x= & \quad\;\, 0.9+0.09+\cdots\cdots \\
\hline
 & 9x= & 9
\end{array}
$$

$$\therefore x=1$$

「あれ？」ぼくは目を疑った。「$x=1$？」

「そうです」千波くんは白い前歯をキラリと輝かせて笑う。「0.99999……は、1なんです」

「ちょっと待ってよ千波くん！」

叫ぶぼくの隣で、むう、と慎之介も首を捻る。

「それはおかしいぞ、青年！　1というのは1.00000……のことであって、決して

0.9999……ではないぞ」

「でも、この計算式はどこも間違ってないですよ」千波くんは慎之介を見て、そよ風のように微笑んだ。そして、

「まあ、でもこれが、アキレスが亀に追い付くことができるということでもあるんでしょうけど」

なんて、わけの分からないことを言う。

変だぞ。何か誤魔化されてるんじゃないのか？　などと頭をひねくり回しつつ、やがてぼくらは小さな湖に面した小高い山の麓にたどり着いた。

急に開けた景色の中に、それほど大きくはないけれど、とっても洒落た旅館が建っていた。まるでお城のような入り母屋造りで、妻の部分には大きな破風を飾っている、立派な和風旅館だ。

ここが、今回ぼくらが炎天下の道のりを汗だくになりながら訪ねようとしていた目的地だ。千波くんの父親の亀太郎叔父さんの弟の、虎之助叔父さんが経営している旅館なんだ。虎之助さんなんて名前を聞くと、何だか異常に恐そうな人を想像してしまうけれど、実際に会ってみるとぼくよりも小柄でいつもニコニコしてる福助人形みたいな人なんだよ。

門かぶりの立派な松を見上げるようにして瓦屋根の門をくぐり、大きな自然石のアプローチを歩いて、ぼくらは旅館の玄関までたどり着いた。そして千波くんを先頭にして中に入ると、

「あらあらあらあららら」

と、この旅館のおかみさん（つまり虎之助さんの奥さん）桜子おばさんが、ぼくらを迎えてくれた。こんにちは、と挨拶するぼくらに対して丁寧にお辞儀を返すと、改めて驚き直して千波くんに言う。

「まあ、千波ちゃん！　どうして駅から電話をくれなかったの？　今日千波が友達を連れて遊びに行くからよろしく、って亀太郎兄さんに前々から頼まれてたのよ！　だから朝からずっと連絡を待ってたのに。全くどうしようかしら。本当に、ねえったら千波ちゃん」

「電車とバスの時間がうまく合わなくて、駅から歩いて来ました」

千波くんは説明したが、実際のところは慎之介がトイレに行ったりして、もたもたしてる間にバスが出ちゃったんだけれどね。まあ、これは内緒にしておいてやろう。

「それならばなおさらでしょう！」桜子おばさんは、ぼくらの荷物を仲居さんにバケツリレーのように手渡しながら叫ぶ。「電話をくれれば、すぐに駅まで迎えを出したのに。マイクロバスでも、馬車でも、人力車でも」

おおげさな、ってその時は思ったけれど、本当にここには全部揃ってるってことを、あとから千波くんに聞かされた。

「いいんですよ、たまには歩かなくちゃ」

と答える千波くんに、桜子おばさんは、

「でも、暑くて大変だったでしょう」とぼくらの顔をじろじろ見る。「なんせ、駅から五キロもあるからねえ」

「たった三マイルじゃないですか」千波くんは笑った。「決して遠くはありませんよ」

まあ、とにかく中へ中へ、と桜子おばさんに促されて、ぼくらはチェックインも済まさずに部屋に案内された。旅館代その他の費用は心配するな、って亀太郎叔父さんたちに言われてる。でも、ぼくは後で慎之介と二人、きちんとお礼をするつもりだけどね。いくら親戚とはいえ無条件におごられるっていうのは、あんまり好きじゃないんだ。

案内されたのは最上階の三階で、格子戸をカラカラと開けて中に入ると、十畳が二間続きの広く快適な部屋だった。檜の内風呂もついているし、その外側には小さいけれど露天風呂まである。高校生一人と浪人生二人が泊まるには、ちょっと贅沢すぎる部屋だよ。

お茶を三人分いれながら、しばらく千波くんと世間話をしていた桜子おばさんが、

「それじゃ、ごゆっくりね」と姿を消してしまうと、

「はああーっ！」と叫びながら慎之介が、仰向けにした羆の敷物みたいに部屋の中央に、思いっ切り手足を伸ばして転がった。

「いい部屋じゃないか、青年」慎之介は言う。「床の間の竹花籠には綺麗なコスモスも生けてあるし」

撫子です、と千波くんはきちんと訂正する。

まあ、いいじゃないか、と慎之介は今度はごろりと腹ばいになると煙草に手を伸ばして一服した。なにもこんなに空気のおいしい田舎までやって来て、わざわざニコチンやタールや一酸化炭素を胸一杯吸い込まなくてもよさそうなもんだ。

「窓一杯に緑が広がっていて、実に爽快だ」

慎之介は、ふうーっ、と煙を吹き上げて言う。

実にその通りだった。右手の窓からは湖が、そして左手の窓からは深緑の山が見える。二間の窓の障子が片側に寄せられていて、残った窓一杯緑が広がっていた。

「さて」千波くんはぼくらを、サラリと振り返った。「釣りに出かけましょうか」

それは当初からぼくらの予定に入っていた。眼下に見える、槌之湖という湖には、大きなブラックバスがいるという。ぼくは釣りなんて子供の頃に釣り堀で鯉を釣ったことがあるくらいだったけど、千波くんはこの旅館に来るたびにボートを借りて、湖

へと乗り出すらしい。今回もそうしようという話もあったけれど、ぼくがまたひどく船酔いするたちで、屋形船なんか、まだ岸につながれてる状態でも一歩足を踏み入れたと同時に天地が引っくり返ってしまう。だから今回は湖畔から釣り糸をたれる予定になってる。

全くどうしようもない男だな八丁堀は、と慎之介は言うけれど、奴は後楽園ゆうえんちのティーカップで目を回してしまって、その日ばかりか翌日も一日中床についていたことを、ぼくは知っている。

「あららら、お出かけね」

という桜子おばさんの声に送られて、ぼくら三人は再び炎天下の道に出た。もうお昼近かったから桜子おばさんは、ぼくらにおにぎりの弁当を作ってくれた。本当を言うと、こんなカンカン照りの日にわざわざ外に出るというのは、あまり気が進まなかったんだけれど、こうまでされてしまっては仕方ない。それに湖畔の木陰ならば、きっと涼しいに違いないだろう。

慎之介は例によって、

「ついに勝負の時が来たな、青年！」

などと大騒ぎしていたけれど、ぼくは最初っから釣りの成果なんてどうでもよかったしね。

ルアー竿を手に、ぼくらは湖まで歩く。すぐそこに見えたけれど、実際はちょっと遠回りしなくちゃならなかった。ルアーはT・D・ミノーですけれどいいですか、って千波くんは言うけれど、ぼくはよく知らないし、全く頓着していない。ミミズじゃなきゃいいんじゃないかって程度のもんだ。

千波くんと慎之介は、例によって何かのパズルを解き合いながら、てくてく歩いていた。今回のは、あっちの時計が三分遅れてたとか、こっちの時計が五分進んでたとかいうやつだった。そこで本当の時刻は何時だ、なんて言いながら千波くんたちは、熱心に話し合ってたけれど、でも、ぼくはこういう類いの問題は苦手だ。ぼくの好きなのは、

問題。一時間に二分進む時計があります。正午にこの時計を合わせたとすると、三時間後には何時何分になっているでしょう？

答え。十二時六分。

というようなやつなんだ。

日差しがきつい。やっぱり東京とは違って空気が澄んでいる分だけ日光が直に降り注いでくるんだろう。きっと紫外線の量も格段に多いに違いない。

そんなことを思いながら、ぼくが桜子おばさんに借りた麦藁帽子をかぶり直した時、その事件が起こったんだ。

2

ぼくらが林の中の小道を並んで歩き、キラキラ輝く湖までもう少しという所までやって来た時だった。右手前方にある、けもの道みたいな所から、白いTシャツを着た少年が、ものすごい勢いで飛び出してきた。そして、あっという間にぼくらの寸前を横切ると、再び左の林の中に姿を消してしまったんだよ。啞然としたままぼくらがその場所を通り過ぎると、少年が飛び出してきた横道の奥の方から、

「こらあ！　待てえ！」

という老人の声が聞こえてきた。

えっ、と思ってぼくらが今来た小道を振り返ると、そこには地元の人間らしきおじいさんが、肩でぜいぜいと息をしながら小道の真ん中で腰をかがめて立ち止まっていた。千波くんが、

「どうしたんですか？」

と尋ねると、ランニングシャツのその老人は、自分の腰に下げていたタオルで汗を拭いながら、

「あのガキが、はあはあ、わしの店から、ぜいぜい、スイカを、ふうふうひいひい」

と言う。そう言われれば、さっきの少年は大きなスイカを両方の手に一つずつ抱えていたよ。あれはこのおじいさんの店から盗んだ物だったんだ。

一瞬、ぼくらはお互いに目を見合わせる。しかし言葉を交わすまでもなく、次の行動は即決した。

ぼくと慎之介は、少年の後を追って走る。千波くんは、おじいさんに、

「あなたのお家はどこですか？　ぼくらは、あの旅館の――」

などと尋ねている。その声を背中に、ぼくらは自分の腰まで背丈のある草の波を掻き分けて、少年の後を追ったんだ。

最初は、ぼくらのずっと先の方に少年のイガグリ頭が見えていたけれど、木立や夏草に紛れて、やがて全く見えなくなってしまった。慎之介は頭の後ろに結わいた長髪をブンブン揺らしながら、この道無き道をぐいぐいと草を掻き分けて前に進む。そしてその後ろにできた頼りなく細い道を、ぼくは小走りに駆けた。

何分くらい走っただろう。ぼくらは少し広い山道に出た。右か左かと迷っていた

ら、後ろから千波くんが追いついてきた。そして、キョロキョロと辺りを見回していたぼくらに言う。

「あっちです」真っすぐ正面の山を指差した。「あの山に登って行く姿が、林の中からチラリと一瞬見えました」

正面には山頂に続いていると思われる、細く急な山道があるけど、ぼくは山登りは苦手なんだよ。すぐに息は切れるし、足は痛くなるし、蛇や蜥蜴がいるしね。駐在所に連絡したほうがいいんじゃないかってぼくは提案したけれど、あいにくと誰も携帯電話を持っていなかった。

「さっきのじいさんはどうした、青年？」

と尋ねる慎之介に、千波くんは言う。

「木陰でダウンしています」

仕方ない、もう少し追うしかないか、とぼくが自分の運命を嘆いた時に慎之介は、

「面白い。必ずや捕まえてやる。勝負だ！」

などと、目をギラギラと輝かせて緑の山を睨みつけた。こんな所で勝負するなよ、頼むから。

ぼくらは九十九折りの急な山道を登る。まいったね、全く。こんなことならば登山靴を用意して来るんだったよ。

どれくらい登っただろう、やがてぼくらの目の前が開けた。やっと平らな地面の場所までたどり着いたんだ。一応道らしきものが右から左に下っていた。すれ違うのは難しいかも知れないけれど、軽自動車ならば楽々と通れるだろう。おそらくこの道は、山の頂上から麓まで通じている道なんだろうと思った。

そしてぼくらの正面には、砂地の広場があった。そこは、町内会の盆踊り会場くらいの広さしかなかったけど、その広場の脇（わき）には、幅二メートルほどの苔生（こけむ）した石段が、頂上目指して続いている。

なんか辺りは段々と不穏な雰囲気に包まれ始めてる。迷子（まいご）にならなきゃいいけど、大丈夫かね。

なんてことを考えていた時、その砂利道を右手の方から、一人の老人がゆっくりと下りてきた。杖（つえ）をついてるために、かえって体の中心軸がずれてしまって、前後左右に揺らいでる。実に危なっかしい足取りだった。

「すいません、おじいさん」慎之介はすぐにその老人に駆け寄った。「スイカ泥棒の少年の姿を見ませんでしたかね？」

その、ぬらりひょんみたいな顔の老人は、じろじろと懐疑のまなざしでぼくらを見て、無言のまま首を横に振った。

「ねえ、千波くん」ぼくは老人と会話を続ける慎之介を横目に、千波くんに言う。

「もう、戻ろうよ。やっぱりこういうことは、地元の駐在さんに任せたほうがいいよ。なんか空も暗くなってきたし」

「もう少し追ってみましょう。彼はこの道を右に登るか左に下るか、もしくはあの石段を登って行ったに違いないんですから。いくら地元の少年だからといって、この急な斜面を縦横無尽に走るのは不可能でしょう」

「でもさ――」

などと話していると突然、

「ほおーっほっほっほ……」

と老人は、ミミズクみたいな声で笑い、ぼくらを振り返り振り返りながら、また危なっかしい足取りで砂利道を下って行ってしまった。大丈夫なのかね。あんなに体が揺れてたら、下山途中で杉の木から飛び出てる枝に自分の頭を突き刺しちゃうんじゃないか心配だ。

「どうしたんですか？」

尋ねる千波くんに慎之介は、ああ、と眉をひそめて答える。

「怪しいじいさんだし、嘘か本当かは分からないが、『そんな子供は見てない』って言ってた。もしなんなら、この上に寺があるから、そこで聞いてみるといいってよ」

「そういえば」千波くんはポンと手を打った。「この山の中腹に小さなお寺があるという話を聞いたことがあります。ぼくは一度もまだ行ったことはないけれど、とっても古いお寺だそうです」

山寺だって。やだね。寺とか神社っていうのは、何となく不気味で余りぼくの趣味じゃないんだ。まあ、ぼくには寺も神社も、どっちがどっちだかはっきりと区別はつかないけどね。鳥居があるほうが神社だろうって程度のもんだ。そんなぼくの思惑をよそに、千波くんは続ける。

「あのおじいさんの話を信じるとするならば、少年は右手の道を登って行ってはいないわけですから、左に下るか、あるいはあの石段を登るかしたわけです。おそらく、もう一度麓に向かうということは考えにくいですね。さっき追いかけてきたおじいさんと、鉢合わせしてしまう可能性もありますからね。とすれば、石段を登って逃げたということは充分に考えられます」

「しかし、じいさんは変なことを言ってたぞ」

慎之介はぼくらの顔を見て腕を組む。そして、なんて？　と尋ねるぼくに言う。

「この上の寺は狸（たぬき）の寺だ。だから気を付けなさいよ、ほおーっほっほっほ。だと」

「狸？　狸寺、という名前なんですか？」

聞いたことがないなあ、と千波くんは首を捻り、慎之介は言う。

「いや分からんな。まさか坊主たちが、いつも『た抜き言葉』で喋り合ってるなんて意味じゃないだろうしな」

そんな馬鹿な寺が存在するわけないじゃないか。

でもぼくは何となく嫌な予感がして、背中がゾクッとした。よく考えれば、もうかなり山奥に入って来ているし、昼なお暗い木立からは、途切れることなく蝉の声が念仏みたいに降り注いでくる。

「やっぱり、帰ろうよ」ぼくは再び提案した。「麓に戻ろうよ。もうおじいさんも諦めてるよ、きっと。たかがスイカの一個や二個のことなんだからね。それに、お昼過ぎたから桜子おばさんのおにぎりも食べなくちゃいけないし、これ以上山奥に入って迷子にでもなったら困るし、カラスやスズメバチが襲ってきても嫌だし、百々爺や、のんのんばあが出たらどうするんだよ」

冗談じゃなく、辺りは本当にそんな雰囲気になってきたんだ。でも千波くんは、

「のんのんばあ、は人間です」と真顔で訂正する。「つまりぴいくんは、狸に化かされたら困る、と言いたいんですね」

「そういうわけでもないんだけれど……」

「でも、この場合、とりあえずお寺まで登るというのが、一番良い選択肢だと思います。こんな中途半端な場所で時間をつぶしてしまうよりも、とにかく上まで行ってみ

ましょう。そこで、さっきの子供を見つけられなかったら帰りましょう」

さすがにぼくは口には出さなかったけれど、でも、和尚さんが狸だったらどうするんだ——と言いたかったよ。しかし慎之介は、

「それがいいな」と頷いた。「古寺の化け狸って奴を、いっぺん見てみたかったんだ」

馬鹿を言うなよ！　とぼくが叫ぼうとした時には、二人は今にも崩れ落ちそうな石段を登り始めてしまっていた。

百四十七段までは覚えてる。

そこから先は完全に息が切れてしまって、意識朦朧のまま、ぼくは歩いたんだ。何か大気中の酸素濃度が極端に低くなってしまったみたいだったし、空にはどんよりと黒い雲がかかってきて、お昼だか夕方だかわからなくなってきた。その上、生暖かい風が時折ヒュウッと吹いてくるしね。このままじゃ魔道に落ち込んでしまうんじゃないかと真剣に思ってしまったよ。般若心経か金比羅真言でも覚えておけばよかったと、この時ほど痛切に後悔したことはなかったね。

そしてついにぼくらは、古ぼけたお寺の山門の前にたどり着いた。小さな寺だったな。山門の柱を見れば、そこには古ぼけた文字で「鏡大寺」とあった。苔寺の十倍くらい辺りは苔むしていた。本当にこんなところに誰かいるのかね。

と思ったら狭い境内の隅に、作務衣（さむえ）を着て竹箒（たけぼうき）を手にした一人の小坊主がいた。坊主、といっても頭はつるつるに剃（そ）り上げてはいなくって、ちょっと短めのスポーツ刈り、という感じだった。年は十歳くらいだろうか。慎之介もさすがにゼイゼイと肩で息をしながら、その小坊主に近付く。

「なあ、少年」

慎之介は、なれなれしく話しかける。これこれこういう理由で、俺たちはイガグリ頭の子供を探してるんだが、見かけなかったか？

小坊主は慎之介の顔をチラリと上目遣いに見ると、無愛想な顔のままそっけなく答えた。

「見たよ」

えっ！

ぼくと千波くんは、お互いに目を見合わせた。千波くんは叫ぶ。

「どっちに行きましたか？」

「あっちに行ったよ」

小坊主は、境内左手の林を指差す。

なるほどそこには、細い道らしき影が一本見えた。

よっしゃ！　と叫んで慎之介は小坊主に礼もそこそこに、その林の中に飛び込んだ。ぼくらもその後を追って走ったんだけれど、それは全くひどい道だったよ。いや、道という名詞が使えるんだろうか。それこそ狸か狐しか通れそうもないほどの隙間が、木や草の間に続いてるっていう感じだった。足元はぐずぐずとぬかるんでるし、藪蚊はブンブン飛んでくるし、少なくとも百ヵ所は刺されたね。しかし、ぼくらは前へ前へと進んだ。すると突然、

「あっ！」

という慎之介の声にぼくらは立ち止まる。どうしたどうした、と駆け寄ってみると、なんと慎之介のすぐ目の前は、

「崖じゃないですか！」

千波くんは顔をしかめて叫ぶ。

そうなんだよ。もう少し行った先は、切り立った崖になっていて、源義経でさえも駆け下りることは不可能だろう。

ぼくらは騙されたんだ！

だって、ここまでの間で、脇に抜けられそうな道は全くなかったし、この崖は左右の手に一個ずつスイカを抱えてちゃあ、絶対に下りられるわけもないだろうからね。崖の下にすごく深い川でも流れていれば映画みたいにダイビングできるかもしれないけれど、ただ杉の林が広がってるだけだ。ここから飛び降りたら、間違いなく木のて

っぺんに突き刺さってしまうだろう。

があーっ！　と慎之介は叫び、回れ右をしてぼくらをぐいぐいと押し戻した。あの小坊主！　許せんぞ！　などと叫びながら怒ってた。

ぼくらは再び境内に戻った。すると相変わらず蝉の声の降りしきる中、竹箒を手にした小坊主が、カサカサと庭を掃いていた。慎之介は肩を思い切り怒らせて小坊主に近付く。

「こらっ、少年！　あの道は行き止まりじゃないかっ！　本当にイガグリ野郎はあの道に入って行ったのか？」

するとと小坊主は、あっさりと言う。

「あっちだなんて言ってないよ」

え？

何だとお、と慎之介は目を白黒させて大声を張り上げた。

「じゃあ、どっちだ？」

「そっちだよ」

小坊主が指差した方を見れば、ぼくらが分け入った道の少し先に、もう一本の細い道が見えた。

じゃあ、違う道を追っかけてたわけか。ぼくは藪蚊に刺された頰を搔きながら、

「もういいよ。諦めて帰ろうよ」

と提案したんだけれど慎之介は、

「駄目だ！　帰るなら八丁堀一人で帰れ。湖で金魚でも釣って待っててくれ。俺はあくまでも、奴を追うぞっ」

と全く引き返す様子もない。それどころか、わけのわからない叫び声を上げて、その道なき道に突進して行った。

結局その道も行き止まりだった。しかも今回のひどさときたら、言語に絶したよ。よく命があったと思える程だった。

ぼくらは疲労困憊して境内に戻った。これでさすがの慎之介も、そして千波くんも、犯人追跡を完全に諦めたようだった。境内の真ん中にぼくらが輪になってペタンと座り込むと、例の嘘つき小坊主が竹箒を片付けているところだった。

慎之介は最後の力を振り絞って、小坊主に向かって怒鳴る。

「おい、こら！　いくら俺が人がいいからって、いいかげんにしろ。この嘘つき小坊主！」

小坊主は、くるりとぼくらを振り返ってキョトンとした顔で言う。

「ぼくは、あんたたちに嘘なんかついてないよ」

「なんだとお！　お前の指差した両方の道は、どっちも行き止まりだったぞっ。俺たちに嘘をついたんじゃなけりゃ、この悲惨な状況をどう説明するんだ！　本当にお前、スイカ泥棒の少年を見たのか？　それともただ、俺たちをからかってただけなのか？　どっちなんだ。きちんと十五字以内で答えろ。句読点も一字と数える！」

小坊主は慎之介に向かってはっきりと言った。

「ぼくは、見かけてなんかいないよ」

「なんだとお！」

慎之介はいつもよりも一オクターブ半高い声を上げて、よろよろと小坊主に詰め寄った。まさにその作務衣の襟首をつかみ上げようとしたその時、

「これこれ。どうしたのじゃな」

本堂の扉がカラリと開いて、今度はつるつる頭のお坊さんが姿を現した。茹で卵みたいな顔をしたそのお坊さんは言う。

「庭掃除も修行のうちじゃぞ。手を抜いてはいかん。一体、何を騒いでおるのじゃ」

はい、と小坊主は答えて慎之介の脇をくぐり抜けると、お坊さんのもとに駆け寄った。そしてぼくらを指差しながら、何かコソコソと話しかけた。お坊さんは、小坊主

の話にうんうんと何度か頷き、そしてぼくらを見てニッコリと笑った。やがて、こちらへと手招きする。

ぼくらはお互いに顔を見合わせながら、足を引きずるようにして本堂の前まで行った。そして千波くんが今までの経緯（いきさつ）を説明する。するとお坊さんは、

「それはそれは、難儀なことでしたなあ。おやおや天気も下ってきたようですじゃ。どうぞ、中にお上がりを。もし、よろしければ、庫裏（くり）から茶でも持ってきますでな」

やけに親切だね。怪しいぞ。

実際、ぼくらは腹ぺこだったし喉（のど）もカラカラに渇いていたから、すぐにでもその言葉に甘えたかったんだけれど、どうもさっきのぬらりひょんが言ってた「狸の寺」という言葉が頭の隅に引っかかってた。今の時代だから、まさか肥溜（こえだ）めはないだろうけど、どこに連れて行かれるか分からないしね。

でも、結局ぼくらは食欲にあっさりと負けてしまった。まだカッカと頭のてっぺんから湯気を上げてる慎之介を促して、全員でお堂に上がったんだ。

中はとってもひんやりとしていた。外見はボロボロだったけれど、板の間も綺麗に研（みが）かれていたし、一応本尊らしき仏像も正面に飾ってあったし、その脇には蓮（はす）の花の作り物も置いてあった。少々お待ちを、とお坊さんは姿を消して、お香の匂いの立ち籠（こ）める中、ぼくらはお堂にあぐらをかいて、だいぶ遅い昼食にとりかかったんだ。

「おい、どういうことだ」慎之介は、おにぎりを頬張りながら小声でぼくらに囁く。「なんなんだ、あの嘘つき小坊主は？　なんで初対面の俺たちに、いきなり嘘をつくんだ？」

「わかりません」と千波くんもウエットティッシュで、手をきれいに拭きながら答える。「どういうつもりなんでしょう？」

「ただからかってみたかっただけだよ」ぼくはおにぎりをつかむ。「慎之介が余りに間抜けな顔してるから」

なんだと！　慎之介はいきなりガバッと立ち上がった。

どうしたどうした、とぼくが驚いてのけぞると、

「トイレ」

と答えて、慎之介は廊下の奥に向かって姿を消した。慎之介の黒い後ろ姿が廊下の闇に紛れてしまうと、ぼくは千波くんに言う。

「やっぱり狸なんだよ。ぬらりひょんの言ったとおりだ。ぼくらはきっと狸の術中にいるんだ。あのお坊さんも怪しいよ。奴はきっと野寺坊──」

「犯人を知っているんじゃないでしょうか」

「え？」

「彼らは、スイカ泥棒の少年を知っている」

「そうだね、千波くん！　奴らは犯人の少年と顔見知りで、それを庇うために小坊主が嘘をついたり、こうやってぼくらを足止めしたりしてるんだ」

「…………」

千波くんはそれには答えずに、無言のままで、おにぎりを小さく一口大に千切っては自分の口に運んだ。ぼくもそれ以上の話を止めて、タクアンをカリッと噛んで、何気なく庭に目をやった。

すると、さっきのお坊さんが、嘘つき小坊主と何やらヒソヒソ話をしている。しかも二人でチラチラとこっちを見ながらだ。ヤバいよ、これは。何かとっても怪しい雰囲気だ。もしかしたら、安達が原に迷い込んでしまったのかもしれない。ぼくは思わず背すじがゾッとして、タクアンを板の間に落としてしまった。もったいない。

千波くんを見れば、彼の座っている場所から庭は全く見えないらしく、相変わらず楚々とおにぎりを食べている。

ぼくはそんな千波くんの姿を見て余計にあせってしまい、千波くん、と大声で呼びかけようとしてご飯粒を飲み込みそこね、むせてしまった。

「なにしてんだよ」

慎之介が手を拭き拭き戻ってきた。そこでぼくは慎之介に千波くんの説を伝える。それにお坊さんたちの挙動も不審だということを。千波くんの説には、うんうんと頷

いていた慎之介だったけれど、ぼくの意見には、

「なに？」と首を捻った。「おい、八丁堀。お前、白昼夢でも見てたんじゃないのか」

「え？」

「だって俺は、トイレの場所をあの坊さんに聞いて行ったんだぜ。あっちの廊下の奥で。庭で小坊主と内緒話はできないだろうが」

「何を言ってんだよ、慎之介。見れば分かるじゃないか。ほら――」

とぼくは庭を指差したが、そこにはさっきの小坊主が一人、そそくさと片付けものをしているだけで、お坊さんの姿なんてどこにも見えなかった。おかしいぞ。

「千波くんは見えなかった？」

「ええ……」と千波くんは首を捻る。「ぼくの位置から庭は見えませんでしたから」

ははは、と慎之介は笑って、おにぎりにかぶりついた。

「ついに八丁堀は狸に化かされたってわけだ」

違う違う、とぼくは必死の弁明を試みたけれど、おにぎりを食べながらの弁明だったために、今度はご飯粒を鼻の奥に入れてしまって、フガフガとむせてしまった。悲惨だ。

「おうおう、これはこれは」

いつのまに姿を現したのだろう、さっきのお坊さんがお茶を載せたお盆を手に、ぼくらの前に立っていた。

「麦茶がよく冷えていませんでしてな。遅くなりました」

「ご住職」千波くんは、お坊さんに向いて言う。「いくつかお尋ねしたいことがあるんですが——」

はいはい、と住職は微笑み、

「しかし私らは、じき昼の行に入ります。その後でよろしければ、何なりと」

と言って、ぼくらの前に麦茶をコトコトと並べると立ち上がり、一旦廊下の奥に歩いて行った。ぼくらはその後ろ姿を黙って見送る。千波くんは腕をじっと組んだまま何か考えごとをしてるようだし、慎之介は大きな口に三個めのおにぎりを頬張り、ぼくはよく冷えた麦茶を一口飲んだ。お堂の中は再び、しんとしてひんやりと暗く、ぼくは深海魚にでもなったような気分だったよ。

やがて廊下の奥から、ヒタヒタというしめやかな足音と衣擦れの音が聞こえてきた。そして暗がりから、さっきのお坊さんがすうっと姿を現したんだけれど——。

「あっ！」

ぼくら三人は同時に声を上げていた。千波くんたちはともかくとして、ぼくは心臓が口から飛び出すかと思ったね。本当にびっくりしたよ。なぜって、ぼくらの目の前には、全く同じ顔形の住職が二人現れたんだから。瓜（うり）二つ、いや茹で卵二つだ。どんな忍者だって、こんなに見事な分身の術は使えないだろう。

「ちょ、ちょっとよろしいですか！」

千波くんは、今まさに仏前に正座しようとしていた二人のお坊さんに声をかけた。

「何か？」

「何か？」

二人は同時にこちらを振り向いた。そして同時にニッコリと笑う。不気味だ。

「あ、あの――」

さすがになかなか言葉を継げない千波くんに向かって、お坊さんたちは言う。

「私らのことですかな？」

「私らのことですかな？」

ユニゾンで答える。そして二人は顔を見合わせて笑うと、正座したままの姿勢で、ゆっくりと口を開いた。

「私らは双子ですじゃ」

「見事な双子ですじゃ」

双子！

「じゅ、住職は双子さんなんですか？」

大きく目を開いたまま瞬き一つせずに尋ねる千波くんに、彼らは微笑んだんだ。

「いかにも、いかにも」

「いかにも、かように」

まいったね。これでさっきの話の説明がついたよ。慎之介が廊下で会ったお坊さんは、最初にぼくらに声をかけてきた方で、ぼくが庭に見かけたお坊さんは、もう一人の（どっちが兄か弟かは分からないけれど）お坊さんだったってわけだ。

「私は」向かって右側のお坊さん。「兄の綿貫寛蔵と申します」

「私は」向かって左側のお坊さん。「弟の綿貫仁蔵と申します」

では——。と再び仏壇に向き直ると二人のお坊さんは、ぼくらに背中を向けて、ポクポクと木魚を叩きながら声高らかに読経を始めてしまった。それは素晴らしく息の合った読経だったね。

ぼくが心から感心していると千波くんが、クスッと笑った。

どうしたの？　と尋ねるぼくに千波くんは言う。

「ぼくには全てが分かりました」

なになに？　と身を乗り出すぼくと慎之介を誘って、千波くんはお堂から出る。そして境内に下りる階段の真ん中あたりで、三人並んで腰を下ろしたんだ。

「何が分かったの？」

尋ねるぼくに、千波くんは微笑む。

「さっきここに来る途中で出会ったおじいさんの言葉です」

「ぬらりひょんの？」

ええ、と千波くんは頷く。

「ここは狸の寺だ、と言ったんじゃありません」

「じゃあ、なんて？」

「『この上の寺、綿貫の寺だ』と言ったんでしょう」

あっ、そうか！

この上のてらわたぬきの寺……。

「し、しっかし青年」慎之介は額にしわを寄せて千波くんに問いかけた。「どうして気をつけろ、と言ったんだ」

「住職が双子だからですよ。よく注意していないと、どっちがどっちだか、きっと地元の人でも見分けがつかなくなってしまうからでしょうね。その上もしかすると――」千波くんは楽しげに笑った。「ひょっとしたらあの小坊主も双子だったんではないでしょうか」

「えっ！　あの嘘つき小坊主も？」

ええ、と千波くんは頷く。

「ぼくはそう思っています」

「じゃあぼくらは、二人の小坊主に会っていたというの？」

はい、おそらく。と千波くんは微笑んだ。

「一回目、二回目の小坊主の態度はともかくとして、三回目に会った小坊主は、饗庭さんの質問に本心から驚いて答えていたようでした。それはそうでしょう。あの時、ぼくたちに初めて会ったにもかかわらず、いきなり饗庭さんに怒鳴りつけられては誰だって驚いてしまう」

ということは。

「後ほど住職に確認すれば全てが分かるでしょうけど、おそらくは彼らも双子で、一人は嘘つきなんでしょうね……。饗庭さん」

「なんだ、青年」

「正直族と嘘つき族の問題ですよ。いいですか、まずぼくらは小坊主Aに会ってこう尋ねました。イガグリ少年を見たか？　と。するとAはこう答えましたね。『見たよ』『あっちに行ったよ』と。

しかしこの証言が嘘だったということは、現実に『あっち』の道が行き止まりだったということで確認されました。そして再び境内に戻ってきたぼくらはAに尋ねました。本当にイガグリ少年は、あっちの道に入って行ったのか、と。するとAはこう答えました。『あっちだなんて言ってないよ』『そっちだよ』と。ところが『そっち』の道も行き止まりで、この発言もまた嘘だったわけです。

さて、三回目にぼくらが会ったのが双子のもう一人、正直B君だったとしましょう。これで論理は通るでしょうか。彼は『俺たちに嘘をついたな』という饗庭さんの質問に対して『ぼくはあんたたちに嘘なんかついてないよ』と答えました。彼がB君であれば、この証言は誤りではありません。そして次に『見かけてなんかいないよ』と言いました」

千波くんは一息ついて、ぼくと慎之介はうんうんと頷く。それを確認して千波くんはまた続ける。

「まだあくまでも仮定の域を出ませんけれど、このように一回目、二回目が嘘つきA。そして三回目が正直Bと考えれば、これで全ての話は通じます」

「じゃあ」ぼくは千波くんに尋ねる。「今言った論が正しいとするとAは嘘つきなんだから、一番最初に言った『見たよ』という言葉も嘘になって——」

そうです、と千波くんは髪をパサリと掻き上げて答える。

「A君は実際には誰も見かけていなかったんでしょうね、おそらく。そして正直B君は『見かけてなんかいないよ』と言った。つまり、実際は二人ともイガグリ少年を見ていなかったんでしょう」

「なるほど」慎之介は大きな顎をつるりと撫でる。「もしも青年の推論が正しいとすれば……じゃあ、あのスイカ少年は一体どこに行っちまったんだ？」

千波くんは細い指を、すっと上げた。

「ぼくらがあのおじいさんと出会った道を、右折か左折して逃げていってしまったんじゃないでしょうか。とにかくこの寺には、やって来なかったようですね」

なるほど。

ぼくらのひと夏の冒険も、ここで終着点を迎えたというわけか……なんて思って、ぼくがお堂を振り返ると、ちょうど住職たちが読経を終えて、くるりとこっちを向いた。

どうぞどうぞ、と同じ顔が二つ、ぼくらに言う。

「さて、じゃあ確認してみましょうか」

と腰を上げた千波くんを先頭にして、ぼくらは再びお堂に上がったんだ。

3

「まあまあ、お座りくだされ」と寛蔵さんは、ぼくらにニコニコと笑いかけた。「この仁蔵と二人してこの寺を預かっておりますじゃ」

それを受けて仁蔵さんは、今にも首の骨が折れそうなくらいに、コクリコクリと頷きながら言う。

「古い寺を、兄と二人で預かっておりますじゃ」

そして急に背すじをピシリと立てると、この寺の縁起をぼくらに語り始めた。

「この寺は今こそ斯様（かよう）な風体に成り果てておりますが、実に由緒正しき寺でありましてな、マンダラ即ち宇宙。宇宙即ち大日如来。大日如来即ち——」

何だかよく分からないけど、ぼくらはうんうんと頷いて仁蔵さんの話を延々と聞く。よっぽど観光客なんて来ないんだね。十年ぶりに訪ねてきた孫に聞かせるように、仁蔵さんは威厳をもって、でも楽しそうに話した。

「——という理念の下に、かの後醍醐（ごだいご）天皇」

「後醍醐天皇！」慎之介が叫んだ。「建武（けんむ）中興を成就し、吉野に南朝を興し、真言立（たち）川（かわ）流をも極めたという！　この寺は後醍醐天皇を祀（まつ）ってあるのか」

仁蔵さんは、プルプルと首を横に振る。

「その時代に、南朝方で大いなる功績を残した、北畠顕家(きたばたけあきいえ)」

「北畠顕家！」今度は千波くんが叫ぶ。「『神皇正統記(じんのうしょうとうき)』を著した親房(ちかふさ)の息子で、後醍醐天皇とともに各地を転戦した後、和泉国(いずみのくに)で戦死してしまった」

「——の家来の一人に、椋梨三郎太(むくなしさぶろうた)という者がおったのじゃ」

なんだかずいぶん混沌(こんとん)としてきたね。

でもまあ、とにかく北畠顕家とともに南北朝時代を戦った人なんだ、なんてぼくが思っていたら、今度は寛蔵さんが続ける。

「その椋梨三郎太の母方の甥(おい)の息子の山嵐伝(やまあらしでん)右衛門(えもん)の屋敷で働いておった嘉助(かすけ)という男が、ある日道端で木彫りの観音像を拾ってな。それをこの寺の御本尊として祀っておるのじゃ」

ズルッ、とこけそうになった。

なんだよ、と思わず慎之介が呟(つぶや)いた。その言葉に寛蔵さんの耳が、ピクリと動いた。そして、

「たわけ！」

と一喝(いっかつ)する。いまどき珍しい言葉だね。

「当山の御本尊の霊験はあらたかじゃぞ！　三日三晩苦しんでおった田中家夫人の便

秘も、みんごと解消したれば、星野家主人の虫歯の痛みもピタリと抑えた。また、大村家のご子息も、お受験をみんごと乗り越えられた。古方の妙用、種々ありて思議すべからず！　薬師如来様の再来じゃわい！」

さっきは観音像って言ってなかったか？

まあ、いいけどね。

そして、またしばらく寛蔵さんの話が続いた。そこに仁蔵さんが、そうですじゃそうですじゃ、などと合いの手を入れる。まるで双子の漫才を見てるようだったよ。

やがて、その話も途切れると千波くんが、

「ちょっとお尋ねしたいことがあるんですけれど」

と背すじをきちんと伸ばして口を開いた。二人のお坊さんは、じろりと千波くんを見る。

「何なりと」

「何なりと」

「あの、小坊主さんのことなんですが……」

「ああ」

「ああ」

住職たちは、こくりこくりと頷く。

「彼らがなにか粗相(そそう)をしましたかな」

「彼ら！　ということは」千波くんの目がキラリと光った。「小坊主さんたちは、やっぱり双子——」

「違いますのじゃ」

「違うのですじゃ」

二人揃って、首を横に振った。

え？　そんな。

一瞬顔を曇らせる千波くんに向かって、仁蔵さんは言う。

「小坊主は、実は——三つ子ですじゃ」

なんだあ!?　と素っ頓狂な声を上げたのは慎之介だった。

「三つ子お？」

うんうん、と住職たちは頷く。

「国夫(くにお)、数夫(かずお)、英夫(ひでお)といいまして、一卵性の三つ子ですじゃ」

「三人ともに、実によう似とりますじゃ」

「わしらが見ても区別がつきませんじゃ」

全くつきませんじゃ全くつきませんじゃ、と斉唱する。

ポカンと口を開けたまま絶句するぼくたちに向かって、住職たちはなおも追い打ちをかけてきた。

「しかも困ったことに――」

「困ったことに、国夫は正直者じゃが――」

「数夫は嘘しかつきませんのじゃ。そして、英夫は――」

「英夫は、本当のことと嘘を、きちんと交互に口にしますのじゃ」

困った困った、と二人は同時に、つるりと自分の頭を撫でた。

「交互にい？」慎之介は叫ぶ。「どういうこった？」

「はい」

「はい」

住職たちは、こくりと首を折る。そして寛蔵さんが答えた。

「英夫は、朝起きて最初に口にしたことが真実であれば、次は嘘、次は本当、ときちんと順番に口にしますのじゃ。それが英夫のポリシイですじゃ」

そんなポリシーがあってたまるかと思ったけれど、事実そういう人間がいるなら仕方ないのかね。

「いつからそんな――」

と唖然とした顔で尋ねる千波くんに、住職たちは互いに顔を見合わせた。

「さあて……」

「さあて……」

「いつからじゃろうか」

「昔からじゃったろう」

「しかし」寛蔵さんは言う。「この性質は、きゃつらが死ぬまで抜けんでしょうな。三つ子の魂、百までっちてな」

ふおふおふおふおっ、と二人は笑ったけれど、余りに予想できたオチに、ぼくは笑う気力も失せてしまったよ。

でも、とにかく事態は新たなる混沌に向けて、急展開の様相を呈してきたというわけだ。

「ということは――」千波くんは自分の耳たぶを、くりくりと捻りながら唇を尖らせた。

眉間にしわを寄せて考え込む千波くんを横目に、ぼくも悩んでしまったよ。慎之介もさすがに、うーむ、と腕を組んで唸っていた。とにかく、はっきりしてることは、さっきの千波くんの推論が脆くも崩れ去ってしまう可能性が高くなってきてるってことだね。小坊主が双子ではなくて三つ子だった、というところまではいいとして、その三人が正直、嘘つき、嘘と本当を交互に言う、という変態トリオなんだから。

国夫が正直、数夫が嘘つき、英夫が嘘と本当、というのはいいとしよう。じゃあ、最初に会ったのは誰だ？

あの小坊主が嘘をついていたからと言っても、それが数夫だとは限らないからね。英夫だって嘘をつく。しかも、本当のことと交互にだろう。ということは——。

「どうなってるんだ？」

顔を覗き込むぼくに向かって慎之介は、腕を組んだまま、

「つまり——」

と言ったけれど、そこであっさりと詰まってしまった。果たしてぼくらは——、
その三人の誰と会っていたんだろうか？

その三人に一回ずつ会ったんだろうか？

その中の一人と三回会ったんだろうか？

そうでなければ、一人と二回会い、他の小坊主と一回会ったんだろうか？　一回目と三回目に会った小坊主は一緒で、二回目に会ったのだけが違う小坊主だったたって可能性もある。だから——。

まいったね。

「とっ、とにかく」慎之介がしびれを切らして叫んだ。「小坊主たちをここに呼んでもらえますかね？」

結構、結構、と住職たちは頷き、

「これ、小坊主。こちらへ」

「これ、小坊主。こちらへ」

と二人で声を合わせて奥に向かって叫んだ。すると暗がりから、

「はーい」

という綺麗な三重唱の声がして、パタパタと可愛らしい足音とともに、さっきの小坊主が姿を現したんだ。改めてじっくりと正面から見直しても、横から眺めても、斜めから注視しても、全く同じ顔だったよ。顔どころか体形も、プラモデルのように全く同じ型に入れて製造したんじゃないかと思えるほどだった。

三人の小坊主は、仁蔵さんの下手に一列に並んで座る。そして、さっきとはうって変わって丁寧に、一人ずつぼくらにお辞儀した。

「国夫です」

「英夫です」

「国夫です」

なんで国夫が二人いるんだよ！

そう叫びそうになってぼくは、その言葉を飲み込んだ。数夫は嘘つきなんだった。素直に自分の名前を言うわけもない。

「これ、数夫！」仁蔵さんが叱る。「またお前は嘘を！」

でも、三人のうち誰が数夫なんだか分からないんだ。仁蔵さんは一人ずつ順番に見つめるしかなかった。しかし三人のサイボーグ小坊主は、みんなキョトンとあっけにとられた顔で仁蔵さんを見返した。そして口々に、

「和尚さん。ぼくは数夫じゃないよ」

「和尚さん。ぼくは数夫じゃないよ」

「和尚さん。ぼくは数夫じゃないよ」

なんて言う。それどころか三人が三人ともに自分の隣の人間を指差し合って、

「こら数夫、正直に答えろ」

「数夫は、お前じゃないか」

「お前が、数夫じゃないか」

「数夫はぼくじゃないだろ」

「こいつめ、数夫のくせに」

なんて大騒ぎを始めた。ああ、うるさい。

「とにかく！」寛蔵さんが怒鳴った。「お客様の前で見苦しいぞよ。まずは順番にここに座りなさい。こっちから、国夫、数夫、英夫の順番じゃ」

小坊主たちは一斉に立ち上がったものの、イス取りゲームのようにキャーキャーはしゃぎながら、狭いお堂の中をドタバタと走り回ったんだ。全く同じ姿形の小坊主

が、パタパタと入れ代わり立ち代わり、口々に叫び合いながら、トランプをシャッフルしてるみたいに走り回る。その光景は、まさに３Ｄの悪夢のようだった。こいつらだけは本当に狸なんじゃないか、と真剣に思ったよ。

があーっ！　と慎之介は閻魔大王のように立ち上がって怒鳴った。

「ウロチョロするなあ！　そしていっぺんに二人以上揃って口を開くな！　イライラするだろうがッ」

そして小坊主の襟首をつかむと、子猫をぶら下げた親猫のように一人ずつ無理矢理に座らせた。

「何だよ」

「何だよ」

「何だよ」

「乱暴するな」

「乱暴だなあ」

「乱暴は反対」

うるさいったらありゃしないよ。人の質問には、それぞれ答えが違うくせに、自己主張する時は全員一致の発言になるのかね。

「――というようになってしもうてな」寛蔵さんは嘆息した。「わしらも小坊主たちが、誰が誰だかわからなくなってしまうのじゃ」

「そうなのじゃ」仁蔵さんも言う。「不可思議な世界なのじゃ」

「親御さんには区別がつくようなのじゃが――」

「どこが違うのじゃろうかと尋ねたところ――」

「こんなに違うじゃないですかと言われてしもた」

「どこが違うのじゃとわしらは聞きたかったがな」

外見的な特徴は全くないんですか？　と千波くんは弱々しく尋ねたけれど、どうもそれが無理そうなのは、ここから見ていても明らかだったよ。

違う格好でもさせればいいのにね。顔も体つきも同じ上に、寸分違わない作務衣を着てるんだから。せめて、赤・青・黄の三色の作務衣にするとかならばね。

でも、誰がどの色を着てるかが分からなければ、結局は同じことか。なんてぼくが一人思っていると、寛蔵さんたちが千波くんの質問に答えて口を開いた。

「ありますじゃ」

「一つあります」

え？

「ほくろの数が違うのじゃ」

「三人とも数が違うのじゃ」

「国夫は一つ、数夫は二つ」

「英夫は三つありますじゃ」

では！　と身を乗り出した千波くんの前で、二人のお坊さんたちは声を合わせて、

「しかしのう」と嘆息した。

「そのほくろの場所じゃが……」

「ほくろの場所が問題じゃ……」

場所がどうした？　と尋ねる慎之介に、寛蔵さんは答える。

「小さく、それぞれの臀部（でんぶ）にありますのじゃ」

「でんぶ、と言ってもご飯にかけるではなく」

分かってるって！

「無理に見せろと言えませんからのう」

「変な誤解を招きかねませんからのう」

ほっほっほっほ、と二人のお坊さんはお互いに顔を見合わせると、口元に手を当てて意味ありげに笑った。

なんなんだ、こいつらは。

でもとにかく小坊主たちは、ようやくのことで仁蔵さんの下手に一列に正座したんだ。そこで千波くんは改めて尋ねた。

「きみたちはさっき、ぼくらに会いましたよね？」

一番右の小坊主Aだけが、うん、と頷く。B、Cは黙ったまま首を横に振った。それを確認して千波くんは二番目の小坊主Bに尋ねる。

「きみはぼくらと会っていないんだね？」

うん、と頷く小坊主Bに畳みかける。

「きみの右隣に座ってる」小坊主Cを指差す。「彼は数夫くん？」

小坊主Bは、再びコクリと頷いた。

千波くんは、小坊主Aに戻って再び尋ねる。

「今の彼の言葉は正しいかい？」

嘘だよ、と小坊主Aは答える。

「数夫はぼくだよ」

ぼくは頭の中が、もずく酢のようにこんがらがってしまったけれど千波くんは、ニッコリと笑った。

「ぼくには誰が誰だか分かりました」

えっ！

「じゃあ、千波くん」ぼくは驚いて叫ぶ。そして小坊主Aを指差したんだ。「この小坊主は——」

その時。

「シャッフルシャッフル！」

と三人の小坊主たちは叫んで立ち上がり、キャーキャーと走り回り出してしまった。あっけにとられているぼくらの目の前を、ぐるぐるドタバタと走る。そしていきなり、ピタッと動きを止めると、さっきと同じようにきちんと正座した。

こいつら！

「おい、小坊主！」慎之介が、業を煮やして、雷神のような顔で怒鳴りつける。「俺たちをからかってるのかッ。お前ら、もう許さんぞ。ああ、誰が何と言っても許さん！」

慎之介が席を蹴って立ち上がると小坊主たちは、

「大黒天が来た！」

「地獄の使者だ！」

「暗黒の帝王だ！」

キャー、助けて、などとはしゃぎながら、慎之介と鬼ごっこを始めてしまった。

そのうるさいことうるさいこと。もしも健康診断で、ぼくの鼓膜にひびが入っていたとしたら、それはきっとこの時の騒音災害が原因だね。

「喝ッ！」

寛蔵さんが叫んだ。

小坊主たちはピタリと止まり、慎之介はつんのめりそうになって、自分の両足をお堂の床に踏ん張った。

寛蔵さんは、ぼくらに向かって深々と一礼する。

「いや。久々の客人をお迎えして、このように小坊主たちも浮かれてしまい、申し訳ございませんな。まあここは、世間知らずの餓鬼のすることと、大目に見てやってくだされ」

「そうしてくだされ」仁蔵さんも言う。「決して悪気はないのですじゃろうから」

そうですじゃそうですじゃ、と三人の小坊主も住職たちの口真似をして合唱した。まいったね。

「それで」寛蔵さんは、千波くんに尋ねる。「他に何か、ご質問はありますまいか？」

どこが、他に何か？　だよ。あるわけもないだろう、こんな状況じゃ。

もういいかげんにして欲しかったよ、全く。

「ちょっと、外の新鮮な空気を吸ってきます」

千波くんは頭を振り振り、立ち上がった。ぼくと慎之介も、千波くんの後についてお堂の外に向かった。その後ろから寛蔵さんの、

「私らはまだしばらくここで、小坊主たちに読経させておりますで、何か尋ね忘れた

ことでもあれば、またどうぞ」

　という声が聞こえてきた。

　可愛らしいソプラノの三重唱を背中に聞きながら、ぼくらは境内に降り立った。もう帰ろうよ、と愚痴るぼくに向かって、さすがの慎之介も珍しく同調した。そして千波くんに、

「それがいいぞ、青年。さっきの老人の言葉通り、やっぱりここは狸寺だ。もう引き上げよう。ただし、あの小坊主たちの頭を一発ずつ殴ってからだ」

などと物騒なことを言う。しかし千波くんは、ぼくらの正当な提案を一蹴（いっしゅう）した。

「駄目です。ぼくはまだ帰りません」

「だって」ぼくは唇を尖らせて抗議した。「どうせ、スイカ泥棒の少年も、もうどこかに逃げてしまっただろうし、あの小坊主たちといくら話をしても埒（らち）が明かないだろうし、ねえ千波くん、ブラックバスを釣るんじゃなかったの？」

「釣りならば、明日の朝でもできます」

「でも、こんな場所にいても、何も事態は進展しないよ。打つ手がまるでないんだからさ」

　いいえ、と千波くんは、その透き通るような瞳で、ぼくの顔を正面から見つめた。

「いいですか、ぴいくん。ぼくらはすでに、全ての鍵を握っているんですよ」

「どこの鍵？」

「どこの、じゃなくて」

千波くんは真摯（しんし）な眼差しをぼくに、そして慎之介に投げかけた。

「ぼくたちはさっきここで、どの小坊主に会ったのか？　そして、どの小坊主に少年の行方を尋ねたのか？　果たして小坊主たちは、実際にイガグリ少年を目撃していたのか？　これら全ての疑問を解くための鍵です」

まさか！

だってぼくなんか、頭の中の回路が完全にショートしてしまっていて、もう三つ子だろうが、六つ子だろうが、ちび太だろうが、誰を見ても全く区別がつかなくなってしまってるんだからね。

千波くんは、境内に大きく一本そびえ立ってる杉の木の根元に腰を下ろした。ぼくと慎之介はその両脇に座る。

「それで、青年」慎之介は、大きな瞳を一層大きく見開いて千波くんに尋ねた。「青年は、この複雑怪奇な謎が解けたというのか？」

いいえ、千波くんは首を横に振る。

「これから解くんです。さっきぼくが立てた双子説は、脆くも打ち壊されてしまいましたからね。いいですか、とりあえず今、ぼくらが握っている鍵は、六つあります」

「ぼくらが尋ねた時の、小坊主たちの返事だね」

「そうです。これを分類してみましょう」

千波くんは自分に言い聞かせるように、ゆっくりと口を開いた。

「まず一回目。

『見たよ』

『あっちに行ったよ』

続いて二回目の時。

『あっちだなんて言ってないよ』

『そっちだよ』

最後に三回目の時。

『ぼくはあんたたちに嘘なんかついてないよ』

『見かけてなんかいないよ』

以上の六つの返事から、ぼくたちは小坊主たちがそれぞれ誰だったかを割り出せばいいんです」

ひえーっ、とぼくは音を上げてしまった。こんなの何回聞いたって誰が誰だかなんて分かるわけもないよ、と叫ぶぼくを千波くんは、サラリと見た。

「ぴいくん。これは数式ですよ、ぴいくんの大好きだという」

そう言われれば確かにそうだろうけど、こんな数式を解くくらいならば、まだ歴史の年表を丸暗記するほうが楽だと思ったね。

だってまず、最初に会った小坊主が国夫だとすると、彼の言葉は本当だ。でも「あっち」には少年はいなかったし、とすると数夫かな？　でも、英夫だって嘘をつくこともあるし、とすればその前の言葉は本当のことだし――。

ぼくの頭の中は、完全にこんがらがってしまっていた。

「しかし青年」慎之介はポケットから煙草を取り出して、一服する。「組み合わせとしては、一回目、二回目、三回目の小坊主が、それぞれ国夫、数夫、英夫だったという可能性があるのだから、全部で三×三×三で二十七通りもあるぞ」

「いいえ」千波くんは笑う。「国夫くんは、決して嘘はつかないんですよ、饗庭さん。あの小坊主の言った『あっちに行ったよ』という言葉と『そっちだよ』という言葉は嘘だったわけです。ぼくらが自分で確認したわけですからね。ということは、一回目と二回目に会った小坊主は、数夫か英夫であるかも知れないけれど、少なくとも国夫ではない、ということになります」

「なるほど」慎之介は頷く。「しかし、それでも二×二×三で十二通りもある」

「たった十二通りです。全ての可能性を当たったとしても、五分とかかりません」千波くんは、ファサリと前髪を搔き上げて、ぼくと慎之介の顔を交互に見た。「とりあえず、一回目と二回目の組み合わせを考えてみることにしましょう。いいですね」

その言葉にぼくらが頷くと、千波くんはゆっくりと話し始めた。

「まず一回目が数夫だったとした場合。彼の発言は両方とも嘘になるわけですから、彼はイガグリ少年を見てもいないし、また当然『あっち』にも行っていないわけです。これはこれで成り立ちます。

続いて、二回目も数夫だったとしたらどうでしょう。彼は当然のごとく『あっちだなんて言ってないよ』と言うでしょうし『そっちだよ』という言葉も嘘なわけですから、これも成立します。

では、二回目が英夫だとしたなら？　『あっちだなんて言ってないよ』という言葉は本当のことですから、次にくる言葉が嘘になるわけです」

「成り立つな。実際に『そっちだよ』というのは嘘だったんだから」

「ではこれはここまでとして、それでは一回目が英夫だった場合を考えてみることにしましょう。まず『あっちに行った』という言葉が嘘だったんですから、『見たよ』という言葉が本当になります。これを前提として、二回目が数夫だったという可能性はあるでしょうか？」

「それはないよ」ぼくは否定する。「だって数夫だとしたならば、ぼくらと初対面のはずだろう。それなのに『あっちだなんて言ってないよ』というのは、正しい答えになってしまうからね。嘘じゃなくなってしまうよ」

「その通りです。とすると、二回目も英夫だったのでしょうか？」

「それはないぞ、青年」今度は慎之介が言う。「『あっちに行った』というのが嘘である以上、英夫の次の言葉は真実のはずだ。しかしあの時小坊主が言ったのは『あっちだなんて言ってないよ』だ。これでは、嘘——嘘、となってしまうから、英夫のポリシーに反してしまうことになるな」

「そうですね。つまり、以上のことから、一回目にぼくらが会ったのは国夫でも英夫でもなかった、しかも国夫とは二回目にも会っていない、という結論が出ました。つまり——」

千波くんは小枝を拾って、地面にこう書いた。

1、数夫——数夫——

2、数夫——英夫——

「という図式ができあがったというわけです。さて、この図式1で、三番目が国夫としたならばどうでしょうか？　可能性としては、ありますね。ぼくらに初めて会った国夫は『あんたたちに嘘なんかついてないよ』と言うだろうし、もしも実際に少年の姿を見ていなければ『見かけてなんかいないよ』と言うでしょうから」

千波くんは小枝を握って、図式につけ加える。

1、数夫——数夫——国夫

「つぎに図式1で、三回目が数夫だったとした場合は？」

「『見かけてなんかいないよ』という発言と、奴が最初に言った『見たよ』という発言が矛盾してしまうな」慎之介は、プカリと煙草をふかした。「ありえない」

「そうです。では、英夫だったら？」

「『あんたたちに嘘をついてない』という発言が本当とすれば、次の『見かけていない』という発言が嘘か……。式としては成り立つな」

慎之介の言葉に千波くんは頷いて、

1、数夫——数夫——英夫

と地面に書いた。

「次に図式2です。三回目が国夫だとしたならば、この話は通じるでしょうか。先ほどと同じ理由で、見事に通じますね」

千波くんは、

2、数夫――英夫――国夫

と書く。

「では、数夫ではどうでしょうか？　これもやはり先ほどと同様、『見たよ』という言葉と、『見かけてなんかいないよ』という言葉が矛盾してしまうため、駄目です。それでは英夫ではどうか？　『そっちだよ』という言葉が嘘であった以上、『あんたたちに嘘をついていない』という言葉は本当でなくてはなりません。しかし、これでは嘘になる。とすると、嘘――嘘、という順番になってしまって、これも成り立ちません。つまりここでの可能性として、

1、数夫――数夫――国夫
2、数夫――数夫――英夫
3、数夫――英夫――国夫

という三つの図式が残されたというわけです」

「おう。三通りに絞れたな」慎之介は満足気に頷いた。「しかし、ここまでが限界だろう。もう駒がないぞ、青年」

その言葉に千波くんは、いいえ、と慎之介を見て微笑んだ。

「い、い、い、あるんです」

「なにい？」

あるんですよ饗庭さん、と千波くんは言う。

「さっき、お堂の中に三人が並びましたよね。そしてぼくが、彼らにいくつか質問しました。それが最後の鍵です」

「あれか！　青年が、誰が誰だか分かったと言っていたやつか？」

「そうです」

「しかしその後、小坊主たちは自らシャッフルしてしまって、青年の指摘を煙に巻いてしまったじゃないか」

「そうだよ」ぼくも慎之介の言葉に頷いた。「結局ぼくらは、小坊主たちにからかわれてしまって、三人がそれぞれ誰だったのかは分からずじまいだったじゃないか」

いいえ、千波くんは首を振る。

「いいですか、あの時の場面を思い出してください。正面右から、小坊主A、B、C、と並んでいます。そしてぼくはまず全員に『さっき、ぼくたちに会いましたよね？』と尋ねたんです。するとAだけが、『うん』と頷きました。ということはつまり——」

「Aは数夫じゃないってことだな！」

「その通りです、饗庭さん。今、検討した結果から考えても、どのパターンにしたところで、数夫はぼくらと会っているはずなんです。ですから彼は、ぼくの質問に対しては『会っていない』と答えるに決まっているんです。つまり、小坊主Aは、国夫か英夫のどちらかだということですね」

なるほど。ここまでは理解できたよ。

千波くんは、淡々と続ける。

「では、Aは国夫だったのでしょうか？　ところが、ぼくが彼に再度質問した時に、彼は何と答えたでしょうか？」

ぼくは頭の中で必死に思い出す。

〝今の彼の言葉は正しいかい？〟

〝嘘だよ。数夫はぼくだよ〟

あっ！

「Aは国夫じゃないよ！」ぼくは叫んだ。「正直小坊主だったなら、自分のことを数夫だなんて言うはずないもの」

「その通りです、ぴぃくん。ということは——」

「Aは英夫だったんだ。ここで嘘をついていたんだね。ってことは逆算していけば、その前の答えは本当だったたってことだね」

「だから？」

「だから英夫は、ぼくらと会っていたということだ！」

「そうです」千波くんは髪をサラリと風になびかせる。「つまりここで『数夫——数夫——国夫』というラインは消えたということです。と同時に、Aが英夫ならば、BかCが国夫です。この重要な意味が分かりますか？」

「え？」

ぼくが首を捻った時、慎之介が煙草の吸い殻をぎゅうっと足で踏み消して叫んだ。

「分かる！　分かるぞ、青年！　BもCも、俺たちに会ったかという質問に、いいえと答えた。つまり、B、Cのどちらが国夫だか数夫だかは分からんが、どっちにしたところで、国夫は俺たちとは会っていないと答えたわけだ。そしてそれは、正直な答えだということだな」

そうだね！

つまりここで――やっとのことで――結論が出たってわけだよ。長かったね。ぼくらが会ったのは、数夫と英夫の二人だ。そしてその順番は、

一回目・数夫。
二回目・数夫。
三回目・英夫。

ということだったんだ。

「蛇足ですけれど」千波くんはぼくを見て「あの時の小坊主A、B、Cが、それぞれ英夫、国夫、数夫だということは、すぐに分かりました。あとでぴいくんも確認してください」

と言うけれど、きっとぼくは、そんな面倒な仕事には手を染めないだろうと心秘かに思ったね。ぼくの代わりに、いつかどこかで誰かにやっておいてもらおう。

「とにかく、問題がすっきりしてよかったね」ぼくは立ち上がると「さあて、帰ろうか」

と言ったんだけれど、そんなぼくの顔を千波くんはサラリと見上げた。そしてぼくに向かって微笑みかけてきたんだ。

「帰るですって、ぴぃくん？　せっかく、イガグリ少年を本当に見た小坊主が誰、だ、か分かっ、た、と、い、う、のに？」

え？


「ぴぃくん」

千波くんはぼくを諭すように口を開いた。ぼくより二歳も年下なのに、これじゃまるで立場が逆だね。

「事の本質を見誤ってはいけません。今まで何のためにぼくたちが、小坊主を特定しようとしていたのかという理由に気づいていなかったんですか？」

「？」

「それは、三回目に会った小坊主が誰か、という真実を知りたかったからです。彼の、言、葉、こ、そ、が、最も重要なんですから」

啞然としてぼくは千波くんの顔を、そして慎之介を見た。すると突然、慎之介は大声で、

「ああっ！」

と叫んで立ち上がった。

「そうか、青年！　三回目に俺たちが会った小坊主は英夫だ。奴は、嘘と本当を交互に言う――」

そうか！　おそまきながら、ぼくもやっと気づいたよ。

「英夫の『ぼくはあんたたちに嘘なんかついてないよ』という言葉は真実だった。すると次の言葉は嘘だ。つまり、『見かけてなんかいないよ』という言葉は嘘になるというわけだ」

ぼくは頭の中で、必死に小坊主たちの言葉を反芻（はんすう）する。

つまり……ということは……。

「ということは！　あの時、英夫は見かけていたんだ！」

叫ぶぼくに千波くんは、そういうことです、と静かに答えた。

よっしゃあ！　と慎之介は大股でお堂に向かって進む。でも――。

「ちょっと待てよ、慎之介」

「なんだ、八丁堀？」

「お前は英夫を詰問しに行くわけだろう」

「もちろんそうだ」

「でも――あの三人のうち、一体誰が英夫なんだ？」

そっ、それは……、と慎之介はモゴモゴと言葉を濁す。立ち往生した弁慶のような慎之介の後ろ姿に向かって笑いかけながら、千波くんはゆっくりと立ち上がり、パンパンとズボンの泥を払った。

「ここまでくれば」軽くウインクする。「簡単なことです」

4

お堂の中で、ぼくらは再び三つ子の小坊主たちと向かい合って座った。そしてぼくらの横には、茹で卵二つ――寛蔵さんと仁蔵さんが正座してる。

千波くんは小坊主たちに尋ねた。

「今は夏だね？」

三人は答える。

「うん」

「違うよ」

「冬だよ」

彼らが答え終わるや否や、千波くんはすかさず質問する。

「夏は暑いねえ？」

「うん」

「寒いよ」

「うん」

「彼です！」

と千波くんが叫ぶと同時に慎之介が、三人目の小坊主に飛び付いて床の上に押し倒した。小坊主は慎之介の大きな体の下でじたばたと手足を動かしたけれど、ちょっと体格的にも体力的にもそれは全く無駄な抵抗だったね。

残りの小坊主たちは驚いて立ち上がり、

「えいえい」

「やあやあ」

とポカポカ慎之介を殴ったけれど、そいつらはぼくが後ろから取り押さえたんだ。少してこずったけれど、ぼくだって伊達（だて）に毎朝満員電車に揺られて代々木まで通ってない。まだまだ体力はあるさ。

でも、それを見た寛蔵さんたちはオロオロしてしまって、

「これ無体な」

「こりゃ大変」

腰を浮かせたけれど、千波くんが、どうしても英夫と話をしたいという理由を懇々と説明すると、

「やれやれ、それではしょうがない」

「ただし、あまり無茶はせぬように」

「なんせ、仏様の眼の前じゃからしてのぅ」

「誤解を招くような振る舞いは、困るのぅ」

などとこぼしつつ、ようやく納得してくれた。

慎之介は小坊主の体を、ぐいっと起こして、後ろから羽交い締めにする。千波くんは立ち上がって小坊主に近付くと、優しく尋ねた。

「きみが英夫くんですね？」

「違うよ」

「もう一度尋ねます。きみが英夫くんですね？」

「はい」

小坊主は素直に頷いた。答えが変わるってことは、こいつが英夫に間違いないってことだ。

「ちょっと辛抱してくださいね。すぐに終わりますから。ぴいくんは、そっちの国夫くんと数夫くんをお願いします。隙を見てシャッフルされると、また面倒ですから」

うん、とぼくは答えると、二人を背中から抱きかかえて、じりじりとお堂の隅に引きずって行った。

千波くんは英夫に向かって「きみは男の子ですね」と、一度関係ない質問をする。そして英夫が「違うよ」と答えると、

「さて、と」千波くんは、フワリと前髪を掻き上げた。「英夫くん。きみはイガグリ少年の姿を見ましたね？」

「はい」

「どっちに逃げて行きました？」

「知らないよ」

「知ってますね？」

「はい」

いちいち面倒だね。これじゃ『ホームズの回想』の「ギリシャ語通訳」だよ。そして「きみは英夫くんですね？」という問いに英夫が「違うよ」と答えるとほとんど同時に千波くんは、

「イガグリ少年は、どこに逃げて行きましたか？」

と尋ねる。すると英夫は、はっきりと答えた。

「この寺の裏庭に逃げて行きました」

えっ。

驚くぼくの顔を振り返って、千波くんは天使のように微笑んだ。

「ようやく、つきとめましたね」

「さて。やはり、ぼくらの考えたとおり英夫くんはイガグリ少年を見かけていました」千波くんは、ゆっくりとぼくの方に歩みながら続ける。「しかも少年は、このお寺の裏庭に逃げ込んだそうです。ということは――」

千波くんは慎之介を軽く手招いた。慎之介は英夫の両腕から手を離すと、今度は大股でこちらにやってきた。解き放たれた英夫は、怯(おび)えたスズメのように素早く住職たちの後ろに隠れた。

千波くんは背後に慎之介を従えて、ぼくが大汗をかきながら取り押さえている小坊主二人の前に立つ。そして口を開いたんだ。

「今までの推論からして、この二人のうち数夫くんは、ぼくらの質問に『見たよ』と答えている以上、少年の姿を見てはいません。問題は国夫くんです。なぜならば彼は、ぼくらとは会っていないから。ということは、ぼくらの『少年の姿を見たか？』という質問を受けていないということでもありますね。その上、国夫くんにはその間のアリバイもない、ということになります――。では、改めて尋ねましょう」千波くんは二人に微笑みかける。「きみたちは、少年の姿を見たね？」

するとニ人の小坊主は、

と答えた。千波くんは、ぼくの顔を見て拈華微笑を浮かべた。

「はい」

「はい」

「ね、ぴいくん。つまり、国夫くんは少年の姿を見ているというわけです」

「なるほどね」ぼくは必死に二人を抱きかかえながら尋ねる。小坊主たちが暴れ始めたんだ。「この二人のうち、正直小坊主が国夫だっていうわけだ。じゃあ早く、なんでもいいから質問してよ！　どっちが嘘つきか分かるような」

千波くんは耳たぶを、くりくりと捻った。

「ここまで手を焼かせたんですから、最後は自分から答えてもらいましょうか」

この期に及んで、千波くんは一体何を言うんだろうね！

「そんなことできるわけないじゃないか！」ぼくは叫んだ。「名前を尋ねたって、二人とも『国夫です』って言うに決まってるよ！」

「そんなことはありません。たった一つの質問で分かります」

千波くんは二人の顔を見つめ、慎之介は身構える。小坊主たちは、えいえい、とぼくの向こう脛を蹴って暴れ始めた。たまらないよ、全く。何が悲しくて、こんなボロ寺で小坊主たちに自分の脛を蹴られてなきゃならないんだろう。

千波くん、早く！　とぼくは叫んだ。もうあと一分遅かったら、ぼくの脛にひびが入っていたかも知れないというところで、千波くんは二人に向かって口を開いた。

「ぼくが『きみは国夫くんですか』と尋ねたら、『はい』と答えますか？」

一瞬、沈黙があった後で、二人の小坊主はそれぞれ、

「はい」

「いいえ」

と答えた。同時に千波くんが、ぼくの右腕をもぎ取ろうと画策していた小坊主を正面から指差した。

「彼が国夫くんです！」

よっしゃあ！　と慎之介は雄叫びを上げ、小坊主をぼくの手から奪い取って、またもや羽交い締めにする。数夫はぼくの腕をすり抜けて、キャー、と叫びながら仁蔵さんの後ろに隠れた。

「さて、国夫くん」

千波くんは、ぼくが今の質問の意味を頭の中で整理する暇もなく、国夫に向かって尋ねる。

「きみは、イガグリ少年が寺に逃げ込んできたことを知っているんですね？」

「はい」

しかし、とにかくこれで質問者も、聞いてるぼくらの方も楽になったというわけ

だ。国夫は本当のことしか言わないんだからね。千波くんは続ける。

「あの少年のことを、きみは以前から知ってるのかい？」

うん、と国夫は頷いた。そして首を後ろに捻って慎之介に言う。

「全部話すから、この手を離して。逃げないよ」

慎之介は一瞬とまどっていたけれど、千波くんの、いいでしょう、という言葉に手を緩めた。

すると国夫は言葉のとおり、その場にきちんと正座して話し始めた。ぼくらもあわてて床に腰を下ろして、国夫の話を聞く。

「あの子は、蒲生村大字山田字宮本の小川大という子供なのです。小川さんは、うちの寺の裏に小さな畑を持っているんだよ。そこの畑では、ナスやキュウリやトマトやスイカが取れるのです。大くんはまだ子供だけれど、一応畑の見張り番の役を言い付けられているんだよ」

「おい」慎之介が、ぎろりと国夫を睨む。「なんでその見張り番の少年が、他人の家からスイカを盗むんだ？」

「実は、彼はペットを飼っているのです。家の人には内緒で、こっそりと寺の裏庭で飼っているんだよ。その、大くんの飼っているペットが、スイカを食い荒らしてしまったのです。今朝それに気づいた大くんは、あわててしまったんだよ。このままじや、家の人に言い訳ができないでしょう。まさかネズミにかじられたとも言えないからね。そこで、中村さんの家のスイカを盗んで持ってきてしまったのです。中村さんは、大きなスイカ畑を持っていて、いつも腐るほどたくさんなっているのです。でも、ひどくケチなおじさんなんだよ。だから死にそうになりながら、大くんを途中まで追いかけてきたんでしょう」

確かにスイカ二個を盗まれたにしちゃ、必死の形相だったね。あそこで行き倒れてないか、急に心配になってきたよ。なんてぼくが思っていると、

「ちょっと待ってください」千波くんが手を挙げた。「そのペットというのはもしかして――」

げっ。

「狸の子供だよ」国夫は言う。「大くんが山で見つけてきたのです」

ぬらりひょんの言ったとおり、本当にこの寺に狸がいたってわけだ。

ぼくの驚きを知らぬまま、国夫は続けた。

「自分の家では飼えないからっていって、うちの和尚さんたちの許可を得て、寺の裏庭で飼っていたんだよ。でも昨夜、檻(おり)から逃げ出して畑のスイカをかじってしまったのです。でも大くんは、和尚さんたちに説得されて、盗んだスイカは、きちんと返すつもりでいるんだよ。やはり盗みは悪いことでしたと、大くんは裏庭で反省しており

ます」

言葉遣いは少しおかしかったけれど、だいたいの話は分かった。つまり、家族に隠れて飼っていた狸が、自分の家の畑のスイカを食い荒らしてしまった。そこで大少年は、それの代わりに他人の家のスイカを置いておこうとした、というわけだ。

「住職も、人が悪いですね」千波くんは、寛蔵さんたちをサラリと振り返った。「最初から、そうおっしゃってくだされればいいものを」

ほっほっほと住職たちは、すっとぼけた。

「尋ねてくれれば、すぐにお答えしたものを」

「いつでも尋ねてくれればよかったですのに」

のうのう、などとお互いに顔を見合わせて笑う。

狸だ。

まあ、でもこの話が本当ならば、もうぼくたちの出番はなくなったということだ。あとは寛蔵さんたちに任せておけばいいし、それが一番の解決策だろう。とんだ夏休みの一日だったね。

「こ奴らが、あんまり区別がつきにくかったせいで、とんだご迷惑をおかけしましたのう」

という寛蔵さんたちの言葉に、千波くんは、

「いえいえ。そんな大層な問題でもなかったです」

と答えたけれど、ぼくは今でも頭の中がこんがらがったまんまだった。

でも、とにかくぼくらは納得して立ち上がり、住職たちに挨拶をしてお寺を後にすることにした。すると、寛蔵さん、仁蔵さん、そして国夫、数夫、英夫の五人がお堂の入り口にズラリと並んで見送ってくれた。それは実に異様な光景だったね。

その不可思議な風景を眺めつつ、最後に慎之介が尋ねた。

「でも――。国夫くんたちから見ても、やっぱり和尚さんたちの区別はつかないんじゃないかなあ？」

そんなことはないですじゃないですじゃ、と寛蔵さんと仁蔵さんはお互いに顔を見合わせながら、プルプルと大きく首を横に振った。

「私らには、すぐに分かります」

って当たり前だよ。それを無視して、

「本当に区別がつくのか？」

と尋ねる慎之介に向かって、小坊主たちは声を揃えて、

「区別なんてつかないよ」

と答えた。ほうら見ろ。やっぱりそうじゃないか。お互い様だね。などと思いつつ

ぼくらは、

「さようなら」「楽しかったね」「最悪だったね」「また遊びに来てね」「もう二度と来るな」

という小坊主たちの大合唱を背に、鏡大寺を後にしたんだ。

*

「あららららら。こんなに汚れてしまって」

一メートル進むのに五十歩くらい歩くんじゃないかと思うほどの小走りで、桜子おばさんが旅館の入り口にぼくらを迎えてくれた。

「早く着替えてね。もうすぐ夕食ですよ。その前にお風呂もね！」

確かに、もう夕御飯の時間が迫っていたし、さすがにくたくただったから、ぼくらは桜子おばさんに言われるままに、すぐ着替えて大浴場に行くことにした。

湯槽(ゆぶね)に首まで浸かって、はあああーっ、などと中年親父のように雄叫びを上げる慎之介を横目に、ぼくは千波くんに言う。

「今日はまいったね。結局、釣りもできなかったし、嘘つき小坊主たちには、散々もてあそばれてしまったような気分だし」

するると千波くんは丁寧にシャンプーを繰り返しながら答えた。

「でも、ぴいくん。必ず嘘をつく、ということは凄いことですよ」

「なんでさ？　適当に話してりゃいいだけなんじゃないか」

「またそういうことを。いいですか、ぴいくん。例えば住職が数夫くんに向かって、『わしの教義書がどこにあるか知っておるか？』と尋ねたとします。数夫くんは本当に知らなかったとします。ここで国夫くんならば『知りません』と答えることができますけれど、数夫くんは『知ってます』と答えなくてはならないんです。この時、住職が、自分が今質問している相手が数夫くんだと分かっていれば問題はありません。『ああ、これは、知らないという意味だな』と理解できるからです。しかし住職には、相手が数夫くんだと明確には識別できないんです。そこで一応、念のために『じゃあ、どこにあった？』と尋ねることになります」

「だが――」ブクブクと鼻の頭までお湯に潜っていた慎之介が、海坊主みたいに顔をのぞかせた。「どのみち適当な場所を言えばいいんじゃないか。数夫は嘘つきなんだから」

　問題はそこです、と千波くんはザブンと頭からお湯をかぶった。

「いいですか。もしも数夫くんが適当な場所を口にしたとして、もしも教義書が本当に、い、い、いそこにあったならば、一体どうするんですか？　数夫くんは真実を述べてしまったことになるんですよ」

ああ。それはそうだ。

面倒くせえなあ、と慎之介は再び鼻の頭までお湯に浸かった。

「小坊主も住職も、大変なこったな」

そうでもないでしょう、と千波くんは謎のように微笑む。

「最後に饗庭さんが、小坊主たちに質問しましたよね。和尚さんたちの区別がつくのか？　って」

「ああ。したよ」

「その時、彼らはなんと答えましたか？」

「え。全員が、区別がつかないって――」

あ！

ぼくもひらめいたよ。

「千波くん！」

「そうです、ぴいくん。あの三人の答えが同じになるなんて、おかしいでしょう」

「そうか、青年！」慎之介は叫び、ガメラのように湯槽の中に立ち上がった。「数夫は必ず嘘をつくんだからな」

ええ、と千波くんは湯槽の縁に座って、足をポチャリとお湯に浸した。そして、あちっ、と顔をしかめて続ける。

「ということは、つまり数夫くんには住職の見分けがつく、というわけです。英夫くんはどちらか分からないにしても、少なくとも数夫くんには見分けられるんです。だから、意外と不便はないのかも知れませんよ」

「でも、住職たちは困るだろう？」

ぴいくん、千波くんは微笑んだ。

「小坊主たちを見分ける方法なんて、質問一つで充分ですよ。だから住職たちも、口で言うほど困ってはいないでしょうね」

「じゃあ、その質問は？」

「そうですね……」千波くんは足をバチャバチャと動かしてお湯を波立たせた。「まだ夜は長いんですから、ゆっくりと考えてみてはどうですか？」

笑いながらぼくの顔を見るけれど、でも、ちょっと今日は眠くて、全ての脳内ニューロンを結集させても無理なような気がするよ。

風呂から上がってぼくらが部屋に戻ると、桜子おばさん自ら料理を大きなお膳の上に並べてくれた。一人につき五十品はあったんじゃないかな。あと一、二品多かったら、醤油皿を膝の上に置かなくちゃならなかっただろう。慎之介がいるから、食べ残すという心配は限りなくゼロに近かったけれども、千波くんが食べ終わる頃には、夜が明けちゃうんじゃないかと思ったね。何せ千波くんときたら、ぼくらがウドン一杯食べる間に、なるとを一枚食べるのがやっとなんだから。本当の話。

今日はどうだったの？　と聞く桜子おばさんに向かって千波くんが鏡大寺でぼくらが体験した珍妙な事件の顛末を、かいつまんで報告した。するとおばさんは、

「あららら、それは大変だったわねえ」と、やっと料理を並べ終わって笑ったんだけれど、もうお膳の上は、田舎の披露宴みたいになってた。「あそこのお坊さんたちは冗談が好きだから」

「どういうことですか!?」

と急に真顔になった千波くんに、おばさんはケラケラ笑う。

「いつもそうやって、遊びに来た人たちをからかうのよ」

「からかう？」

「ええ。暇なんでしょ、きっと。住職さんは、いつも出歩いてばかりいるし」

「住職って、双子の――」

違う違う、とおばさんは両方の頬の肉をプルプルと震わせた。

「双子なのは、住職さんの弟さんたちよ。寛蔵さんと仁蔵さん。住職さんは、綿貫慎蔵さんって言って、もういい歳したおじいさん」

げっ！

ぼくら三人は、お互いに顔を見合わせて後ろにのけぞった。

ってことは――。

「もしかして」ぼくは、できの悪い小学生が初めて通知表をもらう気分で、恐る恐るおばさんに尋ねた。「住職さんっていうのは、小柄でくしゃくしゃの顔をしていて、杖をつきながらヨロヨロと怪しい足取りで歩いてる――」

そうですよ、とおばさんはぼくの言葉に相槌（あいづち）を打った。

あの、ぬらりひょんが本物の住職だったんだ！　つまり、ぼくらは完全にハメられたってわけだ。

「しっ、しかし」今度は慎之介があわてて口を開く。「蒲生村大字山田字宮本の小川大ってイガグリ少年が――」

「ああ、大くんね。知ってるわよ。いい子よ」

「しかし、スイカを――」

「住職――慎蔵さんに頼まれて、スイカを買ってお寺に持って行ったんでしょう、きっと」

「だ、だって、俺がそのじいさん――住職に、少年を見たかって尋ねたら、見てないって言ったんですよ！」

あっ！　と千波くんが叫んだ。

「あの時、饗庭さんはおじいさんに向かって『ス、スイカ泥棒の少年』を見たか、って尋ねたんですよ。だから、住職さんは、そんな少年は見てないと答えたんでしょう」

また事態が混沌としてきてしまったね。

「じゃあ、俺たちが湖に行く途中で会った、あのイガグリ少年を追いかけてたランニングシャツのじいさんは——？」

「ほほほ。八百屋の市五郎おじいさんね、きっと」

「え？」

「この間も、大くんがお釣りを受け取らないうちに帰っちゃうって言って、困っていたもの」

そういえば——あのおじいさんは、少年がスイカを盗んだなんて、一言も言ってなかったよ。ぼくらが勝手に少年のことを、スイカ泥棒だって決め付けてただけだった！

おじいさんはお釣りを持って、大少年を追いかけてただけだったんだね、きっと。

なあんだよ、と慎之介は大きく座椅子にもたれかかった。

「まあ、考えてみりゃあ、あんな、立体『嘘つき族』パズルみたいな小坊主たちがいるわけもなかったなあ。何が『英夫は、本当のことと嘘を交互に言う』だよ、全く！

おい、青年。明日の朝、もう一度あの狸寺に行って小坊主たちをこらしめてやるか？」

「止めておきましょう」千波くんは弥勒菩薩のように微笑んだ。「また、からかわれるだけですよ」

くっそお、とくやしがる慎之介を見て、桜子おばさんは楽しそうに笑った。

「今度会ったら、私から叱っておきますよ」そして、どっこいしょと立ち上がった。

「さあ、ゆっくりと召し上がれ」

*

次の日ぼくらは、午前中一杯、釣りを楽しんだ。成果は千波くんが大きなブラックバス一匹、慎之介がちっぽけな鯉を二匹、そしてぼくはルアーで湖を攪拌しただけに終わってしまった。

「八丁堀は、なにをやらせても駄目だなあ」

なんて慎之介は言うけれど、ブラックバス用のルアーで鯉を釣り上げるってのも呆れたもんだと思うよ。とても常人にはできない技だ。

でも、まあそんなことはぼくにはどうでもいいことなんだよ。最初から釣りの成果なんて気にしていない。神様がぼくに、考える時間を与えてくれたってわけさ。じゃあ何を考えていたんだ、って尋ねられても困るんだけれどもね。

その日、昼食までご馳走になってしまい、ぼくらは桜子おばさんに丁重にお礼を述べてから旅館を後にした。

歩いて帰れます、と言う千波くんの主張を無理矢理ねじ伏せて、桜子おばさんは、ぼくらをマイクロバスに押し込んだんだ。快調に飛ばすマイクロバスの後部座席で、何度も頭を天井にぶつけそうになりながら（実際、慎之介は三回ぶつけた）ぼくらは駅まで送ってもらったんだ。

帰りの電車に乗るや否や慎之介は、ガアガアといびきをかいて眠ってしまい、千波くんは黙って窓の外を流れる田園風景を眺めていた。ぼくは別にすることもなくて、昨日の変な出来事を何とはなしに考えていたんだ。

突然ぼくは、ふと、ある事実に思い当たった。

本当にぼくらは、住職さんたちにからかわれていただけだったんだろうか――つまり、桜子おばさんの言葉は真実だったんだろうか？　ということだ。

おばさんは、あの大少年のことを庇っていたんじゃないかな。

そうでなくても、ぼくらが遊びに行った時に、スイカ泥棒の少年と遭遇したなんて話が、亀太郎叔父さんや虎之助叔父さんたちの耳に入ったら格好悪いからね。

きっとおばさんは、大少年の不始末をぼくらに隠しておこうと考えて、あんな話をしたんだ。

そう考えるだけの根拠はあるよ。

だって昨日、ぼくと慎之介が大少年を追いかけて林の中で悪戦苦闘していた間に、千波くんはあのランニングシャツじいさんと話をしてたんだからね。それは、ほんの数分だったけど千波くんのことだ、そこらへんの詳しい事情を聞き出さなかったってことは、ありえない。そしてもしも聞き出した話が、本当に桜子おばさんの言ったとおりだったとしたならば、千波くんもぼくらと一緒になってスイカ泥棒の少年を追いかけはしなかっただろう。

でも千波くんは、昨夜のおばさんの話に反論しなかった。きっと千波くんは、そういった事情を全て分かっていて、あえて黙っていたんだろうと思う。千波くんは時として、見た目よりもずっと大人になってしまうことがあるんだよ。

それとも、まさか——。

千波くんもグルになって、ぼくと慎之介をからかっていた？

この可能性もあり得る。この旅行自体が、千波くんの提出したパズルだったってこども——。

いや、まさか、そこまでは——。

なんてぼくは、バーゲン会場に突進するおばさんたちのように次から次へと押し寄せてくる疑惑に、息が詰まりそうになってしまった。でも、ここまできたら、ぼくのポンコツ頭じゃ、もう難解すぎる問題だよ。

というわけでぼくは、これらの疑問の一切を闇の中に葬り去ることにしたんだ。いつだって、全ての真実が常に日の光の下にさらされなきゃならないって法則もないんだからね。ここは素直に桜子おばさんの説に従っておこう。

そんなことを一人思いながら、ぼくは電車のシートにもたれて、教科書の中の明智光秀のように涼やかに微笑んだんだ。

《追伸簿》

「住職が、一回の質問で小坊主たちを見分ける方法」


これは簡単です、と千波くんは言ったんだ。

たとえば晴れている日に、

「今日の天気をわしに言って、それが嘘だったかどうかを述べよ」

と尋ねたとします。

すると、
・国夫は、「晴れです。本当です」
・数夫は、「雨（曇り、他）です。本当です」
・英夫は、「晴れです（本当）。嘘です（嘘）」
と答えるか、

「雨（曇り、他）です（嘘）。嘘です（本当）」

と、答えます。

つまり質問に対して、

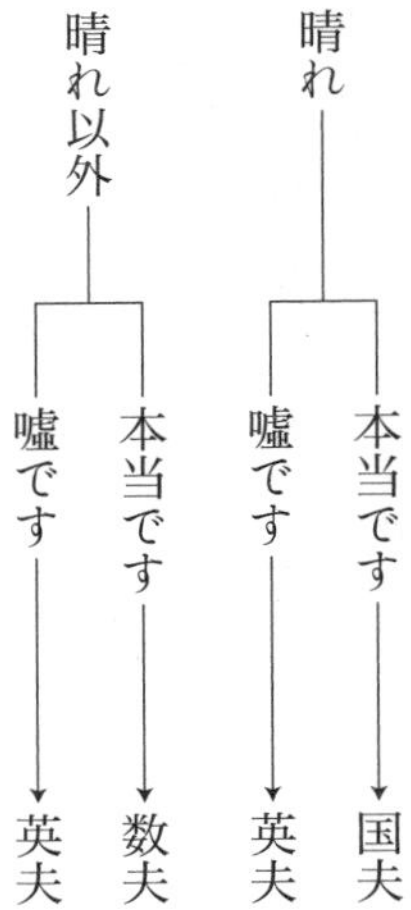

ということですね。

嫌になっちゃうよ、まったく。面倒臭いね。こうなると、もう誰が誰だっていいんじゃないかって気になってくるよ。どうせ、小坊主には変わりないんだしね。慎之介だったら全員の頭をひっぱたいて、無理矢理に白状させるだろう。その時は、ぼくも慎之介を止められるかどうかの自信はないよ。

《九月》山羊・海苔・私

1

夏休みも終わって後期のカリキュラムに突入すると、さすがにぼくら極楽浪人生の間にも、無言の緊張感が漂い始めてきた。

ついこの間まで、ヘラヘラと遊んでいた人間も、突然きちんと授業に出始めちゃったりしてさ。喫茶店で丸一日を過ごしてた奴も、一日一回は予備校に顔を見せるようになって、参考書を片手に再び喫茶にこもるようになったし、ゲーセンで一日中遊びまくっていた奴も、クレーンゲームで文房具セットを取ってきたりしてる。

でもまあそんなことはいいとしても、実際に困っちゃうのは、周りの人たちが日に日にうるさくなってきてるってことだ。両親なんかも揃って、勉強しろ勉強しろってさ。もう、子供じゃないんだからそんなことは本人が一番よく分かってる。

ところがぼくなんかは、はたから見てると何故かのんきに日々を送ってるように感じられちゃうらしくってさ。両親どころか、近所のおばさんたちからも「勉強してるの？」なんて心配されちゃう、そんなタイプらしいんだよ。

そんなことを言ってる間にも、受験日は刻一刻と近づいてくるわけだけれど、論理学的には、ある命題が正しい場合、その対偶も必ず正しいってことになっている。「AならばBである」っていうのが真ならば、その対偶の「BでないならばAでない」ってことは真だ。つまり、

「試験日が近づいてきたら、勉強する」

という正しい命題の対偶である、

「勉強しなければ、試験日は近づいてこない」

という論理には、なんの破綻もないってわけだ。

どこかおかしいだろうか？　いや、論理学的には一点の曇りもないはずだ。

なんてことを考えながら、ぼくは妹を連れて家を出たんだ。爽やかな秋の日差しに包まれた、九月の日曜日だった。

よく何かにつけて「四天王」っていう言葉を耳にする。この言葉のもとは、もちろん仏や菩薩たちを守護する神たちのことだよね。確か……持国天・増長天・広目天・多聞天——毘沙門天のことだったと思う。彼らは、仏教の教えに従わない鬼たちを、憤怒の形相で睨みつけてるんだけど、これはなんかおかしいんじゃないかね。

だって、仏教ってのはもともと誰もが慈悲の心を持ちましょうって宗教だろう？

生きとし生けるもの全てに仏性があるから、っていう趣旨のはずだ。それなら、いくら自分たちに従わないからっていったって、槍や刀で脅かすなんて乱暴すぎると思う。いや、脅かすだけならばまだいいけど、実際に四天王たちは、足下に天邪鬼なんかを踏みつけてるんだよ。ぐしゃ！　ってさ。見ていて可哀相になっちゃうよね。

ぼくなんかは、いつだって周りの人たちから、

「お前は天邪鬼なんだから」

なんて言われてきたから、特にそう感じるのかも知れないけどね。だから、ぼくは「四天王」ってのは、余り好きじゃないんだよ。

その「四天王」の上に棲んでいて、彼らを統率してたのが「帝釈天」だ。よく、白い象に乗ってる姿で描かれてるよね。姿形も、四天王たちとは違っててさ。何となく神々しかったりする。まあ、四天王がチンピラだとすれば、帝釈天はその親分かも知れないけどさ。毘沙門天たちなんかよりは、少しは話が分かりそうな気がするね。

とにかく――。今日は妹と一緒に柴又の、その「帝釈天」まで行くんだよ。もちろん、千波くんも一緒だ。そして、なぜか慎之介もね。

ここで、彼らについて簡単に説明しておかなくちゃならないだろう。

まず千波くん。本名は、千葉千波。

ちょっと変わった名前の子だろう？　でもそんなことを口にすると、やぶへびになっちゃうから決して口にはしないけどね。

千波くんは、ぼくの父親の妹——鶴子叔母さんの一人息子なんだ。またこの叔母さんの嫁いだ「千葉家」ってのが、所沢の大地主でさ。庭にゴルフコースはあるわ、山あり谷あり森あり湖ありのすごい家なんだよ。そんな家の一人息子だから、常識外れの変な子だと思うかも知れないけど、これがまた全然違うんだよ。絵に描いたような多面体真面目青年でさ。中学生の時からずっと、学級委員長なんかやってるんだ。

外見からして、ぼくなんかとは大違いだ。ぼくは——まあこんな風で、思わず造物主を訴えたくなっちゃうんだけど、千波くんときたら、背はスラリ、髪の毛サラリ、それを時折パサリと掻き上げちゃったりしてさ。

これが赤の他人だったら、ちょっと許せないかも知れないけど、千波くんだから何となく許せちゃうんだな。本質的に良い子だからね。

そんな千波くんの趣味は、フルートとアコースティック・ギターだ。これがまた、どっちも上手でさ。機会があったらぜひ聴いてみたほうがいいよ。きっと素直に感動してしまうと思う。

実際、千波くんがぼくと妹、二人だけの前で静かにフルートを演奏してくれたことがあったけど、その時なんかぼくは胸を打たれちゃってさ、思わず、

「すみませんでしたっ」

なんて、今までの人生を全て、わけも分からず懺悔したくなっちゃうくらいだったんだから。

一方の慎之介——饗庭慎之介っていう大時代的な名前の男なんだけど、こいつはぼくの高校時代の同級生だ。そしてまた、同じく代々木にある予備校に一緒に通って、辛く苦しく忍従を強いられる浪人生活を共に送ってるんだ。って言っても、ぼくはともかくこいつの場合は、予備校に通う日数とビリヤード場に通う日数が全く同じという、脳天気浪人生なんだけどさ。

慎之介は体がでかい。その上、顔もでかい。しかも態度もでかい、という周囲の人々の日常生活に何重にもわたって害を及ぼしかねないような男だ。それだけならまだしも、またこいつの服装の趣味もへんてこりんでね。なにしろ、一年中真っ黒な上着と漆黒のパンツと暗黒色の靴の中に、そのでかい体を無理矢理収めちゃってるんだから。確かにそんな服で暮らしてれば、視覚的な膨張は防げるかも知れないけどね。でも、カラスの濡れ羽色の長髪を頭の後ろに結んで、いつも風にブラブラさせてる理由は、ぼくには未だに謎のままだ。

ぼくら四人は、京成柴又駅で待ち合わせた。駅前に等身大の寅さんの銅像のある小さな駅だ。

もうその辺りから帝釈天の参道みたいになっちゃっててさ。正月なんかに来ようもんなら、参拝客やら観光客やら酔っぱらいやらで、ごった返してるんだけど、今日は人通りもまばらだった。

妹を連れて改札口を出ると、白いジャケットを着た千波くんと、相変わらず真っ黒な服装の慎之介が二人、鯨幕（くじらまく）みたいに立っていた。

千波くんの姿を目ざとく見つけた妹が、

「千波ちゃーん！」

と叫ぶと、エンジェルブルーの上着を翻（ひるがえ）しながら、千波くん目がけてキラキラと宙を飛ぶがごとく突進して行った。

千波くんは、妹が飛びつくと同時に、体を一歩後ろに引いた。さもなけりゃ千波くんの体は確実に、妹を抱いたまま寅さんの銅像まで飛ばされていただろう。それくらいの爆発的な勢いだった。妹は千波くんのことが大好きなんだよ。

その証拠に、すぐにヨダレだらけの顔を、グリグリと千波くんのジャケットに押しつけて喜んでた。あどけない仕草（しぐさ）だね。

そんな二人を微笑（ほほえ）ましく眺めていると、例によって黒髪を、秋風になびかせながら慎之介が言った。

「よう、どうだ。勉強してるか、八丁堀？」

いきなりだけど、この挨拶に関して三つほど説明を付け加えておかなくちゃならないだろう。

まずぼくは、こいつに身の上を心配されなくちゃならないほど悲惨な成績の人間じゃない。自らの偏差値も顧みず一流大学目指してる慎之介こそ、世の中の人全般から焦心苦慮される対象だろうね。

次に、そんなことをいちいち尋ねられるほど、ぼくらは疎遠な仲じゃない。現に昨日、代々木で一緒にビリヤードをしたんだから。まあ「勉強してるかい？」ってのは、ぼくら浪人生にしてみれば「今日はいい天気だね」って程度の挨拶だからね。

そして、三つめ。ぼくの名前は「八丁堀」じゃない。これは、ぼくや妹が住んでいる町の名前なんだけれど、慎之介はいつもぼくを、こう呼ぶんだよ。でも実際、八丁堀は、なかなか下町情緒あふれる素敵な所だ。七不思議なんかもあるし、江戸っ子親父や、チャキチャキおばさんたちも大勢生息してるしね——。じゃあ、お前の本名は何なんだ？　と尋ねられたら困っちゃうから、最初から言っておこうかな。

それは内緒。

そんなことを言ってるうちに、ぼくらは柴又街道を渡って、いよいよ帝釈天の参道に入った。狭い参道の両脇には、団子屋さんやら、漬物屋さんやら、みやげ物屋さんやらがズラリと軒を連ねちゃっててね。タイムスリップしたみたいで、なかなか楽しかったよ。慎之介なんて、さっそく草団子を買って、その場で口に入れちゃってさ。ハムスターみたいに、両頬を丸くふくらませながら歩いてた。

妹は可愛らしく、ソフトクリームをねだったから買って上げた。そしたら、嬉しそうに千波くんにぴったり寄り添いながら食べてた。

やがて、帝釈天のお堂が見えてきた。二天門をくぐると、左手には鐘楼がある。寅さんの映画で、夕暮れになると源公が撞いてたやつだね。それを横目に、ぼくらは帝釈堂に進む。今日は時間もまだ早いし、地元の人たちが、チラホラとお参りにきてる程度の混雑だった。

ぼくらは、手水場できちんと口と手をすすぐ。千波くんは、なぜかハンカチに水をつけて、ジャケットの裾の辺りを拭いてた。

妹も紅葉のように可愛らしい手を、柄杓にくんだ水でパシャパシャ洗ってた。そして、その手が乾く間もなく、また千波くんに抱きついてた。

ぼくらは帝釈堂に上がって、お参りする。

千波くんも、妹を背中におぶったままで賽銭箱の前に立った。

慎之介も神妙な顔をして、賽銭を投げ入れる。ぼくはその隣で、そっと奴に耳打ちして尋ねた。

「あのさ、ここは寺だから、柏手は打っちゃいけないんだよね？」

この帝釈天は、正式には「題経寺」っていうらしいんだよ。さっき立て看板に書いてあったから、ぼくは慎之介に一応確認したんだけれど、

「かあーっ」と慎之介はぼくを睨んだ。「そんなこと、当たり前だろうが。柏手を打つのは神社だけって決まってるんだ。二礼二拍手一礼だ」

「え？　二拍手一礼だっけ？　逆じゃなかったかなあ……。一礼二拍手じゃあ――」

「あのな、そういうことを言ってるから、お前はいつまでたっても浪人生なんだよ」

「いつまでたっても、って言ったたって、来年にならなくちゃ誰だって受験できないじゃないか！」

とにかく――、と慎之介は大きく嘆息する。

「どこへ行ったって、これは決まってるんだよ。寺に行ったら両手を合わせて拝む。そして、神社に行ったら、二礼二拍手一礼ってな。日本全国どこへ行ってもだ」

ぼくが鼻白んでいると、ぼくらの隣で一礼をして立ち去ろうとした男性が、こちらも見ずに一言ポツリと付け加えた。

「ただし、出雲と宇佐を除いてね……」

え？

とぼくが振り返った時には、そのヒョロリと背の高いボサボサの髪の毛の男は、すでにサッサと階段を下りて行ってしまっていた。

誰だろう？　と思っている間もなく、同い年だか三十過ぎだか分からないその男は、すぐにぼくらに背中を向けて立ち去ってしまった。

「なんだ、今の男は？」

慎之介が、ポカンとした顔で尋ねてくる。

「さあ……」ぼくも呆気にとられたままで答えた。「全然知らないね。でも、ずいぶんと暗そうな男だったよね」

「まあな。こんな日に、たった一人でお参りにくるような奴だからな。変わり者なんだろう」

「うん。陰気そうだった」

「友達もいないだろうし、女にももてないな」

「きっと、孤独な生活なんだよ」

「いや、人に言えないトラウマがあるんだ」

なんてぼくらは、シャーロックとマイクロフトのように勝手な会話を交わしながら、帝釈堂に背を向けて階段を下りた。

一方、千波くんは妹に抱きつかれたまま、ヨロヨロと後から歩いてくる。

「おい、青年」慎之介が、千波くんを振り返った。「そんな様子じゃ、今日のパズルは無理だろうな。爽やかな秋涼の候、折角、青年の挑戦を受けてやろうと思ってやって来たんだがな」

また、どうしてこいつはそんな言葉を素面のままで吐けるのかね？

だって慎之介は、自称パズラーのくせに、千波くんの出してきたパズルを一回だって正解したことがないんだよ。先月も、先々月も、その前も、ずっと完敗し続けてるんだ。そのくせ毎回「挑戦してきなさい」だとか「もっと難しいやつを」だとか「惜しいところまで詰めてはいた」だとかの大嘘を吐くんだ。

でも千波くんは、

「そうですね……」

なんて言って、軽く首を傾げた。そしてその頬を妹が、ぐいっと引っ張る。

「そりでは、ほんなのはろうれしょう？」

「……少し」慎之介はぼくに目で合図を送ってきた。「チョコちゃんと離したほうがいいんじゃないか？」

そこでぼくは妹を千波くんから引き離して、仲良く手をつないで境内を歩いた。

千波くんは、なぜかホッとした顔で言う。

「それでは、こんなのはどうでしょう――。また答えのたくさんあるパズルです。いや、この場合はクイズと言ったほうがいいでしょうかね……。

問題。『私がジャングルを歩いていたら、トラに出合ったが、全く無傷でやり過ごすことができた。それは何故か？』」

「それだけか？」慎之介は、首を傾げた。「他に条件は何もないのか？」

はい、と千波くんは頷く。

「別に何もありませんから、色々と考えてください。というよりも、こういったクイズの場合は、正解はどれかというよりも、いくつ答えを思いついたかという点が重要ですからね。さあ、どうぞ」

うむむ、と慎之介は唸る。

「ではまず、単純なところからいこうか……。

その一、そのトラは寝ていた。

その二、トラはぬいぐるみだった。

その三、トラはすでに捕獲されていて、鎖に繋がれていた。

その四、私が見たのは、トラの絵だった。

その五、それは、トラの死体だった。

その六、私は、完全防備していた。

その七、私とトラとの間には、大きな川が流れていた。

「まだまだですね。面白くもなんともありません」

……どうだ？」

ぐっ、と慎之介は詰まった。

そこでぼくが、助け船を出してあげた。

「こんなのはどうかね。

その八、私はスーパーマンだった」

「があっ」慎之介は唸る。「なんだ、そりゃあ？　おい、青年。こんなのもありか？」

「はい」千波くんは微笑んだ。「どんなものでも結構です」

じゃあじゃあ、と妹も言う。

「その九、私もトラだった！」

「素晴らしいね！」ぼくはその答えに感動して、思わず声を上げちゃったよ。「そいつは気づかなかったなあ。チョコちゃんは天才だね！」

えへへへ、と喜んでスキップする妹の隣で、

「それじゃ、簡単じゃないか」慎之介は、投げやりな視線をぼくらに送った。「いくらでもあるぞ」

「はい」千波くんは微笑む。「いくらでもどうぞ」

というリクエストに応えて、慎之介は続けた。

「その十、私は鳥だった。

その十一、そのトラは、昨日生まれたばかりの小さな赤ん坊だった。

その十二、私は象の上に乗っていた。

その十三、私はサーカスの動物使いだった。

その十四、私はゴルゴ13だったので、見事にトラを撃ち殺すことができた」

「まだあるよ」ぼくも言った。「そのトラは私の飼っているトラだった、とか、そのトラは異常に気の小さいトラだった、とか――」

妹も言う。

「あのね。私はトラ語を話すことができたの。だから、そのトラさんとお友達になっちゃったの」

「あっ」ぼくは目を大きく見開いて叫んだ。「それは盲点だったよ！　うん、あり得るあり得る」

「……まあ、それもいいでしょう」

って千波くんは言ったけど、慎之介は、

「駄目だ」と大きな手を振った。「そんなのが正解じゃあ、今まで俺の述べてきた建設的な意見が、全て水泡に帰してしまうじゃないか！　ちょっと認め難いな」

なにが「建設的な意見」だよ、全く。破壊的な頭脳の持ち主のくせにね。

　でもまあ、ここから先は慎之介に任せることにしたんだ。だってぼくは、基本的にこういった面倒くさいパズルやクイズは、余り好きじゃないんだよ。計算式が必要になるようなのは、もう論外だしね。ぼくの好きなのは、

　問題。特急が東京駅を出発して、熱海に向かいました。同時に普通列車が熱海を出発して、東京駅に向かいました。特急の平均時速は、毎時九十キロ。普通列車の平均時速は、毎時六十キロです。東京─熱海間の距離を百五キロとすると、この二つの列車がすれ違ったとき、どちらが東京から遠いでしょう？

　答え。同じ。


ってい うようなやつだ。

あと、以前に千波くんが言っていた、こんなパズルもあった。

『A、B、二つの町があります。

Aの町にいるP氏は、Aを出発してBに行き、再びAに戻ってきます。Bの町にいるQ氏は、Bを出発してAに行き、再びBに戻ってきます。

今、二人は同時にそれぞれの町を出発しました。まず二人が出会ったのは、

「Aまで十キロ」

と書かれた立て札のある場所でした。

その後、彼らはそこで別れて、それぞれの目的の町に行き、すぐにまた同じ道を引き返してきました。そして二度目に彼らが出会ったのは、

「Bまで十二キロ」

と書かれた立て札のある場所でした。

二人の歩く速度が、それぞれ行きも帰りも一定だったとすると、この二つの町、ABの間の距離は何キロだったのでしょうか？』


っていうやつなんだ。

まいっちゃうよね。これは、真面目に考えなくちゃならない問題みたいだ。そんなことぼくは苦手だし、第一生まれてこの方、真面目に問題に取り組んだことなんて数えるほどだしさ。

でもこれはそんなに難しくなさそうだったから、ちょっと挑戦してみたんだよ。ところが、全く解けなくてさ。条件が足りないんじゃないかって千波くんに尋ねたんだけど、彼は、これで充分だって言うんだよ……。まあ、暇があったらチャレンジして

欲しいね。何てったたって、残念ながらぼくら浪人生には、そんな無駄に費やす時間なんて全くと言っていいほどないんだからね。

一方、慎之介は、まだ千波くんに向かって無駄な抵抗を示していた。

「それは、トラの皮を被ったキツネだった」

「そのトラは、トラわれていた」

「私は、サイボーグ002だったので、空を飛んで逃げた」

だとかさ。まいっちゃったね。

それなら「実はそのトラは、渥美清だった」ってのもいいんだろうね、きっと。口には出さなかったけど。


とにかくぼくらは境内を横切って帝釈天を出ると次の目的地に向かうことにした。寅さん記念館だ。

何でまたそんな所に？　って突っ込まれないうちに弁明しておくけど、これは決してぼくや千波くんが言い出したことじゃない。こんな「葛飾柴又、下町情緒満載ツアー」のような提案をする人間は、ぼくの周りにはたった一人しかいない。

もちろん、慎之介だ。

柴又帝釈天まで行って寅さん記念館へ行かないのは、浅草まで行って花やしきに寄らずに帰ってくるようなもんだ、とか主張しちゃってさ。わざわざ代々木の予備校まで行って授業を受けずに帰ってくることもある男が、よく言えたもんだよね。全く。

2

ぼくらは、人通りの少ない静かな住宅街を並んで歩いた。参道とは違って喧噪も途切れちゃってさ、帝釈天のお線香の香りだけが漂ってきて、なかなか良かったよ。

その道すがら、ずっと一人でぶつぶつ言い続けていた慎之介も、

「まあ、今日はこんなところにしておいてやるか」

なんて言って、ついに「トラのクイズ」を諦めたようだった。あと百個くらいは考えつきそうだが、なんて言いながらね。

すると千波くんは、

「じゃあ、次は本格パズルにしますか?」

なんて言わなくてもいいことを言う。

いいよいいよ、ってぼくは止めようとしたんだけれど、慎之介のアホは、

「面白い」と目を輝かせた。「きなさい」

ぼくは妹の手を引きながら、奴を止めた。どうせ解けないんだから、今日は止めて

おけってさ。でも慎之介は言う。

「私はパズルに背を向けたことはない。誰の挑戦でも受ける」

まあ、そりゃそうだろう。受けるだけならば、誰にでもできるからね。

「そうですか」その言葉を聞いて、千波くんは微笑んだ。「それじゃ、どんなのがいいですかね……」

ふん、と慎之介は歩きながら真っ黒な腕を組む。

「何人かで川を渡る、という有名なパズルがあるじゃないか」どこからそんなことを思いついたのかは分からないけれど、いきなりそんなことを言い出した。「それはどうだ？」

いいですね、と千波くんはとても嬉しそうに微笑んだ。

「ここの雰囲気にぴったりですね。でも、川渡しと言っても、色々とありますね。そうだなあ……どんなのがいいかなあ……」

「ねえ、千波くん」ぼくは尋ねた。「それって、どんなパズル？」

ええ、と千波くんは振り向いた。

「たとえば、ごく単純なものだと、こんな感じですかね——。

『私と弟が、山羊（やぎ）を二頭連れて、海苔（のり）を一箱持って歩いていると、目の前に川がありました。橋はかかっていなくて、小さな二人乗りのボートが一艘（そう）浮かんでいました。

私たちは、その川を渡らなくてはなりません』」

「ああ、聞いたことがあるよ」ぼくは口を挟む。「でも、それは『山羊と狼とキャベツ』とかじゃなかったかなあ……。山羊と海苔じゃなかったような気がする。どこからそんなものが出てくるのさ？」

「いいんです。色々と事情があるんですから」千波くんは笑って続けた。「私か弟が見張っていないと、山羊は海苔を食べてしまいます。しかし、山羊二頭と弟だけになると、弟は山羊にいじめられてしまいます」

「なに、それ？」

納得いかないぼくに、いいから、と言いながら千波くんは続けた。

「その舟を漕ぐことができるのは、もちろん私と弟の二人だけです。さて、どうやったら全員が向こう岸に渡ることができるでしょうか？」

「簡単だよ」ぼくは答えた。「私と弟が舟に乗って、二頭の山羊を泳がせて、私の頭の上に海苔の箱を載せて……」

駄目です！　と千波くんは首を強く振った。

「山羊は泳げません。それに、海苔の箱は大きいから、私と海苔、もしくは弟と海苔、というペアでしか舟に乗ることはできません」

「それは、設定に無理があるね。山羊と同じ重さの海苔の箱っていったら、大変な大きさになっちゃうよ、きっと」

「ごちゃごちゃとうるさいんだよ、八丁堀は」今度は慎之介が口を挟んできた。「普段はそれほど現実的じゃないくせに、こんな時ばかり、突如としてリアリストになっちまって」

「い、いや、でもさ。こういう問題は、はっきりとさせておかないと――」

「問題は」慎之介はぼくを睨む。「どういう手順で川を渡るのか？　ということだ。それを考えればいいんだよ」

「でも、山羊ってのはさすがにさ――」

「山羊のどこが悪い？　昔、ＪＲの亀戸（かめいど）の駅でも、山羊を飼っていたぞ」

「あたしも知ってる！」突然、妹が大声で叫んだ。「あのね、ホームの一番はしっこの方の、草が生えてる土手にいた。一日中、草を食べてた」

それは事実だ。確かにぼくも見たことがある。

しかし、それとこれとは違う、って言いたかったけれど妹が、

「山羊さん、山羊さん♪」

なんて楽しそうにはしゃぎ始めてしまったから、ぼくは、まあいいか、なんて思っちゃったんだ。なにしろぼくは、口で言うほどポリシーなんてない男だからね。

「どうですか？」千波くんは尋ねてきた。「解けましたか？」

「これは簡単すぎる」慎之介が鼻で笑いながら答えた。「問題にならない」

「例題ですから」千波くんは、ちょこんと小さなえくぼを作った。「三往復半——つまり、七回川を渡るだけでできます」

「おう、その通りだ。
一、弟、山羊1を連れて渡る。
二、弟だけ戻ってくる。
三、私、山羊2を連れて渡る。
四、私だけ戻ってくる。
五、私と弟、渡る。
六、弟戻る。
七、海苔を積んで渡る。
——って、これじゃあ面白くもなんともないぞ。捻りも何もないじゃないか」

「だから例題ですって」千波くんは楽しそうに慎之介に言った。「じゃあ、こんなのはどうですか。ぼくが中学の時に、授業中に回ってきた問題です。ちょうど英語のヒアリングの時間だったから、こっそりと十五分ほどかけて解いてしまいましたけど」

「おう。それは？」

はい、と千波くんは頷いて言う。

「『こちらの岸には、父、母、兄、弟、姉、妹、召し使い、そして犬がいます。目の前を大きな川が流れていますが、二人乗りの舟が一艘しかありません。今から全員が向こう岸に渡りたいのですが――。
一、犬は召し使いがいないと、同じ岸（舟）にいる人全員を、かみ殺してしまいます。
二、母は父がいないと、同じ岸（舟）にいる息子たち（兄と弟）を、全員殺してしまいます。
三、父は母がいないと、同じ岸（舟）にいる娘たち（姉と妹）を、全員殺してしまいます。
四、舟を漕ぐことができるのは、父、母、召し使いの三人だけです。
さて、この条件を満たして、七人と一匹、全員を向こう岸に移動させるには、一体どうやったらよいでしょうか？』」

また、ずいぶん殺伐とした問題だね。

でも、ぼくは笑っちゃったよ。

「今度こそ無理があるよ、千波くん」

「どこがですか？」

「母や父が、息子や娘たちを全員殺すなんて無理に決まってるじゃないか。一人が襲われてる間に、もう一人は走って逃げちゃえばいいんだからね」

「………」

「じゃなけりゃ、一人が襲われてる間に、父か母が急いで戻ってくればいいんだからね。必死に舟を漕いでさ。犬だってそうだよ。召し使いが――」

「いいですか」千波くんは、冷ややかな声で諭すようにぼくに言った。「それらは、この問題を解くための条件です。前提に、いちいち文句をつけないでください」

「……分かったよ。でも、それにしたって、この問題は簡単だね」

「そうですか？」

そりゃそうだよ、とぼくは千波くんを、そして慎之介を見た。

「すぐに分かった」

「じゃあ、その答えは？　舟は、何往復になりますか？」

「〇・五往復さ」

「〇・五往復？」

ああ、とぼくは妹の前で胸を張った。

「まず、舟には父と母が乗るんだ。そして、息子と娘と召し使いたちは、全員で川に入って、舟のへりにつかまりながら泳ぐんだよ。あと犬は泳げるから、召し使いの後からついて行けばいい。そうすれば、わざわざ舟を往復させることもないね。片道だけでＯＫだろう」

「…………」

千波くんと慎之介は、口を閉ざしたままぼくに流し目をくれた。やがて慎之介が、千波くんに向かってけだるそうに言った。

「青年。八丁堀のことは放っておいて、問題に戻ろう……。こいつは、どうやら我々とは頭の回路が少し違うらしいからな」

「どういう意味だよ！」

「そのままの意味だ。夏休みが終わったってのに、まだ八丁堀は長期休暇中らしい」

「なんでさ！　この答えは、間違ってるの？」

叫ぶぼくを全く無視して、慎之介は千波くんに尋ねる。

「もちろん、自分は一歩も舟を降りずにとか、水際で受け渡しするっていうのは駄目なんだろうな？」

「はい」

「じゃあ、まず……そうだな……。こういう場合はたいていが、一番最初に渡るのは『召し使いと犬』って決まってる。そして、召し使いが犬を残して戻ってきて……次に渡るのが……」

その言葉に千波くんも「はい」とか、「いいえ」とか、いちいち丁寧に答えてた。

めんどうくさいね。

どう考えたって、ぼくの答えが一番理に適ってると思うけどね。

だって、チラリと千波くんが出したヒントによれば、この条件で全員が無事に向こう岸に渡るためには、舟を八往復半させなくちゃならないらしいんだよ。ってことは、川を十七回も行ったり来たりするってことだ。日が暮れちゃうよ、実際の話。

なんてことを言い合いながら、ぼくらは細い道を延々と歩いた。

すると、やがて目の前が開けて、大きな小山――なんか変な表現だけれど――の前に出た。芝生に包まれた古墳みたいだね、なんて話してると、その丘の前に、

「寅さん記念館」

っていう立て看板があった。

「なんだ？」慎之介は言う。「この古墳の中に、寅さんが眠ってるのか？」

そんなわけ、ないだろうが。

ぼくらは、その丘をぐるりと回って、記念館の入り口にたどり着く。そこで券を買って中に入ったんだ。記念館の中には、おじさんやおばさんの観光客が大勢いて、あだこうだと、やけにマニアックな蘊蓄を披露し合ってた。

でも記念館は、わりと面白かったね。「くるまや」の撮影セットとか、昔の帝釈天

参道の1／6スケールくらいの模型とかがあってさ。慎之介なんか、すっかり魅入られちゃったようでさ、初めて国立博物館に入った小学生のように、真剣に見学してた。館内で上映されてる「男はつらいよ」なんかは、おばさんたちを押しのけて、一番前のイスに座って見てたしね。それだけならまだしも、その上映途中でいきなり、

「おおっ！」

なんて奇声を発しちゃってさ。

驚いたぼくが、どうしたんだろうと思って奴の顔を見たら、感動して泣いてるんだよ。嫌になっちゃったね、全く。

まあとにかく無事に見物も済んで、ぼくらは再び爽やかな秋晴れの下に出た。そして、「さて、次はどうしようか？」と予定を考えていた時、

「よう！」

と後ろからいきなり声をかけられた。

その声に驚いて振り向くと、高校時代の同級生が立っていたんだ。

秋田犬と柴犬と土佐犬をかけ合わせたような大きな犬を連れて、グレーのセーターにジーパンのラフな格好のそいつは「大森隆盛」っていう、これまた変わった名前の男で、現在は確か、新小岩大学の一年生になってるはずだ。そういえばこいつは、こ

こらへんが地元だったから、犬の散歩の途中だったんだろう。

「久しぶりじゃないか」

って大森は、慎之介に向かって大学生らしく胸を張ったポーズを取ろうとした。

でもその時、奴の脇を綺麗な女性が連れてるメスのシーズーが通りかかったもんだから、奴の犬は「ハッハッハッ」なんて鼻息を荒くして後を追おうとしたんだ。おかげで奴は思い切り引っ張られちゃってさ。見事に体勢を崩して、水たまりに足を突っ込んじゃった。

「ど、どうなんだよ、最近は？」

って、あわてて威厳を保とうとしたけど、もう遅かったね。奴のジーパンの裾からは、ポタポタ泥水がしたたり落ちてた。それを見ながら慎之介が、

「ボチボチだな」

なんて面倒臭そうに答える。

そういえば、慎之介と大森は、余り仲が良くなかったんだった。ずっと昔は、よく一緒に遊んでたらしいんだけど、以前に慎之介が学食でカレーを頼んでさ。例によって、特盛りでね。それがその日最後の注文だと思った学食のおじさんが、おまけしてルーを全部よそっちゃったんだ。そしたら、後から大森がやってきてさ。カレーを頼もうとしたんだけど、売り切れになっちゃった。奴は怒っちゃってね。慎之介が食い

意地を張って特盛りカレーを頼まなけりゃ自分の分まであったってさ。そんなことで学食で大げんかしたんだよ。みっともないったらありゃしないね。

　まあ、大森は空手部だったからね。元々、慎之介のいた剣道部とは、余り仲が良くなかったことも事実だ。新入部員の奪い合いなんかもしてたしさ。

「勉強してるか？」大森は憎たらしく言った。「俺が輝く大学生活をエンジョイしてる間に」

　ああ、と慎之介は答えた。

「勉強してるさ。間違って、新小岩大学園芸学部大根学科なんかに入っちまうと大変だからな」

「なにい？」自分の学部を馬鹿にされて、大森は慎之介を睨みつけた。「ヘラヘラ浪人してるよりは、よっぽどマシだ」

「うちの予備校のほうが偏差値が高い」

「嘘を言うな、嘘を！」

「真実は曲げられない」

　慎之介は、しれっとした顔で答えたけど、なんか不穏な雰囲気だったね。そこでぼくは、

「やっ、やあ」と二人の間に割って入った。「元気でやってた？」

「おお」大森は、ぼくに視線を移した。「ずいぶん久しぶりじゃないか。ええと……誰だっけ？」

そこでぼくが自己紹介すると、

「ああ、そうそう。思い出したよ。名前だけは覚えてる」

次にぼくは、千波くんと妹を紹介した。

すると奴は、

「ああ、どうも」

なんて言いながら、千波くんの顔に見とれてた。

その後、今日はどうしたんだ？　散歩なんかしてる暇があったら宿題でもやってたらどうだ？　とか、大きなお世話だ、とかいう会話があって、ぼくらはしばらく寅さん記念館の前に立ってたんだけれど、突然、

「きゃあーっ！」

っていう大声がした。

驚いて振り向くぼくらの脇を、一人の男が一陣の疾風のように走り過ぎて行った。

そして、

「どろぼうっ！」

おばさんの叫び声が、一階のホールにひびが入ってしまうかと思うほどの大きさで

響いた。

あわてでぼくらは、声の方を見る。係員が、バラバラとおばさんに駆け寄っていく。その人たちに向かって、おばさんは再び大声で叫んだ。

「バ、バッグを――バッグを盗まれたの！」

えっ！

もう一度振り返ると、今の男がそれらしき物を脇に抱えて、江戸川の方へ走っていった。

「お、おい！」

慎之介はぼくらに一瞥をくれると、その男の後を追って、脱兎の如く駆け出した。

「こら、待て！」

大森も、犬を引っ張って駆け出す。千波くんも、

「行きましょう！」って走り出したから、ぼくも、

「う、うん」と答えて、妹の手を引っ張りながら、みんなの後を追ったんだ。

ぼくらは、そのどろぼうを追って、ゼイゼイ言いながら江戸川の土手を上っていった。さすがに慎之介と大森は速かった。その後を千波くんが、そしてぼくと妹が続く。妹は、鬼ごっこでもしてるように「キャッ、キャッ」とはしゃぎながら、千波く

ん目指して一心に走ってた。

ぼくが後ろを振り返ると、記念館の係員が走ってきてたけど、ちょっと歳を取りすぎてたね。ぼくらに追いつくのは、とても無理な様子だった。

やがて犯人の男は、土手を乗り越えて広い河原を目指して走り降りていった。サッカー場や、野球場がいくつも並んでる。のんびりとゴルフの練習をしてる人や、犬を連れて散歩してる人や、一人で社交ダンスの練習をしてる——シャドウ・ダンスとでも言うんだろうか？——人もいた。

そんな午後の平和な江戸川の河原を、犯人の男は青いジャンパーを風にふくらませながら駆け抜けていく。そして、その五十メートルほど後ろを慎之介と大森が追う。

「待てーっ」

って慎之介が叫んだ。でも、そんなことくらいで待つくらいならば、最初からどろぼうなんてしないだろう。

「どろぼうーっ」

って大森も叫んだ。しかし、もちろんそいつは返事をすることもなかった。

その声は、広い河原に吸い込まれてしまったから、ほとんどの人は、何事が起こったんだろう？　とキョトンとする程度だったね。そしてついに犯人の男は、江戸川べりまで必死にたどり着いた。

ぼくは、追いつめたと思ったね。だって、慎之介はもう、その男から十メートルほどの所まで迫ってたし、男の目の前には広い川が流れてるだけなんだから。男だって、まさか川に飛び込みはしないだろう。ここらへんはまだ上流の方だけど、川幅は百メートルはありそうだったしさ。洋服を着たまんま泳いで渡るなんて、とてもできやしない。

男は、一度慎之介を振り返った。もちろん、盗んだバッグを小脇に抱えたままだ。

慎之介も、もうつかまえたと思ったんだろう。立ち止まって、男に対して身構える。ぼくは、これで万事解決したと思った。だって慎之介の背後からは、元空手部の大森が大きな犬を連れて、これまた凄い勢いで迫ってたんだからね。まあ、たとえ犬がいなかったとしても、こいつら二人をいっぺんに相手にして勝てる人間は、東京の下町広しといえどもそうはいないだろう。腕力でも、悪口でもだ。

ところが男は、慎之介に向かってニヤリと笑ったんだ。そして、驚いたことに、ピョーン、と川岸から川目がけて飛び降りた。

あっ！　と虚（きょ）を突かれた慎之介が叫ぶ。

やがてぼくらの目には、必死の形相で舟を漕ぐ男の姿が飛び込んできた。

男は岸縁（きしべり）にあった舟に飛び乗ったんだ！

ぼくと妹は、急いでその場所に駆け寄る。

「くっそーっ！」

と慎之介は地団駄を踏んで、大森が、

「ここまで追いつめたのになあ！」

と叫んだ。千波くんも二人のそばで、じっと唇を噛み締めてた。

「どうする！」慎之介は叫ぶ。「川の向こうは千葉県だぞ！　千葉県警に連絡しなくちゃならなくなっちまった」

言い忘れてたけど、こいつの親父さんは警視庁捜査一課の警部補なんだよ。だから、都内の事件に関しては色々と伝手があるけれど、他県の管轄となっちゃうと、ちょっと面倒臭いらしいんだ。

「しかし、どうすると言っても、なにもしようがないんじゃないか？」大森が肩を落とした。「まさか江戸川を泳いで渡るわけにもいかないだろう」

「とにかく」千波くんが言った。「警察に連絡しましょう」

「でもさ」ぼくは提案した。「取りあえず追いかけたらいいんじゃない？」

「だから――」慎之介は、脱力したようにぼくを見た。「ここからどうやって追いかけるんだよ？　初秋の空の下、江戸川を泳ぐのか？　すぐに救助隊の世話にならなくちゃならないぞ。だいたい八丁堀、お前なんか普通に泳いでたって溺れてるのと勘違いされて、救助されたこともあっただろうが」

「そ、それは事実だけど、あそこにもう一艘、舟があるよ」

ぼくは、この場所から少し離れた葦の葉陰を指さした。その言葉に――妹と犬を含めた――全員が一斉にその方向を見る。

「さっき、土手を駆け下りてきた時に気が付いたんだけれど、あそこに一艘――」

言い終わらないうちに、またしても全員がその方向に走ってた。

ぼくがゼーゼーしながらみんなの所に行くと、ぼくの言ったとおりに、オンボロの小さなボートが一艘、危うげに川面に浮かんでた。

「しかし、この舟じゃなあ……」

渋い顔で首を傾げる大森に、慎之介は胸を張って高らかに宣言した。

「俺は、これに乗って奴を追うぞ！」

「え？」

「こら、大森。お前は、携帯で警察に連絡しとけ。その間に、俺は行く」

確かに、ボートがあるってみんなに報告したのはぼくだったけどさ。でも、この慎之介の提案はどうかと思ったね。ところが、

「真っ黒兄ちゃん、かっこいい！」

なんて、妹がはしゃいじゃってさ。その上、

「あたしも行くーっ」

って慎之介に抱きついた。こいつは、滅多に女性に抱きつかれたことなんかない男だったからね。真っ赤になっちゃって、

「行くぞおっ！」

なんて怪気炎まで上げた。

そして慎之介は、妹をぼくに手渡して舟に飛び乗った。そしてオールを握ったんだけれど、

「こら、待て」大森が呼び止める。「俺も行く」

「お前は、ここにいてその犬の世話でもしてろ」

「いや、こいつも連れてく」

「無理だ、大きい犬は一緒には乗れない。二人乗りが精一杯だ」

「嫌だ。連れてく」

「じゃあ、お前が俺と乗れ。そして、その犬は川を泳がせてこい」

「駄目だ。それはできない」

「なんで？」

「今朝シャンプーをしたばかりだからだ」

「じゃあ、お前が泳げ！」

「自慢じゃないが、俺は泳げない」

「馬鹿者！」叫んで、慎之介は川の向こうに目をやった。「お前なんかに構ってる時間はない。奴は、もうあんな所まで行ってる」

　確かに男は、もう江戸川の真ん中あたりまで舟を進めてた。幸いというか何というか、男の乗った舟が、ちょっと大きめの舟だった上に、男は櫓の扱いがあんまり巧くなかった。だから、かなり操舵に手こずっているようだった。

　今がチャンスだと思ったぼくは、急いで叫んだ。

「ぼ、ぼくも行くよ！」

「はあ？　チョコちゃんはどうするんだ？　放っておくのか」

「あたしも行くーっ！」

　楽しそうに大声を上げる妹を、ぼくは制した。

「だっ、駄目だってば！　チョコちゃんは、ここで千波くんと一緒に待っててね」

「いいえ」今度は千波くんが首を振った。「ぼくも行きます」

　なんてこった！

「よし」大森が一人で勝手に納得して「チョコちゃんに、俺の虎太郎を預けよう。俺たちが帰ってくるまで一緒に遊んでてくれ」

　と言って、犬を妹の前に連れてきたけど、

「嫌っ」妹は泣きそうな声で叫んで、ぼくの後ろに隠れた。「ワンちゃん、怖いっ」

「怖くないぞ！　こいつは、人に嚙みつくことはあっても、一度も嚙み殺したことはない」

　何を言ってるんだかね。

　でも――どっちにしたって、全員で渡るとしても一遍には無理だ。それに犬はもちろん、妹だってボートを漕ぐことは不可能だろう。そして、犬だけ残しておくこともできないとすると……。

　ぼくが一人、そんなことを考えてると、大森が慎之介に向かって命令した。

「とにかく慎之介。お前、降りろ」

「なにい？」

「俺が、虎太郎と一緒に川を渡る」

「じゃあ、俺はどうする？」

「あそこの橋を渡ってこい」

　って言ったけれど、それはとても無理だったね。

　だって、一番近そうな橋までだって、ここから一キロ以上はあっただろう。見晴らしがいいから近くに見えるけど、実際は相当の距離だと思うよ。

「戯（ざ）れ言（ごと）には付き合っていられない。サラバだ」

　と慎之介が言った時、

「さあ、早く！」

千波くんが叫んで、ボートに飛び移ったんだ。

唖然としてしまったぼくらを尻目に、

「饗庭さん。早くボートを出して！」

有無を言わさずに慎之介を急かす。

その鋭い口調に、さすがの慎之介も、

「お、おう……」

素直に頷いて、オールを握りしめた。

そして、その先で岸辺を思い切り突いた。

「ちょ、ちょっと待て！」

大声で怒鳴ったのは大森だ。

「こ、こらあ！　俺たちはどうなるんだ！」

「ち、千波くん！」ぼくも驚いて、千波くんを呼び止めた。「ぼ、ぼくらはどうなっちゃうんだよ」

「千波ちゃーん！」妹も泣きそうな叫びを上げた。「行っちゃやだーっ」

「すぐに迎えに戻ってきます」千波くんは、ぼくらに向かって叫ぶ。「まず、ぼくが饗庭さんと一緒に向こう岸まで行きます。そして、饗庭さんを降ろしたら、すぐにぼく一人でこちらに戻ってきます」

「で、でも、戻ってくるって言ったって――」

いいですか、と千波くんは岸から遠ざかりながら言う。

「簡単なことですよ。向こう岸に到着したら、ぼくが犯人の乗って行った大きなボートを漕いで戻ってくればいいだけの話ですから」

そうだ！

何も、ここでゴチャゴチャ言い合う話じゃなかったんだよ。あっちのボートならば、ここに残ってる全員が一遍に乗れるだろう。

千波くんは、ボートから身を乗り出すようにしてぼくらに叫んだ。

「ぼくが今、ここから千葉県警に一応連絡を入れておきます。そして、向こうに着いたら饗庭さんにはそのまま犯人を追ってもらいます。その間、饗庭さんと大森さんが携帯で連絡を取り合えばいいんですよ。どうってことは、ありません」

なるほどね。いつも、千波くんは冷静だ。

そういうわけで、ぼくらはこっちの岸で千波くんの帰りを待つことにしたんだ。

慎之介の漕ぐボートは、大きく水しぶきを上げながら犯人の乗ったボートに近づいていった。

しかし、最初から開いていた距離の差はいかんともしがたくて、犯人はついに向こう岸に到着してしまった。

奴は、ボートを乗り捨てる。あのボートに乗って千波くんがぼくらを迎えに来てくれるんだ。ボートは大森と、ぼくと千波くんのペアで漕げばいい。そうすれば力だって釣り合って、すぐに川を渡って慎之介に追いつけるだろう。

なんて思って見てたんだけれど——。

「あっ！」

ぼくらは一斉に叫んでしまった。

こともあろうに犯人は、今自分が乗ってきたボートをひっくり返して、見事に転覆させてしまったんだよ。なんて奴だろう！

それを見ていた千波くんも——声は聞こえなかったけれど——大声で叫んだようだった。その証拠に舟の上で、慎之介があわてて振り向くと、さっきにも増して、凄い勢いでオールを動かし始めた。

しかしこれには、まいっちゃったね。

きっと千波くんは、約束通りこちらに戻ってきてくれるだろう。でも、あの二人乗りの小さなボートしかなくなっちゃったんだから。

「おい、どうするんだ！」大森は、あせってぼくを見た。「これじゃ、一回に全員で向こう岸に渡るのは無理だぞ！」

あ、ああ、ぼくも頷いた。

「順番に乗って渡るしかなくなっちゃったね」

があーっ、と奴は欠伸をしたライオンのような顔で叫んだ。

「だから、俺が先に渡るって言ったんだ」

「でも、そうしてたところで、状況は変わらなかったと思うよ」

「あんな、無能の慎之介と色白の子供を渡すよりも、俺と虎太郎が渡ってたほうが、よっぽど世のためになった」

「そ、それは分からないよ」ぼくは必死に千波くんを庇った。「だって、まさか犯人があんな行動に出るとは誰も想像してなかったんだからね」

ふん、と大森は鼻で笑う。

「いついかなる時も、あらゆる場面を想定して行動しなくてはならないんだよ。計算通りに植えた苗木だって、きちんと育つかどうかは神様しか分からないんだからな。途中で狸にほじくり出されたり、アナグマに食べられたりしてしまうんだ」

「それとこれとは、ちょっと違うんじゃないかなあ……」

だから！　奴は大きく嘆息した。

「そういったことも含めて、常に色々と考えておかなきゃならないってことを言いたかったんだ」

「………………」

ぼくが大森の言葉に首を傾げていると、

「ぴぃくん！」

ぼくを呼ぶ千波くんの声が川面を伝ってきた。

慎之介を降ろしたボートは、早くもこちらの岸に向かって戻ってきたんだ。ボートの上では千波くんが、必死にオールを動かしてた。

ここで一言付け加えておかなくてはならないと思う。ぼくの名前は決して「ぴぃ」じゃない。

じゃあ、どうして千波くんがぼくをそんな名前で呼ぶのか？　っていう疑問がふつふつと湧き上がってくるかも知れないけれど、今はそういった問題に答えてる場合じゃないということは素直に了承してもらえるだろう。

そこで、

「早く早くっ！」ぼくは千波くんを呼んだ。「ねえねえ、一体どうしたらいいのさ！犯人は、自分のボートを転覆させてしまったよ！」

千波くんは、首を後ろに捻りながら答えた。

「ちゃんと、考えました。待っててください」

「次は、もちろん俺が乗るんだろうな！」

叫ぶ大森に、千波くんは、

「はい」と答えた。「準備していてください」

「ならば良し」大森は満足そうに頷いた。「準備などとっくにできてる。それに第一、慎之介だけじゃ心配だ。九割近い確率で、犯人を見失ってしまうだろう」

向こう岸を見れば、今まさに慎之介の体が、小さな黒い点となって江戸川の土手を越えていったところだった。大森は犬の紐を引っ張って言う。

「虎太郎、ゆくぞ」

「違います！」千波くんが、ボートの上から叫び返してきた。「大森さんと、ぴいくんが乗って渡ってください」

「なんだと？」

「大森さんとコタロウくんだけじゃ、向こう岸に渡ったこのボートを、誰が漕いで戻ってくるって言うんですか？」

「なにい。きみらも全員行くのか？」

「最初からそう言ってるじゃないですか！」

「それは時間もかかるし、無理だぞ。その間に、犯人は俺と虎太郎で捕縛してしまえるんだからな」

「嫌あ」妹が叫んで、大森のセーターを思い切り引っ張った。「あたしも行くーっ」

「それは、止めておけ」大森は、時代劇に登場する親の仇を取ろうとしている町娘に言うように、妹を諭す。「危険すぎる」

それでも、いやだいやだ、と駄々をこねる妹を大森は困った顔で眺めてた。そしてついに、

「分かった。分かったから、その手を放してくれ」

と妹を見た。やっぱり、妹の可愛らしさに負けたってところだね。一方妹は、大森の膝のあたりまで伸ばしきってしまったセーターを、パッと放して、ニッコリと微笑んでいた。

やがて、息せき切って千波くんがこっちの岸に到着した。

「いいですか」千波くんは、ぼくと大森に言う。「さっきも言ったように、今度はぴいくんと大森さんが乗ってください」

「……ちょっと訊きたいんだが」

大森の言葉に、はいと千波くんは頷いた。

「さっきから言ってる、その『ぴいくん』ってのはなんだ？」

「いいんだよ、今はそんなこと！」ぼくは口を挟んだ。「気にすることじゃないよ！」

しかし大森は、

「ああ」一人で頷いて笑った。「そういう意味か。省略形だな」

とにかく！　ぼくは大森を急かして、千波くんと交代した。千波くんは、ボートに乗り込むぼくらに声をかける。

「いいですね。向こう岸までは大森さんがボートを漕いで行ってくださいね。その方が、早いでしょうから。そして、向こう岸に到着して大森さんを降ろしたら、すぐにぴいくんはこちらに戻ってきてください」

「——その後は？」

岸を離れながら、ぼくは後ろを振り返って千波くんに尋ねた。

「その後もなにも——」千波くんは微笑む。「全員で順番に渡ればいいだけの話です」

*

昔、ここが関所（せきしょ）になってたっていう話を聞いたことがある。武蔵（むさし）と下総（しもうさ）の間だ。確かに橋がなけりゃ、こうやって舟で川を渡るしか方法がないんだからね。関所には、もってこいの場所だろう。それに昔はきっと、今よりも水かさもあっただろうしね。関所を突破して泳いで渡るなんて、無謀な行為だったに違いない。でも、たまにそんな無茶なことをする奴も、きっといたことだろう。でも関所の番人に見つかっちゃって、舟に乗った奴らに追いかけられたりしてさ。逃げる方も必死、追いかける番人の方も必死で、物凄い場面が繰り広げられたんだろう。

そんな番人たちを彷彿させるような形相で、大森は必死にボートを漕いだ。

それは、とてつもなく怖ろしい顔だったよ。もしも、こんな顔をした番人に追いかけられたら、ぼくなんか川の真ん中で両足とも攣ってしまって、逆に番人に助けを求めなくちゃならなくなっただろう。とにかく、そんな勢いだった。

そのおかげでぼくらは、瞬く間に千葉県側に到着したんだ。ボートが岸に勢いよくぶつかると同時に、大森は土手に飛び移った。ポーズを決めて着地すると、すぐにポケットから携帯を取り出して、慎之介に連絡を取ったようだった。

一方ぼくは、それを背後に感じながらボートを出発させる。今度は、ぼくが漕ぐんだ。オールをしっかりと握りしめるぼくに、大森が怒鳴った。

「おい！　慎之介からの情報によると、どうやら犯人は『野菊の墓公園』に逃げ込んだようだ。まだ、千葉県警も到着してないらしいぞ。よって、俺も、そっちに向かう。虎太郎を頼む。では！」

後ろをチラリと振り向くと、大森は土手を駆け上がって行くところだった。

ぼくは、必死にボートを漕ぐ。

千波くんたち目指して一直線に、川面を滑るようにボートを漕ぐ。

秋の爽やかな日だったけど、おかげでちょっと汗ばんじゃったよ。でもまあ、その成果があって、あっという間にぼくは千波くんたちの元に戻ることができた。

「さあ、早く！」ぼくは叫んだ。「次は誰？」

しかし妹は叫ぶ。

「兄ちゃん、遅ーい！」

え？

差し伸べた手を宙に停止させたままのぼくに、千波くんも言う。

「ぴぃくん、交代しましょう。あんなにヨロヨロと蛇行していちゃあ、かなりのロスです」

「そ、そう、だった？」ぼくは驚いて尋ねた。「い、いやあ、てっきり最短距離で一直線に――」

「右往左往してました」

って言う千波くんの後ろで、コタロウも、

「バウワウ」

って頷いてた。まいったね。

「そこで」千波くんが、きっぱりと宣言した。「次はぼくが、チョコちゃんを向こう岸まで連れて行きます。そしてすぐに戻ってきますから、その後でぴぃくんとぼくとで渡りましょう」

「この犬を残して？」

はい、と千波くんは答えて、無理矢理にぼくと場所を交代した。

「だって、そうしなくちゃ犬のコタロウくんとチョコちゃんだけ残るというケースが、こちらの岸か向こう岸のどちらかで必ず生じてしまいますから」

「ワンちゃん、怖いの！」

怯(おび)える妹をボートに乗せながら、ぼくは頷いた。

「分かったよ。そして最後に千波くんかぼくが、この犬を取りに来ればいいんだね。それまで、この杭(くい)にでも繋いでおこうか」

「そういうことですね……。それでは、チョコちゃん、行きますよ」

「千波ちゃんと二人で？」

「はい」

「渡し舟、渡し舟！」

妹はとっても嬉しそうに、キャッキャッとはしゃいだ。そして、ボートの縁(へり)を両手で握って、ゆらゆらと揺らす。千波くんは、あわてて叫んだ。

「チョコ、チョコちゃん！」

「なに？」

「あ、危ないでしょう！　止めてください！」

「はーい」

妹は頷くと、こちらの岸に背中を向けるようにして、静かにボートの真ん中にチョコンと腰を下ろした。とっても素直でいい子だね。


千波くんと妹が川を渡り始めて、ぼくと犬だけがこちらの岸に残された。ぼくは、もう一度順番を確認する。

千波くんが戻ってきたら、ぼくら二人で一度向こう岸に渡るんだ。そして、ぼくか千波くんが戻ってきて、この犬を連れて行く。簡単なことだね。あと十数分もあれば、全員が無事に向こう岸に渡り終えるだろう。

ぼくは振り返って、のどかな江戸川の河原を眺めた。草野球なんかをさ。

この秋晴れのすがすがしい空の下、何チームも試合をしてた。ぼくは、一番近いグラウンドでやってる試合を見物したんだけど、またこれが、異常に下手くそなチーム同士でさ。でもまあ、こういった草野球ってのは、試合が終わった後の飲み会のために行われるもんだからね。それはそれで、きちんと目的が明瞭化されていて良いことだとは思う。

そんなことを考えてると、

「あら！」

ベンチのそばで、素人野球を見物してた二人連れの女の子たちの一人が、こっちを振り返った。芥子色のセーターに、細身の紺のスラックスを穿いた、ちょっとキュートな女の子だ。

「まあ、どうしたの……ええと……」

「やあ！」

ぼくも驚いて声をかけた。彼女は、ぼくとはクラスは違ったけれど、高校時代の同期だったんだよ。名前は確か——。

「桜庭さん……？」

「ええ！」彼女は嬉しそうに答えた。「そうよ。ええと……」

ぼくの名前をど忘れしてしまっている彼女に、ぼくは助け船を出してあげた。

「ああ、そうそう」彼女は笑う。「そうだったわ。ちょっと変わった名前のね」

なんて言うけど、彼女の本名だって「桜庭桜」っていうんだよ。そして今、子猫を抱えて隣に立ってる中学生の妹の名前は、確か「小梅」ちゃんって言ったはずだ。

その小梅ちゃんが、片手で桜ちゃんのセーターの袖を引っ張って、

「だあれ、この人？」

なんて尋ねてた。桜ちゃんは小梅ちゃんにぼくのフルネームを、はっきりと告げ

る。おかげでぼくは、小梅ちゃんにいきなり笑われてしまった。まあいいけどさ。

「それで、今日はどうしたの？」

桜ちゃんは、ぼくをじろじろと眺めながら尋ねてきた。そこでぼくは、みんなで川を渡ろうとしてるって話をした。時間がなかったから、いちいち詳しくは言わなかったけれどもね。

桜ちゃんは、話の途中から目をキラキラさせちゃって一所懸命にぼくの説明を聞いてた。そして現在は慎之介が先に向こう岸に渡っていて——。

「ということは、饗庭さんが向こう岸にいるっていうのね！」

なんて叫ぶ。

うん、と答えるぼくに向かって、桜ちゃんはなぜかほんのりと頬を染めながら、とってもしとやかに口を開いた。

「ねえ。私も向こうに行ってもいいかしら？」

「え？」

「だって……饗庭さんが、いるんでしょう」

「は？」

「今、いるって言ったじゃないの！」

今度は、いきなり怒る。情緒不安定なんじゃないのかね。でも、そんなことを口にしてしまって、また怒鳴られちゃかなわないから、ぼくは平常心で答えた。

「ああ、いるよ。でも、わざわざ慎之介なんかに会いに行くことも――」

「これも、もしかしたら運命かしら」桜ちゃんは、両手を自分の胸の前で固く握りしめた。「やっぱりさっき、寅さん記念館のそばで見かけた黒いシルエットの方は饗庭さんだったのね。でも……まさかこんな場所でお会いできるなんて」

「まだ会ってないよ」

「そうね。まだ二人の間には、蕩々たる大河が冷ややかな水を湛えて流れている」

「全然、大河じゃないよ」

「…………」桜ちゃんは、いきなりぼくをじろりと睨みつけた。「あなた、うるさいわ。せっかく世界に入ってたのに」

「あ……ああ。ごめん」と謝るぼくに、

「とにかく」桜ちゃんは頬を膨らませて言う。「私も向こう岸に行くわ」

「だっ、駄目だよ！」ぼくはあわてて否定した。「順番が狂っちゃうからさ」

「何の順番？」

と尋ねる彼女に、ぼくは今までの川渡りの経緯を縷々説明した。きちんと一から十まで計算した結果、今は妹が向こう岸に渡ってる――。

「そうなの」彼女は平気な顔で言う。「大丈夫よ、一人くらい増えたって」

「で、でもきみの妹は？」

「小梅？」彼女は妹を振り返った。「あなたは、どうする」

「先に帰ってる」小梅ちゃんは、猫の頭を撫でながら答えた。「渡し舟なんかに、興味はないもの」

「そうね」

なんて言ってる間に、

「お待たせしました……」

妙に力のない千波くんの声がした。舟が戻ってきたんだ。でも、その妙な脱力感を伴う声に、一体どうしたんだろうと思って振り返ると、

「あれ！」

ぼくは思わず叫んじゃったよ。だって——。

「兄ちゃーん！」千波くんの隣で、妹がニコニコと嬉しそうに手を振ってたんだ。

「また、一緒に戻ってきちゃったの。えへへ」

そして、千波くんにぶらさがるようにして舟を降りてきた。

3

「なんだってそうだけどさ」

ぼくは千波くんに言ったんだ。

「全て予定通りにことが運んでしまったら、人生なんて、ちっとも面白くないからね。テレビドラマなんかでも、明らかにこいつが犯人だろうって男が本当に犯人だったり、小説でも、これはミスリードだなって思ってたところが本当に引っかけだったりしてたらさ。だからたまには想像を絶する思わぬできごとも必要だよね。たとえば、当然合格するべきぼくが大学を落ちてみたり――」

「とにかく」千波くんは、肩を落としながらぼくの言葉を遮（さえぎ）った。「もう一度、行って来なくてはならなくなりました」

「また行くの？」

妹が、嬉しそうにはしゃいだ。

「川を渡る、一緒に渡る♪」

はあーっ、と千波くんは嘆息する。

「あのね、チョコちゃん。これはね、遊びじゃないんだから。今度は一人で、向こう岸で待っていてくださいね」

「嫌だ」妹は頬を膨らませた。「怖いし淋しいし寒いし、せつない」

「分かる分かる」ぼくも頷いた。「そうだよ、千波くん。妹一人で待たせようなんて、ぼくらが間違ってたよ。それに第一、そんな所にさっきの窃盗犯がまた戻って来ちゃったりしたら、今度は妹まで盗まれちゃうかも知れない。そうしたら、これは大変なことになっちゃうよ！」

「そうそう」妹は嬉しそうに笑う。「だから次は、みんなでいっぺんに渡る」

でも、それはさすがに無理だろう。そんなことをしたら、ボートは確実に沈没する。そして、犬くらいしか向こう岸にたどり着けないに違いない。

そう言えば——。

「ねえねえ」ぼくは千波くんに尋ねた。「沈む、って言えばさ、千波くんは知ってた？」

「何をですか？」

「化学の教科書だよ」

「え？」

「いつのまにか、教科書から『沈澱』って言葉が消えちゃっててさ。知らない間に『澱』が『殿』になっちゃってるんだよ。これには驚いちゃったね。『しずみよどむ』

って言葉が『しずむ殿』に変更だってさ。未来の言語学者が百年もたってこんな言葉を発見したりしたら、頭を抱えて泣いちゃうと思うよ、全く解読不可能で。どうして川や海の底に殿様が沈んでるんだ？　とか、御殿でも沈んでたに違いない、実はこれこそが竜宮城のことだった！　なんてね」

「それが――」千波くんは、とっても冷ややかにぼくを見た。「今のこの状況に、どう関係してくるんですか？」

「い、いや、別に深い意味はないけどさ。こんなことが密かに行われているけど、果たしてこれでいいのかっていう――」

「とにかく」千波くんは一つ嘆息した。「この順番を狂わせることはできません。もう一度、このままで行きましょう」

「でもね」

「今度は何ですか！」

千波くんは、なぜかイライラとぼくに尋ねた。ぼくは、桜ちゃんを振り返る。

「彼女も向こう岸に渡りたいって」

「え？」

千波くんは桜ちゃんを、そして小梅ちゃんを見つめた。

「この人たちは？」

尋ねる千波くんに、ぼくは二人を紹介する。彼女はぼくの高校の同期の桜ちゃんで、そしてこの子は桜ちゃんの妹の小梅ちゃんで――。

一方千波くんも「千葉です」と、二人に向かって爽やかな秋空のように挨拶した。

桜ちゃんは、じろじろと千波くんを見つめながら、

「あなた、本当にこの人の従弟（いとこ）なの？」

なんて尋ねた。そして「はい」と頷く千波くんに向かって、

「実は、全く血がつながってないいんじゃないの？」

なんて言う。

「それは、どういう意味さ」

尋ねるぼくに、

「そのままの意味よ」

って彼女はあっさりと答えた。一方、隣の小梅ちゃんときたら、この子は完全に千波くんに釘付けになっていて、コタロウを繋いだ木の杭みたいに土手の草むらの中に固まってた。

「それでは……」千波くんは全員の顔を順番に眺めた。「ここにいるみんなで、向こう岸に渡るというわけなんですね」

「いいえ」桜ちゃんは、妙に愛想良く微笑みながら首を横に振った。「妹は、もう帰

るんですって。退屈だから――」

「そ、そんなこと、言ってないわ！」突然、小梅ちゃんが大声で叫んだ。「ぜーんぜん言ってない。私も川を渡ってみようかな。昔からちょっと興味もあったしぃ」

え？

さっきと違うじゃないか、と思って小梅ちゃんを見ると、彼女は頬を膨らませてそっぽを向いた。でも、目の端っこで千波くんの方をチラチラと見ていた。

桜ちゃんが尋ねる。

「だって、小梅。あなた、さっきは――」

「いいの！　気が変わったんだから」

もしかしてそれは千波くんのせい？　と尋ねるぼくに小梅ちゃんは、

「あなた、バッカじゃないの？」真っ赤な顔してムキになって叫んだ。「なんでそんなことを言うわけ？」

まあ、ぼくは女の子の気持ちが分からない男ってことで有名だ。こんなこと口には出さないけど、女の子の気持ちなんて、ぼくには一生分からないかも知れないよ。三角関数よりも複雑でさ。なんてったって、綺麗に割り切れそうもないからね。ただでさえそうなのに、その上「中学生の女の子」なんてなっちゃうと、完全にぼくの理解の範疇(はんちゅう)を超えてしまう。

でも、それはどうやら桜ちゃんも同じみたいだった。

「分からない子ね」桜ちゃんは腕を組んで、小梅ちゃんを見た。「勝手にしなさい」

「じゃあ、勝手にする」

勝手にするのはいいけど——。

とにかく、これで全員で江戸川を渡らなくちゃならなくなったわけだ。大森の残していった犬も含めてね。しかも、二人乗りの小さなボートでさ。

「それでは」千波くんが口を開く。「とりあえず、どんどん順番に渡ってしまいましょう。時間もないことですから」

「渡る渡る」妹がはしゃいだ。

「バウワウ」犬も吠えた。

「そうだね」ぼくも言った。「次は誰？」

「ぼくと、ぴぃくんで渡ります。そして——」


実はここで、またしても「ぴぃくん」という呼び方についての講釈を彼女たちに向かって垂れなくちゃならなかったんだけど、それは省略させてもらっておこう。なにしろ、時間がないんだからね。

「ぼくが向こう岸に残って、ぴいくんが――」

「ダメーッ！」妹が叫んだ。「千波ちゃんは、あたしと一緒に渡るの！」

「そんなことを言われても――」

「いや、千波くん。それならば、ぼくがこの犬を連れて渡るよ。そうすれば――」

「それは後です」千波くんは、きっぱりと言う。「向こうの岸には、この犬を繋いでおくための杭がありませんでしたから、向こうに連れて行ったらしっかと見張っている人が一人必要です」

そうなんだ！

でも、よくそんなことまで観察してきたね。

一方、小梅ちゃんが大声を上げた。

「えぇーっ！　この犬も渡るの？」

ぼくは説明する。このでかい犬は、同級生だった大森という、とてもできの悪い男の飼い犬で、今、慎之介と一緒に向こうの岸に渡ってる――。

「じゃあ、私のフランソワはどうなっちゃうの？　こんな犬と一緒じゃダメよ。とっても、怖がりなんだから」

「フランソワ？」

尋ねるぼくを上目で睨みつけながら、小梅ちゃんは「そうよ！」と答えて、胸に抱いた子猫の頭を優しく撫でた。

「それじゃ」ぼくは再び提案する。「ぼくと桜庭さんとで、まず渡れば良いよ。それから——」

「嫌よ！」今度は、桜ちゃんが異議を唱えた。「あなたと二人きりでボートに乗ってるところを、万が一饗庭さんに見られたらどうしたらいいの。誤解されちゃうじゃないの！」

「慎之介なら大丈夫だよ。岸のそばにはいないんだから」

「それでもダメ。第一、ここらへんは家の近くなんだから、どこで誰に見られてるか分からないじゃないの。絶対に、イヤ」

「そんなの関係ないじゃないか」

「そういういい加減さが許せないわ。却下よ」

「じゃあ、一体誰がボートを漕ぐっていうのさ！」

「私は漕げるわ。でも、あなたと、この品のない犬と、一緒には乗れないって言ってるのよ」

私も、なんて小梅ちゃんも言う。

「デリカシーのない男の人は嫌い。あと、ワンちゃんは構わないけど、私はフランソワを抱いてなくちゃならないから、ボートは漕げないわ」

小梅ちゃんの猫も、ミャアと言った。でもその顔は、どう見ても「フランソワ」なんて上品な顔じゃなかったね。正月の餅が膨れて潰れたような顔だった。でも、そんな本当のことを言っちゃうと、また怒られちゃいそうだったから、ぼくはあえてそれには触れずに尋ねた。

「ってことは、ボートを漕ぐことができるのは、ぼくと千波くんと桜庭さんだけってこと？」

「でも」桜ちゃんは付け加える。「私は、一往復までね」

「え？」

当然でしょ、と彼女は言う。

「手が荒れちゃうもの、オールなんて握ったら」

「…………」

「それに、男の人と二人でボートに乗ってる時に自分で漕いでる女の人なんて、見たことないわ」

「そういう問題じゃないよ！」

「そういう問題よ」

「違うって。もしも桜庭さんが、小梅ちゃんかぼくの妹と二人で乗ったら、当然、自分でボートを漕ぐんだろう？」

「だから、そういうのは一回にして欲しいのよ」

無理だってば！　ぼくは言う。

「実際に乗ってみなくちゃ、どうなるかなんて分からないんだから」

「じゃあ、そうならないように最初から考えておいてよ。もしもそうなりそうな時は、あなたが私の代わりに漕いでね」

「そんなことを言われてもさ！」

困っちゃったね。

でも桜ちゃんは、本当に一回しか漕がない、と心に固く誓ったようだった。じっと、自分の手のひらなんか眺めちゃってさ。石川啄木（いしかわたくぼく）じゃないんだからね、全く。

「でも、そりゃあボートが二人乗りじゃなけりゃいいよ」ぼくは彼女たちを諭す。「でも現実には、漕ぎ手と、もう一人しか乗れないんだから、二人のうちの一人は、必ず漕がなくちゃならない。それに、犬や猫は漕げないしさ」

「当たり前じゃない」桜ちゃんはぼくに氷のような視線を送ってきた。「猿軍団の猿だって、こんなボートは漕げないわ」

「だ、だからさ——」

「そんなつまらないこと言ってる暇があったら、早くサッサと渡りましょうよ。饗庭さんが待ってるんだから！」

まいったね、全く。

急いでるのは本当なんだけどさ。

すると、そんな混沌とわがままの嵐の中に立ちつくしてるぼくに向かって、

「分かりました」

千波くんが爽やかに微笑んだんだ。


「ここで、ちょっと問題を整理してみましょう」

千波くんは、髪の毛をパサリと掻き上げながら口を開いた。

「まず——このボートを漕ぐことができるのは、ぼくとぴいくん。そして、桜さんが一往復だけというわけですね」

「そうよ」桜ちゃんは頷いた。「あなたは、とっても物分かりがいいわ」

どうも、と千波くんは軽く頭を下げて言う。

「そして、向こう岸に一人にしておけないのは、チョコちゃんと、犬——コタロウくんです」

「フランソワもね」

付け加える桜ちゃんに向かって千波くんは、もちろんです、と頷いた。

「フランソワちゃんは、小梅さんにずっと抱いていてもらいます」

「それならいいよ」

小梅ちゃんは、何度も猫の頭を撫でた。

一方千波くんは、妹に尋ねる。

「でも、チョコちゃん」

「なあに？」

「たとえば……チョコちゃんが、ぴぃくんとボートに乗って向こうまで渡ってから少しの間、誰かと一緒にぼくを待っていてくれる、というのもダメですか？」

「…………」妹は空を見上げながら一所懸命に考えてた。そして「兄ちゃんがいるか、少しの間だけだったらイイ。でもその時にワンちゃんがいたら、やっぱりイヤ」なんて言う。まあ、この程度だったら、わがままのうちには入らないだろうね。なんて思ってると、

「これで」千波くんが微笑んだ。「ある程度まで問題は整理されましたね」

確かにぼくは、整理整頓は苦手だ。

しかしこれで、いくらかでもこの問題が整理されたっていうのは、さすがに納得がいかなかったよ。

まあ、千波くんが言うことだから、おそらく嘘じゃないだろうとは思うけど、本当

にこのカオスは、収束の方向に向かってるんだろうか？

そんなぼくの心配をよそに、千波くんは続ける。

「あと残りの問題は、桜庭さんがコタロウくんを運ぶことができないということと、向こう岸では、そのコタロウくんに、ぼくかぴいくんがついていなくてはならない、ということですね」

「それと……」小梅ちゃんが言う。「フランソワとこの犬とは、できるだけ離しておきたいの。やっぱりさっきから怖がってるみたいで……」

「はい」千波くんは頷いた。「つまり、全員が集まるまでは、お互いに反対の岸にいるようにすればいいというわけですね。分かりました」

「そう！」小梅ちゃんは歓声を上げた。「やっぱり千葉さん、素敵！」

「とすれば――」千波くんは全員を見回して、自分の耳たぶをくりくりと捻った。

「こ、こ、こういう方法が、一つ考えられます」

え？

そんな方法が本当にあるんだろうか？

耳を疑うぼくと、千波くんのジャケットの裾をぎゅうっと握りしめてる妹と、向こう岸をうっとりと眺めてる桜ちゃんと、猫のフランソワを胸に千波くんの横顔を見つめてる小梅ちゃんと、バウワウ吠えてるコタロウを、千波くんは、ゆっくりと見回し

た。そして、川風に揺れる髪をサラリと掻き上げて、まさにその方法を全員に向かって説明しようとしたその時、

ポンポンポン……。


汽船の音が聞こえてきた。

ぼくらは驚いて、川面を見やった。

今まで話に夢中で川に目をやる余裕がなかったけれど、いつのまにか川岸にポンポン船が近づいてきてたんだ。

「お舟、お舟！」

妹が叫んで、岸辺に走って行った。

その声に、船を操っていたおじいさんが、

「いい天気だね。お散歩かね？」

なんて、船の上からニコニコと妹に話しかけた。

妹は「うん」と頷いて、大声で言う。

「あのね、みんなでね、向こうの岸に渡りたいの。でも、お舟が一つしかなくて困ってたの」

「ほうかい」と、おじいさんはぼくらを、そして二人乗りのボートを見た。「しっかしなあ……。そんな舟じゃ危ないだろうが。そんならば、わしが向こうまで乗せてってやるかね」

えっ。

「この船ならば、みんな一遍に乗れっからな。どうかね、お嬢ちゃんたち?」

「でも、千波ちゃんが、その方法を考えてくれてるの」

「方法?」

「うん。みんなで、順番に渡るの」

かあーっ、とおじいさんは日焼けした顔で天を仰いだ。

「そんたら面倒くせえことなんてしないで、わしの船に乗りな。一回で運べっから」

おじいさんは親切に、ぼくらを手招きした。

＊

そういうわけで、ぼくらは千波くんの(おそらくとても美しかったに違いない)論理的解決方法に頼ることもなく、おじいさんのポンポン船に乗り込んだ。

そして、あっという間に——実際、一、二分で——全員が江戸川を渡って、千葉県側に到着した。

「おじいちゃん、ありがとう！」

妹が大声でお礼を言って、おじいさんも、

「おうおう」ニコニコと目を細めて、片手を挙げて「お安いご用だ。いつでも言ってくんな」

なんて言ってくれた。そこでぼくらは、みんなでありがとうございましたって頭を下げたんだけれども、千波くんだけはちょっとムスッとしてた。

でもまあ――とにかくぼくらは、無事に川を渡り終えたんだ。

あとは、慎之介や大森がいる「野菊の墓公園」まで行けばいい。

ぼくらは全員で、足早に土手を越える。すると、確かに目の前には、鬱蒼とした木々に囲まれた大きな公園があった。公園の入り口に目をやれば、すでに数台のパトカーが到着してた。千葉県警だろう。

ぼくは、思わず身が引き締まるのを感じたね。なんだかんだ色々とあった気がするけど、本当の事件はこっちなんだからね。

隣を見れば千波くんも、真剣なまなざしで唇を噛み締めてた。

「さあ、急がなくちゃ！」ぼくは、コタロウの紐を引っ張りながら、みんなに向かって声をかけた。「犯人は、もう包囲されてるに違いないから」

その言葉に、

「犯人？」

桜ちゃんが、不審そうな顔つきでぼくを見る。

「犯人――って、何の犯人？」

ああ、とぼくは答えた。

「さっき、『寅さん記念館』で引ったくり事件があってさ。その犯人が、あそこの公園の中に逃げ込んだらしいんだよ」

「引ったくり、って……」桜ちゃんは首を傾げた。「もしかして、おばさんからバッグを持ってっちゃったっていう――」

「いきなり盗んでさ、走って逃げて行っちゃったんだよ。慎之介たちは、そいつを追って先に行ってるんだ。でも……桜庭さんたちも、そいつのことを見たの？」

「ええ。だって、私たちもその時、記念館のそばにいたもの」

そう言えば、さっきそれらしきことを言ってたっけ――。なんて思ってると、

「でも……バッグを盗まれたおばさんなら、もう帰っちゃったわよ」

「え？」驚いて立ち止まるぼくらに、桜ちゃんは涼しい顔で言った。

「じゃあよろしく、なんて係員の人に言ってたわ」

「そんな馬鹿な！」

「嘘じゃないわ。ねえ、小梅」

　そうそう、と小梅ちゃんも頷く。

「他のおじさんやおばさんたちみんなと一緒に、観光バスに乗って行っちゃった」

「どうしてさ！」

「それはきっと、次の予定があったんでしょ。なんか、これから草津まで行くなんて言ってたし――」

「そういう意味じゃなくてね！」

　それに、と桜ちゃんも付け加えた。

「もともとあのバッグは、あのおばさんの物じゃなかったみたいだし」

「一体、どういうこと？」

「記念館のおみやげ物屋さんに飾ってあった見本のバッグだったんですって」

「え！」

「それを、あのおばさんが手にして見てたら、いきなり男が持って行っちゃったって言ってたわ」

「七百八十円だって」小梅ちゃんが付け加えた。「定価で。でも今日は特価だから、五百八十円って言ってたよ」

「そんなわけないだろう！」

「どうしてあなたに、そんなことが言えるの？」

「だって、重さが違うじゃないか。見本の空のバッグと、現実に使ってるバッグじゃさ！　盗んだ瞬間に分かるはずじゃないか」

ぼくの言葉に桜ちゃんたちは、チョコンと首を傾げた。小梅ちゃんが言う。

「分かんない」そして、足下の小石を蹴った。「私が盗んだんじゃないもの」

そうよ、と桜ちゃんも頷いた。

「直接、犯人に訊いてみたらいいんじゃない？」

まいっちゃったね。

でも！　と、ぼくは、力が抜けそうになる体をやっとの思いで支えながら桜ちゃんを睨んだ。

「どうして最初から言ってくれなかったのさ！　それなら、こんなに苦労しなくたって良かったのに」

だって……、と桜ちゃんはぼくに言う。

「そんなこと、一言も言わなかったじゃないの。川を渡るってことばっかりで」

そうそう、と小梅ちゃんも頷いた。

「川を渡って、お友達に会いに行きたがってたんじゃなかったの？」

それは桜ちゃんだけだ、って言いたかったけど、やっぱりぼくは黙ってた。

でも、どっちにしたって窃盗には間違いはないんだからね。とにかくぼくらは、慎之介たちのもとに急ぐことにした。

*

犯人は、包囲されてから十分たらずで、あっという間に逮捕されてしまった。あっさりと、降参しちゃったんだ。

何しろ盗んだのは――彼女たちの言った通り――本当におみやげ用のバッグだったんだからね。それだって窃盗は窃盗だけどさ、まいっちゃったよ。

その後、どうして手にした瞬間に、おばさんのバッグと区別がつかなかったんだろう、って疑問も、あっさりと解決した。犯人は、最初からあのバッグを狙ってたっていうんだ。寅さんバッグをさ。犯人と警官の会話に聞き耳を立てた結果、あのバッグは、寅さんマニアの間では高値で取り引きされてる物だったそうだ。

「九六年製の、しかも寅さんのイラストが、左右逆プリントだったんです！」犯人は、異常に興奮しながら説明してた。「ずっと前から探してたんだ。そして、やっとあの店にあるという情報を、インターネットで手に入れたんだ。だから、今朝一番で大宮（おおみや）から飛んできたんです！　そうしたらあのおばさんがその価値も分からずに、一足先に買ってしまいそうだったから、つい思わず――」

引ったくってしまったそうだ。

本気で脱力しちゃったよ……。

ぼくらは、矢切（やぎり）の渡しまでパトカーで送ってもらって渡し舟に乗り、東京側まで戻ってきた。そして、草野球のグラウンドの前で大森たちと別れることにした。

桜庭姉妹は、

「また、必ず連絡して下さい！」

なんて、千波くんや慎之介に言ってたけど、こればかりは約束はできないだろうと思うよ。だってぼくらは、忙しいんだからね。受験生の本分を忘れるわけにはいかないんだよ。

そして、帰り道。

妹と手をつないで参道を歩きながら、ふと思ったんだけど――。

あの時、千波くんは、どうやって全員を渡らせようと考えたんだろう？

千波くんのことだから――慎之介なんかとは違って――ただのはったりで言った、

なんてことはありえないだろうからね。きちんと順番に渡れる、って確信したんだろう。その方法は……。

なんてことを考えてたぼくは、

「兄ちゃん」という、妹の可愛らしい声で、我に返った。「飴買って」

いいよいいよ、とぼくは店に立ち寄る。

そして、千波くんの解答を考えることを止めた。また今度、暇な時にでもゆっくり考えるさ。だってぼくらは、受験生なんだからね。いつだって余分な時間なんてないんだ。本当だよ。

《追伸簿》

「二つの町の問題」（サム・ロイド作）

二人が初めて出会った時、P氏はA町から十キロ離れていた。そして、その間に二人の進んだ道のりの合計は、二つの町の距離と等しい。

そして二度目に出会った時、二人の歩いた距離の合計は、二つの町の距離の三倍に等しくなる。

P氏はQ氏に初めて出会うまでに十キロ歩いていたのだから、同じ速さで歩き続ければ、二度目に出会った時には十キロの三倍、三十キロ歩いていたことになる。

P氏は、A町から十キロ歩いてQ氏に出会い、それからB町まで歩いて引き返し、さらに十二キロ歩いて、第二の立て札の場所までやって来たのである。

彼がそれまでに歩いた道のりの合計は三十キロだから、第一の立て札のところから、B町までの距離は、30－10－12＝8キロになる。

∴A、B二つの町の間の距離は十八キロである。

「川渡しの問題」（作者不詳）

一、召使いと、犬が渡る。
二、召使いが、戻る。
（犬、残る）
三、召使いと、息子Aが渡る。
四、召使いと、犬が戻る。
（息子A）
五、父と、息子Bが渡る。
六、父、戻る。
（息子A、息子B）
七、父、母渡る。
八、母、戻る。
（父、息子A、息子B）
九、召使い、犬渡る。
十、父、戻る。
（息子A、息子B、召使い、犬）

十一、父、母渡る。
十二、母、戻る。
(父、息子A、息子B、召使い、犬)
十三、母、娘C渡る。
十四、召使い、犬戻る。
(父、息子A、息子B、母、娘C)
十五、召使い、娘D渡る。
十六、召使い、戻る。
(父、息子A、息子B、母、娘C、娘D)
十七、召使い、犬渡る。

やっぱり面倒臭いね。

これは、どう考えても、ぼくの出した解答の方が素晴らしいと思うよ。千波くんも、慎之介も、認めてくれなかったけどさ。

あと、二つの町の問題なんかだってさ、もう用事を済ませて帰って来ちゃったんだから、どうでもいいと思うんだ。これが、出発する前とかだったら、距離ってのも重要になるだろうけどさ。

まあ、そういうわけで、千波くんの出したパズルの答えはこれで終わりだ。

世の中には変態が多い、ってぼくの言葉も、まんざら嘘じゃないって分かってくれただろう。あきれちゃうよね、まったく。

でも、勘違いしてもらっちゃ困るんだけれどさ、ぼくらは毎日こんなことをして遊んでるわけじゃないんだよ。

そりゃ、たまにはビリヤード場に六時間もいたりするし、喫茶店で三時間もコーヒーを飲んでいたり、代々木公園で夕方まで寝転がって女の子を見ていたりもする。映画にも行くし、誰かのコンサートにも行くし、マンガだって読む。

それでも、なにかこう……ちょっと胸が痛かったりするんだな。こんなことをしてる場合じゃないんじゃないかってさ。そこが、普通の大学生との違いなんだ。

だから、見方を変えればぼくらの方が変な大学生よりも、ずっと真面目だと思うよ。なってみなくちゃ、どんなもんだか分からないけどさ。

とにかく、こんな風にしてぼくらの毎日が過ぎている。

また、そのうち会えるといいね。その日を楽しみにしてる。本当だよ。

茜色の風が吹く街で

1

ぼくが学校に到着すると、校門のすぐ脇で長髪の上級生が二人、十二月の冷たい北風に鼻の頭を赤くしながら手刷りのビラを配っていた。一人は制服の詰（つ）め襟（えり）姿。しかしもう一人は、よれよれのセーターにコートの私服だった。

「よろしく」

と声を掛けられて、白い息と一緒に受け取ったビラには「暁（あかつき）」という題字。そしてその、ざらついたわら半紙にガリ版刷りされた細文字の一つ一つが、妙な形にでっぱったり引っ込んだりしている。その上、漢字は変な部分が省略されていて、まるで象形文字のようなものまであった。いわゆる「ゲバ文字」である。

ゲバ——Gewalt（ゲバルト）は、ドイツ語で「国家権力に対する実力闘争」という意味だと聞いた。そしてこの奇妙な形をした文字は、誰がいつどこで書き始めたのかは知らないが、全共闘の学生たちが好んで使っている。

ぼくは「反対」「闘争」「沖縄」などの単語にチラリと目をやって、そのビラを片手に校舎に入った。そしてゲタ箱の前まで来ると、くしゃりと丸めて一番近くにあるゴミ箱に放り投げる。そのゴミ箱は、同じように丸められたビラで溢(あふ)れかえっていた。始業時間も近いゲタ箱の辺りは、池に投げ入れられたエサに群がる鯉(こい)のように一斉に集まって来た生徒たちで大混雑している。ぼくも急いで上履きに履き替えると、教室へと向かった。

今日もまた、ぼくの中学生活が始まる。

ガラリと教室の戸が開いて担任の波岡(なみおか)先生が入って来ると、ホームルームが始まった。先生は痩せていてとても小さいが、いかにも意志の強そうな四角い顎と濃い眉。鼈甲縁(べっこうぶち)の眼鏡が、ぴったり似合う女性の数学教師だ。

「起立」

学級委員長の荻原実(おぎわらみのる)の声に、全員がイスから立ち上がる。

「礼」

「お早うございます」

いつも通りに唱和すると、先生は甲高い声で出欠を取り始め、例によってギリギリで遅刻してしまった相川昭夫(あいかわあきお)が叱られて、みんなに笑われながら自分の席に着いた。

ぼくは自分の名前が呼ばれるまでの間で、窓の外に目をやった。まだ校門の内側に先ほどの上級生たちが立っていて、遅刻してくる生徒にもビラを配っていた。机に頬杖をついたまま、ぼくはそんな彼らの姿をぼんやりと眺める――。

学生運動――何年も前に、慶応大学の学費値上げ反対運動から始まった大学生たちの活動――が、いつの間にか日米安全保障条約反対運動と絡まり、大きく膨らんでいった。それが一つの大きなうねりとなって、個別の大学に「全学共闘会議」が組織された。いわゆる「全共闘」だ。だから全共闘は、自治会の連合体の「全学連」とは少し立ち位置が違っていて、殆ど自然発生的に生まれた大衆組織に近かった。自由主義もあり、実存主義もあり、性の解放を訴えるものもあり、もちろん純粋なマルキシズムもあり、あっという間に大学生たちを飲み込み、いつしか過激な団体へと成長していった。

「中川研二――」

「はい」

「中田隆――」

はい、とぼくは頬杖を解いて、手を挙げる。そして先生の視線が通り過ぎて行くと、再び窓の外に目をやった。

そんな全共闘の活動も、三年前に起こった東大安田講堂占拠事件以来、事実上の終焉を迎えていた。その事件は、医学部を始めとする東大全学部ストライキ、バリケード封鎖、おまけに大河内総長以下の全学部長が揃って辞任という、前代未聞の事態だった。しかし翌年の一月、警視庁警備部の機動隊によって、それら全てのバリケードは完全撤去され、本郷キャンパスは、約七ヵ月ぶりに封鎖を解除された。

　またその渦中、東大に単身乗り込んで全共闘たちと討論を繰り広げた三島由紀夫も、一年ほど前に市ヶ谷の陸上自衛隊東部方面総監部に楯の会の四人と共に乗り込んで、バルコニーで演説した後、割腹自殺してしまった。ぼくは、大人たちが、当分の間その話ばかりしていたのを覚えている。殆どの人が三島の割腹自殺を「彼の美学」として説明していたけれど、納得できなかった。そして、一番真相を知っていそうな石原慎太郎は頑なに口を閉ざしていた。

　時代は、うねりながら動いている。

　ぼくは、その激しい波に直接身体を委ねていたわけではないけれど、世の中も空気も大きく揺れているという事実だけは、しっかりと肌で感じ取ることができた。今年の秋の文化祭でも討論会が行われていたし、こうしてまだビラ配りをしている生徒たちもいる……。

　いつの間にか校門にいた上級生たちの姿も見えなくなっていた。これで彼らはまた、ホームルーム欠席だ。あれで、きちんと卒業できるのだろうか？　現在は全共闘活動といっても、すでに大本の組織が崩壊状態なのだから、それぞれのセクト――小さな派閥で動いているだけだ。それでもやはり、彼らに対する周りの風当たりはとても冷たいし、もちろんぼくも含めて、彼らと関わり合おうとする人間は少なかった。

この後、いわゆる「あさま山荘事件」が起こることになるのだけれど、その頃は誰もそんな事態を想像すらしていなかった。その事件というのは、連合赤軍のメンバーが、長野県の「あさま山荘」に立て籠もって銃撃戦を繰り広げ、民間人にまで死者を出してしまったというものだ。これに関する一連の事件ほど、彼らの理想と現実のギャップを露呈してしまった事件も珍しいだろう。

でも、もちろんその時のぼくは、そんな出来事を夢想だにしておらず、ただぼんやりと距離を置いていた。

やがて、

「起立。礼」

という荻原の声でホームルームは終了して、一日の授業が始まった。

ぼくには、中学二年の後半になっても、親しい友人はいなかった。でも特に淋しいと思ったことはなかった。一日中本を読んでいれば、それだけで楽しかったし、陸上部の練習に行けば――ごく表面上だけれど――仲間はいる。

この区には、五つの公立中学校がある。そしてそれらの中学校が、年に一度十一月に、一堂に会しての学校対抗陸上競技大会が開催される。それは、その大会だけのために千駄ヶ谷の国立競技場を丸ごと一日借り切ってしまうという大きな催しで、各学校長、各学校教師、そして生徒たち誰もが、名誉とプライドを賭して戦うと言っても大袈裟ではないくらいの、一大イベントとなっていた。

だからその場でなにがしかの成績を収めて優勝に貢献でもしようものなら、その生徒は学校のヒーロー、ヒロインになることができる。そのためなのかどうか、他のクラブと比べても陸上部は人気が高く、部員も大勢所属していた。

中学でのクラブ活動は必須で、最低でもどこか一つのクラブに所属していなければならない。それならばとぼくは、陸上部を選んだ。もちろんこれは、虎視眈々とヒーローを狙っていたというわけではなく、ただ単に小学校の頃から人より少しだけ走るのが速かったからというだけの理由にすぎない。それに、なまじ部員が少ないクラブよりも、大所帯の方が余計な気を遣わなくて済むと思ったからだ。練習が終わったら「じゃあ、お先に」の一言で帰れる。一石二鳥だ。

陸上部のランニングコースは、いつも赤坂離宮だった。空気は悪いけれど、ここらへんでは、一番手頃なコースだろう。皇居だと一周約五キロもあるし、そこに行くまでに少し時間がかかる。その点、赤坂離宮は学校から近い上に、一周がおよそ三・四キロと丁度良い距離だった。

そのコースを、速い部員だと十二、三分で一周する。かなりアップ・ダウンがきついコースだから、平坦なタータン・トラックでの走りに換算すれば、おそらく十分強というところではないだろうか。そのコースを、ぼくはいつも十五、六分で走った。ぼくの種目は短距離走なので、まずまずのタイムだと思う。ちなみに百メートルの自己ベストタイムは、十二・六秒だ。このままの状態を維持できれば、来年の陸上競技大会では確実に決勝に残れるぞと、吉田先生に言われた。

吉田先生は、クリスマス直前のこんな時期ですら、何故か、真っ黒に日焼けしている若い男性体育教師で、陸上部の顧問もしている。柔道、剣道、空手それぞれの有段者で、全部合わせると八段だという。体格も良くていつも背筋がピンと立っていたけれど、しばしばくだらない冗談も言う。その親しみやすさからか、陸上部の女子たちだけでなく、他の女子たちからも人気があった。しかしぼくは、笑った時に見える先生の歯が余りにも白すぎるので、何となく好きではなかった。実につまらない理由なんだけど。

その日の放課後。

ぼくは、ちょっとした調べ物があったので図書館に寄ったため、気がついたら練習開始時間ぎりぎりになってしまっていた。急いで更衣室で着替えて、グラウンドに出る。しかし準備体操を怠(おこた)ってしまったぼくは、寒さのせいもあってダッシュの最中に左の太腿が攣(つ)ってしまった。それを見た吉田先生は、

「もう今日は休め。すぐに保健室で冷やしてもらって、しばらくしたら温めろ。風呂に入っても良いが、痛みが出たらすぐにあがって、また冷やせ」

という的確な指示をくれた。そこでぼくは、足を引きずりながら練習を早退する。着替え終わって、正門から帰るのが何となく気が引けたぼくは、こっそりと裏門へと向かった。

茜色(あかねいろ)の空の下、すっかり丸裸になっている桜並木の下を左足を引きずりながら歩いていると、裏門の少し手前、西校舎の裏辺りから、

「この野郎っ」

という声が聞こえた。ぼくは何事かと思って、声のする方に近寄って行った。するとそこには、長髪の男子生徒が二人と、グラマラスで髪に校則違反のパーマをかけている女子生徒が一人立っていて、彼らの足元――土の上には、やはり男子生徒が転がされていた。

ぼくの心臓は大きく飛び跳ねた。ぼくは、自慢ではないが喧嘩には全く自信がない。ちょっと殴られると、すぐに謝ってしまうような軟弱人間だ。

しかし、怖々(こわごわ)覗いてみると、地面に転がされているのは、ぼくと同学年の山崎将吾(やまざきしょうご)

という男子で、それを取り巻いているのは、今朝校門でビラを配っていた生徒――確か、木原といった――と彼の仲間らしい。パーマの女子生徒も一緒になって、山崎に蹴りを入れていた。

まずい、と思ったぼくはわざと、たった今、発見したように「ああっ」と叫んだ。その声に一斉にこちらを振り返った三人は、ぼくの姿を認めると、じろりと睨み付けてくる。無言の圧力に手足がぶるぶると震えるのを感じながら、

「山崎くん……吉田先生が呼んでる」

と呼びかけた。

三人はお互いに顔を見合わせる。

「チッ」と木原の隣の、彼よりも長い髪の男子が大きく舌を鳴らした。良く見れば、手に木の棒を握っていた。

「まずいな」

「今日はこんなところにしておいてやろうよ」

女子も言う。すると長い髪の男子は、

「おい、いいか」棒をその辺りに放り投げて凄んだ。「このことを一言でも吉田に言いつけてみろ。ただじゃおかないぞ。分かったか！」

「ふん……」

と山崎が答えると、「終わったと思うなよ」と睨み付けながら三人は校舎の中に入って行った。

「大丈夫かい？」

ぼくが、ゆっくり山崎に近付くと、彼はゆっくりと上体を起こして、無言のまま手をひらひらと振った。見れば顔は真っ赤に染まり、右目の周りは腫れ上がっている。唇も切れて血が出ていたし、制服のボタンも二、三個千切れ飛んでいた。

「それで」山崎は、じろりとぼくを見た。「吉田が、何の用だって？」

「ああ。嘘だよ」

「嘘？」

「あいつらを追っ払おうと思って、咄嗟に吐いた」

「はっ」と山崎は顔を歪めて笑った。「そういうことか」

「保健室、まだ開いてたから」

と言うぼくに向かって、

「いらない」と山崎は答えて、校舎の壁に手をつきながら言った。「このまま帰る」

「どこかまで送って行こうか？」

自分の脚も痛かったことを忘れたぼくが手を出すと、山崎はつかまって立ち上がろうとして、結局二人でその場に転がってしまった。

「弱いな、お前」

「い、いや、ちょっとぼくも怪我をね」

それを言い訳だと思った山崎は、ぼくの顔を見て「ふっ」と苦笑いした。

「お前……誰だっけ？」

「D組の、中田」

「そうか」ぼくの顔をじっと見る。「一緒のクラスになったことはあったか……」

「ない」

でもぼくは、山崎を知っていた。ぼくらの学年では、かなり有名人だったからだ。身長も高くて、がたいも良く、ハンサムで軽くリーゼントをかけている。日本人離れしたその雰囲気は、エルビス・プレスリーを二回り程小さくしたような感じの男子だった。いつも詰め襟のホックと第一ボタンを外して、胸元からシャツを覗かせ、ノートが一、二冊しか入りそうにない薄い学生カバンを手に提げて、毎日のように遅刻か早退を繰り返していた。

いわゆる、不良だったのだ。

カバンの中には、いつもヌンチャクが入っているという噂もあった。しかし、こんな場面で取り出していないところを見ると、それはやはり噂だけだったんだろう。

「いきなり膝の後ろを木の棒で殴ってきやがったんだ」山崎はゆっくり立ち上がり、

服に付いた土をはたき落としながら言った。「何が終わったと思うなよ、だ。それはこっちのセリフだ。覚えてろ」

「…………」

ぼくらは二人並んで、ゆっくりと裏門を出た。山崎はズボンのポケットからVANのハンカチを取り出して、唇の血を拭いながら横目でぼくを見た。

「お前、家はどこだ」

ぼくが場所を答えると、

「ふうん、すぐ近くか。歩いて帰れるんだな」

「うん」

「今日は時間あるか？」

「え。特に……用事はないけど」

「じゃあ、俺の家に寄って行け。助けてくれたお礼をするからよ」

「いいよ、そんなこと」

「このままここで、はいどうも、っていうわけにはいかないだろ」

「でも……きみの家は？」

「少し遠いけどな。青山だ」

青山だと、この先の停留所から都バスに乗って行かなくてはならない。もしくは、赤坂見附まで歩いて地下鉄だ。ぼくらの中学は公立で、越境入学者が半数ほどを占めていた。遠い人間などは、千葉の方から一時間くらいかけて通学している。それに比べれば格段に近かったが、そんな交通手段が面倒なことを理由にしてぼくが、

「いいってば。また今度で」

と言ったけれど山崎は、まあいいからいいから、とぼくの肩を押しながら、バス停に向かって歩き始めてしまった。


片足をひきずるぼくと、パンパンに顔を腫らした山崎が二人してバスに乗ると、周りの乗客の視線が一斉に集まった。しかし彼は、そんなことは一向に無頓着のまま吊り革につかまって呟いた。

「ひでえ顔になってるだろう」

「うん……。どうして彼らに、あんな目に遭わされたの？」

ああ、と彼は苦々しそうに答える。

「ビラを配ってただろ、校門で。もらったか？」

「うん」

「俺はいらなかったから、その場で丸めて投げ返してやった」

「え」

「その後、あの女——山本(やまもと)っていうんだけどな、あいつが五百円でヌードになるっていう噂があったから、本当なのかどうか確かめに行ってやったんだ。早くここで脱いでみろって」

また、そんなバカなことを。

それじゃ、悪いのは山崎の方じゃないか。

しかし彼は、

「そうしたら、いきなりこんな目に遭わせやがった。でもな、俺は必ずやり返してやる。絶対に許さねえ」

バスに揺られながら憤っていた。

ぼくは窓の外を流れて行く景色に視線を移した。夕暮れの青山通り。ぼくらがいつもランニングしている道が、チラリと見えた。

辺りは早くも暗くなり始めていたけれど、練習のある日は帰りが遅くなることもあるということを母親は承知していたので、帰宅時間に関して問題はなかった。たまに仲間の付き合いで、こっそりと喫茶店に入ってチョコレート・サンデーを食べたり、四ッ谷駅前のスーパーで甘ったるいチェリオを飲んだり、本屋でマンガの立ち読みをしたりすることもあったからだ。だから、山崎の家に着いたら電話を入れさせてもらえば何の問題もない。

彼の家は、青山通りから一本入った、表参道に近い辺りにあるという。静かな通りには、古びた大きな銭湯もあり、常連客らしい老人が数人、自前の風呂桶を抱えて談笑しながら暖簾をくぐって行った。

そんな裏通りをしばらく歩いて行くと、やがてぼくの目の前に、いきなり白亜の御殿が姿を現した。

「ここだよ」

と山崎が言った時、ぼくは腰を抜かしそうになった。どう見ても、普通の家ではない。長いブロック塀にぐるりと囲まれていて、門は大きな鉄柵だった。そこから玄関までは、乱張りの石の道が長く続いている。三階建てだか四階建てだか分からない建物は、まるで華族か子爵の別荘のようだった。これをお城と表現するのがオーバーならば、最近できたという軽井沢辺りのホテルのようだった。

彼に連れられて中に入って行くと、広い車庫には外車が二台停められていた。でも、もう一台分のスペースがあったから、きっと誰かがそれに乗って出かけているんだろう。

建物の中に入るとまた驚いた。玄関は広いフロアになっていて、大きなシャンデリアが高い天井から吊り下がっている。ディスコ・パーティでも開けそうな空間だった。そしてフロアからは、映画で見たような太い木の手すりがついた階段が、緩やかに二階へと続いていた。歩きながら右手を見れば、ビリヤードの台が置かれた部屋もあった。

ぼくらが進んで行くと家政婦さんらしき女性が現れて「どうされたんですか、そのお顔は！」と驚いていたけれど、山崎がうるさそうに手を振ると、

「旦那様と奥様は今夜も遅くなられるそうですので、夕食はお一人で先に食べていて下さいとのことでした」

と告げた。その言葉に対して彼は、ただ「ああ」と返事をしただけで、ぼくを連れて二階へと向かった。階段の脇の壁には、誰のものかは分からない大きな肖像画が掛かっていた。

部屋に案内されると、そこには大きなベッドと机。そして何と言っても、大きなステレオとアンプが圧巻(あっかん)だった。壁にはジョン&ヨーコや、ロッド・スチュワートのポスターが貼られて、床の上に置かれた長いラックの中には、無数のＬＰが仕舞われていた。

ステレオのそばの壁には、エレキギターが二本立てかけられていた。それを目にした時、ぼくは卒倒しそうになった。何故ならそこにあったのは、リッケンバッカーと、エピフォンだったからだ。しかもエピフォンは、五年前にビートルズが来日した時に、ジョンが弾いていたのと同じモデルだった。ふっくらと丸いボディー前面に、

ヴァイオリンのように細長いf字孔が二つ開いているやつだ。

フォークソング同好会に入っている同級生の前島誠などは、先月やっとモーリスのフォークギターを手に入れたと有頂天になっていた。

「二万円もするると、やっぱり握った時のネックの感覚と、低音の響きが違うぜ」

などと言いながら弾いていた。それに比べてこれは——。

「ここ……きみの部屋なの？　お父さんとかじゃなくて」

「ああ」

山崎は、濡らしたタオルで顔を冷やしながら短くそれだけ答えた。しかし……どう見ても、普通の中学生の部屋ではない。ぼくは嘆息した。そして思った。

もしかしたらみんなの噂、

〝山崎の親父さんは、かなりヤバい仕事をしてるらしいぞ〟

というのは、本当なのかも知れない。それに彼に関しては、学校帰りに赤坂プリンスホテルのプールで泳いでいる姿を見たとか、一人でニューオータニの展望レストランに入って行くのを見たとか、そんな話も聞いたことがあった。

「ほら、お礼だよ」山崎はぼくを見る。「この中から、好きなLPやるよ。但し、二枚だけな」

「い、いらないよ、そんな」

LPは一枚二千円近くする。ぼくの一ヵ月のお小遣いよりも多い。だからそれを手に入れるためには——前島のように——毎月少しずつ貯金して、半年に一枚ずつ買う。そしてそれを誰かと交換し合いながら聴く、というのが普通だった。だからこんな物をいきなり二枚も抱えて帰ったら、父親と母親に不審な目で見られてしまうことは確実だ。

それでも山崎は「持って行け」と言って聞かないので、T・レックスや、シカゴなどの、くらくらしてしまうような人たちの中から、サイモン&ガーファンクルを一枚選んだ。

ぼくは軽いフォーク・ロックも好きだったし、クリスマスが近いせいもあったろう、この時は理由もなく急に「ニューヨークの少年」や「アメリカ」を聴きたくなってしまったからだ。

ここで聴いてみるかという誘いも、もう一枚持って行けという言葉も、両方共とても心惹かれた。でもぼくは歯を食いしばって断り、一言だけお礼を言うと、逃げるようにして彼の部屋を出た。一階では先ほどの家政婦さんが、お盆にティーカップを二つ載せて運ぼうとしているところだった。ぼくは彼女に、取ってつけたようなお辞儀をすると玄関を走り出た。

足を引きずりながらバス停に到着して、家に電話を入れるのを忘れてしまったことを思い出して辺りを見回せば、青山通りはもうすっかり暗くなっていて、行き交う車のライトがとても眩しかった。

全共闘活動を続けていた木原たち三人が、受験した全ての高校を落ちてしまったという話を耳にしたのは、寒いだけで雪の降らないクリスマスが終わり、新年が明けてからしばらく経ってからのことだった。

原因はといえば、高校に提出された内申書だった。学内成績は悪くなかったはずの彼らの内申書には、校内でのビラ配り、辺り構わず行った教師との討論、日常的な校則違反など、全ての行動が記されていたからだった。そんな内申書を携えてくる受験生を快く受け入れるような高校は、考えてみるまでもなくどこにもない。

そして同時にぼくらは、内申書の威力を改めて思い知らされた。

2

四月。

ぼくらは最上級生になった。

校庭脇の桜並木も満開になって、明るく爽やかで希望に満ち溢れ、そしてそれと全く同等の質量で、陰気で憂鬱で圧迫感に満ちた春がやって来た。

クラス替えが行われて、ぼくはE組に決定した。しかし相変わらず友だちと呼べるような友だちはいないので、「また一緒になれたな」とか「誰々ちゃんとは別れちゃったね」などと喚声を上げる級友たちから少し離れて、教室の一番後ろの窓の縁に腰をかけてそんなやり取りを眺めていた。すると、ほんの一瞬だけ教室の会話が止まり、同時に前の入り口から一人の男子が、ぬっと入って来た。大きな体を少しだけ前屈みにさせて、片手をズボンのポケットに突っ込んで、詰め襟のホックと第一ボタンを外して――山崎将吾だった。

彼は、じろりと教室中に睨みをきかせながら、檻の中のライオンのようにゆっくりとみんなの間を歩く。やがて、脚をブラブラさせながらその様子を眺めていたぼくと目が合うと、

「おう！　お前もこのクラスか」

と大声で叫んだ。クラス中の視線が、一斉にぼくに集中した。クラス替え当日早々に、いきなり喧嘩でも始まるのかと思ったのだろう。しかしその誰もの予想を覆して、山崎はぼくに近付いて来ると、ニッコリと笑った。そして、ポンポンと親しげに肩を叩く。

「よろしくな」

その声を聞いて、再び教室は騒がしくなった。みんなまた、安心してそれぞれの会話に戻ったのだ。やがて新しい担任の、小笠原（おがさわら）先生が教室に入って来た。柔道家のようにがっしりとした身体に短い首。その上に色黒の四角い顔が載っている。いつも苦虫を噛（か）み潰したような表情の、男性の国語教師兼、生活指導部長。ぼくらはちょっと緊張した面持（おもも）ちで、それぞれの席に着いた。


授業が終わって帰り支度を始めていると、山崎がぼくのそばにやって来た。彼と口をきくのはあの日以来だったので、ぼくは改めてお礼を言った。実際、もらったあのＬＰは、擦り切れるくらい何度も聴いている。

「いいんだよ、そんなの」山崎は子供のように笑った。「それより、途中まで一緒に帰らないか」

それからぼくらは、陸上部の練習がない日は殆どいつも、一緒に下校するようになった。

同級生たちは、変な目で見ていたけれど、そんなことは全く気にならなかった。歩いて十五分程度の道程だったけれど、色々な話をした。大抵はロックやジャズやアイビー・ファッションのことだった。しかし彼の話し方が上手なのか、とても面白い。

山崎は青山方面、ぼくは四谷方面だったから、帰宅方向は全く逆だった。でも彼は

「バスに乗っちまえば一緒だよ」と言って、わざわざぼくの家のそばまで来た。そしてその後、近くにある停留所から都バスに乗って帰って行った。

そのうちにまた、ぼくは彼の家に招待された。今度は目一杯の大音量で「ハイウェイ・スター」や「メタル・グゥルー」を聴いて一緒にはしゃいだり、家政婦さんの淹れてくれる美味しい紅茶を飲んだりした。彼は「天国への階段」や「いとしのレイラ」を弾いてくれた。さすがにギターはとても上手かったけれど、正直に言って歌は下手だった。ぼくは弾いてみろと言われて、アコースティックならば弾けるよと答えると、

「じゃあ、持ってきてやるよ」

と言って、どこからかギブソンJ45を抱えて来た。ぼくはまた腰を抜かしそうになってしまったが、ギブソンに触れているという緊張の余りに震えてしまった指で「名前のない馬」や「スカボロー・フェア」を弾いてみせると、山崎は凄く喜んだ。

そしていつの間にか、ぼくらは友だちになった。

ぼくは山崎を陸上部に誘ってみたのだが、予想通り断られてしまった。身体は喧嘩で鍛えるからいいと、本気とも冗談ともとれない顔で笑う。

ある日、ぼくは例の噂を恐る恐る尋ねてみると「学校へは持って行かないよ」と言って、ベッドの脇からおもむろに樫のヌンチャクを取り出した。そしてもの凄いスピ

ードで振り回してみせた。父親の友人で、空手道場を経営している人に、空手と一緒に教わったという。それじゃ彼は、本当に喧嘩が強いのだろう。そしてそれを知っていたからこそ、あの時木原たちは木の棒で後ろから不意打ちを食らわせたのだ。

木原といえば、あれから山崎はどうしたのかと思っていたら、結局何もしなかったという。まさか臆病風に吹かれたのかとも思ったけれど、やはりそんなことはなく、

「内申書で、志望校を全部落とされたって聞いたら、殴ってやる気力もなくなった」

と言う。それに確かにあの事件以降、彼らは学校にも殆ど顔を出さなくなり、そのまま卒業して行ってしまったということもある。但し、

「どこか道で会って、また絡んでくるようだったら、その時はやってやる」とも言っていた。

ぼくらは毎日毎日、色々なことを吸収していった。ありとあらゆることが、水を欲している乾いた大地に降り注ぐ慈雨のように、ぼくらの身体に、頭に、心に染みこんで来た。そしてぼくらは、勉強に、運動に、遊びに、そして恋にと、いつもエンジン・フルスロットルだった。

ぼくは読書が大好きだったから、暇さえあれば本を広げていた。おそらく年間で二百冊以上は読んでいたはずだ。そのジャンルは全く問わず、ロマン・ロランから、三

島由紀夫から、中原中也（なかはらちゅうや）から、手当たり次第に読みあさった。きちんと理解もできないくせに、ニーチェにまで手を出して、「遁（に）げよ我が友、きみの孤独の中へ」などという言葉に感動したりしていた。

そんな趣味のおかげなのだろうか、国語の成績だけは大抵良かった。唯一文法だけが苦手だったけれど、それもなんとかフィーリングで解けた。その他の問題に関しては、出題者がこちらに何を答えさせようとしているのかが、何となく分かってしまう。だから、相手の意図に沿った答えを書くだけだ。つまり答えを考えるのではなく、答えさせたがっていることを考えるのだ。この二つは微妙に違う。それに邪道だ。しかし点数に直結する。

だから他の教科は散々だったのに、合計点で何とか中の中辺りにいられたのは、国語の点数によるところが大きかった。ぼくは基本的に、暗記科目が苦手なのだ。三者面談でもそれを言われた。けれども、アヘン戦争やロシア革命の年でも、チリやトルコの首都でも、導管（どうかん）や維管束（いかんそく）でも、堆積岩（たいせきがん）や深成岩（しんせいがん）でも、その場で調べればすぐに分かることを、どうしてわざわざ覚え込んでいなくてはならないのか、それがどうしても納得できなかった。それに、本当に必要な事柄ならば、覚えなくても良いと言われても、しっかり覚えるだろう。

また、年に一度行われる「読書感想文コンクール」という、意味もなくつまらない催しがあった。そこでぼくは――今のこんな文章からは想像もつかないかも知れないけれど――見事一位を取ったこともある。これも、何となくみんなが好みそうな言葉や文章を適当に並べただけだった。

それでも、おかげで、担任の小笠原先生の覚えも目出度く、非常に受けが良かった。小笠原先生は頑固で口うるさく、すぐに生徒の頭をげんこつで殴る生活指導なので、ぼくらの間では散々な悪評を得ていた。ところがぼくは叱られた記憶が全くない。それよりもむしろ、贔屓されているのではないかという噂すら立ったことがある。事実として、そんなことは一度もなかったのだが。

一方、山崎はと言えば勉強は全くダメで、いつも小笠原先生や、社会科の新人男性教師の橋本先生に叱られていた。橋本先生は、小笠原先生に媚びへつらっているのが傍目にも見て取れた。だから山崎は、わざと橋本先生に喧嘩を売っているような感じもあった。彼は、そういう人種が大嫌いだった。

そんなことから、教師間での山崎の評判はおそろしく悪かった。それでも彼はいつも堂々としていて、学校の成績などどこ吹く風、といった生活を送っている。そんな態度を取れることだけでも大したものだと思ったけれど、やはりもっとも羨ましかったのは、彼には――男子の友だちはぼくしかいないくせに――綺麗な彼女がいたということだ。その相手はブラスバンド部の、浜村真由美という女子で、隣のF組のマドンナだった。

ぼくは女子と一対一で話したことさえ殆ど無かったから、羨望の眼差しで彼を見た。陸上部のエースの宮村健一が、部室でみんなに話しているのを横から聞いたところによると、ランニングをしている途中に、山崎と浜村が腕を組んで清水谷公園に入って行くのを見たという。また、麻布に住んでいる中畑篤志という男子の情報によると、二人は原宿、東郷神社の境内でキスをしていたという。

ぼくにとって、女の子とのキスなどは、まだテレビや映画の中の出来事でしかなかったので、これには本当に驚いた。そして山崎が、大人に見えた。

それに二人だけでいると山崎は、しょっちゅう下ネタのジョークを話した。

「おい、中田。お前、英語できるだろう？」

「いや。余り得意じゃないけど……」

「なあ、知ってるか」彼はぼくの返答を全く無視して尋ねてくる。「胸は『バスト』、腰は『ウエスト』、お尻は『ヒップ』だろ」

「うん……」

「それじゃ、あそこは？」

「えっ」

耳たぶまで真っ赤にしながら「そんなこと、知ってるわけないだろう！」と答えるぼくを見て、彼は腹を抱えて大笑いする。

「バカだねえ。あそこは『there』だろうが」

ぼくのクラスにも、マドンナと呼ばれる女子がいた。名前は小松玲子（こまつれいこ）。風紀委員だった。背が高くスマートで、色白の顔に大きな瞳。長いストレートの黒髪を頭の後ろで結（ゆ）わえて、前髪を広い額の上にハラリと落として。一見、少し冷たい印象を受けるが、男子からの人気は圧倒的だったし、もちろんぼくも憧れていた。

彼女の家は青山・赤坂方面だったようで、学校帰りに赤坂のハンダースでお茶をしているという噂を聞いて、ぼくは逆方向だというのに、わざわざそこまで行ってみたことも何度かある。でも会えなかったし、かといって密（ひそ）かに後をつけるようなこともしなかった。

小松も以前はとても活発だったらしいけれど、去年父親を交通事故で亡くしてしまってからは、とても物静かな女子になってしまったという。しかしそれがまた余計に、近寄りがたいほど素敵な雰囲気を醸（かも）し出していた。そして彼女は、どこかの大学生と付き合っているらしいという、かなり信憑性（しんぴょうせい）のある噂もあった。

小松もやはり国語が得意のようで、たまにぼくの成績なども小笠原先生の口から引き合いに出されたりしたが、彼女の場合はぼくなどと違って全教科にわたって優秀だったから、そんな一教科だけの比較などおこがましい。でも、さすがに父親の事故以降、少し成績も下がってきているという。母親が働きに出ているらしいから、家の手伝いなどもあるのだろう。また昼食も、以前は母親の手作りのお弁当だったのに、それ以来毎日購買部でパンを買っているようだった。できればぼくは、そんな彼女に何かしてあげたかったが、でも一体何をどうすれば良いのか、全く想像すらつかなかった。しかしチャンスがあれば、一度くらいは手を貸してあげたいと思った。決して憐憫や同情ではなく——。

中学三年にもなると、色々なことを見聞き経験する。小松のような例は特別としても、ぼくの周りには色々な仲間がいた。

たとえば同じE組に、大川光一郎という男子がいる。パッと見はとてもハンサムなのだけれど、いかんせん性格が暗い。その暗さが彼の周りを、オーラのように包み込んでいる。しかしそれには理由があって、中学入学と殆ど同時に、彼の両親が離婚してしまったからだ。その原因は知らない。それから延々と裁判中で、幼い妹だけ母親と一緒に、そして彼は祖父母の家でずっと暮らしているという。そのせいもあって、成績もいつも下の方をうろうろしていた。そのために、いつしかぼくは小笠原先生に命令されて、彼の国語の家庭教師ならぬ「学校教師」になってしまい、昼休みなどの時間に、その日の授業の復習を手伝ってあげたりもした。しかし一方彼は、器械体操などに関しては天才的な能力を発揮して、鉄棒では大車輪までできた。

ただ走るだけでそういった器用さが全くなかったぼくは、代わりに彼から体操のアドヴァイスを受けた。本当に人間は、それぞれの長所短所を持って生まれてきているものだと感じた。

また、山崎のように天井知らずの大金持ちもいれば、見るからに貧しそうな家の男子もいた。カバンから靴から時計から習字の道具から、殆どの物がお兄さんのお下がりで、しかもそれをとても大切に使っている。もう古い物なのに何故だろうと思ったら、今度はそれを弟に譲る予定になっているのだと言っていた。でも、彼はいつも明るく、クラスの人気者で誰からも好かれていたように思う。彼のお弁当は、毎日ご飯と小さな卵焼きと、これも少量のおかずがもう一品だったけれど、必ずきちんと両手を合わせてから食べていた。

その他にも、医者や官僚の娘や息子。小料理屋の跡取り息子。電力会社、警察、理髪店、サラリーマン、大使館職員、商店主、作家、詩人、銀行員、大学教授、野球選手の息子などなど……。公立中学ならではの、多種多様な環境の生徒たちがいた。何しろ一クラス五十人。それが一学年十クラスずつある。つまり全校で千五百人だ。大所帯である。

そうなると当然――もういなくなってしまった全共闘たちではないが――家庭環境

ももちろん、性格的に見ても個性的な生徒たちも大勢いる。だから確かに、教える側も大変だっただろうと思う。きっとその中には少し道を外れてしまう生徒だって出てくる。そして、変な事件を巻き起こしてしまったりもするだろう。

たとえばその秋に起こった、期末試験問題盗難事件のように。

3

「常識っていうやつと
おさらばした時に
自由という名の
切符が手に入る」
と去年新発売された、日清カップヌードルのコマーシャルが、テレビのブラウン管に流れていた。
自由。自由。自由——。
ぼくらは追い立てられた。
大人は既成の物を押しつけ、ぼくらを枠にはめようとする。だから、自由を獲得するためには反抗しなくてはならない——という意見は、ある意味で正しいと思う。

しかしそれ以前の問題として、ぼくらは自由でなくてはいけないという強迫観念にすっかり取り憑かれてしまっていた気がする。そしてそこには「不自由でいたい」という自由は、全く存在していなかった。これこそ「自由」ではないじゃないか。きっと、そんな観念を超えたところにこそ、本当の自由があるんじゃないか――。

そんなことを思った。

「自然に生きてるってわかるなんて
何て不自然なんだろう」

と歌っていたのは吉田拓郎（よしだたくろう）だったが、この「自然」を「自由」と入れ替えても、ほぼそのまま意味が通じそうだった。

昭和四十七年という年は、あさま山荘事件以降も、色々な出来事が連続して起こっていた。

丁度、実力テストの頃――四月十六日に、逗子（ずし）市にある仕事場で川端康成（かわばたやすなり）がガス自殺した。ノーベル文学賞受賞後わずか三年半、享年七十二歳だった。その夜、自殺のニュースをラジオで聴いて何気なく窓を開けたら、綺麗な月が夜空にかかっていたのを覚えている。

続いて五月には、二十七年間に及ぶ統治が終わりを告げて、沖縄がアメリカから返還された。日本国沖縄県となったのだ。しかし米軍基地はまだそのままで、車も右側通行だった。

六月に日本列島改造論をぶち上げた田中角栄（たなかかくえい）通産相が、翌月に総理大臣となった。庶民的総理、コンピューター付きブルドーザーと呼ばれて親しまれ、ぼくらの間でも角栄の物真似が流行（はや）った。

八月。夏休みの後半には、ミュンヘン・オリンピックが開催されて、日本は金メダルを十三個も獲得した。

日本中が喜びに沸いていた時、九月に入るや、そのオリンピック村で事件が起こった。パレスチナ過激派組織「黒い九月（ブラック・セプテンバー）」と呼ばれるゲリラ八人が、イスラエル選手とコーチ合わせて十一名を殺害したのだ。これによって、もちろんオリンピックは一時中断され、世界中は大騒ぎになった。

中間テスト、文化祭、そして生徒会役員改選が終わった頃、プロ野球日本シリーズが開幕した。今年も川上哲治（かわかみてつはる）率いる読売ジャイアンツと、西本幸雄（にしもとゆきお）率いる阪急ブレーブスの戦いとなった。しかし結局終わってみれば、四勝一敗でジャイアンツの八連覇が決定した。

上野動物園に、ランラン、カンカンの二頭のパンダがやって来て、人がパンダを見に行っているのか、パンダが行列を眺めているのか分からない状態がしばらく続いていた頃、ぼくらは修学旅行に出発した。奈良・京都を一泊二日でまわるという、今思い出しても凄い日程だった。元々歴史が大の苦手だったぼくは、何が何だか分からないまま山崎と二人、修学旅行バスの一番後ろの席で本やマンガを読んでその旅行の殆どを過ごしてしまった。

そして、ついに学校対抗陸上競技大会の日が近付いてきた。競技大会が終われば、すぐに学期末テストだったから、本当は練習もほどほどにしておくべきなのかも知れない。しかし、そんなことを口にする生徒は――少なくともぼくが知っている範囲では――一人もいなかった。あの山崎でさえも「我が校の優勝に貢献できなかったら、生きて国立競技場を出られると思うな」とぼくを脅かした。それならば、自分も陸上をやれば良いと思うのに、彼は全く興味を示さなかった。そして、ぼくが練習の日は、浜村とデートをしていた。

山崎の家に遊びに行った時に、一度浜村とのことを訊(き)いてみたことがある。すると彼はあっさりと交際を認めた。話を聞く限りでは、山崎よりも浜村の方が夢中のようだった。あくまでも一方的な話だから、真偽(しんぎ)の程は分からないけれど、でもきっと本当なんだろう。益々(ますます)羨ましい話だ。

ぼくにも彼女がいるのかと訊かれたから、全く気配すらない、と正直に答えた。

「好きな女の子もいないのか？」

としつこく尋ねてくるので、仕方なくぼくは小松玲子をちょっと気に入っていると答えた。

「ああ、あの子か」と山崎は殆ど興味がなさそうに言う。「でも、男運が悪そうだ」

「そんなこと、どうして分かるんだよ？」

「鼻の頭と目の下にホクロがあるだろう。それが証拠だ」

「え？」

「あいつ、休み時間のたびにマフラーを編んでるぜ。きっと今から編み始めて、今年のクリスマスプレゼントにでもするんだろうな」

「それならば、良いじゃないか……別に」

軽い嫉妬を覚えながらもぼくが言うと、

「いいや」と山崎は首を横に振った。「あいつは騙されてる」

「そんなこと分かるもんか」

「時々、ため息をついたりして辛そうだった」

「嘘をつけ」

「本当だ」

「全然当てにならないね」

山崎が小松のことをそんな詳しく見ているはずもなかったから、ぼくは笑い飛ばしておいた。

大会の日が近付くにつれて、毎日暗くなるまで練習に追われて、ぼくは山崎の家に遊びに行くこともなくなっていた。

去年はついでに参加したようなものだったから結果は気にならなかったけれど、今回は最上級生だから責任の重さが違う。それに、中学生活最後の締め括りでもある。だからぼくは、休みの日も一人でランニングをした。

長距離走の選手たちは、しばしば皇居まで出掛けて行き、お堀の周りのコースを走り込んでいるらしい。でもぼくは、もっぱら家の近辺を走った。たまに上智大学近くまで行き、線路沿いの土手の上を走ったりもした。ラグビー・グラウンドやテニスコートを走り回る選手。その向こうには、オレンジや黄色の国電が行き交う。そんな風景を遠く見下ろすように眺めながら走るのは、最高の気分だった。

そしてぼくは、空や雲にもたくさんの名前があることを知った。大勢で走っているとと気がつかないけれど、一人で走っているとその景色に自分の身体が溶け込んでいくような感じがした。その時に見た雲や風景の名前を、翌日、学校の図書館で調べるのも一つの楽しみになった。鰯雲、鱗雲、鯖雲、羊雲、雲堤、莢雲、猪の子雲、凍雲、薄明、黄昏、天使の梯子——。

天気の良い夕方などには、グラウンドの向こうから、少しずつ空が茜色に染まり始める。やがて辺りは茜一色になって、ぼくもその中を茜色に染まって走る。空もぼくも地面もみんな一体になったようで、とても幸せな気分になれた。顔に当たる風も、もちろん茜色だ。そんな時は、ついつい遠出してしまって、家に向かう頃にはすっかり暗くなってしまうようなことも度々(たびたび)あった。それでも茜空が広がると、どこまでも走って行きたくなってしまう。大会直前まで、そんな日々が続いた。

その日、珍しく寝坊してしまい、遅刻もやむなしと観念して教室に飛び込んで行くと、幸いなことにまだ小笠原先生の姿はなかった。運が良かったと、ホッとしながら自分の席に向かうと、教室の後ろの方——ぼくの机の近くで生徒の輪ができていた。その話題に、聞くともなく耳を傾ける。すると、職員室では教師が全員集まって何やら話し合いをしているらしかった。そのために、ホームルームは学級委員長の荻原を中心にして自主的に行うようにと連絡があったという。

そんな話をわいわいとしているうちに、ホームルームの時間は終了してしまった。そうして普段通りの授業が始まった。しかし朝の件については何も説明されないまま、やがて昼食時間になった。

するとその頃ようやく、朝の件についての噂が流れてきた。それは、ぼくら三年生の学期末テストの問題用紙が、職員室から盗まれたというものだった。昼休みになると、さっそく教室はその噂で持ちきりになる。

「昨夜、誰かが職員室に忍び込んだらしいぜ」宮村が言う。「C組の佐藤から聞いたんだけどさ。担任の片山先生に頼まれた用事で職員室まで行ったら、扉を開けた時に教頭と小笠原先生のそんな話が聞こえたって」

「本当かよ、おい！　犯人は誰だ？」

「さあ……」前島の質問に、宮村は首を捻った。「それが分からないから、揉めてるんだろう」

そのうち徐々に詳しい情報が集まってくる。

盗まれた問題用紙は三科目分。

英語が一枚。社会が一枚。そして国語が二枚。

「ずいぶん細かく盗んだもんだな」

前島が言う。

でも、確かに変だ……。

ぼくが心の中で首を傾げた時、

「どうして？」いつの間にか加わっていた情報通の読書家、久保紀子が尋ねる。「少なすぎるっていうこと？」

「そうだよ。もっとまとめて盗んじまえば良かったんじゃないのか?」

「きっと犯人は、盗まれたことが分からないようにしたかったんだと思う。だから、最低限の枚数を持って行ったのよ」

「確かに」荻原が頷いた。「問題用紙なんて、そんなもの一科目につき一枚あれば事足りるからな。それに、何枚も抱えて逃げるのも大変だ。きっと国語だけ紙がくっついて二枚になったんだろう」

「しかし先生たちも、良く問題用紙が一枚だけ足りないことが分かったな」

「あのね」と久保が言う。「最初はやっぱり気がつかなかったらしいのよ。でもね、昨夜、守衛の黒岩さんが見たんだって」

「何を?」

「誰かが職員室の窓から逃げ出して行くところを」

「えっ。二階の窓からっていうこと?」

「校舎の裏手に飛び降りたんだって。そこで黒岩さんは、懐中電灯で照らしたんだけれど、あわてたもんで落としちゃった間に、裏門を乗り越えて逃げられちゃったらしいわよ」

「ドジだねえ。だからプロを雇わなくちゃダメなんだよ」

「それで犯人は男? それとも女?」

「ジャージ姿だったから、分からなかったみたい」

「でも一瞬で分からなかったってことは、少なくとも長髪の女子じゃないってわけだね」

「帽子を被っていれば平気じゃない？」帰国子女の和泉恭子が言った。彼女はショート・カットで、一見可愛らしい男子という雰囲気の女子だった。「それに、そんな場所に忍び込もうとする人が、長髪をなびかせるわけないじゃないの。アクション映画じゃないんだから」

「そりゃそうだ」

「でもさ、問題用紙って金庫の中に入れてるんじゃなかったのかなあ」

「それは完全に刷り終わった後でしょう」

そう、と久保が頷いた。

「まだ下書き段階だったみたいよ。だから、机の中に入れっぱなしだったって」

「何だよ！　橋本なんかもう問題はできてるぞ、ここは出てたかな出てなかったかな――なんて言いやがって、俺たちをからかってたのかよ」

確かにまだこの時期では、本番用の問題用紙は刷り上がっていないはずだ。だから、わざわざ危険を冒して用紙を盗んでも、それが判明した段階ですぐに作り直されてしまうだろう。容易に問題は差し替えられて、通常通りに試験は行われる。その日程の延期さえないはずだ。だから、試験までの日にちすら稼ぐこともできない。

ただ逆に考えれば、問題用紙が完全に刷り上がってしまえば、それらは全て金庫に仕舞われてしまうのだから、もしも盗み出そうと思ったらチャンスは今しかない。そして上手く盗み出せて、しかも誰にも気付かれさえしなければ、かなり有力な参考資料を手に入れられたことになる。もしかしたら、そのままそっくり出題されるかも知れない。というより、その確率の方が高い――。

そう考えれば、こんな危険を冒す理由も納得できなくはない。

「片山や橋本や小笠原の机の鍵は？」

尋ねる荻原に、宮村が答える。

「掛かっていなかったらしい。だから、凄く教頭先生に怒られてたって聞いた」

「まあ実際の話、三日前から職員室は生徒立ち入り禁止になってるし、最後は必ず黒岩さんたちが入り口の戸に鍵を掛けてるからな。ちょっと油断してたんだろう」

試験前二週間は、生徒は一切職員室に入れなくなる。入り口にも大きな衝立(ついたて)が置かれて、中は全く覗けないようになっていた。

三日前の朝に、山崎が小笠原先生に呼ばれて叱られていたから、おそらくそれが、一番最後に職員室に入った生徒だったろう。

「じゃあ犯人は、周到にも職員室の合い鍵を用意したってわけか」

「というより、合い鍵を手に入れてなければ、最初から無理よ」

「でも、どうやって手に入れたんだろう」

「おそらく、守衛室から一旦盗んで、スペアを作ってから戻したんだろうって。守衛室って、昼間誰もいなくなったりする時があるらしいから」

「でも、隣が購買部だろう。必ず誰かしらいるんじゃないか」

「二十四時間いるわけじゃないでしょうしね。きっと下調べしてたのよ」

「なるほどね。それだけ犯人は必死だったっていうことか」

「でも……」久保が首を捻った。「どうして、その三教科だったのかしらね。どうせならば、全教科盗めば良かったんじゃないの？」

「数学の波岡先生は、下書きも、一々(いちいち)金庫にしまってから帰っていたらしいからね。無理だ」

「でも、理科とか、技術家庭とか――」

「必要なかったんじゃないでしょうか」

突然、坂下哲(さかしたさとる)が加わってきた。黒縁の眼鏡を掛けた、クラス一真面目な男子だ。身長はぼくの肩くらいまでしかなかったけれど、成績は抜群に優秀だった。

「きっと犯人は、最初からその三教科の問題用紙を狙って入ったんだと思いますよ」

「英語と国語と社会だけってことか？」

「どうしてあなたに分かるの？」

はい、と坂下は眼鏡を指でくいっと上げた。

「金庫の中に入っていたという数学はともかくとして――。いいですか、職員室の机は二台ずつ向かい合うようにして、一列に並んでいます。小笠原先生の右隣が波岡先生。そして左隣は梁瀬（やなせ）先生。そして向かい側に回って、小笠原先生の正面に片山先生。その左隣――つまり波岡先生の正面は高畑（たかはた）先生。そして片山先生の右隣は橋本先生です」

「……だから何？」

「いいですか」

そう言って坂下は、黒板に図を描いた。そういえば彼は、推理小説同好会だった。

上下二段のマス目が三列で、計六つ。丁度、野球のスコアボードで三回までだ。そのマス目の中に上段左から「社」「英」「理Ⅱ」。そして下の段はやはり左から「理Ⅰ」「国」「数」と書き入れた。

「もちろん机はこれ六つだけではありません。両端にまだまだ、ずらりと続いています……。では、見て下さい。『社』と『英』は確かに隣同士ですから、犯人にとっても問題用紙を盗みやすかったでしょう。しかし『国』は、この机の列をぐるりと大回りして――」坂下はマス目の外に大きなCの字を書いた。「こちらに来なくてはなら

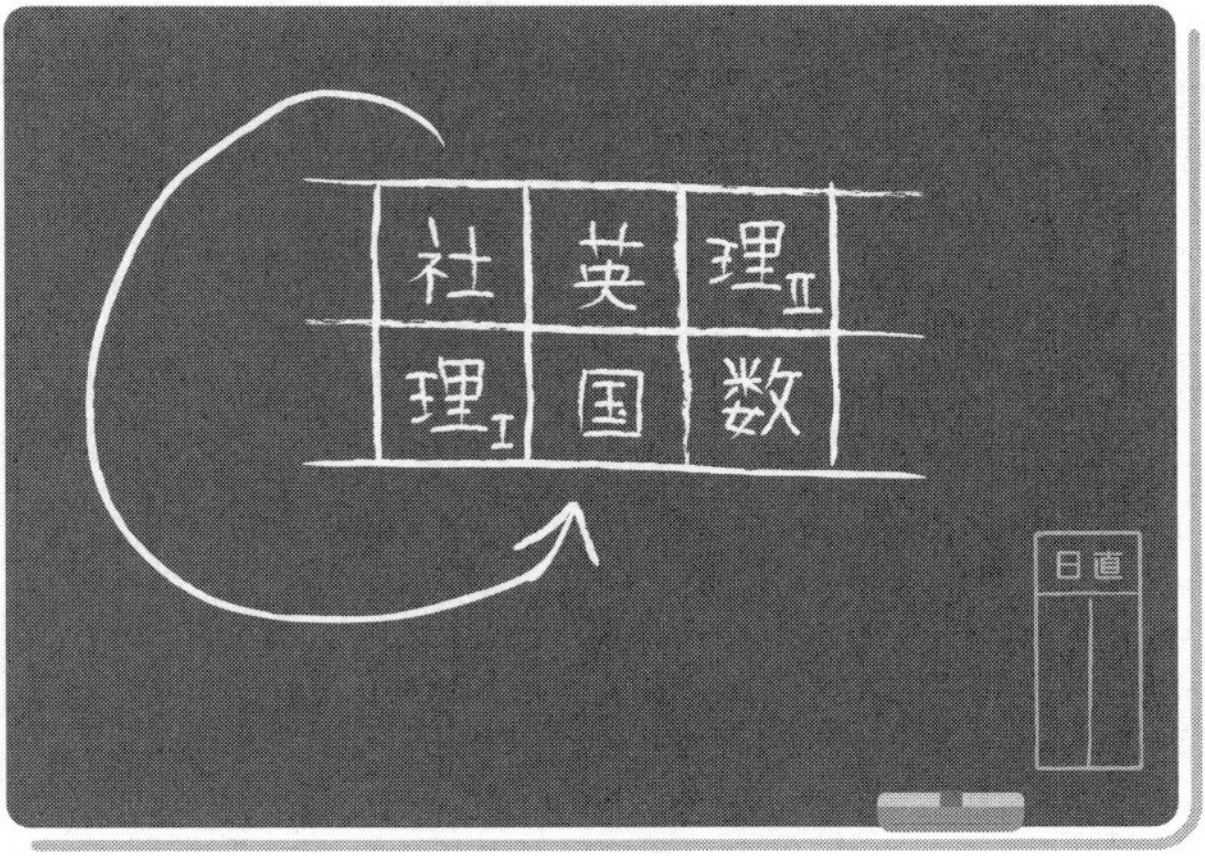

ないんです。もちろん『国』が最初であれば、逆に移動することになりますけれど、でも本質は同じです。やはり大回りして移動しなくてはなりません。なぜならば今までの話のように、おそらく犯行を隠したかったであろう犯人ならば、当然机の上に乗るというような行動を取るはずがないからです」

「……まあ、そりゃそうだ。跳び越えるのは不可能だし、机の下は潜(くぐ)れないはずだから乗り越えるしかない。となれば足跡がついちまうだろうしな」

「そうです。ということは、左右どちら回りをしたとしても」今度は逆Cの字を書く。『理Ⅰ』または『理Ⅱ』の机の前を通るわけです。しかし犯人は、両方とも見逃している」

「なるほどね」

「ゆえに犯人は、最初からこの三教科だけが目的だったと考えられます」

胸を張る坂下に、和泉が尋ねる。

「でもそれって、梁瀬先生と高畑先生の机には、しっかりと鍵が掛かっていたっていうだけのことじゃないの、もしかして？」

「あ——」

「それは確かめたの？」

「い、いや、その、まだですけれど」坂下は耳を赤くした。「で、でも、きっとそうです。おそらく間違いありません」

「怪しい……」

「いえ——」と久保が助け船を出した。「でも本当に犯人は、その三教科だけを狙ったみたいよ。理科や数学や家庭科なんかの机には触った形跡もなかったらしい」

「ほ、ほら！」坂下は再び胸を張った。「ぼくの推理に破綻はありません」

「ということは、もしかして——」和泉が声をひそめる。「その三教科が苦手な人が怪しい……っていうこと？」

「その可能性は大きいと言えるでしょう。でも、単純に決めつけないで下さいね」坂下が言う。「ぼくも、その仲間に入ってしまいます。あなたは帰国子女で英語が得意だから、すぐに容疑者枠から外れるので良いでしょうけど」

「それ以前に私は無理よ」和泉は笑った。「だって、裏門乗り越えられないもん」

「それで犯人は、裏門からどっちに走って行ったんだろう？」

「四谷・新宿方面みたいだって」

「しかし、それは当てになりませんね」坂下が言う。「自分の家と、わざと逆方向へ走ったという可能性も充分に考えられますから。というよりも、そう考えた方が自然でしょう。また、どこかの停留所からバスに乗ってしまえば全く問題はありませんし、もしかしたらすぐ近くに自転車を隠しておいたのかも知れません」

「坂下くんは、よく色々と思いつくね」

「はい。趣味ですので」

「でも、確かにその通りね——。あら、どうしたの荻原くん？」

「あ、ああ……」

言われて荻原は、眉根を寄せて腕を組んだ。

「どうしたのよ、何を考えてるの？」

うん、と荻原は答える。

「あのさ。職員室の鍵の件なんだけれど」

「それが？」

「ぼくもやっぱり、犯人はおそらく合い鍵を使って職員室に侵入したんだろうと思うんだよ。窓は、みんな帰る時に必ず内側から鍵を掛けられてしまうからね」

「だから、それが何か？」

「それなら、どうして犯人は窓から飛び降りたりしたんだろう」

「えっ？」

「何で入って来た場所——入り口から出て行かなかったんだよ」

「翌朝、職員室の入り口の鍵は掛かってたの？」

「掛かってたらしいぜ」

「ということは……犯人は職員室に入った後で内側から鍵を掛けて、そのまま窓から逃げたっていうことね」

「どうしてそんなことを？　二階の窓から飛び降りるより、どうせ鍵を持ってるんだから入り口から出た方が安全だろう」

「それは……」

それが問題だ、とぼくもずっと思っていた。

彼らの会話には加わらなかったけれど、最初からそこがネックになるんじゃないかと考えていた。

「……多分」と和泉が首を捻る。「入り口に誰かいたんじゃない？」

「誰が？」

「黒岩さん——って無理か。その時、窓の外側にいたんだものね。じゃあ、その他の守衛さん」

「一緒に同じような場所へは行かないよ。いつも別々に回ってる」

「そうかあ」

うーん……という唸(うな)り声が全員を支配して、短い沈黙が訪れた。少しして、

「分かりませんね」坂下が言う。「合理的な理由が見つかりません。ただ、あせっていただけだとか、動転していたからとかいう理由ならば考えられますけどね。盗みを働いている途中で、鍵をどこかに入れてしまって探せなくなったとか」

「きっと、そんなところね」

和泉が言うと同時に、昼休み終了のチャイムが響き渡った。そして、

「どっちにしても」荻原が大きく伸びをした。「そのうちすぐに捕まるだろうな。この場合の容疑者というか、関係者も限定されているし」

「どうかしら。学校側としては、絶対に公にしたくないみたいだし」

「やっぱりそうかな」

「そうよ」

「ぼくも同意見だね」宮村も大きく頷いた。「きっとそのうち箝口令(かんこうれい)が敷かれるよ」

絶対にそうなるだろうな、とぼくも思った。

というのも、今学校は、例の内申書問題で訴えられているからだ。あそこまで露骨な内申書の記載は、いくらなんでもやりすぎだろうということで、裁判中なのだ。その上、盗難事件で警察が入ったとなると、また評判が落ちる。果たして学校側がそこまでするだろうか。きっと、内々で収めようとするだろう。そんな気がした。

翌日。

事件当夜、学校近くで、山崎らしい人影を見たという噂が流れた。でもぼくは信用しなかった――というよりも、そんなことは想像したくもなかった。

その噂は、山崎自身の耳にも入っているようだった。しかしぼくは敢えて話題にも上らせなかった。気のせいかも知れないけれど、彼がぼくを避けているような気がしていたからだ。何となくだが、今までとは、ほんの少しだけ態度が違っているような気がしたのだ。

まさか本当に……？

ぼくは、何度かそんなことを思っては、心の中で打ち消していた。

さすがに疲れが少し出たのだろう、ぼくは大会間近だというのに、体調を崩してしまった。風邪をひいてしまった。少し咳が出て微熱がある程度だったが、一日二日練習を休んで家でゆっくりしているように吉田先生に命令されてしまった。

　その日、ぼくは久しぶりに山崎と一緒に帰ろうかと思って誘ってみた。しかしその日彼は、浜村真由美とデートの約束をしていたらしかった。そこでぼくは一人で帰ろうとした。ところが山崎は、

「それなら、三人で帰ろう。どうせ俺は真由美と一緒に新宿まで行くから、四谷まで出る」

　と言う。隣のクラスなのに、ぼくは浜村とは殆ど口をきいたことがなかったので断ろうとしたが、当の彼女自身が、

「いいよ。そうしよう」

　と言ったので、途中まで三人で歩いて帰ることになった。

　浜村はとても明るく、よく喋(しゃべ)った。それに引き替え、山崎には普段の饒舌(じょうぜつ)さが全く見られなかった。それとも、彼女と二人でいる時はこんな感じなのだろうか。人は、どんなに親しい友人といえども、相手のある一面しか見ていない。だから正確に言えば、ぼくが知っているのは「山崎将吾」ではなくて、「ぼくと一緒にいる山崎将吾」なのだ。それと同じで、普段の浜村しか見たことがないぼくは、「山崎と一緒にいる浜村」を見て、ちょっと驚かされた。

しかし、さすがに大人しすぎたらしく、

「どうしたの将吾？　具合でも悪いの？」

浜村は山崎を名前で呼び捨てにして、顔を覗き込んだりしていた。

特に共通の話題があるわけでもないのに、肝心の山崎がこれでは、すぐに会話が尽きる。そこで、それほど興味があるわけではなかった今流行りの映画などの話を振ってみたが、浜村は余り興味を示さなかった。

そこでぼくは、思い切って例の試験問題用紙盗難事件の話を持ち出してみることにした。

実際ぼくらの学年は、今その話題で持ちきりだった。もちろん公に堂々と話し合われていたわけではなかったから、みんなひそひそ話だ。だから余計に色々な憶測を呼んで、さまざまな尾ヒレが付けられていた。しかし未だに犯人は名乗り出ていない。

敢えてその話題に触れずに済ませるのも、不自然だろうとぼくは判断して、今までにぼくが宮村や久保たちから聞きかじった話を、山崎たちにしてみた。すると浜村は、すぐに反応した。

「そうよね！　でも大胆だね。職員室の合い鍵まで作って忍び込んだんでしょう？」

「そうらしいよ」相変わらず寡黙なままの山崎に代わって、ぼくは答える。「今のところ、証拠はないみたいだけど」

「でもさ、中田くんはどう思う？　国語の件」

「国語の件って？」

「国語だけ、用紙が二枚盗まれたっていう話」

「別にどうってことないんじゃないか。二枚くっついちゃったってことで」

「そんな単純な話？」

「じゃなければ……わざと二枚持って行ったとか。念には念を入れてさ」

「ふうん……」と浜村は可愛らしく首を捻る。「まあ、そうなのかもね。よっぽど、国語の問題を知りたかったのかも。何しろ、小笠原先生の問題は小難しい上にややこしいから」

「そう？」

「そうじゃないとは言わせないわよ、いくら中田くんが国語できるからっていっても。でもね、私たちみたいにできの悪い生徒にとっては切実なのよ。ねえ、将吾」

「あ、ああ……」

相変わらず山崎の返事は、歯切れが悪かった。

「それとさ」浜村は続ける。「国語っていえば、あの小笠原先生が、自分の机に鍵を掛けていなかったっていうのが信じられない」

「どうして？　そんなこともあるさ、誰だって人間なんだから」

「でも、あの小笠原先生よ。男のくせに波岡先生と同じくらい几帳面なんだよ。金庫に仕舞わないまでも、机に入れたら鍵くらい掛けるでしょう」

「ああ、そういえば一週間くらい前、職員室に呼ばれた時、小笠原先生の引き出しの鍵が壊れてるのを見たよ。きっとそれからずっと修理し忘れてるんだろう」

「そうかあ……」

「そうさ。現実なんてそんなもんだよ」

「わりと言うわね」

浜村は笑った。

結局ぼくは山崎の口から何も聞き出すことができずに、そのまま彼らと別れた。少し熱っぽかったけれど、その後いつもの土手に登ってみた。グラウンドでは、大学生が声を上げながらラグビー・ボールを追いかけていた。

数日後に浜村と音楽室の前ですれ違った。すると彼女はぼくを見て言った。

「ねえ、やっぱり中田くんの言う通りだった」

「何が？」

「小笠原先生の机の件よ」

「ああ……。それが？」

「うん。あなたの言うように、本当に鍵が壊れてたんだって。だから盗まれちゃったらしいよ。それで傑作なのがね、早く直しておくように教頭から言われてたんだけれど、すっかり忘れてて散々お目玉を食ったってさ」

浜村は楽しそうに笑ったので、ぼくも愛想笑いを返しておいた。

4

その年の陸上競技大会は、接戦の末、ぼくらの中学校が見事に優勝を飾ることができた。

ぼく自身の百メートル走は、自己ベストに〇・二秒及ばなかったが、六位に入賞することができた。ちなみに優勝者は宮村健一で、三位にもうちの陸上部員が入った。そして宮村は百メートルだけでなく、二百メートルにも出場して四位になるなど素晴らしい活躍をして、見事にヒーローになった。

大会が恙（つつが）なく終了すると、学期末試験、冬期講習、三者面談、実力テスト、卒業試験、と厳しい現実がぼくらを待ち受けていた。それらが終われば、いよいよ中学生活最大の難関、高校入試だ。あと何ヵ月かは、吹き付ける木枯らしにさらされている裸の桜の樹のように身の引き締まるようなシビアな日々が続く。

　ぼくは相変わらずの成績だったから、両親共々納得できるそこそこの都立高校を狙って、ひたすら勉強に勤しんでいた。

　そんな時だった。

　久しぶりに山崎から声を掛けられたのは。


　凄く天気の良い日曜日だった。両親が出掛けてしまうので、午後から家に遊びに来ないかと誘われて、ぼくは青山に向かった。

　相変わらずの広い玄関フロアを入ると、山崎が出迎えてくれた。浜村も来ているのかと思ったら、どうやらぼく一人のようだった。

　部屋に入るとキャロル・キングの素敵な歌声が流れていたにも拘わらず、家政婦さんが紅茶を置いて出て行ってしまうと、山崎は音楽を消した。

「実は、ちょっと話があるんだ」

「なに？」

　と答えたが、すぐにぼくは、例の話だなと直感した。

　触れずには済まされない問題だ。

「あの問題用紙盗難事件に関してだけどな……」

やはりそうだ。

しかし山崎は口籠もる。きっと彼なりにずっと悩んでいたのだろう――。

彼は続けた。

「この間、真由美と三人で帰った時、お前は『小笠原先生の引き出しの鍵が壊れてるのを見たよ。きっとそれからずっと修理し忘れてるんだろう』って言ったろう」

「……そう、だったか」

そうだよ、と山崎は脚を組み直す。

「俺が事件の三日前に、小笠原に職員室まで来いと言われたのを覚えているか？」

「うん、覚えてる。その後きみは、散々小笠原先生の文句を言ってた」

「ああそうだ。その時俺は、奴の机の前に立たされて、説教を受けたんだ。しかし、はっきりと見たんだよ」

「何を？」

「小笠原が、自分の机の引き出しに、しっかりと鍵を掛けていたところを」

「…………」

「そしてそれ以降、生徒は一人として職員室に入っていないはずなんだ。すぐに立ち入り禁止になったからな」

彼の言いたいことは分かる――。

山崎はぼくを正面から見た。

「お前は、小笠原の引き出しの鍵が壊れていることを、いつどこで知ったんだ?」

口を閉ざすぼくに向かって、予想していた通りの言葉を口にした。

「なあ中田——。あの事件の犯人は、お前だろう」


いつかは分かってしまうと覚悟していた。

というよりも、よく今まで誰にも言わずに黙っていてくれたな、という思いだった。そこでぼくは、

「ああ」と正直に告白した。「ぼくがやった」


「やっぱりな」山崎は大きく嘆息した。「でも、なぜなんだ?」

「それは言えない」

「どうしても?」

「どうしても」

「じゃあ、俺から言ってやろう」山崎は再びぼくを正面からじろりと見つめた。「俺はあの夜、学校の近くを歩いてたんだ。真由美とのデート帰りでな」

あの噂通り、やっぱり本当に山崎は現場近くにいたんだ。ぼくは心の中で密かに脱

力した。

「あいつと別れた後、すっかり遅くなっちまってたから、青山通りもバス停も、物凄く混んでた。だからこれは歩いた方が早いだろうと思って、俺はずっと歩いたんだ。すると学校のすぐそばで、珍しい人間を見かけた。誰だか分かるだろう」

「…………」

「そうだよ、小松玲子だ。お前の大好きな」

「…………」

「しかもやけに、おどおどして早足で歩いてた。こんな夜遅くに、一体何をしてるんだろうと思った。彼女は、俺や真由美とは違って、大真面目人間の風紀委員だからな。でもまあ、別にそんなことは大して気にならなかった。十五年も生きてりゃ、色々あるだろう。そう思ってそのまま通り過ぎようとしたら——。裏門の辺りであの騒ぎだ」

「黒岩さんか……」

「そうだ。門を乗り越えて外に出てきた男子を追って、バタバタと騒いでやがった。しかし、その男子はやけに足が速くて、あっという間に姿を消してしまった。しかも四谷方面に」山崎はぼくの顔を覗き込む。「でも、どうしてお前、わざわざ自分の家の方に逃げたりしたんだ？」

「小松の家と……反対方向だったから」

なるほど、と山崎は優しく笑った。

「あの子の家は、赤坂方面だって言ってたもんな」

山崎は立ち上がって、ステレオのスイッチを入れる。再び、キャロル・キングのスローなバラードが静かに流れてきた。

「友だち云々っていう、甘ったるい言葉は大嫌いなんだが」山崎はぼくを見た。「良かったら、紅茶でも飲みながら俺に話を聞かせてくれないか」

「うん……」

ぼくはミルク・ティーを一口飲んでから、ゆっくり口を開いた。

あの日――。

大会直前で少し興奮していたのだろう、陽が落ちても何となく落ち着かなかったぼくは、読みかけの本を放り投げて、軽いランニングに出かけた。当然、真っ暗な土手の道は避けて、賑やかな青山通りへと向かった。いつものように離宮辺りを走って、学校のそばを通って戻ろうとした時だった。正門を通り過ぎた時に何気なく校舎に目をやると、月明かりに人影がチラリと見えた。

ぼくの胸は、ドキリと大きく脈打つ。

本当に一瞬だったけれど、しっかりと目に焼き付いた白い横顔と、長い黒髪。絶対に見間違うことはない。視覚も直感もそう告げた。

小松玲子だ。

ぼくは校舎裏手の、一般道路からは死角になっている場所を選んで、塀を乗り越えた。そして辺りに細心の注意を払いながら、彼女の後を走って追った。幸いぼくは、濃紺のジャージにマラソンシューズだ。その場面には最適なファッションだった。

すると彼女は、外階段からベランダを伝って、校舎の中に入った。外から来て、唯一校舎の中に入れる場所だ。窓の鍵が壊れているために板張りになっていたが、外から開けられることは、誰でも知っていた。そのため明日か明後日、修理が入ると聞いていた。

ぼくは守衛さんたちの動向にだけ注意を払いながら、静かに彼女を追う。どうやら彼女は、職員室に向かっているようだった。ぼくの胸は、さらに大きく波打つ。彼女の考えが、はっきりと分かったからだ。しかし職員室の入り口には、しっかりと鍵が掛かっているはずだ。まさか、それでも侵入しようとしているのだろうか……。

そんなことを思いながら、ぼくは彼女のすぐ後ろまで近付いていた。職員室の前まで到達すると彼女は、ポケットから鍵のような物を取り出して、穴に差し込んだ。合い鍵まで作っていたんだ！

ぼくは冷や汗が背中を伝うのを感じた。

やがて彼女は鍵を開けて、殆ど音も立てずに部屋の中に入って行く。戸は閉じられたけれど、内側から鍵を掛けた様子がなかったので、ぼくは深呼吸を三回してから入り口に近付いた。

その時、ガタンという音がして、ぼくは戸の前で息を殺して身を竦(すく)めた。しかし、その場でじっとしていると、今度はカタリ……という小さな音になった。そこで、そうっと慎重に少しだけ戸を開けた。中を覗くと、彼女はペンライトを片手に、ぼくらの学年の先生たちの机の前に立っていた。

ぼくは、こっそりと静かに職員室の中に入る。そして再び音を立てないように戸を閉めると、衝立の後ろからその様子を見守った。すると彼女は、机の引き出しの中から——この状況では、どう考えても問題用紙でしかあり得ない——用紙を抜き取ると、くるりと丸めた。紙を折る音さえも、立てないようにしたのだと思った。

彼女はペンライトを消して、月明かりだけで移動し始めた。ぼくは急いで机の下に身を隠す。その目と鼻の先を通って、彼女は再び戸を開けて廊下に出た。そして、外から鍵を掛けた。

戸のガラス越しに彼女の姿が見えなくなってしまうと、ぼくは自分の置かれている状況に気付いて呆然となった。

ここの戸の鍵は、内側からも外側からも、穴に鍵を差し込まない限り開けられない仕組みになっている。そしてもちろんぼくは、そんな鍵など持っていない。つまり脱出方法は、一ヵ所窓を開けて飛び降りるという手段しかないということだ。窓の鍵は開けっ放しになってしまうが、まさか朝までこんな所に閉じ込められているわけにはいかないから、背に腹は代えられない。ここは二階だし、下は土のはずだ。校舎の裏手を一直線に走って、裏門までは約五十メートル。門を乗り越えて、二十秒足らずで校舎の外に飛び出ることができるだろう、とぼくはわずか数秒で決心した。

しかし、行動に移そうとした時、ふと閃いたぼくは、小笠原先生の机に近付いた。そして、鍵穴のついている引き出しを引いた。すると難なく開いた。しかも、問題用紙が入っていた。鍵が壊れているようだった。開かなかったら諦めようと思っていたぼくは、運の良さに驚きながらも一枚抜いた。

万が一、この盗難事件が発覚した時のために、保険を掛けておこうと思ったのだ。小松は、あの時間では全教科分の問題用紙を盗んではいない。おそらく得意科目の国語に手を出してはいないはず。それならこの際、国語を盗んでおけば、小松から疑いの目を逸らすことができるのではないか……。

今冷静に考えれば、無駄なことだったのかも知れない。でもその時のぼくは、とにかく彼女のために何かをしてあげたかったのだ。

そして同時にぼくも、無用な疑いをどうしても避けたかった——内申書のために。

ぼくは国語の問題用紙を一枚つかむと、窓から飛び降りた。やはり大きな物音がしてしまったようで、丁度その近辺を見回っていた守衛の黒岩さんが駆けつけて来た。それを振り切るようにぼくは必死に走り、裏門を乗り越えて四谷方面へと走った。本当ならば、再び赤坂へ向かう方が正しかっただろう。向こうには清水谷公園もあるし、人通りも多いから、その中に紛れ込みやすい。でもこのまま赤坂に走ったら、小松が追いつかれてしまう可能性がある。その場で尋問を受けるかも知れない。

そんなことが、裏門を乗り越えるコンマ何秒かの間に脳裏をよぎった。

ぼくは地面に着地するや否や、四谷方面に向かって全速力で走った。おそらく、自己ベストのスピードで——。


「はっきり顔を見たわけじゃなかったが、お前のような気がしてたんだ」ぼくの話が終わると、山崎が言った。「何となくな」

「どうして?」

「雰囲気だよ。だからその後も、ずっと黙ってた。でもこの間の話で、確信した」

ぼくは俯いた。とても山崎の顔を直視することができなかった。

「つまり、小松も国語の問題用紙を盗んでいたっていうわけか。お前と同じ事を考えたんだな」

　そうだったのだ。

　そして、それを知らずにぼくもまた同じようなことをしてしまった――。

「でも、今さらバカ正直に名乗り出ることもないぞ。実質的な被害は何もなかったわけだしな。小笠原の机の鍵が壊されたことと、数枚の問題用紙が紛失したことと、橋本が嘘つき野郎だってことがバラされたことと、奴らが揃って教頭に叱りつけられたくらいでな。いや、あれは実にいい気味だった」

「でも――」

「もしも、小松玲子が名乗り出たらお前も行けばいいじゃないか。どっちみち大した問題じゃないよ。どうせ俺たちは、あと三ヵ月ほどで卒業しちまうんだからな。それに、絶対に警察は入らない。教師たちも、これ以上自分の中学の評判を落としたくはないだろうからな。折角（せっかく）、お前たちの活躍で陸上競技大会も優勝したのにさ」

　山崎は笑った。


　でも結局、ぼくは小松玲子に全てを告白した。

　最初、ぼくの言葉に彼女は酷（ひど）く震えていたが、やがてあんなことをした理由を、泣きながら打ち明けてくれた。

やはり彼女は、父親が亡くなってから家庭の手伝いなどもあって成績が下がっていたようだった。しかも収入も減ってしまっていたから、私立に行くような金銭的余裕がなくなっていたらしい。となれば、公立高校に行くしかない。しかし、そうすると入学試験重視の私立と違って公立は、内申書にかなりの比重がかかってくる。

そんな時期に、例の木原たちの事件が起こった。

あの、全ての志望校不合格事件がぼくらの中学にもたらしたものは、「非情だ」「当然だ」という、世間的で些末な毀誉褒貶だけではなかった。もっと重要で切実な現実を、ぼくらに見せつけたのだ。

それは内申書の力だった。

全共闘であった彼らが、身体を張ってぼくらに教えてくれたのは、皮肉にも「体制は強いぞ」ということだった。言い換えれば、どこの段階で自由を求めるかを大人的に考えないと、あっという間にやられるぞ、ということだった。

それを小松は、誰よりも敏感に感じ取っていたのだろう。何が何でも校内テストの点数が欲しかったのだ。少しでも上位の高校に合格するために。そして少しでも母親に楽をさせてあげるために。

ぼくがあの夜彼女を見かけさえしなければ、そして後をつけたりさえしなければ、彼女の計画は上手くいっていたかも知れないと謝ると、彼女はニッコリ微笑(ほほえ)んでくれた。そして、こういう結果の方が良かったと言った。彼女も、ずっと一人で悩み続けていたらしかった。

職員室の鍵の件は、彼女が毎日購買部にお昼を買いに行っていた時に、守衛室に掛かっていたのを見て思いついたそうだ。そして、何時になると守衛が誰もいなくなるかを調べて、こっそり盗み出して合い鍵を作り、本物はまた密かに戻しておいたのだという。

守衛室といえば、彼女は毎日購買部に買い物に行っていたため、その隣の部屋にいる黒岩さんたちとも仲良くなった。そのうちに、彼らがいつも何時頃にどんな順番で校舎を見回っているのかという話まで、さりげなく聞き出していたようだった。

また、小笠原先生の机の件は――。

確かに引き出しの鍵は、その前日から壊れかかっていた。なおかつそれを、教頭先生にも指摘されていたらしい。

その半分壊れていた鍵を発見した時、彼女は閃いたらしい。敢えて国語の問題用紙を一枚盗もう――と。そして、わざと鍵を完全に壊したのも、どうしてもそれが欲しかったと思わせる演出だった。

あの時ぼくが聞いた、ガタンという大きな音は、彼女が小笠原先生のその鍵を壊した音だった。

その後彼女の提案で、ぼくらは小笠原先生のもとに出向くことにした。もとより彼女がそうしたいというのならば、ぼくには制止する力も権利もない。二人で、小笠原先生に全てを告白した。

その時、学校側の取ってくれた処置は、実に寛大なものだった。何一つ警察に届けていなかったので、全てが内々で処理された。

山崎の言葉ではないが、実害が出ていなかったという理由が一番大きかったようだ。それともちろん、学校の世間体と――。

きっちりと箝口令が敷かれ、事件は風化していった。というよりも、誰もが自分の高校受験に手一杯になり、そんなことに構っている余裕が無くなってきた。それに、年が明けると誰もがそれぞれの都合や、試験勉強スケジュールに合わせて欠席し始め、教師も敢えてそれを咎めないという状況になっていった。もちろん陸上部も開店休業状態になり、一、二年生たちが、たまにグラウンドを軽くランニングしているばかりだった。

しかし、日毎にピリピリしてくる空気の中、変な噂話が蔓延し始めた。

それはぼくらの起こした試験問題盗難事件を蒸し返したもので、しかもその犯人は、大川光一郎だったというのだ。確かに彼は成績も良くなかったし、器械体操も得意だったから、職員室の二階の窓から飛び降りることも朝飯前なはずだ。少なくとも、ぼくより上手くやっただろう。そんな噂がまことしやかに広まるに連れて、最初は全く相手にしていなかった大川も、さすがにノイローゼぎみになっていた。これはおそらく、受験で苛々していた同級生たちのストレス解消方法の一つでもあったのかも知れない。一種のイジメだ。

ある日の放課後のことだった。

その時は、余りにもあからさまに大川が犯人扱いされていた。なのでぼくは、さすがにその状態を見るに見かねてしまい、怒りの余り思わず口を開きそうになった。しかしその時、後ろから物凄い力で肩をつかまれた。

振り返ると、山崎だった。

「うるせえぞ、お前ら」山崎は、彼らに向かって本気で怒鳴った。「犯人犯人って騒ぎやがって」

今まで大川を糾弾していた同級生たちが、一瞬静まり返る。そんな彼らをじろりと睨み付けて、山崎は大声で叫んだ。

「くだらない話ばかりしてるんじゃねえよ」

「く、くだらなくはないさ……。重要なことだ」

「何が重要だ」びくびくと返答する男子を、山崎は鼻で嗤った。「分かった。じゃあ正直に言えばいいんだろう。この際だから言ってやる。あの時の犯人はな――」

山崎は一度深呼吸した。

「俺だよ俺!」

えっ――とぼくは言葉に詰まった。

「俺がやったんだよ! だが、バレちまって問題が変わっちまったからな、何の得もなかったんだ」

「ほ、本当なのか?」

「ああ、本当だ。本人が言ってるんだから、間違いねえだろ。どうだ、文句あるか」

教室は、しん……、と静まり返る。

ぼくはあわてて彼を見た。

「や、山崎――」

「何だ、おまえも何か文句あるのか中田」

「い、いや、そうじゃなくて――」

「てめえ、ちょっとこっちに来い!」

ぼくは山崎に襟首をつかまれたまま、教室の外まで連れ出された。教室に残った同

級生たちは、

「やっぱり！」

「あの日、見かけたっていう噂は――」

「本当だったんだね」

などと、すぐにまたひそひそ話を始めた。

ぼくらの後を、何人かの男子が追って来たけれど山崎は、そのうちの一人の腹を思い切り蹴飛ばして追い払ってしまった。そして外階段の陰にぼくを引っ張り込んで、ぐっと顔を近づけてくる。

「いいか、中田。お前、あのことを一言でも喋ってみろ。殺すぞ」

「で、でも――」

「お前だけの問題じゃないんだよ。小松も絡んでることを忘れるな。お前は自分の好きな女の子を庇おうとしたんだろうが。ならば、庇い通せばいいんだよ。あとは俺のせいにしておけ。あんなカスみたいな奴らの噂話なんて、俺は痛くも痒くもない。どうせ時間の問題だ」

「で、でも、浜村さんは――」

「俺を信じるか、カスどもを信じるかだ」

「それでもやっぱり――」

叫ぶぼくの顔に、いきなり山崎のゲンコツが飛んできた。

頬骨が、ゴンと鈍い音を立てて頭の中がぐらりと揺れ、よろけてしまってその場に尻餅(しりもち)をついた。口の中に鉄の味が広がる。

痛みをこらえて顔を上げると、山崎は黙ってぼくの目の前に仁王立ちしていた。そんな彼の顔を見つめながら、ぼくはバカみたいに泣いてしまった。

見上げれば彼の後ろには、涙で歪んだ茜雲が浮かんでいた。


それからしばらくの間は、陰でコソコソ噂している人間もいたようだけれど、やがて受験も本番を迎えて、誰もがそんなことに構っている暇もなくなった。山崎の噂も彼の言う通り、気がつかない間にどこかへ消えてしまった。

そしてぼくらは、それぞれの高校へと進学が決まり、三月の桜吹雪の中で卒業式を迎えた。


現在ぼくは国語の教師になり、母校ではないが、公立中学校の教壇に立っている。

山崎は、赤坂でバーやクラブを何軒も経営しているという。ごちそうするから一度来い、と言われているが、まだ足を運んだことはない。

小松玲子は、あの当時の噂通りに付き合っていた大学生と結婚して、今はカナダに住んでいるらしい。彼女個人に対する特別な思い入れはもう殆どなくなってしまったけれど、また当時のような状況に置かれたら、ぼくはためらわずに全く同じ行動を取るだろう。でも、それは彼女への変わらぬ愛情なのかと尋ねられたら……今でもうまく答えられそうにない。

学級委員長の荻原実は、日比谷高校から東大に進んで官僚になった。前島誠は、誰かのバック・ミュージシャンとして日本全国を飛び回って、自分のソロ・アルバムも何枚か出した。帰国子女の和泉恭子は、その特技を生かして通訳と翻訳の仕事をしている。浜村真由美は芸能プロダクションに所属して、テレビのCMにもたまに出演している。別れなければ良かった、と山崎が笑っていたらしい。その他、宮村も、坂下も、久保も、そして大川も、みんなそれぞれの道を歩いている。

長い人生の中で、ほんの一瞬同じ時間を過ごしただけなのに、どうして思い出はこんなに切ないのだろう。

それとも、切ないからこそ思い出なのだろうか。

今年もまた、クリスマスに雪が降りそうもない。だから、せめてあの頃のように音楽でも聴いて過ごそうと思った。どこかに仕舞ったままの、山崎にもらったサイモン＆ガーファンクルのLPでも引っ張り出してこよう。そしてポール・サイモンの歌う

『七時のニュース／きよしこの夜』にでも耳を傾けてみよう——。

生徒たちに挨拶(あいさつ)されながら帰る学校帰りの夕暮れに、ぼくは立ち止まって空を見上げる。もしかしたら、あの時の誰かも今どこか遠くでこの空を、ぼくと同じような気持ちで眺めているかも知れない。

茜色の風に吹かれながら、そんなことを思った。

クリスマスプレゼントを、あなたに—K's BAR STORY—

「クリスマスプレゼントを、あなたに差し上げたいんです――」

情熱を込めるわけでもなく、かといって突き放すでもなく、今日の小雪混じりの天候の話でもするかのように、男は自分の隣に腰を下ろしている女性に向かって静かに言った。

まだ早い時間のバーである。

客は私とその男女が一組、三人しかいない。

私はいつものように、L字形のカウンターの一番端の奥に一人で腰を下ろして、ネグローニを飲んでいる。

そして、私とは逆の、入り口近くの端に並んで座っているその二人を、目の端で見るともなくそっと眺めていた。


「K's BAR」

私の正面に見える小さなガラス窓には、金色で書かれたロゴが裏返しに見えている。その横にこのバーの入り口があり、重い木の扉を開けて入って来ると、腰ほどの高さの棚に飾られた季節の花が出迎えてくれる。毎日マスターが手ずから活けている花だ。そこから、どっしりとしたマホガニーの一枚板のカウンターが、狭い店の奥に向かって延びている。

その長い辺にスツールが六つ並んでおり、そのままカウンターと右手の壁に導かれるように店の奥へと進むと、突き当たりで直角に左に折れた私が座っている短い辺には、スツールが二つ。計八人分の席しかない、小さなバーだ。

そしてその一番奥の席を今、私が占領している。

カウンターの向こうでは、タキシードに濃紺のボウタイを寸分の狂いもなく締めた壮年のマスターが一人、俯き加減で静かにグラスを磨いている。彼はオーナー・バーテンダーの、小西圭だ。清潔そうにセットした短い髪と、いつも柔らかい物腰。しかし彼の出してくるカクテルは、どれもみな切れる。

「一体、どういうご用件でしょうか？」

柔らかいダウンライトの中に、女性の白い横顔が浮かび上がる。ほんの一瞬だったけれど、その美しい横顔と長く艶やかな黒髪は、私の網膜に強く焼き付けられた。

「いきなりこのようなお店を指定されて……」

店内の照明は暗く落とされているために、カウンターを照らしているダウンライトから外れてしまうと、腰を下ろしている客の表情は殆ど分からなくなる。しかしわざわざ確認するまでもなく、その女性が困惑しているのは明らかだった。

「不躾なお願いで、申し訳ありませんでした。少しだけ、お時間をいただきたいんです」

男は女性に向かって、軽く頭を下げた。

限りなく黒に近いダーク・グレイのスーツの下に、濃い臙脂色のタートルネックを着ている。広い額に黒髪がかかっていたが、正面からの顔は良く見えない。彼は、まるでその女性を庇うかのように、私に半分背中を向けていたからだ。

「ぼくは、こういう者です」

男の細い指がカウンターの上を走り、ダウンライトの下に名刺が置かれた。もちろん私の位置からは、何が書かれているのかは見えない。

「ええと……神……」

「神籬、といいます。神籬龍之輔」

「ご職業が……パーフェクト・オールマイティ・コンサルタント？」

ペンネームのような名前と、冗談のような肩書だ。しかし男は、

「はい」と、いたって真面目な顔で頷いた。「早い話が『なんでも屋』です。『万相談引受業』ともいいますが」

その答えに、女性はダウンライトの外で大きく嘆息した。

「私は、伊藤さんのご紹介ということで、今こうしてあなたにお会いしているんです。それでなければ今頃は――」

「いつものシティホテルで、ディナーですか」

「よくご存じで」

「お忙しいところを、ありがとうございました」神籬は軽く頭を下げた。「しかし、ここのバーもきっとお気に召すと思いますよ。ぼくもマスターとは長いおつき合いをさせていただいていますが、カクテルの味は保証致します」

「でも――」と女性は軽く鼻で笑って辺りを見回した。「私、こういった薄暗い場所は余り好きじゃありません。落ち着いていると言えばその通りでしょうけれど、少し構えすぎですね」

「スタンダードのジャズはお嫌い？」

「そういう問題ではなくて」

「では、いずれ気に入っていただけるようになることでしょう」

そうかしら……、と呟（つぶや）く女性を無視するように、

「さて——」と神籬は尋ねる。「お食事はどうされますか？」

女性は黙って首を横に振ったようだった。

「ここに来る前に、いただいて参りました。ディナーとまではいきませんでしたけれども」

「それならば、お飲み物を」

「用件に入る前に飲むのですか？」

「ここはバーですから」

「まさかあなた——。私にお酒をプレゼントするというのではないでしょうね」

「いけませんか？」

「お願いですから、バカなことを言わないでください。私は、見ず知らずの人にお酒をご馳走（ちそう）になるくらい、嫌いなことはないんです」

「分かりました」

「では——」女性は、ちょっと肩を竦（すく）めた。「私は、オールド・ファッションドを」

「良い趣味でいらっしゃいますね」神籬は微笑（ほほえ）みながら注文する。「ぼくは、ギブソンを」

二人の声に小西は「かしこまりました」と静かに頷いて用意にかかった。

「マティーニも好きなんですが」神籬は苦笑いした。「あの、オリーブが苦手でして。オリーブオイルは平気なんですけどね。ですから、この間イタリアン・レストランに行った時にも――」

「申し訳ありませんが」女性は皮肉たっぷりに神籬の言葉を遮る。「本題に入っていただけませんでしょうか。あなたほどではないかも知れませんが、私も少々忙しい体なものですから。それに、こんな場面を誰かに目撃されて、誤解を受けても非常に迷惑ですし」

「確かにその通りでしょう」神籬は全く動じず、相変わらず静かな口調で言った。「あなた――桜岡麗子さんのデザイン会社は、現代のファッション界になくてはならない存在といえるでしょうからね。でも、どうしてあのような素晴らしいデザインを思いつかれるんでしょう？」

「さあ……」女性は投げやりに答えた。「どうしてでしょうね。というよりも――いつも何かに守られている、そんな気はしています」

「なるほど。そのおかげであなたのお仕事は、世界的にも注目の的なんですね」

「ありがとうございます――たとえお世辞でも」

「とんでもない」神籬は首を横に振った。「ぼくはお世辞も謙遜も嫌いです。つまり、どちらも事実ではないという意味で。それに、あなたは確かにお美しい。まだ独身でいらっしゃることの方が奇跡と言えるでしょう。ですから、確かにぼくのような怪しい男と二人でバーのカウンターで飲んでいた——などという話は、スキャンダル以外の何物にもならないでしょうからね」

非常にその可能性はありますわね、と女性は冷ややかに答えて、目の前に差し出されたオールド・ファッションドを——乾杯もせずに——一口飲む。そして、

「それで……」一瞬カクテルに軽く視線を落とした。しかし、すぐに神籬を見る。

「そのお話というのは？」

はい、と答えて神籬もギブソンを一口飲んだ。

「実はですね——」右のポケットから一枚の写真を取りだすと、ダウンライトの下に置いた。もちろんその写真も、私からは全く見えない。

「こちらの方をご存じでしょう」

何気なくそれを覗き込んだ桜岡麗子は、あっ、と息を呑み込んだ。そして、闇の中からじっと神籬を見つめているようだった。

やがて一つ嘆息すると、

「伊藤さんは、どうしてまたあなたの様な方を私にご紹介なさったのかしら？」声が小さく震えていた。「それともこれは、何かの間違いかしらね」

「どうやら、勘違いなさっていらっしゃるようですが——」

「何をどう勘違いするとおっしゃるの？　いきなり、こんな男の写真なんか見せつけて」

「この男はご存じですね」

「知らないと言っても……」麗子はグラスを大きく傾けた。「どうせもう既に色々と嗅ぎ回っているんでしょう」

「はい。失礼ながら」

「あなたは、私を脅迫しにみえたのかしら？　この絶好のシチュエーションの穴蔵のようなバーで」

「いいえ、違います」

「違う？」

「もちろんです」

「それでは……どういうご用件？」

「もしもよろしければ――。桜岡さんとこの男との間に起こった事件を、再確認させていただきたいと思いまして」

「あなたは……本当は刑事さん？」

問いかける麗子に向かって「いいえ」と神籬が首を横に振ると、

「本当に脅迫や恐喝ではないのですね。もしもそういった話になるのでしたら、顧問弁護士の――」

「ですから、そういうことではないと申し上げたでしょう。全く違います、その美味なるオールド・ファッションドに賭けて」

「………………」

麗子は思わずグラスに目を落とす。

確かに美味しいはずである。

私も何度かこの店でオールド・ファッションドを注文したことがあったが、実に爽やかで、しかも非常にまろやかな味だった。ビターズを振りかけた角砂糖をグラスの中に入れて、その上からウイスキーを注いでフルーツを飾る――こんな単純なレシピのカクテルが、どうしてこんなに美味しくなるのかと、飲むたびに私も不思議に思ったものだ。

多分彼女も、今そう感じているに違いなかった。

しかしそんな様子は、おくびにも出さずに麗子は言う。

「それで……あなたは一体、私に何をお訊きになりたいのでしょうか？」

「この札付きのヤクザ――安田慎司と、桜岡さんとの間に起こった事件に関しての全てを、です」

「何故ですか？」

「それがぼくの仕事だからです。勿論、ご迷惑はおかけしません。そして――当然ですが――ご紹介頂いた伊藤様にも」

「…………」

麗子はグラスに手を伸ばす。そして、カラリと一息にグラスを空けてしまった。

「お代わりを下さい」小西に向かって言う。「オレンジは、いりませんから」

「ああ、ぼくも」神籬もグラスを空けた。「同じものをね」

そして、新しいカクテルがスポットライトの下に置かれるまで、麗子は一言も口をきかずに黙っていた。やがて小西の差し出したそのオールド・ファッション・グラスをしなやかな指で持ち上げ、カラリと氷を回して弄んだ。

「お話ししてもよろしいですけれど……。長くなりますよ」

「一向に構いません。今は夜も長いですからね。それよりも、この場でよろしいですか？　それとも、どこかもっと人のいない場所で」

「いえ、結構です。別に他人に聞かれても、私には何らやましいところはありませんから」麗子はオールド・ファッションドを一口飲んだ。「ここで、カクテルをいただきながらで」

「クリスマス・イヴですし」

「そうですね」麗子は小さく微笑んだようだった。そして、「私は、東京の下町で生

しい出来事がありました。思い出すだけで涙が溢れそうになるような

まれました――」

静かに口を開いた。

「私たちは父と母と妹の家族四人で、江戸川沿いの小さなアパートに暮らしていました。父は小さな工場を営んでいました。鍍金工場の下請けのそのまた下請けのような仕事です。母と二人で、朝から晩まで一所懸命に働いていました。でも、私が十四歳になったクリスマス・イヴに、突然家を出て行ってしまったんです。しかも、十二歳になったばかりの妹を連れて二人で」

「どうしてまた？」

「女性がいたようなんです。あんなに貧乏だったのに、外に女性がいたなんて信じられませんでした。でも、母からそう聞かされました」

「…………」

「その結果、アパートには母と私の二人だけが残されました。これから年末だというのに何の用意も出来ずに、途方に暮れたまま薄っぺらい畳の上に二人で何時間も座っていた記憶があります。もちろん父がいなくては、仕事にもなりません。しかし借金もありましたから、翌日から母は――非情な父の悪口を一言も言うことなく――一人で朝早くから夜遅くまで働きました。もちろん私も出来る限り手伝いましたけれど、翌年の夏の終わり頃、母は過労で倒れてしまいました。そこで私は、母方の遠い親戚

の家に預けられることになったのです。嫌だと言って泣きながら母の布団にしがみついた私に向かって『麗子ちゃん、大丈夫よ。これをお母さんと思って持っていてね。何かあった時には、必ずあなたの身代わりになって助けてあげるから』と言って、小さなお守りを渡してくれました。それでもまだ泣きじゃくっていた私を、母は無理矢理に追い立てるようにして、親戚の家へ預けたんです……。亡くなった後から知ったのですが、母はその時、重い結核を患っていて、私に移してしまうことを一番恐れたのだそうです」

「辛い決断をされたのですね……」

ええ、と麗子は静かに頷いた。

「結局母は、クリスマスを待たずに亡くなりました。病院でも最善の手を尽くして頂いたようなんですけれど、もうあの時点で母は病と闘う体力が全くなくなってしまっていたということでした」

「お父様にご連絡は？」

「できませんでした。住所さえ知りませんでしたから。でも、父もその後何年かして亡くなったという噂だけは耳にしました」

「妹さんは？」

「理恵子ですか……。知りません。別れて以来、一度も顔を見せませんから。小さい頃はあんなに可愛がってあげたのに、冷たい子です。まあ今思えば、父はよく妹を小学校まで迎えに行ったりしていましたし……。あの子は、父から特別に可愛がられていたんでしょうね」

　麗子はグラスを傾ける。

「それから私は、何とか高校まで行かせてもらい、卒業後すぐに働き始めました。在学中からアルバイトをしていたアパレル業界に入ったのです。そこから、簡単には言い表せないような苦労を重ねて今日までに至ったというわけです。その辺りの話はご想像にお任せしますし、あえて今説明する必要もないでしょう」

「確かに――。簡単に人に説明できるような苦労は、往々にして大した経験ではないものです」

「おっしゃいますね」麗子は笑った。「でも、何とか私がここまで来ることができたのは、母にもらった、あのお守りのおかげかも知れません。どこにいても、どんな時も、唯一の心の支えでした。そして、本当に私の身代わりにもなってくれました」

　ほう、と神籬は相槌を打つ。

「ちなみに、それはどんなお守りでしょう？」

「昔の家の近くの地蔵堂で買い求めた物のようでした。何の変哲もないただのお守りです」

「ああ」神籬は大きく頷いた。「確かに地蔵は、釈迦入滅(しゃかにゅうめつ)から弥勒成道(みろくじょうどう)までの無仏(むぶつ)の世界における六道衆生(ろくどうしゅじょう)の救済を託された菩薩(ぼさつ)ですからね。特に、地獄における救済力が強いとされている」

「あなたは、そんなこともお詳しいのですか？」

「とんでもない。常識の範疇(はんちゅう)レベルです」

そんな話に、じっと耳を澄ましていた私の前に、いつの間にか小西が立っていた。

「お代わりをお持ち致しましょうか？」

空いていたグラスに軽く視線を落として、彼は言う。しかし私はもうネグローニの気分ではなくなっていたので、マティーニを注文した。

「ドライで」

と言う私に小西は、かしこまりましたと頷いて下がる。やがて私の目の前には、ジンとヴェルモットが正確に十対一でステアされたドライ・マティーニが置かれた。

一方カウンターの端では、神籬が口を開く。

「ところが、そんな桜岡さんのもとに突然この中年男――安田慎司が現れたというわけですね」

はい、と麗子は頷く。

「去年のことでした。私が人との待ち合わせ場所に向かおうとしてオフィスから出た時に、いきなり後ろから呼び止められたんです」

「それ以前にも安田に会われたことは？」

「いいえ。その時が初対面でした」

「なのに安田は、あなたのお顔とお名前を知っていたのですか」

「そういうことのようですね。でも私が振り向くと、安田は一瞬驚いたような顔をしました」

「どういうことでしょう？」

「余程私が変な顔で睨んだからでしょう。私にしてみれば初めてにも拘わらず、人前で馴れ馴れしく呼びかけてくるものですから」

「桜岡さんは有名人でいらっしゃるから、彼はお顔を雑誌などで知っていて、つい親しい間柄のような勘違いをしてしまったということですか」

「さあ、どうでしょう……。でもすぐに、ニヤッと笑って言ったんです。『一ノ関理恵子さんのお姉さんですね』と」

「一ノ関というのは――」

「ええ。父の名字です。私と母は、母の名字――桜岡に戻っていましたから」

「なるほど」

「私が、はい、と答えると安田は『こうしてここでお会いできたのも、妹さんのおかげです』と言って、下卑(げび)た笑いを見せました」

「では、その時点で妹さんは桜岡さんの動向をご存じだったというわけですね。尤(もっと)も、しばしば雑誌などで取材を受けられているわけですから——あなたが妹さんの現況を知らなかったとしても——妹さんはどこかでそれらの記事を読んで、情報を得ていたのでしょう」

「そういうことだと思います」

「それで安田は何と？」

「今晩のあなたのように」麗子は嗤(わら)う。「少しお時間をいただきたいと言ってきました。でも私は急いでいましたから、また改めて——翌日にオフィスでお会いしましょうと言って別れたのです。今考えれば、余りに無防備な受け答えをしてしまったと思えますけれど、その時はまさか安田があんなヤクザな男だとは知らなかったもので。身なりもきちんとしていましたし、しかも理恵子を介してやって来たとばかり思っていて——」

「しかし、実際は違った」

「はい」麗子は暗闇の中で頷いた。「翌日オフィスを訪ねてきた安田は、いきなり私を脅しました。私の父の相手の女性というのは、実は自分の婚約者だったというのです。結納(ゆいのう)まで交(か)わした仲なのに、父に奪われてしまった。おかげで自分の人生は滅茶(めちゃ)

苦茶になってしまった。私に、その賠償をしてもらいたい――と」

「それは全くの言いがかりですねえ」

「そう思いました」

「それであなたは？」

「女性一人くらいで滅茶苦茶になってしまう程度の人生ならば、何をやってもいずれ滅茶苦茶になるでしょう――と言って差し上げました」

「これは手厳しい」神籬は苦笑いする。「まるで、そっくりそのままぼくに向かって言われているようですよ――。それで？」

「ええ。私のその言葉に、安田は激怒しました。お前の父親のしたことだろう！　それを知らぬ顔するのか、と。でも私は『母も私も父に捨てられた身です。ですから、全く関与のしようがありません』と答えました」

「まさに、正しいお答えです。しかし……どうして安田は、急に桜岡さんを訪ねて来たのだと思われますか？」

「どこかで知り合った妹から聞いた話を元に、やって来たのだろうと思います」

「では、その時点で妹さんは？」

「当時すでに父も、そして相手の女性も病死してしまったために、妹は彼らの暮らしていた家を出てどこかへ行ってしまったということでした」

「なるほどね……」神籬は、物憂(ものう)げにグラスを干した。「お代わりを」

「とにかく私は安田の要求を突っぱねました」麗子もグラスを空けてお代わりをもらう。「それからも二度ほど私のオフィスを訪ねてきましたが、最後は警察を呼ぶと言うと、それ以来しばらく姿を見せなくなりました。でも……そこで不思議なことが起こったんです」

「今年の夏——仕事帰りの事件ですね」

「よくご存じですね」と笑って、麗子はカクテルに手を伸ばす。「その日、私は残業で——私が社長ですから、正確には残業とは呼びませんけれど——遅くなって、終電に飛び乗りました」

「桜岡さんは、いつも車ではなく電車で通勤なさっていらっしゃる？」

「はい。車は不健康ですし、電車に乗ると、実地で色々なファッションを眺めることができて勉強にもなりますからね。それで、私が電車を降りて、そこから……」

「どうされました？」

「記憶が、曖昧(あいまい)なんです……」

「では、分かる範囲でお願いします」

「というよりも——私自身は、はっきりしていると思っているんですけれど、後から色々と違った証言が出てきて」

「では、まず桜岡さんの記憶から」

ええ、と麗子は頷いた。

「私は改札を出て、帰り道を急ぎました。すると、薄暗い路地に差しかかった時に、いきなり安田が後ろから襲ってきて――」

「後ろから襲われて、どうして安田だと？」

「振り返る余裕はありました。そこで、思い切り彼の足を踏みつけて逃げたようなんです。でも、すぐに追いつかれてしまって……。そして、クロロフォルムのようなものを嗅がされて、そのまま意識を失ってしまったのではないかと、今も自分では思っています。でも……」

「でも？」

「――その後の話は、神籬さんの方がお詳しいのではありませんか？」

「そうかも知れませんね」神籬は、ギブソンを一口飲んで頷いた。「その後あなたは、自宅前で倒れているところを発見された。しかも、アルコールの匂いをプンプンさせて」

「はい……」麗子は、スポットライトの下で首を捻（ひね）った。綺麗な瞳が神籬を見つめている。「不思議なんです。特に外傷もなく、持ち物も何一つなくなっていませんでした。やはりあれは悪夢だったのでしょうか。確かにちょうど忙しい時期で、とても疲れていましたから……」

「疲労した脳が、あなたに見せた悪夢だと？」

「何とも言えません……。何しろ私には、あの日お酒を飲んだという記憶もないのですから。あの晩は、今申し上げたように、終電ギリギリまで仕事をして、駅から一直線にマンションに向かったはずなんです」

「でも、駅前のバーでしたたかに飲んでいる桜岡さんを見かけた、という証人が何人も登場した」

「ええ……」

「単に酔っぱらって記憶をなくして、そして帰る途中で悪酔いして悪夢を見た――」

「何人かの人たち――刑事さんたちも含めて、そう言われました。そこまで言われてしまうと、そうだったのかとも思いましたけれど」

「実際それまでに、酔っぱらって記憶をなくしてしまわれたようなことはありましたか？」

「十五年も前ならばともかく――」麗子は笑う。「この歳（とし）になってまで、そんなもったいない飲み方は致しません」

「あなたは正当な酒飲みですね」神籬も微笑んだ。「ここのマスターも、さぞかしカクテルの作り甲斐（がい）があるというものでしょう。さて――。ではここで、もしも桜岡さんの記憶の方が正しかったと仮定すると、安田があなたを襲った、その目的というのは一体何だったんでしょうか。実質的にあなたは、何の被害も受けていないわけですからね。ただ単なる嫌がらせだと思われますか？」

いいえ、と麗子は強く否定した。

「私を――殺そうとしたんだと思います」

「あなたを殺す？」

「思い過ごしではありません」

「何か心当たりでもおありですか」

「はい。その証拠にその日、隣町の公園でチンピラが殺されていたというニュースが入りました。きっとその人は、私の身代わりになって殺されたのだと思います」

「身代わりというと？」

「ええ。本当はあの場で殺されるはずだった私の、身代わりです」

「しかし――。その事件は、単なるヤクザ同士の抗争の結果と聞きましたが」

「いいえ。直感ですけれど、手を下したのは安田、そんな気がします。もしかしたら――まさに神懸かり的に――殺された男の意識に、酔っ払った私の意識が乗り移っていたのかも知れません。私は母のくれたお守りに護られて助かり、何の関係もなかったその男が、私の代わりに殺されてしまったとも考えられるでしょう」

「それはまた、随分と現実離れしたお考えではないですかね――」

「神籬さん」麗子は神籬を見つめた。「この世の様々な出来事は、私たちの与り知らぬ所で、複雑に絡み合った糸のように繋がっているのです。ただ私たちには、その繋がりが見えないだけで」

「そのご意見には、ほぼ賛成致します」

「今ここでこうしてお酒を飲んでいるあなたの意識は、果たしてあなただけのものだと言い切れるでしょうか？　いえ、あなたという存在を、百パーセント客観的に証明できますか？」

「また手厳しいことをおっしゃる」神籬は苦笑いした。「この世には、きちんと証明できることなどありはしないということをご存じのくせに」

「私も――」麗子は嘆息した。「その事件以来、色々と考えるようになったんです。人知の及ばない世界が、本当にあるものなんだと」

「悟られたということですか？」

「いいえ、違います。むしろ逆でした。それ以来、心が落ち着かないのです。ずっと何かが胸につかえたままで。それに、いつまた安田が襲ってくるかと思うと――いえ、そんな幻覚を見てしまうのかと思うと、とても不安になってしまって眠れない」

「なるほど……」

神籬は頷き、短い沈黙が二人を覆った。

私はマティーニを飲み干すと、軽く手を挙げてマスター――小西を呼んだ。そして小声で注文する。

「何か、強いカクテルを」

かしこまりました、と小西は言って、カウンターの奥に下がる。

しばらくすると彼は、マンハッタンを私に差し出した。きっと凄くドライに作られているのだろう。まるで夕陽のように切ない色だ。

私がグラスに口をつけて味わっていると、

「実に奇妙な体験をなさいましたね」

神籬が麗子に向かって呟くように言い、次の瞬間、背筋をきちんと立てた。

「さて――。ここからが本題なんですがね。実は、桜岡さんにお知らせしたいことがあります」

「何でしょうか？」

「驚かないでください。実はその男――安田慎司は死にました」

「えっ」

「先日争いに巻き込まれたらしく、渋谷の裏道で」

「殺された……の？」

「刺殺だった、と警察から発表がありました」

「本当！」

「本当です。身元もしっかりと確認されています」

「ああ……」

麗子は、ダウンライトの下に身を乗り出した。そして、クリスマスローズ――有毒植物のように美しく微笑む。

「献杯……いいえ、乾杯をしてもよろしいかしら。不謹慎とおっしゃいますか？」

「一向に構わないでしょう」神籬はグラスを一気に空けた。「ぼくも、お代わりを」

はい、とマスターは空いたグラスを下げる。そしてそれぞれに四杯目のカクテルを差し出した。

「それが私へのクリスマスプレゼントというわけですか？」麗子はキラキラと目を輝かせながら、大振りのグラスを掲げた。「しめやかに乾杯」

神籬も無言でギブソンを、ちょっと持ち上げる。

麗子は神籬に、そして小西に向かって言う。

「これもまた、母のお守りのせいでしょうか？　それとも全くの偶然？」

「いいえ、偶然ではないでしょう」

「そうよね」いつの間にか、声のトーンが高くなっている。「おそらくヤクザ同士の抗争でしょうけど、でもやはり母の——」

「それは違います」

「えっ」

「残念ですが、神様は関係ありません」

「どういうこと？」

「桜岡さん」一方、神籬はトーンを落として語りかける。「安田が初めてあなたに声をかけた時のことを思い出してみてください」

「……どうしたんですか、いきなり」

神籬の言葉の裏に、何か魂胆の匂いを嗅ぎつけたのだろう。麗子は猜疑心を隠さずに、神籬の横顔をじっと見つめた。しかし神籬は全く動ずることもなく「お願いします」とだけ短く言った。

思わず麗子が、

「は、はい……」

と答えると、彼は間髪を入れずに尋ねた。

「先ほどあなたは、安田が『馴れ馴れしく呼びかけ』たとおっしゃいましたけれど、具体的に何と呼ばれたんですか？」

「……初対面のくせに、麗子——なんて」

「呼び捨てですか」

「ええ。だから私は、思わず振り向いてしまったんです。誰かと思って」

「でも安田は、振り向いた桜岡さんを見て一瞬驚いた。それはあなたが変な顔で睨んだからだ――とおっしゃいましたが、それはそこに、彼が思っていたのと違う顔を見たからではないでしょうか」

「……どういう意味ですの？」

「人違いだったんですよ」

「人違い？」麗子はグラスに口をつけて嗤う。「だって安田は私の名前を――」

「あなたの聞き間違いだったんです」

「では、何と言ったというんですか？」

「麗子ではなくて『理恵子』でしょう」

「理恵子？　妹の名前を？」

「はい。安田は桜岡さんを、理恵子さんと見間違えたんです。だからあなたが立ち止まって振り返り、正面からきちんと見た安田は、人違いと気付いて一瞬狼狽(ろうばい)した。しかし妹さんからあなたの話――成功して地位も財産も築いた話――を聞いていたことを思い出して、これはもしかして金づるになるかも知れないと思い直した」

「そんな……」

「だからこそ、彼は言ったんでしょう。『妹さんのおかげで』あなたと巡り合うことができた——と」

「で、でも」麗子は小声で叫ぶ。「一体どこで安田は妹と？」

「彼の話は、本当だったんです。あなたのお父様は、安田から恋人を奪った。というよりもこの場合は、救い出してあげたと言った方が正確でしょう」

「救い……出した？」

「はい。その方は、池田薫（いけだかおる）さんという女性でした。一時の過（あやま）ちのために、しつこく安田にまとわりつかれて困っていた。そのことを、ある日お父様に相談されたんです。その話を聞いて、いてもたってもいられなくなってしまった義侠心の強いお父様は、泣く泣くあなたとお母様を残して、彼女のもとに行かれたんです」

「バカな……。どうして父が、そんな女性のためにそこまで……」

「昔の恩人の娘さんでした。若い頃にお父様が苦労なされていた時、公私にわたって大変お世話になられたようです。しかし、その方は亡くなられた。恩を返すのはこの時だと思われたのでしょう」

「…………」

「ですから当然お父様たちは、愛人というような関係にはなられませんでした。あくまでも、薫さんの保護者として傍（そば）におられたんです」

「どうしてあなたはそんなことを！」

「調べさせていただいたからです」

「いつ、どこで？」

「それについて、今はまだ申し上げられません」

「でも──それなら」麗子は身を乗り出した。「その人を、私たちの家に連れて来れば良かったんじゃないですか！」

「それはできません」

「なぜ！」

「あなたたちがいらっしゃるじゃないですか。危害が及ぶ可能性がありましたからね。そのために、お父様は離婚されたんです」

「そんな……」

「それに薫さんも、もう余命がいくばくもありませんでしたし、どこか安田の手の及ばない場所で看取(みと)れればと思われたのかも知れませんね」

「妹は！　その時、妹はどうして？」

「薫さんと妹さんは親しかったようなんです。小学校で知り合われたんでしょう」

「父が妹を迎えに行っていた……」

「そうです。薫さんは、その小学校の関係者だったんです。ちょうど桜岡さんが中学校に行っている頃でしょう」

「でも……母はそんなことは一言も――」

「お父様は、あえて離婚されることによって、きちんとある程度のお金を残して行かれた。そのおかげで、すぐに借金も返せたはずです。そしてお母様も病院にかかることができ、また桜岡さんもご親戚の家から高校まで行くことができた。しかしお母様は、とてもプライドの高い方だったのでしょう。そんなことは、桜岡さんに一言も告げずに亡くなったんです」

「そんな……」

「お父様たちは最初、三人で暮らされていたんですが、やがて薫さんは亡くなられた。そしてやはり無理が祟ったんでしょうね、お父様も後を追うように亡くなられた。そして独りぽっちになってしまった妹さん――理恵子さんは、やがてその居場所を見つけた安田に攫われてしまった」

「…………」

「でもやがて、理恵子さんは逃げ出して姿を隠したんです。それを追っていた安田が、たまたま街で理恵子さんそっくりのあなたを見つけた。そこで『理恵子』と声を掛けたけれど、あなたは雑踏の中で『麗子』と聞き間違えて振り向いた。そこから、今回の事件が始まっているんです」

「ああ――」

「脅迫して幾ばくかの金を手に入れようとした安田は、あっさりと拒絶されてカッとなった。そこで復讐――というのも変な言い方ですが――を試みたんです」

「では、やはりあの……」

「そうです。襲われたのは、酔っ払って見た幻ではありません。安田の計画だったんです。あの日安田は、前々からの抗争相手だった組の目障りなチンピラをナイフで刺殺した。そして同時にあなたを襲い、気絶させて無理矢理に酒を飲ませて――勿論完全に飲まなくても問題ありませんでしたが――チンピラの死体の側に寝かせておこうとしたんです。ナイフを握らせて」

「えっ！」

「そうすれば、痴話喧嘩のあげくに、酔っ払った貴女がチンピラを刺し殺したような場面が出来上がりますからね。それが正当防衛と判断されようが、そんなことは彼には関係ありませんでした。とにかく桜岡の名前に傷が付けば良かったんですから」

「で、でも私は――」

「そうです。きちんと家までたどり着いていて、しかもその時間の頃には、駅前で飲んでいたという証言まで付いていた。おかげで、全く無関係ということになったんですが――」

神籬は、ゆっくりとギブソンを一口飲んだ。そしてグラスを静かにスポットライトの下に戻すと、麗子を見た。

「では、ここでちょっと考えてみてください。これは一体、どういうことだと思われますか？」

つまり――、と麗子は眉間に皺を寄せる。

「もしかして……誰かが、私の代わりになって駅前に？」

「そうです。しかし、もちろん身代わり地蔵ではありませんよ。生きている人間です。しかも桜岡さんにとてもよく似た顔立ちの女性――」

「まさか！」と麗子は神籬に向かって身を乗り出した。「そんな――」

「その通りです」神籬は微笑みながら頷いた。「妹さん――理恵子さんが、その時桜岡さんの代わりになってくれていたんです」

「理恵……子が……」

「当時彼女は、何度か桜岡さんを訪ねようとしたそうです。独りになってしまったし、ずっと会いたかったし、ということで。しかし何度訪ねても、ついに一度もインターホンを押せなかったようです。というのも、桜岡さんはファッションデザイン会社の社長。でも自分は、いい歳をして売れていないモデルを続けている、名もない小さな劇団の団員。その上、過去のわだかまりもあったでしょう。だからいつも決心がつかずに、戻ってきてしまったようなんです」

「何という……」

「しかしその日。帰り道で、安田に襲われて車に乗せられようとしている桜岡さんを発見した。そこで理恵子さんは自分の車でその後を秘かに追い、そして彼がこれから何をしようとしているのかも見た。安田が姿を消した後、すぐに抱き起こして自分の車に乗せ、あなたの自宅前まで運んだ。急いでサマーセーターを拝借すると駅前に行き、あなたになりすまして、お酒を飲んで散々酔っ払った場面をみんなに見せた――というわけです。ヘアースタイルも似ていたことが幸いしたようですね。それに今言ったように、彼女は劇団員です。演技もきっと上手だったことでしょう」

「ああ……」麗子は天を仰ぐと、闇の中に身を引いた。「何ということでしょう……」

再び静かな静寂が訪れる――。

しかしやがて、麗子は再びスポットライトの下に身を乗り出した。

「神籬さん」

「はい？」

「そこまで詳しくご存じということは……つまりあなたは、妹――理恵子に会われたんですね？」

「はい。お会いしました」

「どこでですか！」

「都内某所で……ということにしておきましょう」

「じゃあ、私にも会わせてください！　もう、安田も死んでしまったし、二人の間を妨げるものは何もないでしょう」

「その件なんですが」悲しそうに告げた。「実は、安田を刺殺してしまったのは……理恵子さんなんですよ」

「理恵子が！　どうしてまた！」

はい、と神籬は辛そうに答えた。

「その後も理恵子さんは、何度かお家を訪ねています。そしてある時、再び安田の姿を目撃してしまったんです。それは安田が、郵便受けに封筒を入れている姿でした」

「家の郵便受けに？」

「ええ。そこで理恵子さんは、無断でその封筒を取り出して、勝手に中身を見たんですが――お怒りになられますか？」

「続けてください」

「はい。するとそこには、桜岡さんを呼び出す文章が書かれていました。つまらないことを、ああだこうだと書いてあったようです。それを読んで、今度は理恵子さんが怒ってしまいましてね、あなたの代わりに安田に会いに出かけることにしたんです」

「私の代わりに……。あの子は」

「確かに、無謀ともいえる行為でしたね。でも、理恵子さんは、たった一人の姉であるあなたが、あんな男に煩わされている姿を見るに忍びなかったんだと思いますよ。そこで決着をつけるべく、彼女は安田の指定した場所に出向き――。そこで、やはりトラブってしまった。いえ、これは完全に正当防衛だと思います。彼女を連れ戻そうとして、先にナイフを取り出して脅したのは安田の方のようですし、理恵子さんは、あくまでも穏便に話を付けようとしたらしいですから。先に逆上したのは、安田のようです。そして二人で揉めているうちに――」

「ああ……」

「ですから私としても、この事実は表に出す気は全くありません。事件も彼らの仲間内での抗争ということで片づきそうですしね。安田もああいう男です。遅かれ早かれ、きっと同じような運命を辿ったことでしょう」

神籬は静かにグラスを空けた。

そして一息つくと、麗子に言う。

「しかし残念なことに、その時理恵子さんはご自身も怪我をされてしまった」

「理恵子が怪我を！　大丈夫だったんですか！」

「命に別状はないようでしたが、足を刺されてしまって、少しその後遺症が――」

麗子は声にならない声を上げて、カウンターの上で頭を抱えた。

「何ということなの。どうして私に一言言ってくれなかったのかしら！」

「桜岡の名前に傷を付けたくなかったんでしょう」

「名前なんてどうでもいいのに！　どうして私なんかを庇おうとしたのかしら。本当にバカな子——」

「妹さんは、ずっとあなたのことが大好きだったんです。そして自慢だった」

ああ、と麗子は肩を震わせた。

「何でこんな！　いいえ、私が悪いんです。あの子が一人になったという噂を聞いた時も、何も手を差し伸べてあげなかった。ずっと独りにしてしまっていて、ごめんなさい理恵子。どうか許して……」

麗子はハンカチに顔を埋めて両肩を震わせた。


しばらくして——。

麗子は顔に当てていたハンカチを外した。そしてスツールの上で背筋をきちんと伸ばす。スポットライトに照らされた横顔は、すでにいつもの桜岡麗子の涼しい顔に戻っていた。

「素敵なプレゼントを、ありがとうございました」神籬に向かって静かに言う。「素晴らしいクリスマス・イヴになりました。でも、神籬さん」

「はい」

「一つお尋ねしたい——いえ、無理にでもお答えいただきたいことがあります」

「何なりとどうぞ」

「妹は——理恵子はどこにいるのですか？」

「どこか地方に行かれるそうですよ」

「えっ！　どうして？」

「あ、い、い、足を怪我されたと言ったでしょう。もうモデルも、演劇も諦められたようです。だから、どこか遠くの田舎に行ってひっそりと暮らされると——」

「冗談は止めて下さい。理恵子は、私のこの世でたった一人の妹ですよ。なぜ、会わせてくれないんですか！」

「憎んでいらっしゃったのでは？」

「つまらないことを言っていないで、早く教えて下さい」

「……ステーション・ホテルです」

「ありがとう」

「しかし——」と神籬は腕時計に視線を落とした。「もうチェックアウトをされる頃ではないでしょうか。最終の新幹線に乗られるとおっしゃっていましたから」

「何ですって！」

麗子は小声で叫ぶ。

「ちょ、ちょっと待ってください。そんな話を、あなたは平然と聞き流したの！」

「ぼくは妹さんをお引き留めする理由を、何一つ持っていなかったもので」

何ということ——、と麗子はスツールから勢い良く降り立った。

「残念ながら妹は田舎へなど行きません。いいえ、私が行かせません」

「どうして？」

腰を下ろしたまま、ゆっくりと振り向く神籬に向かって麗子は言った。

「なぜならば、私と、い、い、一緒に東京で暮らすからです。これからずっと私が面倒を見て——いいえ、私の会社で私の右腕になって働いてもらうからです。それでなくては、彼女に対しての償いができないでしょう！　マスター」

「はい」

「タクシーを呼んでください。大至急、ステーション・ホテルまで」

「しかし……」小西は申し訳なさそうに首を振った。「今夜はクリスマス・イヴですので、今すぐにというのは少々無理かと——」

「じゃあ結構です。歩いて捕まえます」

「外は雪ですよ。凍えます」

「妹も独りでずっと凍えていたんです。それを思えば、今夜の雪くらいどうということもありません」

「桜岡さん」神籬が静かに尋ねる。「本気ですね」

「当たり前です」コートに袖を通しながら答える。「あの子が私を許してくれさえすれば、何としてでも引き留めます」

「では――」と神籬は小さく肩を竦めた。「店の前に停まっているタクシーをお使いください。白地に赤い線が入っている車です」

「え?」

「ぼくが予約しておいた車です。よろしかったらどうぞ。これも貴女への、クリスマスプレゼントです。あ、あとこちらからホテルに連絡しておきましょう。もしもつかまれば、妹さんに待っていてもらえるように」

「ありがとうございます」麗子は素直に礼を述べた。「では、お会計を――いいえ、マスター」

「はい」

「時間がありません」麗子は小西を待たずに、カウンターの上に名刺を置いた。「今夜の代金は、全て私につけておいてください。必ずまた来ますから。今度は妹を連れて。美味しいお酒をごちそうさま」

「お酒代はぼくが払います」と言う神籬を見て、

「そういうバカなことを言わないでと、最初に忠告したでしょう」

麗子は微笑むとドアを開け、コートの裾(すそ)を翻(ひるがえ)すと、ハイヒールの靴音高く姿を消した――。

「もう一台、タクシーが待っています」神籬は静かに言う。「早くお行きなさい」

私はスツールから降りる。

でも、足が震えてしまってうまく立てなかった。

これは安田に受けた傷のせいではない。そしてもちろん、たった三杯のカクテルのせいでもない。

「ありがとうございました……」

やっとどうにかそれだけ言えた。

姉の心を確かめたいという私の依頼にきちんと応えてくれた神籬と、そしてこんな場面をセッティングしてくれたマスターに向かって。

「それと」神籬は私にチケットを差し出した。「タクシー代は経費外です。ぼくが勝手に呼んだので、こちらで支払います」

ありがとうございます、と私はカウンターにつかまりながら、素直に受け取った。

「でも」神籬に尋ねる。「どうして、今この場で紹介してくれなかったんですか。姉に……」

「二人だけでお会いなさい」神籬はダウンライトの下から、涼しい瞳で私を見つめた。「あなたたちの再会に、余分な男たちは必要ありません。それにぼくは——もう少しここで静かに飲んでいたい」

神籬は、今夜五杯目のギブソンをゆっくりと口に運んだ。

私がバッグを引き寄せると、マスターが優しくコートを着せ掛けてくれる。

明日からは、背伸びをして強いカクテルを飲むのは止めよう。私はもう独りじゃないのだ。

急いで会計をお願いする私に、マスターが小さな花束を差し出しながら言った。

「差し出がましいようですが、今夜のお会計は結構です」

「え……」

驚いて見つめる私に向かって優しく微笑む。

「私からも、どうぞお祝いを贈らせて下さい。そう——クリスマスプレゼントを、あなたに」

木曾殿最期——橘樹雅が、どうして民俗学を志すことになったのか——

彼の来(きた)るや疾風の如く、
彼の逝(ゆ)くや朝露の如し。

芥川龍之介『木曾義仲論』

平成十七年（二〇〇五）三月。

立春から立夏へと季節が移ろう、そのちょうど中間の頃。

橘樹雅は、胸の奥に残っていた都会の澱んだ空気を全部、彼女たちを取り囲む野山に満ち溢れる花の香りと換気するように、大きく深呼吸した。

雅は、東京・麹町の、日枝山王大学文学部一年生。悪戦苦闘の後期試験を何とか乗り越えて、この四月には無事二年生に進級することが決まった、大学生活初めての春休み。同級生の飯田三枝子と二人、お互いの進級お祝いも兼ねて、滋賀・京都をまわる二泊三日の旅にやって来た。

まるで、天の神様に祝福されているような素晴らしい天候にも恵まれ、一日目は——日枝山王大学生であるし——大津の日吉大社と、大社の祭神を地主神とする比叡山延暦寺を、駆け足でまわった。どちらも広大な土地を有している寺社なので、たっぷり一日がかりで見学して、夕方遅く大津の宿に入った。ゆったりと温泉に浸かり、近江牛がメインの少し贅沢な夕食を摂りながら、今日一日の出来事を話し合う。

二人とも、日吉大社も延暦寺も初めてだったため、まず、その広大さと、祭神やお堂の多さに驚いたこととか、今思えば余りに当たり前の話だけれど「比叡＝日吉」だということも、こちらにやって来て改めて気がついた——などなど。

でも、ちょっと言い訳させてもらうと、延暦寺は伝教大師・最澄の開創した天台密教の総本山だし、一方の日吉大社は山王権現社であり、祭神は大山咋神と大和・三輪から勧請された大己貴神だから、すぐに結びつかなかったんだよね——などという真面目な話から始まり、最近、三枝子が失恋した話まで。あっという間に一日目の夜は更けて行った。

そして二日目の、今日。

昨日とは琵琶湖を挟んで南東の対岸にある石山寺に、雅たちは向かっている。

まだ真剣に専門課程の選択を考えていない雅とは違って、三枝子は入学当初から、国文科に進んで紫式部『源氏物語』の研究をしたいと希望している。だから今回の旅行では、三枝子にとって、ここが一番のメインだったようだ。というのも、この石山寺こそ平安時代中期に紫式部が参籠して『源氏物語』をしたためた寺なのだから。

もともとこの寺は、聖武天皇の勅願によって、天平十九年（七四七）に開基され、京都の清水寺・奈良の長谷寺と並ぶ観音霊場で、遠い昔から大勢の貴族たちが参拝している――と、持参したガイドブックに書かれていた。

特に女流の作家には人気だったようで、清少納言の『枕草子』にも名前が出てくるし、藤原道綱母の『蜻蛉日記』には、彼女がこの寺に参詣したことが書かれている。また『更級日記』を書いた菅原孝標女などは、やはり紫式部同様に参籠したことが『石山寺縁起絵巻』に残されている。

なぜそこまで……といえば、その理由は、やはり紫式部だ。

中宮・彰子からの、新しい物語を書くようにという要請に応えるべく、紫式部は石山寺に七日間参籠して神仏に祈った。すると、悩める彼女の目の前に映る琵琶湖の湖面に、十五夜の月が昇った。それを見た彼女の頭の中には、まるで天恵を受けたかのように突然、

「今宵は十五夜なりけりとおぼし出でて――」

という言葉が浮かぶ。続いて、

「殿上の御遊び恋しく、所々ながめたまふらむかしと思ひやりたまふにつけても、月の顔のみまもられたまふ」

という文章が、自然に繋がって行った。

紫式部の上に降り注いだ神の恩恵に、誰もがあやかろうとしたのかも知れない。

ちなみにこの部分は『源氏物語』巻頭の「桐壺」の巻ではなく、何と第十二帖「須

磨（ま）」の巻だ。その時、紫式部は主人公の光源氏（ひかるげんじ）のことはもちろん、物語の展開をどこまで考えていたのだろう？

そんなことを思うだけでも、ゾクゾクしてしまうではないか！

だから貴族たちだけではなく、

石山の　石にたばしる　あられかな

と詠んだ松尾芭蕉（まつおばしょう）などの俳人や歌人たち、また、井原西鶴（いはらさいかく）や近松門左衛門（ちかまつもんざえもん）などの戯作者たち、そして与謝野晶子（よさのあきこ）や谷崎潤一郎（たにざきじゅんいちろう）、島崎藤村（しまざきとうそん）らを始めとする無数の作家・文豪たちが、こぞって参詣する寺となった。

この石山寺は、国文学を志す人間にとって、一度は足を運ばなくてはならない聖地、なのかも。

京阪膳所（けいはんぜぜ）から石山坂本線に乗って、終点の石山寺まで十五分弱。趣（おもむき）深い駅を降りて、緩やかに流れる瀬田（せた）川沿いの国道脇の、古い旅館や食堂が建ち並ぶ参道を歩く。現在では、殆（ほとん）どの人たちは観光バスで直接移動してしまうようだけれど、昔は大勢の参詣者がこの道を歩いたことだろう。

雅たちも、昔の人々の気分になって、のんびりと川面を眺めながら歩き、十分ほどで寺に到着すると「西国十三番　石山寺」と刻まれた大きな寺号標を眺めながら、古く立派な東大門をくぐった。

どこまで続いているのか分からないほど真っ直ぐな並木道を歩いて行くと、ようやく寺の入り口に辿り着いた。そこから右手に折れて、長い石段をひたすら登った正面に、自然の大理石や大きな石灰岩などがいくつも重なり合って断崖のようになっている名所「大岩塊」が現れたが、この「大岩塊」が「石山寺」の名称となったのだという。

その左手に、清水寺や長谷寺のような懸崖造り（けんがいづくり）の立派な礼堂（らいどう）と、桁行（けたゆき）七間・梁間（はりま）四間の本堂が、相の間によって結ばれて建っている。

雅たちは、本堂への石段を登る。すると説明板に「本堂幷（ならび）に紫式部源氏の間」と墨跡黒々と書かれて「天下無双の文化の殿堂を誇る千古の霊場である」とあった。その言葉通り、見るからに堂々たる風格を持っている。

まず、本堂にお参りする。外に面した回廊から、鬱蒼（うっそう）と繁る緑の森を眺めて深呼吸すると、いよいよ三枝子の最大目的である「源氏の間」に向かった。

そこは、雅たちの想像とは正反対に、暗く狭い部屋だった。それはそうだ。ここは寝殿造りの立派な邸ではなく、あくまでも寺なのだから。

部屋の奥に置かれた几帳（きちょう）の前に可愛らしい御所人形が座り、その前の文机（ふづくえ）の上には紙と硯（すずり）が置かれ、紫式部執筆の様子をジオラマのように表現していた。その意図と光景はともかく、ここで本当に紫式部が『源氏物語』を書いたとなると、やはりこれは凄いことだ。それまで大きな声ではしゃいでいた三枝子も、突然寡黙になり、真剣な顔つきで何枚も写真を撮っていた。

その後、二人は本堂裏手の小山を登った。

途中に多宝塔や、鐘楼、経蔵などの建物があったが、雅が一番驚いたのは「若宮」だった。何とそこには、壬申（じんしん）の乱に敗れた「大友（おおとも）皇子（弘文天皇）」が祀られていたのだ。そして、皇子は「この地に葬られ」たのだと、説明板に書かれていた。凄い歴史を持っている。

雅たちは社の前できちんと合掌して先へと進み、更に光（ひかり）堂から源氏苑、そして息を切らしながら山道を歩き、境内裏山奥の十二単をまとった紫式部のブロンズ像まで見学した。

石山寺を後にすると、雅たちは門前のレストランに入る。瀬田川を望む窓際の明るい席に腰を下ろして、早速、名物だという「しじみ釜飯」を注文した。これも今回の重要な目的の一つ！

食事が出てくるまで、念願叶って未だ興奮冷めやらぬ三枝子が石山寺の話を始め、雅もそれを聞いていたが、段々と話題は大学の話に移り、男子学生の話題から、食事が運ばれてくる頃には、今度は真面目に専攻学科の話になっていた。

やはり三枝子は今回、石山寺を見学して、国文科に進む決心を固めたらしい。雅も、その気持ちは理解できる。今までは想像上の人物のように感じられていた紫式部や菅原孝標女たちが――ただ彼女たちに関する史跡をまわっただけなのに――急に自分たちの身近に存在していた人間のように思えてきたからだ。

「それで」と三枝子が尋ねてきた。「雅は結局、専門課程どうするの？」

「まだ決めてない」

「じゃあ、一緒に国文科に行かない？」

「うん……。もちろん、それも考えてる。でも……正直、まだ決めてない。もちろん国文科は嫌いじゃないし、といっても、これをやりたいっていうこともない」

「興味があること何もないの？」

「むしろ逆」雅は、釜飯を茶碗によそいながら苦笑いした。「ありすぎちゃって、どれを選んだら良いか分からない」

これは本心だった。

国文学はもちろん、平安の頃の日本史や、民俗学にも凄く興味がある。だから、二年生になってからじっくり考えてみようと思っていた。

「随分のんびりしてるのね」三枝子は呆れたように言った。「今から、ある程度は絞っておいた方がいいよ」

「それはそう思う。でも私、几帳面で何事も手堅くこなす乙女座だし、柔軟な発想の持ち主のB型だから、どんな道に進んでも大丈夫って言われた」

「誰によ」三枝子は笑う。「B型が、いいかげんだっていうことはその通りかも知れないけど」

「失礼な！　奔放な行動と自由な発想の持ち主って言ってよ」

「といっても」三枝子は雅の言葉を無視して言った。「国文学や歴史はともかくとして、民俗学って、お化けとか幽霊の話ばっかりなんでしょう。面白そうなのは面白そうだけど……どうかなあ」

「どうかなって？」

「うさん臭そうってこと」

「確かにお化けや幽霊の話と重なる部分もあるけど、メインは古代日本の風俗とか、民間伝承に基づいた生活習慣なんかだって聞いた」

「誰に？」

「民俗学教室の、御子神助教授」

「あっ。あの、ちょっとクールなイケメンの！」

三枝子は顔を輝かせて言ったけれど、雅としては、クールを遥かに通り越して、酷(ひど)く冷たい印象を御子神から受けた。大学は笑みを見せる場ではないという信念すら持っているんじゃないかと疑ってしまうほど、ニコリともしない男性だった。

「一応、色々と聞いて回ってるのね」

三枝子の言葉に、

「うん」と雅は頷(うなず)く。「歴史学なんかも、先輩たちから様子を聞いたりしてる」

「歴史科はどうだって？」

「あくまでも文献重視で、たとえば鄙(ひな)びた田舎の古老の話とか、古い寒村の言い伝えとか、そういう昔話的なことは余り重視しないみたい」

「当たり前じゃない。学問なんだから」と言ってから、雅を覗き込んだ。「もしかして雅、そんなのが好きなの？」

「好き……っていうわけじゃないけど、興味ないことはない」

「でも、そんな伝説や昔話なんて、時代と共にどんどん変わっていっちゃうよ。本当に体系的な学問なのかなあ」

「そんなこと言ったら、変わらない物なんてないじゃない。伝説や歴史どころか、それを書き残すための言葉だって変わるよ」

「それは、確かにね」三枝子も素直に認めた。「去年の授業でも習ったけど『新し(あたら)』だって、もとは『あらたし』だったって。そう言われれば『新に(あらた)』なんて使うもんね。『あたらし』は、そもそも『惜しい』という意味だったって」

「私もそう感じた」雅は大きく頷いた。「あと変だったのが、特別とか格別っていう意味の『おぼろけ』なんか」

「そうそう」三枝子も同意する。「『おぼろけ』と『おぼろけならず』が同じ意味って話でしょう。つまり『特別』と『特別ではない』という言葉が、同じことを表してるんだって」

「いつの間にか変遷しました、なんてあっさり講義されて驚いちゃった」

「だから、たとえば『正しい日本語』なんていっても、私たちに通用するだけの話かも。それこそ、紫式部や藤原定家(ふじわらていか)なんかが見たら、ひっくり返っちゃうかもね。ここはどこの国なんだって言って」

「でも、平安朝の言葉を聞いても、何を言ってるか分からない」

雅たちは笑った。

食事を終えると二人揃って店を出て、「瀬田の唐橋(からはし)」へと向かう。

この橋は、京都の宇治橋などと並んで、歴史や文学作品に何度も登場する、日本を代表する橋の一つだ。古来「唐橋を制する者は天下を制する」と言われるように、京にとっての要地であり、京と東国とを往来する際の表門のような存在だった。先ほど目にした壬申の乱の際にも拠点となり、源平合戦では木曾義仲(きそよしなか)対平家、源範頼(みなもとののりより)対木曾義仲の攻防で、重要な戦いの場となった。

文学的には、やはり『蜻蛉日記』や『更級日記』に名前が登場するし、また歌川広重(うたがわひろしげ)の浮世絵「近江八景」にも描かれるほど、昔から非常に有名な橋だ。ここまで来たら当然行くでしょ、などと喋(しゃべ)りながら、雅たちは石山寺を通り越して、唐橋へと向かった。

橋は、百八十メートル程の大橋と、五十メートル程の小橋の二つが中島で繋がって瀬田川に架かっていた。もっと古い造りなのかと思っていたら、二車線の車道が走っている立派な橋だった。もっとも、戦乱に巻き込まれるたびに何度も架け替えられているというし、場所も色々と移動しているらしい。言い換えれば、それほどまでに歴史上で重要な場所だったということになる。

「素敵ね！」

橋の袂(たもと)で写真を撮りながら、三枝子が笑う。

「『瀬田の唐橋』で一句詠む？」

趣味で俳句の勉強もしている三枝子の言葉に、

「あっ。そうだ」と雅は言った。「今の言葉で思い出したけど、この近くに松尾芭蕉のお墓があるらしいよ」

「えっ」三枝子は振り返った。「行く行く！　どこなの」

「近くらしいんだけど……」

「絶対に行こうよ！　次に行く予定の園城寺は明日でも構わないんだから。その情報、どこで仕入れたの？」

「さっき、石山寺のレストランを出た時、観光客の人たちがそんな話をしてたのを耳に挟んだ」

「具体的な場所は？」

「分からない」雅は眉根を寄せた。「チラリと聞いただけだったから」

「行きたい！　近くにあるなら、行かないなんてあり得ない」

「でも、観光案内所もないよ……交番で訊いたら分かるかな。といっても、交番が見当たらないし」

「パソコンがあれば調べられるんだけど」三枝子は肩を落とす。「さすがに持って来なかった」

「レストランまで戻って、訊いてみる？」

「わざわざそれも……」

三枝子は周囲を見回すと、周辺地図が描かれた大きな案内板を見た。

「ねえ、あそこの案内板に載ってないかな」

「そこまで近くじゃなかったみたいだよ。電車とかバスとか言ってたから」

「一応、見てみようよ！」

雅たちが近づいて行くと先客のカップルがいた。

ヒョロリと背の高い男性は、ボサボサの髪の毛を川風になびかせたまま、何枚もの資料を片手に持って食い入るように案内板を見つめている。一方、もう一人の女性は、遠くの景色を眺めたり、またその男性を見たりして、黙って立っていた。

「ちょっと、雅」三枝子は少し手前で立ち止まると、その二人を眺めながら小声で言った。「変なカップルだけど、観光客？」

「……多分、そうなんじゃない。あんなに一所懸命に案内板や地図を眺めてるんだから。どこか探しているか、それとも道に迷ったのかもね」

「旅行中の、歴史オタク夫婦なのかな」

「夫婦と言うには、ちょっと釣り合いが取れていない感じ」

「芭蕉のお墓、訊いてみようか。もしかしたら、知ってるかも」

「おじさんはちょっと不気味だけど、奥さんは普通の人みたいだから大丈夫かも」

「おじさん、っていう程の年じゃないから、そんなこと言ったら悪いよ」

「でも、若者とは言えないでしょ」

などという会話をヒソヒソ交わしながら、雅たちはそのカップルに近づいた。

そして、

「すみません……」

三枝子が顔を引きつらせながら微笑んで、二人に呼びかけると女性が振り向いてくれた。そこで、自分たちは観光に来て、今、石山寺まで行って来た。そうしたら、この近くに松尾芭蕉のお墓があると聞いたので、ぜひ行ってみたいんだけれど、どこにあるかご存知ないでしょうか――。

「ごめんなさい」女性は微笑みながら謝る。「私は全く知らなくて」

「そうですか」

と残念そうに答える三枝子に向かって、

「ちょっと待ってね」と言うと、隣の男性に呼びかけた。「この近くにあるという松尾芭蕉のお墓、知ってますか、タタルさん」

すると「タタル」と呼ばれた男性は、ボサボサの髪を更にボサボサにしながら振り向いた。

「ああ、知ってる」

「えっ」

雅と三枝子は顔を見合わせ、

「そ、そこは」三枝子が意気込んで尋ねる。「どこなんでしょうか！」

「膳所だ」

「えっ。私たち、京阪膳所から電車に乗って来たんです！」

「じゃあ、戻ればいい」

男性は、そっけなく言ったが、
やった！

雅たちは、思わずガッツポーズを作る。

「お二人は」女性が優しく尋ねてきた。「どちらからいらしたの？」

そこで「東京です」と雅は答えた。大学の春休みを利用して、二人で旅行している。今日は石山寺へ、昨日は日吉大社から比叡山に行って来た――。

「日吉大社と比叡山！」

「私たちの大学の名前にちなんだ場所だったので、まとめて行って来ました」

三枝子が笑って答えると、「タタル」が二人をチラリと見て言った。

「というと、もしかして、東京・麴町の日枝山王大学か」

「えっ。ご存知なんですか？　それほどメジャーじゃないのに」

「以前に、知ってる先生がいたんでね」

「本当ですか！」

「小余綾俊輔（こゆるぎしゅんすけ）という民俗学科の助教授だったんだが、去年、退職された。知っているかな」

民俗学関係は、御子神助教授しか面識のない雅たちが、

「残念ながら……」

と答えると「タタル」は、

「とてもユニークな先生で、何度か一緒にお話しさせていただいたことがある。小余綾先生が退職されてしまったのはとても残念だが、まだ民俗学科には素晴らしい教授がいる」

「そうなんですか……。もしかして、あなたも大学の先生ですか？」

すると、

「いいえ」と女性が笑った。右の頬にえくぼができて、とても可愛らしかった。「違います。ただの薬剤師よ」

「薬剤師？」キョトンとして三枝子が尋ねる。「じゃあ、どうして私たちの大学の先生、しかも民俗学の助教授と？」

「この人の趣味だから」

「趣味って、民俗学がですか？」

「その辺り全般について」

「薬剤師なのに？」

「なのに、という言葉はおかしい」と「タタル」は言う。「俺の知り合いで、毒草ばかりいじっているのに『伊勢物語』に関してやけに詳しい男もいる。誰もが勝手に変な線引きをするから、話がややこしくなるんだ」

「はあ……」

ちょっと面倒臭い男に関わりあってしまったかも、と後悔する雅たちの心中を察した女性が（自分たちは決して怪しい人間ではないということを弁明するかのように）自己紹介した。

二人もやはり東京の人間で、この変わった男性は桑原崇（くわばらたかし）という漢方薬剤師。女性は、やはり男性の奥さんで、奈々（なな）という名前だった。二人は昨日、奈々の妹の結婚式――といっても、ごくごく内輪だけの式のために京都までやって来て、折角なので今日、二人で近くを観光して帰るのだという。

すると崇が言った。

「わざわざ八坂（やさか）神社で挙式するという、その意図が図りかねる」

「でも」雅は、奈々の顔をチラリと見ながらフォローした。「結婚式なんて、おめでたいことだったんですから、良かったですね！」

しかし、

「そうならば良いがね」崇は表情一つ変えずに言った。「めでたいと言って愛でている分には構わないが、これが『愛づ』になってしまうと、『愛おしい』が転じて『気の毒』に変わる。また『目出度い』としたところで、この言葉には『愚か者』という意味もある。『おめでたい奴だ』というようにね」

「は……」

絶句する雅たちの前で奈々は、

「また、タタルさんはそんなことばかり言って！」

と叱ったが、

「真実なんだから仕方ない」

崇は、しれっと答える。

「あの、ちょっとすみません」雅はおずおずと尋ねた。「さっきからおっしゃっている、その『タタルさん』っていう名前は……」

そこで奈々は、何故「崇」が「タタル」と呼ばれるようになったのかという説明をし、雅たちは「プッ」と噴き出したが、崇にじろりと睨まれたので、下を向いて誤魔化した。

しかし。

自分の奥さんの妹の結婚式に参列してきたばかりで、よくもそんな感想を述べられるものだ。もしかすると、相手の新郎が気に入らなかったとか……。

とにかく偏屈な男性であることには変わりないと雅たちが思っていると、

「だが」と崇は笑った。「そのおかげで、こうして大津見物ができたから、感謝はしているがね。以前から参拝したかった近江国一の宮の建部（たけべ）大社もまわれたし」

先ほど参拝して、今こうして瀬田の唐橋までまわって来たようだった。

「あなたたちも」雅たちを見て微笑むと、奈々が言った。「自分の大学と名称が同じだからといって、わざわざお寺や神社をまわるなんて、偉いわね」

「い、いえ」雅はあわてて否定する。「そんなことないです。もともと、日吉大社とか比叡山へは行ってみたかったんで。名前も縁起が良さそうですし」

笑う雅をチラリと見ると、崇は尋ねた。

「きみは『日吉』の名称の意味を知っているのか？」

「えっ」

虚を突かれて口籠もる雅に代わって、

「もとは『日枝（ひえ）』だったって聞きました」三枝子が答える。「その『枝』を、縁起の良い『吉（え）』に変えたって」

「『枝』から『吉』は良いとして、では、その前は？」

「は……」

「そもそも『ひえ』とは何だ？」

「……『吉（よ）い日』のことですか」

「それは後付けだ」

まさかこんな所で（変な）講義を受けることになるとは想像していなかったが、

「じゃあ」と雅は崇に尋ねた。「どういう意味だったんですか？」

「『日本書紀』神武天皇即位前紀に、こう書かれてる。『墨坂（すみさか）に焃（おこしずみ）を置けり』と」

ここでいきなり『日本書紀』？

目を見開く雅たちに向かって、崇は言う。

「奈良に侵攻してきた神武たちの軍勢から自分たちの国を護るために、地元の豪族たちが彼らの進路に膨大な量の熾（おこ）し炭――赤々と火のついた産鉄用の大きな炭を積み上げて、行く手を妨害した。これが墨坂神の始まりとなった。この神は、雄略（ゆうりゃく）紀にも登場する、正体不明の大蛇（おろち）だとも言われている。ちなみに『墨坂』というのは、踏鞴（たたら）製鉄で木炭を投入する係の人間の名前でもある」

「そう……なんですね」

啞然（あぜん）とする雅たちの前で崇は続ける。

「そして、この『墨（炭）坂』が、やがて『住栄（すみさかえ）』となり『住吉（すみよし）』と変遷した。一方、炭を『火』に置き換えれば『火栄』――『ひえい』となり『日吉』となった。つまり」

崇は二人を見た。

「『住吉』も『日吉』も、朝廷の人々にとっては余りありがたくない名前だ。もちろん『墨之江』に住まわれている『住吉神』や、『比叡』に鎮座している『日吉大神』もね」

雅は半ば茫然と崇の顔を見る。

この男は、ただの趣味でそんなことまで知っているのか。大学の民俗学助教授と親しかったというのも、まんざら嘘ではないかも知れない……。

「あの」と雅は、今度は奈々に尋ねる。「奥さんは、今の話、ご存知でした？」

すると奈々は、

「ええ」と微笑んだ。「何度も聞かされているから」

「何度も？」

何なんだ、この夫婦は？

雅と三枝子は呆れ顔で見つめ合ったが、今の関心事は、そちらではない。

「そっそれで！」雅は、一気に話題を元に戻す。「結局、芭蕉の墓は膳所のどこに？」

ああ、と崇は答えた。

「義仲寺(ぎちゅうじ)にある。多くの門人たちの句碑に囲まれてね」

「義仲寺って、もしかして——」

もちろん、と崇は言う。

「平安末期の武将・木曾義仲が葬られている寺だ。愛妾の巴御前(ともえごぜん)や、山吹(やまぶき)御前の塚も建てられている」

「木曾義仲……」

顔を見合わせて口籠もる二人に、崇は尋ねた。

「源(みなもとの)頼朝(よりとも)や義経(よしつね)たちの従兄弟だ。名前は聞いたことがあるだろう」

「ええ、もちろん！」雅は答える。「源平合戦で、一度は平氏を京の都から追い出したけれど、今度は頼朝や義経たちに攻められて敗れ、討ち死にしてしまった」

「粗野で乱暴な人物として有名な、あの武将ですよね」三枝子も言う。「その義仲が葬られている寺に、どうして芭蕉が？」

「遺言だったからだ」

「え？」

「自らの死に臨んで、芭蕉は門人たちにこう託した。自分の死後『骸(から)は木曾塚に送るべし』——と」

「ええっ」

「そこで、芭蕉が五十一歳で亡くなった元禄七年（一六九四）十月十二日の深夜、向井去来、宝井其角、水田正秀ら門人たち十人は、芭蕉の遺骸を川船に乗せて淀川を上って義仲寺に入り、遺言通り義仲の墓近くに埋葬した。会葬者は三百余人に及んだといわれている。事実、其角の『芭蕉翁終焉記』には『木曾（義仲）塚の右に葬る』とあり、現在もそのままになっているらしい」

一瞬、崇の話に呆気に取られてしまった雅は、

「どうして、また芭蕉は……？」

ようやく尋ねると、

「単純に」と崇は答える。「彼のことが大好きだったからだろうな」

「義仲のことを？」

「巴御前が義仲を供養するため、寺の境内に結んだといわれている『無名庵』に、芭蕉は何度も滞在しているし、元禄四年（一六九一）の句には、こんなものがある。

　木曾の情　雪や生えぬく春の草

とね。義仲の近くで永遠に眠りたいと、心から憧れていたんだろう」

「京の人々誰からも嫌われていた、粗暴な武士をですか！」

「芥川龍之介は『彼は遂に情(じょう)の人也(ひとなり)』と書いている」雅の言葉を無視するように、崇は言う。「また、水戸学などでは義仲を悪く言っているが、それは全く『失笑せざる能(あた)はざる也(なり)』——つまり、呆れて噴き出さざるを得ない話だと」

芥川龍之介までも？

そんな話は、今まで聞いたことがない！

思わず身を乗り出して問い質そうとする二人から、サラリと視線を外すと、

「そうだ、奈々くん」崇は言った。「折角だから、俺たちも義仲寺に寄ってみようか。きみは行ったことがあるか？」

自分の奥さんに向かって「奈々くん」とか、奥さんは「タタルさん」とか、随分と他人行儀のような気もしたが、もしかすると結婚して日が浅いのかも……と、つまらないことを勝手に想像していた雅の前で、

「いいえ」と奈々は、首を横に振った。「お寺の名前も、今初めて聞きました」

「じゃあ、良い機会だ」崇は雅たちを見た。「どうせ帰り道だし、寄ってから帰ろう。では」

雅たちに挨拶(あいさつ)すると、奈々と二人でいきなり歩きだした崇の背中に向かって、

「ちょ、ちょっと待ってください！」三枝子が呼びかけた。「寄ってから帰るって——ここから義仲寺まで歩いて行かれるんですか？」

「歩いても行かれないことはないだろうが」崇は立ち止まって答える。「石山からJRを一駅乗った方が早いだろう」

「それで、桑原さんたちは今から石山駅へ？」

　すると、

「いいや」と崇は首を横に振った。「義仲と共に命を落とした、今井兼平（いまいかねひら）の墓があるから、寄ってご挨拶してから行く」

「今井兼平ですか！」三枝子が叫んだ。「最後まで義仲と一緒にいて、彼が討たれた後で、日本史上に残るほど壮絶な自害を遂げた武将のお墓がこの近くに？」

「石山駅の向こう側だからね」崇は静かに答えた。「歩いて十分ほどだろう。折角だから、参拝していく。それでは」

　えっ、と雅と三枝子は顔を見合わせた。

　どうしよう！

〝桑原さんは、少しどころかとても変わった男性だけど、奥さんの奈々さんはきちんとした女性に見えるし――〟

　雅たちは、ヒソヒソと相談した結果、

「あっ、あの！」三枝子が、再び崇たちを呼び止めた。「わ、私たちもご一緒してよろしいでしょうかっ」

またしても立ち止まって振り返る二人に向かって、雅も言う。

「ぜひ、今井兼平のお墓に！」

すると、崇と奈々も顔を見合わせたが、

「ええ、どうぞ」奈々はニッコリと微笑んだ。「あなたたちさえ、よろしければ」

またしても、やった！

「あ、ありがとうございますっ」

「よろしくお願いします！」

二人揃って頭を下げると雅たちは、そそくさと崇たちの後に続いた。

「そういえば、奈々くんは」歩きながら突然、崇が尋ねた。「木曾義仲に関しては？」

「いいえ」と奈々は首を横に振って答える。「詳しくは知りません」

「じゃあ、予備知識として簡単に説明しておこう」

「はい」

と、奈々が頷くと崇は口を開いた。

「きみも知っている『平家物語』は、幾度も改訂・加筆されて、十三世紀の初めに六巻本となり、更に増補が重ねられて十二巻本となった。そんなこの本には『三部に分けて読むべき』だという根強い説がある。第一部は、平清盛を中心にした巻一から巻五まで。第二部は、木曾義仲を主人公とする巻六から巻八まで。そして第三部は、源義経が活躍する巻九から巻十二に至る部分だといわれてる」

つまり、と奈々は問いかける。

「義仲は、清盛や義経と並ぶほどの英雄だったと？」

「もちろん怨霊慰撫という意味合いもあるが、基本的にはそういうことだ」

「全然知りませんでした……」

答える奈々に向かって、

「その三大ヒーローの一人である義仲は」

崇は説明する。

「久寿元年（一一五四）頃、河内源氏・源義賢の次男・駒王丸として、武蔵国に生まれた。しかし義賢の兄の義朝は、急成長し始めた義賢の勢力を恐れ、自分の長男・悪源太義平に命じて殺害してしまう。その際に義平は、義賢の子供を探し出して殺害せよと、豪族たちに命令を下した。ところが、駒王丸を捕らえた畠山重能は、まだ二歳になったばかりの乳飲み子を殺すに忍びなく、義賢に旧恩を感じていた武将の斎藤実盛に、駒王丸をかくまってもらえないかと頼んだ。もちろん実盛は引き受けたものの、このまま東国にいては、いずれ発見されて殺されてしまうだろうと考えて、信濃国の木曾に送り届けることにした」

「武蔵国から信濃国なんて、今でも決して近くはないのに、どうしてまたそんな遠くに？」

「『木曾』という国に関しては後で詳しく説明するが、第一の理由としては、駒王丸の乳母を妻としていた中原兼遠（なかはらかねとお）という武将がいたからだ」

「でも今タタルさんは、駒王丸は次男だとおっしゃいましたけど、長男は？」

細かい点を突っ込む奈々に、丁寧にも崇は答えた。

「当時その兄は京にいたため、摂津（せっつ）源氏の源頼政（よりまさ）の養子となって、取りあえずは助かった」

「取りあえず？」

「その話も、また後で出てくる」

崇は続けた。

「厳しい旅の果てに、ようやく木曾に辿り着いた駒王丸と母親の小枝（さえ）御前の余りに哀れな姿に涙した兼遠は、駒王丸をかくまうことを決断した。この駒王丸が後（のち）の義仲だ。その地で義仲は、兼遠の子供たちと共に、木曾の山中でのびのびと育つ。二歳年上の兼平や、彼の妹の巴とは、特に仲が良かった」

「兼平と共に、最後まで義仲に付き添っていた巴御前ですね！」

崇たちの後ろから、三枝子が言った。

「義仲の愛妾で色白の美人。しかも戦には、とんでもなく強かったという女武者」

「彼女に長薙刀(ながなぎなた)を持たせたら」雅も会話に参加する。「大抵の武者は、とても太刀打ちできなかったって。憧れちゃいます」

「秋の千種を刺繍した直垂(ひたたれ)に、緋縅(ひおどし)の鎧、兜を脱ぎ捨てて白鉢巻を締め、春風という名の荒駒に打ち跨がり、長薙刀を水車の如く振り回して先頭を駆けた。安宅で平氏と戦った際には、巴を女武者と見て侮っていた兵たちを、あっという間に数人討ち果たし、更には平氏の侍大将の武藤三郎左ヱ門が、味方を何人も倒しているのを目にして駆けつけ、彼と戦い首を取った話は『敵も味方もおしなべて感ぜぬ者はなかりし』と後世まで語り継がれた。いわゆる——」

と崇は二人をチラリと振り向いた。

「便女(びんじょ)だな」

「びんじょ？」

不思議そうな顔の奈々に、崇は答えた。

「戦場では男の武者同様に戦い、本陣では性的な面も含めて義仲の身の回りの世話をした、いわゆる愛妾の立場にいた『便利な女性』のことだ」

「え……」

「しかしこの言葉には『特に選ばれた美女』という意味もある。実際に巴は、長い黒髪の非常に美しい女性だったという記述が残っているしね。つけ加えれば、義仲には葵御前と、山吹御前という便女がいて、彼と共に戦っている。但し葵御前は、これから出てくる倶利伽羅峠の戦いで自害したと言われているし、もう一人の山吹御前は、病に冒されてしまったにもかかわらず、最後まで義仲に従い、敵に討たれてしまっている。大津駅の片隅に碑が建っていて『義仲を慕って京から来た山吹御前が、秋岸寺の竹藪の中で敵の刀に倒れた』という伝承が残されているし、もちろん義仲寺にも、彼女の碑が建てられている」

「つまり……」奈々は小さく頷いた。「さっきの松尾芭蕉や芥川龍之介ではないですけれど、彼女たちが自らの命を懸けてつき従うほど、義仲という武将は魅力的だったということなんでしょうか」

「歌舞伎にもあります！」雅は叫んでいた。「『ひらかな盛衰記』大津の宿です」

そうだな、と崇は応えた。

「歌舞伎では、義仲が討ち死にした後、病に冒されていた山吹御前は、大津の宿に落ち延びたが追っ手に見つかり殺される。そして、その死体は笹に乗せられて引かれた

——云々、という内容だ」

「よくご存知で！」

「常識だ」

崇は言ったが……。

本当に常識か？

「さて、その後」崇は続ける。「保元元年（一一五六）に起こった保元の乱で、平清盛と手を組んで戦った源義朝も、平治元年（一一五九）の平治の乱で敵味方となって敗れ、東国へと落ちる際に嫡男の頼朝は捕縛され、自身も尾張国で謀殺されてしまう。そしてこれを期に、世の中は平家一色に染まる」

「清盛たちの全盛ですね」三枝子は言った。「清盛の妻・時子の弟の時忠が『平家にあらずんば人にあらず』と言ったという」

「いくら従二位に叙せられて有頂天になっていたとはいえ」崇は顔をしかめた。「余りにも品のない暴言だったな」

「そうなんですね……」

そうだろう、と崇は言う。

「正確に言えば『人にあらず』じゃない。『この一門にあらざらむ人は、皆人非人なるべし』と言ったんだ」

「人非人！」雅は驚く。「まさか――」

「そう記されているんだから仕方ない」崇は、あっさりと言う。「だから芥川龍之介もこの時忠の言葉を、平氏ではない人間は『人にして人にあらず』と言ったと訳している」

「時忠、酷すぎる……」

眉根を寄せて絶句する雅に、

「ゆえに、後世」崇はつけ加えた。「時忠は密漁した罪で簀巻きにされて、甲斐国の笛吹川(ふえふき)に流されてしまったという伝説まで残り、能にもなっている。それほどまでに人望がなくなっていた」

「え？」

「まあ、これはまた別の話になるから、今日は良いとしよう」

崇は続ける。

「その後、平氏を打倒しようという『鹿ケ谷(ししがたに)の陰謀』が発覚したり、治承(じしょう)四年（一一八〇）には、後白河(ごしらかわ)法皇第三皇子の以仁王(もちひとおう)が『清盛法師ならびに従類叛逆の輩を、すみやかに追討すべきこと』という令旨を全国の源氏に向かって発したりするなど、情勢が大きく変化してきた」

「安徳天皇即位の頃ですね」

と言う三枝子の言葉に、

「そうだ」と崇は答えた。「その即位によって、以仁王の即位の可能性が限りなく薄れてしまったからね。周囲の人々も、大きく落胆したらしい。そこで以仁王は、平氏打倒を命じた。しかし、それを支えようとした源頼政は、清盛との戦に敗れて自害に追い込まれる。享年七十七だったという。ちなみにこの時、先ほど出た義仲の兄の仲家も、養父であった頼政と共に討死している」

「宇治の戦い、平等院ですよね」三枝子は頷く。「頼政が自害した場所の『扇之芝』も見ました」

「平等院には、頼政の墓や供養塔もあるな」崇も首肯した。「当の以仁王も、奈良の興福寺へと逃げ延びる途中で討たれてしまう。また同時に、王の令旨に呼応した——というより、呼応せざるを得なかった頼朝は、流されていた伊豆で旗挙げするが、石橋山の戦いで敗れてしまった」

「呼応せざるを得なかった——って」奈々が尋ねる。「どうしてなんですか？」

「この戦に際して清盛は、源氏ではあったが頼政を非常に信頼していたんだ。しかし、以仁王の命に応えて、彼はあっさりと自分たちに反旗を翻した。そのため、やはり源氏は信用ならないと激怒し、全国の源氏を根絶やしにしろと命令を下した。そこで、追い詰められた頼朝は、窮鼠猫を嚙むの心境で立ち上がらざるを得なかった」

でも、と雅は言う。

「それが結局、義経たちを呼び込んで、平氏打倒へと繋がって行ったんですよね。というより、そもそも頼朝も、清盛の温情で命が助かっていたのに」

「かの有名な、池禅尼（いけのぜんに）の助命嘆願だな」崇は言う。「平治の乱後、当然斬首されるはずだった頼朝の命を助けてくれと、池禅尼が清盛に訴えた。いくら父親の忠盛（ただもり）の妻である継母の頼みとはいえ、無理な頼みだろうと誰もが思ったが、意外にも清盛はその嘆願を聞き入れ、結果的にそれが、平氏滅亡へと繋がってしまった」

「どうして清盛は、そんな嘆願を受け入れたんでしょう？」

首を傾げて問いかける奈々に、崇は答える。

「頼朝の顔が若くして死んだ池禅尼の子供にそっくりだったとか、頼朝の母親の関係の熱田（あつた）神宮からの圧力があったからだとかなどの、実にさまざまな説がある。それほど、不可思議な出来事だったんだろう。しかし俺は」

と言って、崇は雅たちに振り向いた。

「それこそきみたちの大学の小余綾先生がおっしゃっていた説が、今まで耳にした中では一番説得力があるんじゃないかと思ってる」

「それはどんな？」

問いかける雅に、

「説明がとても長くなってしまうし、今回の義仲の話とは少し逸れるから、また別の機会があれば、その時にしよう」

とあっさり言うと崇は続けた。

「頼朝が安房国に逃げた半月ほど後の九月、やはり以仁王の令旨を受け取っていた義仲は、木曾に旗挙げをする。そのおよそ半年後、治承五年（一一八一）に、謎の熱病に苦しんでいた清盛が『頼朝の頸を、わが墓前に供えよ』と言い残して薨去すると、坂を転がり落ちるように平氏の運命は窮まってゆく。その一方で義仲は、自分の嫡男の義高を頼朝の長女・大姫のもとへ実質上の人質として送り、後顧の憂いをなくした上で、平氏追討に突き進んで行った。そして、寿永二年（一一八三）五月、砺波山の戦いが起こり、三十歳の義仲は大勝利を収める」

「有名な、倶利伽羅峠の戦いですね！」

そうだ、と崇は言う。

「富山県と石川県の境にある山で、山中に倶利伽羅不動明王の祠があることからそう呼ばれている峠だ。この場所で義仲は、四万とも七万ともいわれる平維盛たち追討軍を破った」

「奇襲を仕掛けたんですよね」

「奇襲と言えばその通りだが——。『源平盛衰記』によれば、義仲は自分たちの十倍もの敵を倒すために『火牛の計』を用いたとされている」

「それは」奈々が尋ねた。「どういう戦法だったんですか？」

「四、五百頭の牛を集め、その角に赤々と燃える松明をくりつけて、敵陣に突進させるという無茶苦茶な戦法だ」

「また奇抜な……」

「いや。司馬遷の『史記』の中の『田単列伝』に出てくる作戦なんだが、果たして本当に山中でこんな戦法が取れたのかどうか定かではない。第一これは、いわゆる『謀略』の部類に当たるから、当時の武将たちが選択したかどうかも怪しい。屋島や壇ノ浦の戦いなどで義経の取った戦法が、平氏だけでなく、鎌倉武士たちまでにも嫌われたようにね」

「言われてみれば、そうですね……」

「だが、とにかく奇襲を仕掛けたのは間違いないようだ。そのために平氏の軍勢は総崩れとなって、南の谷に追い込まれ、そこから次々に深い谷底へと転落していった。そこでは何万という人々や馬の死骸が積み重なったために、谷川の水が赤く染まり、後に『地獄谷』と呼ばれるようになったという」

　その言葉に顔をしかめた奈々に向かって、崇は続ける。

「また篠原の戦いの時に、以前、義仲の命を救ってくれた斎藤別当実盛が、敵方として登場する話は有名だ。実盛は当時七十二歳ともいわれる老齢だったが、以前に大敗を喫した富士川の戦いの汚名を雪ぐために、味方の誰もが逃げ惑う中、ただ一騎踏みとどまって戦い、手塚太郎光盛に討ち取られてしまった。その際、年寄りと侮られてはならぬと髪を黒く染めていたため、当初は誰か分からずに首実検が遅れた。しかし、染料を洗い落としたその首が、二十八年前に自分を匿(かくま)い、数日間だったが育ててくれた実盛と判明し、義仲は人目もはばからず号泣したという」

「それは……」奈々は、眉根を寄せて小さく頷いた。「また残酷な運命でしたね」

「そこで義仲は、実盛の供養のため、小松市の多太(ただ)神社に彼の兜を奉納して菩提(ぼだい)を弔ってもらった。それこそ後世、芭蕉が訪れて兜を拝み、涙を流して詠んだのが、

むざんやな　かぶとの下の　きりぎりす

という有名な句だ」

「その句は聞いたことがあります……」

「余談だが、漫画家の手塚治虫は、この手塚光盛の子孫だと自称していたらしい。その真偽は知らないがね」

崇はそう言うと続ける。

「とにかく、この大勝利の勢いを駆って、義仲たちは一気に京を目指し、その侵攻を防ぎきれないと判断した平氏は都を捨て、安徳天皇を奉じて西国へと落ち延びて行った。そこで義仲は琵琶湖を渡り、瀬田橋から入京した。総勢、三万とも五万ともいわ

れている。こうして平治の乱以来、二十四年ぶりに源氏の白旗が京の都に翻ることになった」

「まさに、朝日将軍ですね」

頷く三枝子に、崇は言う。

「後白河法皇から与えられた名称だな。当初はそのように後白河法皇も期待していたが、やがて二人は、反目し合うようになる。この時点で寿永二年（一一八三）七月。義仲敗死まで、あと六ヵ月だ」

えっ、と奈々は驚く。

「そんなに残り少ないんですか！」

「そうだな」

崇は頷き、四人は石山駅を通り過ぎてＪＲの線路を越えた。兼平の墓はもうすぐらしい。辺り一面は住宅街になっているが、こんな場所にあるのだろうか。雅たちが辺りをキョロキョロ見回していると、

「義仲の入京から一ヵ月後には」と崇が奈々に向かって言った。「彼らは都の人々から、乱暴狼藉を働く田舎者だと大顰蹙（ひんしゅく）を買うことになった」

「なぜ？」

「全国的に酷い飢饉（ききん）の真っ最中だった上、平氏は完全に撤退していた。だから都に

は、殆ど食料すら残っていない状態だったため、兵士たちによる略奪が行われてしまった。しかも義仲軍は混成軍だったから、きちんと統制も取れておらず、止めさせようにも命令が行き届かなかったといわれてる。そこで、義仲に京の治安回復を期待していた人々は、一斉にそっぽを向くどころか、義仲たちを蛇蝎のように憎み始めた」

「地元の人たちに嫌われてしまったら、ますます食料も手に入らなくなるでしょう」

「だが当時の状況を考えると、

『もし頼朝麾下の範頼・義経軍が、義仲軍に先んじて、京を制圧していたとしても、やはり狼藉の暴徒とそしられ、義仲と立場を替えていたであろう』

という説もあるし、義仲軍以外の強奪や犯罪なども、全て彼らのせいにされてしまったという」

「それも酷い……」

「しかもこの時、義仲が平氏討伐のために都を出たんだが、その隙を見計らって、後白河法皇は鎌倉の頼朝と連絡を取り、義仲追い落としの相談を持ちかけていた」

「後白河法皇に関しての余り良くない話は少し聞いたことがありますけど、やはりここでも暗躍していたんですか」

「後に頼朝からも『日本一の大天狗』と罵られているからね」

崇は頷いて続ける。

「それを知った義仲は烈火の如く怒った。この時、今井兼平は義仲に向かって、院に弓を引くことなく降参するようにと諌めたが、義仲はその言葉を退け、後白河法皇と戦う決心をしてしまう。すると義仲に従って京に入ってきた武士たちの多くは朝廷に背くことを嫌がって、義仲のもとを離れて行ってしまった。そのため、数万もいた軍勢は、あっという間に数千騎になり、やがて二千騎弱にまで減ってしまった」

「また悲惨な状況に……」

「この時まだ義仲は、北国で再起を図ろうと考えていた。ところが、源範頼の率いる三万五千騎の大手軍が美濃から琵琶湖南端の瀬田へ、同時に源義経の率いる二万五千騎の搦手軍が宇治へと、あっという間に進軍してきてしまった。ここで義仲たちには、京に留まって彼らを迎え討つしかなくなってしまった」

「でも、軍兵の数が一桁違うじゃないですか！」

「そうは言っても、今さらどうしようもなかった。そこで義仲は、平家に対する西の備えのために、木曾四天王の一人で今井兼平の兄の樋口兼光に五百騎を与えて河内国に送り出し、範頼軍が寄せる瀬田には、今井兼平の八百騎を配置する」

「三万五千対、八百？」

「仕方ないよ。もう、それしかいなかったんだからな」と言って崇は続けた。「また、義経軍の侵攻を受ける宇治には、やはり木曾四天王の二人、根井行親・楯親忠、

そして志田義広らの五百騎
「こちらも、二万五千対五百ですか！」

そうだ、と崇は頷く。

「そして、肝心の京の中心部には、義仲や巴御前らの二百騎が布陣した。そこでいよいよ、寿永三年（一一八四）正月二十日。戦闘の火蓋が切られた」

「義仲たちの、最後の戦いですね」

「そうだ。だが、やはり衆寡敵せず、義仲たちの軍は各所で打ち破られる。兼平は瀬田橋を死守して範頼軍を寄せつけなかったが、とにかく軍勢の数が違う。その中の一部が、大きく迂回して渡河してきたため、兼平は退くしかなかった。それらの報に落胆した義仲は、京での妻・藤原伊子と最後の別れを惜しんでから出陣する。これは余談になるが、伊子はこの戦の後に、内大臣・源通親との間に子を産み、その子は後の世に、曹洞宗の開祖・道元となった——」

「それもまた、直接に義仲と関係ないとはいえ、凄い歴史の巡り合わせですね……」

「実に面白いね」崇は、サラリと言って続けた。「そして甲斐源氏の一条次郎率いる六千騎が、三百騎余りの義仲たちの最後の対戦相手となった。義仲軍は誰もが鬼神のように奮戦したが、多勢に無勢で徐々に討ち取られ、散り散りになってゆく。しかし義仲と合流した兼平が『もう一戦！』と木曾軍の旗を揚げると、落ちてきた武者たち百騎余りが集結した。そこで義仲たちは一丸となって、何十倍もの兵力の鎌倉軍に再び挑む。だが、敵の囲みを突破した時には、義仲を含めてたったの七騎。そしてついには、義仲・兼平・巴・手塚太郎と叔父の手塚別当の、わずか五騎となってしまった」

「二十倍もの敵に、真正面からぶつかっていったんですものね……」

崇は無言で頷くと続けた。

「やがて、手塚太郎が討ち死にして、別当も行方知れずになってしまう。そこで義仲は巴に向かって、

『女を死の道連れにしたとは末代までの恥。ここから去って、木曾の我が妻にこの戦いを伝えよ』

つまり、おまえは落ち延びろと命じた。もちろん巴は激しく拒んだが、義仲の余りに強い口調に仕方なく諦めた」

「でも、その言い方はさすがに——」

いや、と崇は言う。

「それは、あくまでも巴を説き伏せる口実だったんだと俺は思う。実際にその後、彼女に自分の愛刀を託し、自分たちの菩提を弔ってくれと頼んでいる」

「ああ。そういうことだったんですか」

「だからこそ、悔し涙を拭うと、
『最後のいくさして見せ奉らん』
と言い残して二十八歳の巴は、敵方三十騎の中にたった一騎で駆け入ると、大将と一対一で組み討ち、その首を掻き斬って捨て、鎧兜を脱ぎ捨て長い黒髪をなびかせながら落ち延びて行った。その余りの剛胆さに、周りの武者たちは唯茫然として、誰一人追いかける者はいなかった」

凄い。

雅は素直に感動する。

もちろん、その話は本で読んでいたが、このシチュエーション——実際に戦いが行われた地で話を聞くと、改めて感動してしまう。

そんな雅の前で、崇は言う。

「その結果、巴と軍師の覚明は、一旦は木曾に戻ったが、すでに頼朝側に帰順していた信濃豪族らに抗すすべもなく捕らえられてしまう。そこで巴は、義仲の愛刀の微塵丸を覚明に託し、後に覚明は幽居させられた箱根権現にこれを奉納したとも、あるいはそれ以前に奉納されていたとも言われている。これも余談になるが、この微塵丸は『日本三大仇討ち』の一つ、曾我十郎・五郎の仇討ちの際に十郎が用いたことで有名だ。この話も歌舞伎になっていて、江戸時代までは『忠臣蔵』と並び、もの凄く人気があった。しかし近年は、すっかり忘れられてしまっているようにも思えるな」

それは、

〝何故だろう……〟

雅は、ふと思ったが、更に崇は続けた。

「その後、巴は鎌倉へ連行され、頼朝の家臣・和田義盛と再婚して、剛勇で有名な朝比奈三郎義秀を産んだという話もあるが、これは子供の年齢が合わないから、ただの伝説だと言われている」

「じゃあ、きっとそうなんでしょう」

「しかし、また違う説があって、こちらの方がしっくりくる」

「それは？」

「朝比奈三郎が義仲と巴の子供で、頼朝の許可の下、和田義盛の養子となった」

「えっ」

雅は驚いたが……。

可能性としてなくはないか。

頼朝としても、剛の者は欲しかっただろうし、義仲と巴の子供だったら、どう転んでも「剛勇」に違いない。

「まあ、そうだったとしても」崇は言う。「前に言ったように、義仲の死後、その墓所近くに庵を結び、これが義仲寺となったという言い伝えの方が、信憑性が高いな。さて——」

一息ついて、崇は言う。

「一方の義仲は、兼平と二人だけで、琵琶湖の畔の粟津（あわづ）、まさにこの地で最後の戦いに臨んだ。この時、義仲の吐いたという、

『日来（ひごろ）はなにともおぼえぬ鎧が、今日は重うなったるぞや』

——日頃は何とも思わない鎧が、今日は重く感じられることよ、という言葉は有名だな。それでも兼平は、何とか義仲を落ち延びさせようとしたが、義仲はどうしてもここで討ち死にすると言う。兼平は仕方なく『敵に討たれる不覚を取るくらいなら、せめて自害を』と強く勧め、自分が矢防（やふせ）ぎとなって戦った」

「『不覚を取る』っていわれても」雅が尋ねる。「その頃は、誰もが敵に討たれて命を落としているんですから、仕方ないんじゃないですか？」

「義仲は、征夷大将軍まで務めた一軍の大将だ。ここで間違っても、命を惜しんで逃げ惑っている最中に討ち取られた、などと言われてはならない。だから、一刻も早く自害をと勧めたんだ」

「なるほど……」

納得する雅から視線を外すと、崇は続ける。

「ところが、自害するための場所に向かって走らせた馬が、薄氷の張っていた深田に脚を取られて動けなくなってしまう。その義仲の顔面を、敵の射た矢が直撃して落馬し、そのまま首を掻き斬られてしまった。その首を取ったのは『平家物語』では、三浦一族の石田次郎為久（いしだのじろうためひさ）、『愚管抄』では、義経四天王の一人・伊勢三郎義盛（いせのさぶろうよしもり）だとなっている。ちなみに伊勢三郎は、後の世の伊賀（いが）・甲賀（こうか）の忍者の祖といわれる人物だ。そして、伊賀国出身の芭蕉は、実は全国各地をまわって歩く忍者だったという説がある。だから、これらの話が全て本当だとすると、伊勢三郎は芭蕉の祖先ということになるわけだ。不思議な巡り合わせだな。義仲、享年三十一だ」

結局、と雅は訊く。

「そういう意味では、義仲は『不覚を』取ってしまったというわけですか」

「結果的にそうなってしまったが、実はこれにも理由があるから、順番に説明して行こう」と崇は続けた。「さて――。自分一人を目がけて雨のように降り注ぐ矢の中でその姿を見た兼平は、ここまでと覚悟を決め、

『日本一の剛の者の自害を手本とせよ！』

と叫んで、切っ先を口にくわえたまま馬から逆さまに跳び落ち、その太刀に首を貫かれて死んでしまった」

「え……」奈々は絶句してから、三枝子をチラリと振り返った。「それが、彼女の言

っていた『日本史上に残るほど壮絶な自害』ということなんですね」

そうだ、と崇は頷いた。

「千人からの敵をたった一人で引き受け、前例のない方法で自害した。まさに豪の者の最期だね——。こうして、平家討伐の旗挙げから三年四ヵ月。大軍で入洛して六ヵ月。実質的な政権を握って二ヵ月で、義仲たちは敗れ去った。しかし、この時の戦いに関して、こんな言葉が残されている。

『一家も焼かず、一人も損せず』

とね。つまり、戦と無関係な人々を道連れにすることなく死んで行ったという伝承だ。それまでの戦はといえば、平重衡の南都焼き討ちや、義経たちの数々の戦法などを始めとして、大抵は一般人を巻き込んでいたからね」

「それで」と奈々は頷いた。「芭蕉や芥川も、義仲を高く評価したんでしょうか」

「おそらくは……」

珍しく歯切れ悪く言うと崇は、住宅地を流れる狭い川沿いに立っている説明板を指差した。

「さあ、到着した。ここが、今井兼平の墓だ」

雅たちが覗き込むと、そこにはこうあった。

「今井兼平の墓
今井兼平は、源（木曾）義仲の腹心の武将。
寿永三年（一一八四）正月、源義経、範頼の軍と近江の粟津で戦い、討死した義仲のあとを追って自害した。その最期は、口に刀をふくんで馬から飛びおりるという壮絶なものであった。
――云々」

そしてまた、更に川縁の草むらには、

「謡曲『兼平』と兼平の墓
謡曲『兼平』は、主君木曾義仲の最期を、勇将兼平の語りによって描き、忠臣兼平の壮絶な討死の様を見せる修羅物である。
――云々」

と、能の内容に触れた説明板が立っていた。
雅たちは祟たちの後に続いて、草むらの中を一本通っている狭い道を兼平の墓に向かう。すると突き当たりに、石製の瑞垣（みずがき）で囲まれた楕円形の墓石が建っていた。

まず崇と奈々が参拝する。と、崇はバッグから線香を取り出して火を付けて墓の前に供えた。

「あの……」びっくりした雅は尋ねる。「わざわざ用意してきたんですか？」

「いいえ」と崇の代わりに奈々が微笑みながら答えた。「この人、いつも持っているのよ」

「いつも？」

ああ、と崇は言う。

「こうやって、いつ何時、誰にご挨拶することになるか分からないからな」

「いつ何時って——」

「実際に、こうして突然やって来たじゃないか」

その言葉に関しては、雅も三枝子も反論できなかったが……。間違いなくこの男は変人だ。

兼平の墓参を終えると、四人は元来た道を石山駅へと戻る。

ところが崇は、先ほどから考え事をしているようで、固く口を閉ざしたまま歩いていた。

何か怒らせてしまったのかとも思ったが、奈々によれば、これもまたいつものことらしい。そっとしておけば良いということなので、雅たちは、三人で雑談をかわしながら崇の後に続いた。奈々は崇と同じ大学の後輩だとか、妹や友人たちを交えて日本各地を一緒に旅行したとか、結婚しても調剤薬局の仕事を続けているとか——。

やがてすぐに石山駅に到着すると、四人は電車に乗り込む。目的地の膳所まではたった一駅なので三分ほど。まだ崇が黙りこくったままだったので、この間では雅や三枝子が、自分たちの大学生活の話をした。三枝子は国文学を志しているが、雅はまだあやふやなまま。また、どうして奈々は薬学部を目指したのか、などなど、すっかり打ち解けていた。

電車はすぐ膳所に到着して、四人は改札口を出る。すると突然、崇が口を開いた。

「どうやら少し勘違いしていたようだ」

何の前触れもなくそう言うと、いきなりボサボサの頭を掻いた。

「しかし、義仲寺に到着するまでに気がついて良かった」

「勘違いって？」奈々が尋ねた。「義仲に関してですか」

「もちろん」

「まさか」今度は雅が問いかける。「義仲は、芭蕉や芥川が慕うような立派な武将ではなかったとか！」

「全く逆だ」崇は答える。「俺が考えていた以上に、素晴らしい武将だった」

「えっ」

いや、と崇は苦笑いした。

「さっきの『不覚』の話にも通じるが、芭蕉たちも最初から言っていた。『情の人』だと」

「どういうことですか？」

「歩きながら説明しよう」

そう言うと崇は、義仲寺への道を歩きだし、三人もその後に従う。ここから寺までは、徒歩で十分ほどらしい。

「義仲に関しては、こんな話――悪口が『平家物語』に書かれている」崇は口を開いた。「現在の壬生（みぶ）、当時は猫間（ねこま）と呼ばれていた場所に住んでいるために『猫間中納言』と呼ばれていた藤原光隆（みつたか）が義仲邸を訪ねた時、義仲は『猫が人間に対面するのか』と笑って食膳の用意を急がせ、平茸（ひらたけ）の汁と一緒に、塗りの剝げた大きく深い田舎の椀に高く盛ったご飯を出した。普段から上品な食事をしている中納言は『汚らしい』と感じて、食べるふりをして箸で突（つつ）いていると、義仲が『猫殿は小食でいらっしゃる。猫の食い散らしは止めて、かきこみなさい』と無理に勧めるので、中納言はあわてて逃げ帰ったという」

「そのエピソードはちょっと……」

無礼なのではないか、と言いかけた奈々の言葉を遮るように、崇は続ける。

「また、こんな話も載っている。義仲が初めて牛車に乗った時、急に発車したために、中で仰向けに倒れ、蝶が羽を広げたように初めて着た狩衣の左右の袖をバタバタと煽っても、起き上がれない。その後、牛飼から、車の前後に架かっている簾の左右にある手形——手をかけるためにくり抜いた所に摑まれば倒れない、と知らされた義仲が『よく考えたものだ』と感心すると、どの車にもあるのにと馬鹿にされた。また牛車は、後ろから乗って前から降りると決まっているのに、義仲は後ろから降りた、と笑いものにされてしまう」

「さすがにそこまでくると」奈々は言う。「貴族の方が、底意地が悪く感じますね」

「底意地が悪いどころではないな」崇は言う。「まず最初の『猫間』の話は『平家物語』を良く読むと、その前に頼朝を賞めている記述がある。つまりこの話は、『品の良い頼朝』と『下品な義仲』を、わざと対比させて書いている」

「なるほど……」

「しかもこの時の義仲は、食事時間に尋ねてきた猫間中納言に対して『早く早く』食事をお出ししろと、部下に命じている。そして、自分も中納言に出したのと同じ、平茸の汁と田舎風のお椀でご飯を食べた」

「それじゃ！」雅は後ろから叫んだ。「むしろ猫間中納言の方が、失礼じゃないですかっ。汚らしいと感じて帰ってしまうなんて」

「そういうことだ」崇は振り向く。「また、牛車の件に関しても、牛飼が最初から『手形にお摑まりください』と一言注意すれば良いものを、それを告げたのは『五、六町』——約五、六百メートルも猛スピードで牛車を走らせた後で、しかも、その光景に驚いて馬を飛ばしてきた今井兼平に止められてからだった。兼平が来なければ、どうなっていたか分からない。おそらく、わざとだ」

「それは頭に来ますね！」雅は憤る。「あと、後ろから乗れとか、前から降りろとか、それこそ最初にアドバイスしておけばすむことを。誰だって教えてもらわなくちゃ、初めての乗り物のルールなんて知りません」

「でも……」三枝子が言った。「『鼓判官(つづみのほうがん)』の話もありますけど」

「壱岐(いき)判官知康(ともやす)の話だな」崇は振り向く。「鼓が上手なために、誰からも『鼓判官』と呼ばれていた」

「え、ええ……」

「それはどんな？」

尋ねる奈々に、崇は答えた。

「知康は後白河法皇から命じられて、義仲のもとへ『もっと京の治安維持に努めるように』と告げに来た。すると義仲は話も聞かず『あなたが鼓判官と呼ばれるのは、皆から打たれたからか、それとも張られたからか』と言ってからかった」

「まあ！　本当に失礼じゃないですか」

「だがこれも」と崇は笑う。「最初から無理難題を言われることが分かっていたから、からかって追い返したんだ。義経が美濃国不破関（ふわのせき）、つまり関ヶ原まで接近したという情報が届いた途端、急に強気になった後白河法皇は、頻繁に使者を義仲に送って、乱暴狼藉を止めさせることができないのなら京から出て行け、と迫っていた」

「何か、姑息な……」

「法皇らしいといえばその通りだ」崇は苦笑して続ける。「しかし、この時の義仲の態度に怒り心頭に発した知康は、後白河法皇に向かって『義仲は大馬鹿者です。今にも朝敵になるでしょうから、ただちに追討なさいますよう！』と強く進言し、院側は義仲と臨戦態勢に入った」

「じゃあ義仲は、法皇の挑発に乗ってしまい、自ら墓穴を掘ってしまったということですか？」

「いや。これもおそらく後付けだ。後白河法皇は、最初から義仲を追い出すつもりでいた。だから、すぐには無理なのを分かっていながら、義仲に向かって一刻も早く何とかしろと言い続けた。しかも、さっき言ったように濡れ衣もあった。これもひょっとしたら、後白河法皇が仕組んだ陰謀だったかも知れない」

「そんな！」

「しかし、同じような奸策が幕末にもあった。江戸の騒乱を招き、先に手を出させるために西郷隆盛（さいごうたかもり）たちの配下が密かに暴れ回った」

「なるほど……」

頷く奈々に、崇は言う。

「これら全ての出来事は、見方を変えれば、義仲がとても大らかで飾らない性格であり、しかも頭の回転も速い、機知に富んだ男だったと思わせる。それを『平家物語』では、粗野で乱暴で無知で恥知らずな田舎者として描いているわけだ」

「義仲を悪者にするためですね」

「実は、それだけではなく、もっと根深い話があると俺は思う」

「それは？」

「後回しにしよう」崇は言って、話を続けた。「この一連の描写は、頼朝を常識人に見せるという理由もあったが、やはり一番の鍵は後白河法皇と安徳天皇だ」

「というと？」

「後白河法皇は、安徳天皇の在位を認めないという立場にいて、すぐにでも次の天皇を即位させようと考えていた。しかし、もちろん法皇が頭の中に描いていたのは、自分が院政を行うことができる、完全に制御可能な人物で、それは寵姫の丹後局（たんごのつぼね）も同じだった。そうなると、当時まだ四歳だった尊成親王、つまり後の後鳥羽天皇しかいなかった。しかし、その話を耳にした義仲は猛反対する」

「何故ですか」

「以仁王の第一皇子の、十九歳になる北陸宮(ほくろく)が、加賀国におられたからだ」

「以仁王の遺児——ということですよね」

そうだ、と崇は首肯した。

「北陸宮は尊成親王と同じく後白河法皇の孫であり、父の以仁王は、後白河法皇救助のために命を投げ出され、しかも令旨により平家を京から追い出した。この功績を鑑みても、新天皇は北陸宮様とすべきであると主張した」

「全くおっしゃる通りです」三枝子は、強く同意した。「法皇たちは、反論のしようがなかったのでは?」

そこで、と崇は苦笑しながら言った。

「後白河法皇たちは『占い』で決めることにした」

「占いで?」

「最初から、後鳥羽天皇になるというインチキな占いだ」

「えっ」

「それを知った義仲は、更に激怒する」

「当たり前ですっ」雅は激昂する。「貴族たちは一体、何を考えているんだか！」

「もちろん、自分たちのことだけだよ」崇は、あっさりと答えた。「だから義仲は、感情を抑えつつも強硬に抗議した。ところがこの正論が、後白河法皇には気に入らなかった。というのも、たかが従五位でしかない義仲が、継嗣の問題に口を挟んできたのが不愉快だったからだ。そしてこれ以来、今言ったような義仲をバカにして蔑み嘲るような事件が頻発することになる」

「そういう理由だったんですか」奈々は驚いて首を振る。「背景を知らないと、全く分かりませんね」

「何事もね」

でも、と三枝子は尋ねる。

「頼朝にも悪口を叩かれていますけれど、後白河法皇は本当にそんな悪人だったんですか？　確かに、源平時代の黒幕だったという説もあるみたいですけれど」

「悪人や黒幕と言うよりも」崇は答えた。「かなり愚昧な人物だったらしい」

「愚昧？」

「崇徳天皇にも、こう言われてる。『文にもあらず、武にもあらぬ』人物だとね」

「文にも武にも――」

「かなり激しい、殆ど罵倒ともとれる評だな。しかも法皇は『享楽的で女色、男色とも大好きで、欠点を数え立てれば際限もない』といわれている。つまり、周囲からは全く期待されない天皇で、事実、失政に次ぐ失政だった。故に、この時代の黒幕だったというのは全くの俗説で、今までの話でも分かるように、ただ単に、その時々の利益だけで、どちらにでも転ぶ人間だった」

「それで、義仲とも対立した」

そういうことだ、と崇は言う。

「後白河法皇は頼朝と手を握っていたため、義仲は頼朝とも対立することになる。この後は頼朝の時代になったために、死後も義仲の冤罪が晴れることはなかった」

「悪者のままにしておいた方が、頼朝にとっても都合が良いですから」三枝子は頷いた。「粗野な悪人だったので京の人々から要請があって、義仲を倒したんだという」

「それだけじゃない」崇はつけ加えた。「頼朝は、義仲の死後に嫡男の義高も殺害している」

「義仲が人質として鎌倉へ送った子供で、しかも頼朝の娘・大姫の婚約者じゃないですか！」

「頼朝が義高を斬首しそうだという噂を聞きつけた大姫の侍女たちは、義高を助け出そうと考えた。そこで、義高を女装させると明け方になるのを待って皆で彼を取り囲み、鎌倉の邸を抜け出させた。邸の外には、音がしないように蹄を綿で包んだ馬を用意させておき、義高をその馬に乗せて鎌倉を脱出させたんだ。しかし、義高が逃げ出したことを知った頼朝は激怒して、追討の命を下す」

「やはり、どうしても殺せというわけですね」

「そういうことだな。その結果、上野国に逃げようとした義高は、五日後に武蔵国で追っ手に捕まってしまい、入間河原で討たれ、その首だけが鎌倉に帰ってきた。享年十二だった」

「惨い話ですね」奈々は顔をしかめた。「余りにも残酷です」

「だから、それを耳にした大姫は、悲しみの余り半狂乱となり、その後は水も喉を通らず日々痩せ衰えていく。周囲の者たちもどうしようもなく、母の政子は討手のせいだと頼朝を激しくなじる。そこで頼朝は、義高の首を落とした郎党を斬首して晒し首にしてしまう」

「自分が命じたのに！」

「こちらも酷い話だ。しかし、そこまでしても大姫の鬱病は回復せず、新たな入内の話も白紙となり、やがて二十年の生涯を閉じることになった」

「余りに悲しい話です」奈々は顔をしかめる。「さすがの頼朝も、後悔していたんでしょうね」

「そこまでは分からない。頼朝は、現代でいえば強烈なサイコパスだったからな」崇は断定する。「だから、ここで義仲が非常に立派な武将だったとすると、義仲ばかりではなく、その嫡男の義高の首まで落としてしまった頼朝は、最悪な非情の人間ということになる。まあ、実際そうだったにしてもね」

崇は苦笑すると続けた。

「故に頼朝としても、義仲の悪い評判の誤りを正すことなく、そのまま放置しておく方が都合良かったからね」

「義仲の悪評というのは」奈々は大きく頷いた。「そういう理由からだったんですか……。もう一度、きちんと見直さなくてはなりませんね」

「義仲に関しては、もう一つ」なおも崇は続けた。「範頼や義経が京を取り囲んで攻めた時、誰もが驚き、信じられないと言わしめたことがあった。さっき、義仲と兼平が合流したと言ったろう。それに関してだ」

「と言うと？」

「当時の京には『京都七口』という道が通っていた。それは、北へ抜ける『大原口』『鞍馬口』『鷹峰口』、南へ抜ける『伏見口』『鳥羽口』、西へ抜ける『丹波口』、そして東へ抜ける『粟田口』だ。そして、義経二万五千の軍は伏見口の先の宇治から、範頼三万五千の軍は粟田口の先の——この近辺である粟津から、京の都の義仲を狙っていた。そして到底、もう義仲たちに勝ち目はない」

「全員で二千騎弱ですものね」

「故に、義経たちが京へ攻め込むとなれば、義仲に残されている選択肢は二つ。今井兼平や樋口兼光たちが必死に敵を防いでいる間に、丹波口から西へ逃げ、平氏と手を結んで義経たちと対峙する。あるいは、大原口から北陸へ逃げ、巴御前たちと共に木曾に帰って再起を図る」

「確かに、その二つだけでしょう」

「実際に義仲は、都の中を三条河原まで進んだ。その先は大原口だ。だから誰もが、義仲は北陸へ逃げる道を選んだと考えた。ところが次の義仲の行動に、源氏の軍兵は腰を抜かした」

「というと？」

「義仲はそこから鴨川を渡ると、一気に粟田口を目指したんだ」

「ええっ」奈々も腰を抜かしそうになる。「だって、そこは――」

「範頼の三万五千騎と、兼平の八百騎が戦っている場所だ」

「一体どうして！」

「最初から義仲の頭には、彼ら郎党を置いて自分だけ逃げ延びようなどという考えは微塵もなかった。仲間と一緒に死ぬことしか考えていなかった」

「でも！」雅は叫んだ。「兼平たちは、義仲を落ち延びさせようとして――」

「彼らが義仲の姿を見て驚いたか、それとも『見捨てずに来てくれた』と感じたか……それは俺には分からない」

崇は薄く微笑んだ。

「しかし大津の浜で『赤地の錦の直垂に、唐綾縅の鎧着て、鍬形打ったる甲の緒締め』『黄覆輪の鞍』を置いた鬼葦毛にまたがった義仲が、長薙刀を抱えた巴御前たちを引き連れて、必死に駆けつけて来た姿を見た兼平たちは、どう感じたろうか。『平家物語』にある兼平の『かたじけなう候』という、たったこれだけの短い言葉に、彼の思いの全てが詰まっているような気がする」

「確かに……」

万感胸に迫った時、おそらく人は、ごく平凡な短い言葉しか発せられないのではないか。

というより、その場ではもう言葉は必要なくなってしまうのかも知れない――。

俯いて考えていた雅の前で、崇は言った。

「そこで義仲は兼平の手を取って『おまえの行方が恋しかった』と告げる。するとやはり兼平も『あなたが気がかりで、こうしてここまでやって来た』と答えた。義仲はその言葉に、

『契はいまだくちせざりけり』

——お互いは乳兄弟なのだから、同じ場所で一緒に死のうという約束は朽ちていない、と返した。そして先ほど話した、二人の最期の場面へと向かって行く」

一条次郎軍の六千騎に対して、わずか三百騎で戦いを挑み、やがて七騎、ついには五騎となり、拒む巴御前を無理矢理に落とさせ、義仲と兼平二人だけになって戦う。だが、義仲が討ち取られてしまった後、兼平は壮絶な自害を遂げて、この戦いは終焉を迎えた——。

「ここで『不覚』の話になる」崇は言う。「どうして、義仲が討ち取られてしまったのか」

「それは」三枝子が答えた。「乗っていた馬が、深田にはまって身動きが取れなくなったからじゃないですか。そこを狙われ、矢で射られてしまった」

「だが、もう一つ非常に重要なポイントがある」

「それは？」

「その時の、義仲の取った行動だ」

「……というと？」

「彼は自分が深田にはまりながらも、まだ兼平が心配で思わず顔を上げてしまった。これは、決して取ってはいけない行動だった。立派な兜を被っているのだから、顔さえ上げなければ矢は通らない。しかし義仲は『今井がゆくゑのおぼつかなさに』——

つまり『今井の行方が気がかりのあまり』振り仰いでしまった。その時は、無数の矢が飛び交っていたに違いないから、そのうちの一本が義仲の顔面を直撃した」

「兼平が心配な余り……」

絶句する雅たちに、崇は言った。

「芥川龍之介は、更にこう書いている。

『然れども多涙の彼は、兼平と別るゝに忍びざりき。彼は彼が熱望せる功名よりも、更に深く彼の臣下を愛せし也』

とね」

「それで、芭蕉も『情』と……」

「兼平のもとへ駆けつけるという、義仲の取った最後の決断は、冷静に考えてみれば愚かかも知れないし、一般的にはただ血迷ったとしか考えられないだろう。兼平たちを犠牲にして、自分は巴らを引き連れて落ち延びようと思えば、決して不可能ではなかったんだからね。しかしこの行動が後世、松尾芭蕉や芥川龍之介たちの心を大きく動かした」

「それほどまでに、乳兄弟の『契』というのは強いものだったんですか……」

「その後の壇ノ浦の戦いでも、かの猛将・平知盛（とももり）が、やはり乳兄弟の平家長（いえなが）と手を取り合って、碇と共に海に沈んでいる。いわゆる『碇潜（いかりかずき）』だ。かと思えば、一の谷の戦いでは中将・平重衡が乳兄弟の後藤盛長に見捨てられて逃げられ、源氏の捕虜となって後に首を討たれている」

「一方、義仲はきちんと約束を果たした」

それどころか、と崇は言う。

「主従の『従』である兼平のもとへ『主』である義仲が駆けつけて来たんだ。実際に今名前の出た知盛も、一の谷で我が子を身代わりにして思わず逃げ帰ってしまったことを、死ぬまで後悔し続けた。そのように、戦場は理性が通用しない場だ。ところが義仲は、きちんと『契』を果たした。いわゆる、肝が据わっている真の大将だった」

「確かに……」

「だからこそ、同じ乳母子の巴は辛かったはずだ。むしろ、その場で一緒に死ぬ方が楽だったろう。彼女の心中は、察して余りあるな——。能に『巴』という曲がある。ここでは、巴が義仲を深田から救い出して、見事に自害させたという話になっている。これも、一種の供養だ。そして『巴』では、巴は義仲と兼平を残して落ち延びたことが執心となり、成仏できないので弔って欲しいと頼む話になっているが、こちらは巴への供養ということだな」

でも、と奈々は眉根を寄せた。

「どちらにしても義仲たちは、悲惨な最後を迎えたことに変わりはないというわけですね。残念ですけど」

「そうとも言えない」

「えっ」

「義仲にしても周囲の人間たちにしても、京の都の貴族たちには、うんざりしていたはずだ。陰湿で陰険で、権謀術数にまみれた因循姑息な朝廷と、二股膏薬の後白河法皇にね。だから俺は」

崇は微笑んだ。

「最期の戦は義仲も伸び伸びと、むしろ『楽しく』戦えたんじゃないかな。きっと、兼平や巴たちと一緒に木曾の山中を走り回っていた頃を思い出していたと思う」

「ああ……」

なるほど。

確かにそれは、間違っていないかも。

心の中で呟く雅の前で、

「さて――」

崇は顔を上げた。

「ここが、その彼らが眠っている義仲寺だ。しっかりお参りするとしよう」

義仲寺は外から見ると、寺というより昔の民家のような造りだった。入り口の山門に向かって左手では、大きな柳が春風にそよぎ、その下には「史跡義仲寺境内」と刻まれた石の寺号標と、かすれてしまって殆ど読めないが「はせお（芭蕉）翁墓所」と「朝日将軍木曾義仲御墓所」と刻まれている（らしき）石碑が並んで建てられていた。

また、崇の説明によれば、今雅たちが立っている道が「旧東海道」だということだった。しかしこの道は、対向車がすれ違えるかすれ違えないかというほど狭く、しかも一直線ではなくて、あちらこちらで折れ曲がっている。果ては九十度に曲がって、その先が見えない。知らされなければ、この道が昔のメインストリート、天下の東海道だとは想像もできなかったろう。やっぱり実際に目にしないと色々と分からないことが多いなあ、と思っていると、

「まず、巴地蔵尊からお参りしよう」

崇が言って、四人は山門脇に建てられている小さな地蔵堂に入った。中には、可愛らしい石の地蔵が立っていて、綺麗な花が飾られていた。雅は、それを目にしただけでも心が和んだ。

地蔵をお参りして山門をくぐると、すぐ右手の寺務所の側には、大きな芭蕉の木が植えられていた。寺務所の人に挨拶して案内書をもらい、その近くに掲げられている寺の縁起などに目を通しながら、雅たちは奥へと進む。

境内はそれほど広くはないけれど、美しく整えられた日本庭園のようで、芭蕉を始めとするたくさんの句碑が建てられていた。お寺の人に尋ねると、句碑・歌碑合わせて、二十基以上になるのだという。

寺務所の横の「史料観」という名の建物の前にも早速、

行春(ゆくはる)を　近江の人と　惜しみける

という芭蕉の句が刻まれた大きな自然石の句碑があり、何と、芭蕉の真筆ということで三枝子は真剣に見入っていた。

その「史料観」には、芭蕉が描かれた掛け軸や、さまざまな史料が並べられていた。それらを見学すると、ほぼ正面には「山吹供養塚」があり、その側には、山吹は病身でありながら義仲を慕ってここまでやって来て——云々という説明板が立っていた。雅たちは、手を合わせて塚を拝む。

そして更に進むと、右手には義仲寺の本堂である「朝日堂」が建っている。ここには、義仲・義高父子の木像や、今井兼平や芭蕉など、数々の位牌が安置されていたので、四人で深く参拝して、堂の対面に建つ「巴塚」へと移動した。

こちらの塚も綺麗な花々が飾られていた。その横に立っている巴の生涯が書かれた

説明板の、

「涙ながらに落ち延び」

という箇所を読んで、雅も巴の気持ちを思いやり、ホロリと涙してしまった。しかし、最後は木曾で静かに生涯を閉じたとあったので、ホッと安心できた。また、塚の横には三浦義一（みうらぎいち）という人の、

かくのごとき　をみなのありと　かつてまた　おもひしことは　われになかりき

という歌碑が置かれていた。そして塚の脇には、伊勢の俳人・又玄（ゆうげん）の有名な、

木曾殿と　背中合わせの　寒さかな

という句が刻まれた石碑が建っている。この句は、義仲寺の無名庵に滞在していた芭蕉を訪ね、自分も泊まった際に詠んだものだという。更に塚の背後に、知らない人はいないだろう、

古池や　蛙（かわず）飛び込む　水の音

という芭蕉の句碑があった。

それらを眺めながら四人は、いよいよ義仲の墓へと進む。無名庵前の木々や草花に囲まれて、義仲の宝篋印塔がたたずみ、その脇には「木曾義仲公の墓」という立て札があった。全員でお参りした際に雅は心の中で、今まで誤解していたことを、

〃すみませんでした！　どうかお許しください〃

と深くお詫びした。

参拝を終え、池のある小さな庭園を眺めながら、おそらくは寺に関する何かが刻まれているのだろう石碑を通り過ぎると、すぐ松尾芭蕉の墓があった。ということは、比喩でもなんでもなく、芭蕉は義仲の隣に眠っていることになる。

しかし、墓の前に立った雅が驚いたのは、その墓石の形だった。何と、三角形なのだ。その前面に「芭蕉翁」とだけ刻まれている。先ほどの案内書にも、その理由は書かれていない。奈々も、

「変わった形ですね」

と崇に言ったので、ここでまた一くさり蘊蓄披露があるのかと雅は耳をすましていたが、

「そうだな……」

としか答えなかった。

四人は先へ進み、境内突き当たりの木曾八幡社や、その手前にある芭蕉辞世の句ともいわれる、

旅に病で　夢は枯れ野を　かけ廻る

と刻まれた石碑や、その芭蕉の坐像が飾られている「翁堂」。その天井には伊藤若冲の四季の画が描かれている。また、その背後の芭蕉が最も信頼していた門人といわれる曲翠の墓も見学して、雅たちは義仲寺を後にした。

膳所駅に向かう道すがら、

「あの、タタルさん」と奈々が何気なく尋ねた。「さっき、巴御前の供養塔を見て、ふと思ったんですけど」

「なに」

「『巴』という名前、ちょっと変わってませんか？」

えっ、と雅と三枝子は後ろから聞き耳を立てる。

「私たちは」と奈々は言った。「最初から、強く美しい女性というイメージを抱いて

いますから『巴御前』と聞いても、何とも思いません。でも他の女性たちは『葵御前』とか『山吹御前』というように、草花の名前ですよね」

「あとは『小枝御前』や『静御前』とかね」

ええ、と奈々は頷いた。

「でも、巴って確か――」

「そういわれれば！」雅も思わず声を上げてしまった。「耳から『ともえ』って聞くと、普通の女性の名前みたいですけど、字が違います」

「そうです」三枝子も言った。「確か『巴』は、もとは勾玉とか、『鞆（とも）』で、弓を射るときに左手首に装着する道具の名称ですよ。女武者だから、それでも良いのかも知れませんけど」

「でも、葵御前も山吹御前も、女武者よ」

「そうか……」

雅と三枝子が首を傾げていると、

「またしても」崇が頭を叩いた。「うかつだったな」

「は？　何がですか」

尋ねる雅に、例によって崇は、いきなり説明を始めた。

「巴御前の『巴』は、木曾にある『巴が淵』で彼女が良く泳いでいたから付けられたという話が一般的だ。まるで、その淵に棲んでいるという龍神の生まれ変わりだ、とね。『巴が淵』には、以前に俺も木曾に行った際に立ち寄ったが、エメラルドグリーンのとても澄んだ綺麗な川が流れていた。だが、そこで泳いで遊んでいたのは、巴一人のわけもないからな。大勢の子供たちが泳いだはずだ。しかし、巴だけがその名前を冠せられた。というのも『巴』という文字のもともとの意味は『とぐろを巻いた蛇』だった」

「蛇？」

「しかも、ただの蛇じゃない。物凄く大きな蛇だ。『字統(じとう)』や、他の漢和辞典にもこう載っている。『象を食らふ蛇なり』『巴蛇(はだ)、象を食らふ』『神話的な長蛇』だとね」

「象を食べる大蛇！」

「サン＝テグジュペリの『星の王子さま』みたいだな」崇は楽しそうに笑った。「象を呑み込んだ『帽子』の絵だ」

「い、いえ、そうじゃなくて——」

「本来は、そういう意味だったんだ」突っ込む雅を遮って、崇は言った。「つまり巴御前も、それほど立派な女武者だったということだ。そして、蛇で戦いの神といえば？」

「弁才天……ですか」

答える奈々に、

「そうだ」

と崇は首肯したが——。

どうしてこの奥さんも、薬剤師のくせにそんなことまで知っているのだろう？

訝しむ雅の前で、崇は言う。

「弁才天は七福神の一人で、現在では音楽や財福などを司る女神としてすっかり有名になっているが、もともとは八本の手にそれぞれ武器を持つ、戦いの女神だった。まさに巴御前のように、強く美しい女性だ。巴は、弁才天の化現のように崇められていたんじゃないかな」

「ああ……」

「そして芭蕉も、彼女に憧れていたんだろう」

「芭蕉が？」

「義仲寺でも見たが、どうしてあんな南国風の植物を彼が愛したのか、とても俳人には似つかわしくないんじゃないか、と俺は思っていた。でも、さっき気づいた。彼は植物そのものよりも、その名前を愛していたんじゃないか」

「えっ」

不審な顔をした三枝子の横で、雅は声を上げた。

「芭蕉の『芭』には『巴』が入っているから！」

そして「巴」に「焦」がれる──。

「えええっ」

三枝子は呆れたように雅を見たが、

「そうだろうな」崇は、あっさりと言った。「となると、芭蕉の墓があんな形だったのも、わざとだったのかも知れない」

「あの、謎の三角形ですね」雅は身を乗り出す。「どうしてですか？」

「三角形は」崇は静かに答えた。「蛇の印だからね」

「あっ」三枝子が叫ぶ。「三つ鱗！」

そうだ、と崇は言う。

「事実、日本三大弁才天の一つ、江島神社の神紋は、三つ鱗だ」

「まさに、巴ですね！」

「但しこれは」崇は苦笑する。「少し考えすぎかもしれないがね」

「いえ、きっとそうです」雅は言った。「だって、墓石があの形になった理由は、どこにも書かれていなくて、ずっと謎のままだそうです。だからついには、そんな石しかなかったんじゃないかって」

「それは変だよ」三枝子は笑う。「だったら義仲みたいに、きちんと宝塔を建てれば良かったんだから。別に、大急ぎでこの日までに埋葬しなくちゃ、とかなかったんだから」

「そうだよね」

と雅たちが頷き合っていると、

「改めて思いますけど」と奈々が、感慨深そうに言った。「義仲は、それ程まで人々に愛されていたんですね」

すると、

「こういう話が残っている」と崇が言う。「粟津で敗れた後、義仲や兼平や根井行親たちの首が、京の市中を引き回されることになった。その時、捕縛されていた樋口兼光は、それらの首の供をしたいと願い出た。すると、許されはしたが、水干（すいかん）と立烏帽子（たてえぼし）という粗末な姿に着替えさせられ、しかも最後尾を裸足で歩かされた。しかし兼光は、京の人々に嘲笑されながらも『最後まで殿の側にいたい』という一心で、ついて歩いた。そしてその後、兼光も斬首されたという」

「それほどまでも、義仲を慕っていたというわけですね……」

「同時に、木曾の誰もが京の貴族を嫌いだった。特に、義仲たちのいない間に、京を追い出す算段をしてしまおうなどということは、彼らにはとても考えられないことだったんだろう。もっとも、そのおかげで義仲は死後、散々悪く言われるようになってしまったわけだがね」

でも……と、雅が尋ねる。

「今までの桑原さんの説明で、大体のところは理解できましたけれど、どうして京の貴族たちは、そんなに義仲たちが嫌いだったんでしょう。本当に人が良さそうな武士なのに」

「もともと貴族は『武士』が嫌いだった。彼らは、とにかく血や穢れを嫌っていたからな。そのために、京には自警団もなかったほどだ。これは、そういった『穢れた』役目に就きたがる人間がいなかったことと同時に、そういった組織があることによって、戦や争いが起こるという、いわゆる井沢元彦（いざわもとひこ）さんの言う『言霊（ことだま）』の世界に生きていたからだ」

「現実とは、全く逆ですね……」

「そういうことだ。自警団があろうがなかろうが、いや、むしろない方が強盗や殺人が多発する。だから、そんな時は仕方なく武士に頼らざるを得なかった。それが保元の乱以降、平氏や源氏が台頭してくる理由になる。しかし、そうなっても彼らに対する蔑視の意識は強く、昇殿を許された清盛の父親の忠盛（ただもり）などは、殿上で闇討ちに遭いそうになったし、生まれつき斜視だった彼の身体的な特徴をあげつらって、大勢の前でバカにしてはしゃいだりもした」

「許せません」

雅は憤った。本気で許せない。何なんだ、この「貴族」という生き物は！

「それで義仲も？」

「特に許せなかった」

「特にって？」

「木曾義仲だったからだ」

「え？」

「島崎藤村の『夜明け前』の冒頭には『木曾路はすべて山の中である』と書かれているし、それこそ芭蕉も、

桟（かけはし）や　いのちをからむ　つたかづら

と詠んでいるし、『更科（さらしな）紀行』の中では、

『高山奇峰頭の上におおひ重（かさな）りて、左（ひだ）りは大河ながれ、岸下の千尋のおもひをなし、尺地もたいらかならざれば、鞍のうへ静かならず。只あやうき煩ひのみやむ時なし』

と、その恐ろしさを表現している。現在でもかなり山深い地だが、昭和の初め頃まで、飛驒の人々は木曾に行くことを『奥に行ってくる』と言っていたという話も残っ

ている」

「飛騨の人々でも？」

「また、こんなエピソードもある。

『ある老舗のあるじが、こんなことをいった。「あなた方は信州の山猿という言葉を聞いたことがあるはずだ。だがな、その信州の山猿どもが、木曾の人間をさして、木曾の山猿と言いつづけてきた。さしずめオレたちは山猿の中の山猿というわけだ」』

とね。この言い回しがどうのこうのではなく、現実はこうだったという話だ。つまり、信濃や飛騨や美濃の、どの地域から見ても、木曾が『奥』と見なされた歴史は長かった。そして『続日本紀』元正天皇、養老七年十月十七日条には、こうある。

『危村(きそ)の橋（木曾の　梯(かけはし)か）を造った』

とね」

「危村、ですか？」

文字の説明をした崇に、奈々が尋ねた。

「そうだ」と崇が答える。「その頃木曾は『危村』『岐蘇』と呼ばれていた。そして、この時に造られたという橋も、

『それとて今日の波計桟道(はばかりさんどう)であるとはいえない。往昔の木曾路は、現在の道筋より、はるか上方に通じていたのである』

というから、その峻険さは計り知れない。まあ、だからこそ義仲が逃げ込むことができ、木曾の人々も快く受け入れたんだろう。それに、今までの兼平や巴や兼光のエピソードでも分かったと思うが、人と人との結びつきがとても強い地だった」

「素敵な土地じゃないですか」

素直に微笑む奈々に向かって、

「だがね」と崇は言う。「『日本書紀』仁徳天皇六十五年条に、こんな記述がある。『飛騨国に一人有り。宿儺と曰ふ。其れ為人、体を壱にして両の面有り』つまり、『両面宿儺』という鬼が現れたという記述だ。二つの顔に四本の手、四本の足を具え、大力にして俊足、腰の左右に劔を佩き、四本の手で二張りの弓を引き、一度に二本の矢を放つことのできる『鬼』だ。そこで帝は、武振熊という勇者を派遣し、宿儺を誅殺させたという」

「でも、それは——」

奈々の言葉を先回りして、崇は言った。

「もちろん宿儺は、俺たちと同じ人間だったろう。節分の『追儺』で追いやられてしまうような『朝廷に従わない』人々だ。そこで『木曾』という名前は、『両面宿儺という鬼が蘇った「鬼蘇」』なのではないかという説もある」

「鬼が蘇る！」雅は叫んだ。「それで、貴族が異常に嫌がった？」

「大江(おおえ)山や、伊吹(いぶき)山の鬼たちのようにね。ただ、大江山の酒呑童子(しゅてんどうじ)は退治できたが、今回の木曾の鬼——義仲は、都に入り込んできてしまった。だから貴族たちとしては、チャンスがあれば何としてでも追い出したかった」

「立派な人間でも？」

「立派か立派ではないかという基準が、俺たちと彼らでは全く違っていたんだ。たとえば——」

と言って、崇は三枝子を見た。

「きみは国文科志望だから『蜻蛉日記』や『更級日記』を読んだことがあるだろう」

「はいっ」と三枝子は答えた。「今日も、石山寺で思い返していました」

「では、それらに書かれている日本を代表するような『立派な』神様、天照大神の話を知っているか」

「は？」三枝子は、キョトンとした顔で崇を、そして雅を見た。「そんな話……ありましたっけ？」

すると崇は、それらの日記では、天照大神が「河童」と等しいと記されていることや、それどころか、その名前など「全く耳にしたこともない」と書かれている話をした。奈々は以前にも聞いていたようで、ニコニコと微笑んでいたが、雅たちは、

「本当なんですかっ」本気で驚いた。「だって、天照大神ですよ！」

「書かれているんだから、仕方ない」

崇はあっさりと言って、何故そういわれるようになったのかという話を、簡略に雅たちに伝えた。

そう言われれば確かに……。

まだ信じられないまま、少し納得しかけた雅たちに、崇は畳みかける。

「今のように複雑な話でなくても、俺たちがごく普通に目にする和歌もそうだ。たとえば『百人一首』の藤原実定（ふじわらのさねさだ）の、

ほととぎす　鳴きつる方を眺むれば　ただ有り明けの月ぞ残れる

の歌だってそうじゃないか。この歌はどうだい、奈々くん」

えっ、といきなり振られた奈々は驚いたが、

「そ、そうですね」と返答する。「とても爽やかな歌です。初夏の明けてゆく空を眺めて詠んだ――」

「普通の解説書には、そう書かれている。実際に『千載集（せんざいしゅう）』の夏の部に収載されているしね。素直で平坦な歌だといわれてる」

「違うんですか？」

「ここで問題なのは、時鳥は当時『冥土とこの世とを往復する鳥』といわれていたことだ」

「えっ」

「この話は有名だから、彼女たちは知っていると思う」

大きく頷く三枝子を見て、崇は続けた。

「だから『源氏物語』でも『死出の田長』という不可解な名前で登場している」

「死出の……」

「そう考えると今の歌も、少し趣が違ってこないか？　もちろん『月』は不吉なものだと考えられていたしね」

「そのお話は確か、何年か前に月読神社の時にお聞きしましたけど……」

奈々は頷いたが、今度は雅が驚く。

「そうなんですか！」

「そうだよ」崇はあっさりと答えた。「それこそ今の『源氏物語』にも『月見るは忌みはべるものを』と書かれているし、『竹取物語』の中には『ひとり月な見たまひそ』『月の顔見るは、忌むこと』と、はっきり記されている。また、和泉式部や在原業平も月を余り好んでいない。そして、さっき言った『更級日記』などには、家の板屋の隙間から漏れ来る月の光を『ゆゆし』――斎々し、つまり忌まわしく不吉だ、として袖で隠したりもしている」

崇は言ったが……。

何なんだ、この男は。

雅は、驚きを通り越して呆れた。

一体何者だ?

三枝子を見れば、やはりキョトンとしていたが、そんな二人を全く無視するように、崇は続けた。

「その他にも、歌に出てくる『袖』や『紫』にも、また別の意味が隠されている」

「ということは、紫式部の『紫』にもですか!」

「もちろん」崇は首肯する。「但しこれは、通常の文献には決して載っていない『隠語』だけれどね。でも、当時の人々はそれらを踏まえて歌を詠んでいたと考えて間違いないと思う」

「じゃあ、それらにはどんな意味が?」

「せっかく日枝山王大学に在籍しているんだから、先生に尋ねた方が良い。とても素晴らしい民俗学の教授がいらっしゃるんだからね」

「いくつになっても、反省します」と奈々が嘆息した。「歴史の表面だけを追っていては、結局何も分からないって」

「全てのことがそうだよ」崇は答える。「まさに芭蕉の言葉じゃないけど『古人の跡を求めず。古人の求めたるところを求むべし』ということだ。古人や故事の『本質』に目を向けないとね――。さて、ちょうど駅に戻ったな」

崇は笑った。

四人は、膳所からＪＲに乗る。

わずか二分で大津に到着して、雅と三枝子は崇と奈々に「色々と、ありがとうございました！」とお礼を言って電車を降りる。崇たちは、このまま京都まで行き、新幹線に乗り換えて帰るらしい。

雅たちは、電車の中で手を振る奈々と、軽く手を挙げた崇に向かって、改めて深々とお辞儀して見送った。

実に変なカップルだった。

それに、二人とも薬剤師だと言っていたのに、一言も薬関係の話をしていない。

雅は、奈々からもらった「ホワイト薬局　薬剤師」と肩書の書かれた名刺をじっと眺める。どちらにしても、ここ宛てにお礼のハガキを送ろうと決めていた。

雅と三枝子は、改札を出ると宿に向かう。園城寺は最終日の明日に回して、今日は少し早めに戻ろうと話し合った。何しろ、朝早くから殆ど歩き通しで、しかもこんなに盛りだくさんな一日だった。さすがに疲れた。早く温泉に浸かって、食事をしながら二人で語り合わなくては！

歩きながら、雅はふと思う。

もしかすると三枝子の失恋話にも、何か表に出て来ていない話があるんじゃないか。カレシがわざと三枝子に隠している理由が。そんな話も振ってみよう。

そして、大学の話に戻れば。

崇が言っていたように、国文学や歴史学や民俗学も、全て合わせて考えないと、さまざまな真実が見えてこないのでは？

木曾義仲もそうだった。歴史的側面、文学的側面、そして民俗学的側面。全て網羅して総合的に考察を入れないと、本当の姿が現れない。特に、木曾という地に対して当時の貴族たちが抱いていたネガティヴな感情なども、義仲があれほど悪く言われるようになった理由を理解する上で、とても重要なポイントだった。

〝よしっ〟

雅は、歩きながら握り拳を作る。

日枝山王大学にも、素敵な民俗学教授がいると崇が言っていたから、まずはその先生の講義を聴いてから、自分の進む道を考えよう！

そう決心して、雅は三枝子と二人、夕暮れの大津の街を宿へと向かった。

この先まさか、大学院まで進み、民俗学研究室で必死になって「出雲」や「伊勢」を追いかけることになるとは夢にも思ってもいない橘樹雅、十九歳の春だった。

参考文献

● 「QED ～ortus～―鬼神の社―」
『古事記』次田真幸全訳注／講談社
『日本書紀』坂本太郎・家永三郎・井上光貞・大野晋／岩波書店
『続日本紀』宇治谷孟／講談社
『土佐日記　蜻蛉日記　紫式部日記　更級日記』長谷川政春・今西祐一郎・伊藤博・吉岡曠校注／岩波書店
『全譯　吾妻鏡』貴志正造訳注／新人物往来社
『現代語訳　吾妻鏡』五味文彦・本郷和人／吉川弘文館
『日本伝奇伝説大事典』乾克己・小池正胤・志村有弘・高橋貢・鳥越文蔵編／角川書店
『鬼の大事典』沢史生／彩流社
『闇の日本史――河童鎮魂』沢史生／彩流社
「出雲大社の本殿」出雲大社社務所

● 「九段坂の春」

『万葉集』中西進／講談社
『萬葉集私注』土屋文明／筑摩書房
『古今和歌集』小町谷照彦／旺文社
『古今和歌集全評釈』片桐洋一／講談社
『新古今和歌集』峯村文人校注・訳／小学館
『新古今和歌集』久松潜一・山崎敏夫・後藤重郎／岩波書店
『源氏物語』石田穣二・清水好子校注／新潮社
『源氏物語』円地文子訳／新潮社
『日本史広辞典』日本史広辞典編集委員会／山川出版社
『隠語大辞典』木村義之・小出美河子／皓星社
『涙の詩学』ツベタナ・クリステワ／名古屋大学出版会

●「クリスマスプレゼントを、あなたに—K's BAR STORY—」
『バー・ラジオのカクテルブック』尾崎浩司・榎木富士夫／柴田書店
『ザ・バー・ラジオ・カクテルブック』尾崎浩司／トレヴィル

●「木曾殿最期――橘樹雅が、どうして民俗学を志すことになったのか――」
『源氏物語図典』秋山虔・小町谷照彦／小学館
『枕草子』石田穣二訳注／角川文庫
『日本史広辞典』日本史広辞典編集委員会／山川出版社
『平家物語』杉本圭三郎全訳注／講談社
『平家物語』佐藤謙三校注／角川書店
『新訳平家物語』渋川玄耳／金尾文淵堂
『現代語訳　平家物語』尾崎士郎／岩波書店
『保元物語・平治物語・承久記』栃木孝惟・日下力・益田宗・久保田淳／岩波書店
『保元物語』日下力訳注／ＫＡＤＯＫＡＷＡ
『平治物語』日下力訳注／ＫＡＤＯＫＡＷＡ
『義経記』梶原正昭／小学館
『曾我物語』梶原正昭・大津雄一・野中哲照／小学館
『愚管抄　全現代語訳』慈円／大隅和雄訳／講談社
『玉葉』国書双書刊行会編／名著刊行会
『完訳　源平盛衰記』中村晃・西津弘美・石黒吉次郎訳／勉成出版
『源平合戦事典』福田豊彦・関幸彦／吉川弘文館

『源頼政と木曾義仲』永井晋／中公新書
『木曾義仲伝』鳥越幸雄／星雲社
「木曾義仲論」芥川龍之介／東京府立第三中学校学友会誌
「『不覚』の最期の意味を問う――『平家物語』木曾最期論――」野中哲照
「木曾義仲　関係史料比較表」今井弘幸／木曾義仲史学会
『能楽大事典』小林責・西哲生・羽田昶／筑摩書房
観世流謡本『巴』丸岡明／能楽書林
観世流謡本『兼平』丸岡明／能楽書林

自作解説風エッセイ

　ここに収載されている短編は、書き下ろしから、果ては二十年近くも前の作品まで多岐にわたっています。そこで今回、時代背景その他を考慮して大幅な改稿から微調整まで色々と手を入れました。そのため、根本のストーリーは変わっていないものの、細部に関しては初出当時の作品と差違が見られることをお断りしておきます。

　また、この場ではネタバレや、さまざまな楽屋話も書いてしまうわけですが、それが果たして良いことなのかどうか、ぼくには判断しかねるところです。一通りの舞台が終わってから、あの部分は実のところこんな意味があったんだとか、本当はこうやって演技するはずだった、とかいう話を監督さんや役者さんから聞かされても、酷く興ざめしてしまうのが通常で（個人的感触かも知れませんが）それを危惧しているからです。

　しかし「デビュー二十周年記念企画」の一環でもあり、それならば「解説」ではなく「解説に見せかけた回想」あるいは「解説風エッセイ」として、思い出話を語るような軽い感じで臨めば良いかと思い立ちましたので、読者の方々も、ぜひそのようにお読みいただければ幸いです。

ということで、一編ずつ――。

「QED ～ortus～―鬼神の社―」

初出は、平成二十九年（二〇一七）十月。

これは割合と最近の作品で『謎の館へようこそ　黒』という、講談社タイガの「新本格30周年記念アンソロジー」という企画のために書いた。

内容はといえば（身も蓋もなく）いつも通りの話なのだが、お馴染みの桑原崇と棚旗奈々が、少しだけ親しくなった頃の話で、年代でいうと、昭和（！）六十三年（一九八八）三月である。崇が弱冠二十歳という時代が、事件の舞台になっている。

いきなり最初から楽屋話を打ち明けてしまうと、当初はこの記念アンソロジーのために「江戸の弥生闇」という、江戸・吉原を主題にした作品を書いて準備していた。しかし長くなりすぎて、あっさりと収載不可になってしまったという経緯がある。

ただどちらにしても、崇と奈々の出会い（正確に言えばもっと前になるが）に関するエピソードは書いてみたかったので、急遽新しく書かせていただいた。

ちなみに「江戸の弥生闇」は、講談社ノベルス『QED ～ｏｒｔｕｓ～ 白山の頻闇』に収載されているので、ご興味のある方はぜひ覗いてみていただきたい。ぼくが、この「アンソロジー」に、どういったテーマで参加しようとしていたかという（不埒な）真実が明らかになるはずだ。分量としては、二段組みで八十ページ越えなので、言われるように長すぎたことは認めざるを得ないかも知れないという声に対して吝かではない。

「九段坂の春」

初出は、平成十九年（二〇〇七）八月。

こちらは舞台となった時代がもっと古く、昭和五十六年（一九八一）で、崇は中学二年生、十四歳の春の話になる。何年も後の『QED 伊勢の曙光』に登場する、恩師・五十嵐弥生との初恋（崇の片想い）を描いてみた。

前回に続いて楽屋話を暴露してしまうと、この作品の最後に崇が呟く、

〝これで、初恋終わり――〟

という言葉を聞きたい（読みたい）という編集部サイドの要請により書き始めた。

最後の一行から逆算して書かれた、実にあざとい小説ということになる。だがぼくにとっては、なかなか楽しい経験になった。そして、後々登場することになる人々が、チラリチラリと顔を見せている。

さまざまな場所でも言っているが「QEDシリーズ」の中でも、中編集である『QED～flumen～ 九段坂の春』は個人的に一番愛着のある作品だ（もちろん、だからといってそれは決して読む側にとって「面白い」という保証には繋がらない）。

更に、崇たちの会話に、かなり消化不良な点を感じる方もいらっしゃるかも知れないが、崇もまだ中学二年生ということであるし、それらに関する答えのヒントは、本文中にちりばめられているはずなので、その点に関してはご寛恕いただきたい。

「《八月》夏休み、または避暑地の怪」

初出は、平成十二年（二〇〇〇）九月。

もちろんこれは、いわゆる「嘘つき村・正直村・あやふや村」のパロディだ。そこにもう一組、双子が関与したらどうなるだろうかと思いついて書いた。

いつもぼくは（真剣に）この作品は「本格ミステリ」なのだと主張しているが、多くの人たちには余り本気で受け取られていないようだ。ぼく個人としては、読者が全く何の予備知識もなく、手ぶらで参加して、作者の提示する謎を解くことができるのが「本格ミステリ」だと（勝手に）考えていたので、この短編はその定義に該当すると思っていた。しかも、全ての鍵は中盤までに読者に向かって開陳されているという、実に紳士的な構成になっているからだ。よくある話なのだが、どうやらここでも一般世間とぼくの間での「言葉の定義」に齟齬があったらしい。しかし、別にそれは大した問題ではなくて、実際ぼくの作品の多くも（ご存知のように）そんな定義から外れている。

また、この作品は、清涼院流水さんの英訳でも発表されている。その際に題名をどうするかと尋ねられて、ああだこうだとご相談したがなかなかまとまらず、わが家での、この作品の隠語だった「『三人坊主』でいいです」と言うと、

「おお。それは素晴らしいですね！」

と清涼院さんがとても喜ばれて、その結果、

「Three Little Bonzes」

となった。確かに改めて見れば、マザー・グースの「Ten Little Indians」や、更にはアガサ・クリスティの名作までも彷彿させる素敵な題名だということに（ずっと後になってから）気がついた。

個人的な話で恐縮だが、妻から「千波くんシリーズで、これを越える作品は存在しない」という、賞められているのか貶められているのか全く以て判断し難い感想をもらっている。

「《九月》山羊・海苔・私」

初出は、平成十四年（二〇〇二）九月。

こちらも有名な「川渡り問題」のパロディ。
登場人物に関しては、ぼくの周りにいらっしゃる大勢の口うるさい女性たちがモデルになっている、などと書いてしまうと即座に「セクハラ」だ「パワハラ」だと糾弾されてしまうので、間違ってもそういうことは公にしないでおく。
現在の柴又は「寅さん」一色になってしまっているようだが、帝釈天には幼い頃、祖父や祖母によく連れて行かれた。わが家の初詣は、柴又帝釈天か亀戸天神が定番だったのである。そこで毎回のように、子供向けの絵本を買ってもらい、一心に読みふけったことも覚えている。ちなみに、帝釈天のおみくじは「凶率」（？）が高いということで有名だったが、現在はどうなっているのだろうか。

そして、こちらの作品に関する感想としては「メフィスト」掲載直後に、某編集者の方から、わざわざお電話でお褒めの言葉をいただいたので、とても恐縮してしまった、というか、やはり変わった方だと再認識させられたことを覚えている。

そして、見事な蛇足かも知れないが、題名はもちろん、あの名曲のもじりである。


「茜色の風が吹く街で」


初出は、平成十八年（二〇〇六）五月。

実はこの時「メフィスト」用に、違う短編を書いていた。ところが、なかなかうまくまとまらず、担当の編集者からも「もっと練ってください」と言われたが、締め切りも間近だったので「今回は残念ながら、パスしたい」と泣きついた。すると「では、その代わりに別の新しい作品を」と言う。「ますます無理だ！」と叫んだが「大丈夫です。まだ三日あります。絶対に書いてください！」と非常に強く叱咤された。

三日である。

しかもゼロから。

文字通りの「錬金術」だ。

そこで寝食を忘れて必死に書いたのがこの作品である。

(注・念のために、もうこんなことは二度と決してできないということは声を大にして宣言しておきたい。死にます)

内容的には、ぼくの中学生時代の頃の話を大幅にアレンジしたが、時代背景などはそのままだ。作中に登場する「先輩」たちも、現在はそれぞれ社会人となって活躍している。中には、立派な政治家になった人もいると聞いた。

ちなみに、その時の担当編集者の名前は、自らへの戒めとして作中のどこかに残してある。

「クリスマスプレゼントを、あなたに―K's BAR STORY―」

初出は、平成十七年（二〇〇五）一月。

読んでお分かりのように、この舞台は、今はなき伝説のバー、神宮前「バー・ラジオ」をお借りしてある。

「バー・ラジオ」は、尾崎浩司さんという方のお店で、ぼくはここでカクテルと、お酒全般について教わった。そして当時、カウンターに入っていらした大西さんと伊藤さんという、凄腕（すごうで）バーテンダーさんたちと共に「シャーロック・ホームズ」と「ドクター・ワトスン」というオリジナルカクテルを作り、その写真は、ノベルス版『ＱＥＤ　ベイカー街の問題』のカバー両袖にそれぞれ載っている。実際はもう少し長いＬ字形カウンターの隅の方は、余りライトが当たらず（わざとだったろうが）座っている客の顔がはっきり見えない。ちょうどクリスマスの頃、その場所を眺めていた時に、ふとこの構想を思いついた。

遥か昔、お店で尾崎さんに、

「どうして、ラジオのカクテルは美味しいんですか？」

と真面目に尋ねた事がある。すると尾崎さんは「愛情です」と答えてくれた。「でも、愛情と言っても……」と、更に食い下がるぼくに向かって尾崎さんは、

「これは内緒なんですが」と低い声で言う。「実は――」

「実は！」

秘儀・口伝を教えてくれるのかと思って身を乗り出すと、尾崎さんは凄く真剣な顔で答えた。

「カクテルを作る時に『美味しくなあれ』と、こっそり囁くんです」

またしても作品とは全く無関係な裏話を披露すると、この「ラジオ」の上の階に

「カル・デ・サック」という、「QED」の作品中に登場する素敵なレストランバーがあった。

「木曾殿最期――橘樹雅が、どうして民俗学を志すことになったのか――」

この短編集のための、書き下ろし。

かの松尾芭蕉が、どうして自分の「骸は木曾塚に送るべし」と遺言したのか、それほどまでに木曾義仲が好きだったのか、芭蕉のような俳人と、粗野で無教養で乱暴者（と巷間言われている）義仲が、どうしても結びつかない。ずっと不思議だった。

しかし、たまたま現在（平成三十年）「源平合戦」に関する小説を書いていて、突然閃いたので『古事記異聞』の主人公・橘樹雅に追ってもらおうと思った。そうなると当然、誰か導いてくれる人が必要で、桑原崇と棚旗奈々に登場願った。

それは良かったのだが、年代的にも当然彼らは結婚しているだろうし、奈々の妹の沙織も再婚しているはずで、そのあたりを書かざるを得なくなってしまったので、誤魔化しつつ少しだけ記しておいた。

また、特別な芭蕉ファンでもない限り女子大生二人でいきなり「義仲寺」もないだろうと思い、せっかくなので『源氏物語』愛読者の聖地である「石山寺」に行ってもらった。ぼくも実際に訪れたが、こちらもとても素晴らしい場所なので、近くに寄られた際には「義仲寺」ともども、ぜひ足を運ばれることをお勧めする（と観光案内までしておく）。

今回この作品を書くにあたって（片道三時間半強の移動時間を）木曾に行き「巴が淵」や「南宮(なんぐう)神社」や「旗挙(はたあげ)八幡宮」や「義仲館(よしなかやかた)」などを、日帰りで単独取材した。

だが、この無謀とも思える行動は、実は初めてではなく、中学二年生の夏休みの終わりに、やはり一人で同じく木曾へ出かけた経験がある。その時は、辺りを楽しく見てまわった後、夜になってしまったが子供一人では泊まれる旅館がないといわれ、そのまま各駅停車の夜行列車で東京まで帰って来たという、とても素晴らしい体験だった。

しかもその間、家に連絡があった同級生に父が、

「今、あいつは旅に出ているから」

と答えたらしいので、中学でも話題になってしまった。そんな「旅」に四十五年ぶりに出られたことを、あらゆる方面に心から感謝している。

また、参考文献にも挙げてあるように、義仲に関しては國學院大學文学部教授・野中哲照(のなかてつしょう)先生のお話を参考にさせていただいている箇所がある。但しそれは、先生の平

成三十年（二〇一八）の講座であり、崇や雅たちが大津で会ったのは平成二十年（二〇〇八）の設定になっているため、年代的に大きなギャップが生じてしまった。しかし、そこは「物語」として、こちらも広い心でご寛恕頂きたい。

ここで、野中先生の名誉（？）のためにつけ加えておくと、「義仲の不覚」という部分が先生の説であり、その他、芭蕉や巴御前などに関する自分勝手な怪しい推論（『Queer Egoistic Deduction』）は、あくまでも全て「桑原崇」の説である。

*

というわけで「自作解説風エッセイ」を書き終えたわけだが、こうやって改めて自分の二十年を振り返ってみると、悪戦苦闘・難行苦行・苦心惨憺・千辛万苦の歴史で胸が痛くなってくる。

「どれほどの烈(はげ)しい夜、どれだけ絶望的な時間が、これらの書物に費やされたか、もしその記憶が蓄積されてゐたら、気が狂ふにちがひない」

と書いたのは三島由紀夫だが、今まさに（レベルは全く違うが）じわじわと実感している。しかしそれも「茜色の風」のように、優しい思い出となれば、また良いのかもしれないが、そんな「小説」みたいな時間が訪れてくれるのだろうか。その点に関しては、余り自信はない。

なお、蛇足に更に足を足しておくと、今回の短編集は、舞台の季節は二月から始まり、春、夏、秋、冬、そして再び春という並びで、いわゆる『古今和歌集』『新古今和歌集』方式（？）を採用している。

更につけ加えて（こうなると、もう「蛇足文」と「本文」と、どちらが蛇足だか分からなくなってしまう気もするが）全編にわたり、本文中のそこかしこ、至る所に「桜」が散りばめられているのも「お目出度さ」演出の一環と感じていただければ、これもまた幸甚である。

最後に、
短編集刊行に際して粉骨砕身頑張っていただきました、
講談社文庫・栗城浩美女史、
以前にお世話になりました、その時々の編集者の方々、
日本各地でお目にかかり、有意義なお話をいただいた方々、
そして、こんな場所にまでおつき合いいただいた読者の方々、

全員にこの場を借りて、心より御礼申し上げます。
またいつかお目にかかれる日まで、春永（はるなが）に。

この作品は完全なるフィクションであり、
実在する個人名・団体名・地名等が登場することに関し、
それら個人等について論考する意図は全くないことを
ここにお断り申し上げます。

高田崇史オフィシャルウェブサイト『**club TAKATAKAT**』
URL：https://takatakat.club/　管理人：魔女の会
Twitter：「高田崇史@club-TAKATAKAT」
Facebook：高田崇史Club takatakat　管理人：魔女の会

出雲』
『QED　憂曇華（うどんげ）の時』
『試験に出ないQED異聞　高田崇史短編集』
（以上、講談社ノベルス、講談社文庫）
『鬼神伝　鬼の巻』
『鬼神伝　神の巻』
（以上、講談社ミステリーランド、講談社文庫）
『軍神の血脈　楠木正成秘伝』
『源平の怨霊　小余綾（こゆるぎ）俊輔の最終講義』
（以上、講談社単行本、講談社文庫）
『毒草師　白蛇の洗礼』
『QED　源氏の神霊』
『QED　神鹿（しんろく）の棺（ひつぎ）』
『古事記異聞　陽昇る国、伊勢』
（以上、講談社ノベルス）
『毒草師　パンドラの鳥籠』
（朝日新聞出版単行本、新潮文庫）
『七夕の雨闇　毒草師』
（新潮社単行本、新潮文庫）
『鬼門の将軍』
（新潮社単行本）
『鬼門の将軍　平将門』
（新潮文庫）
『卑弥呼の葬祭　天照暗殺』
（新潮社単行本、新潮文庫）
『采女の怨霊——小余綾俊輔の不在講義』
（新潮社単行本）

《高田崇史著作リスト》

『QED　百人一首の呪』
『QED　六歌仙の暗号』
『QED　ベイカー街の問題』
『QED　東照宮の怨』
『QED　式の密室』
『QED　竹取伝説』
『QED　龍馬暗殺』
『QED ～ventus～　鎌倉の闇』
『QED　鬼の城伝説』
『QED ～ventus～　熊野の残照』
『QED　神器封殺』
『QED ～ventus～　御霊将門』
『QED　河童伝説』
『QED ～flumen～　九段坂の春』
『QED　諏訪の神霊』
『QED　出雲神伝説』
『QED　伊勢の曙光』
『QED ～flumen～　ホームズの真実』
『QED ～flumen～　月夜見』
『QED ～ortus～　白山の頻闇』
『毒草師　QED Another Story』
『試験に出るパズル』
『試験に敗けない密室』
『試験に出ないパズル』
『パズル自由自在』
『化けて出る』
『麿の酩酊事件簿　花に舞』
『麿の酩酊事件簿　月に酔』
『クリスマス緊急指令』
『カンナ　飛鳥の光臨』
『カンナ　天草の神兵』
『カンナ　吉野の暗闘』
『カンナ　奥州の覇者』
『カンナ　戸隠の殺皆』
『カンナ　鎌倉の血陣』
『カンナ　天満の葬列』
『カンナ　出雲の顕在』
『カンナ　京都の霊前』
『鬼神伝　龍の巻』
『神の時空　鎌倉の地龍』
『神の時空　倭の水霊』
『神の時空　貴船の沢鬼』
『神の時空　三輪の山祇』
『神の時空　嚴島の烈風』
『神の時空　伏見稲荷の轟雷』
『神の時空　五色不動の猛火』
『神の時空　京の天命』
『神の時空　前紀　女神の功罪』
『古事記異聞　鬼棲む国、出雲』
『古事記異聞　オロチの郷、奥出雲』
『古事記異聞　京の怨霊、元出雲』
『古事記異聞　鬼統べる国、大和

●この作品は、二〇一九年一月に、講談社ノベルスとして刊行されたものです。

|著者|高田崇史　昭和33年東京都生まれ。明治薬科大学卒業。『QED 百人一首の呪』で、第9回メフィスト賞を受賞し、デビュー。歴史ミステリを精力的に書きつづけている。近著は『QED　源氏の神霊』『采女の怨霊——小余綾俊輔の不在講義』『QED　神鹿の棺』『古事記異聞 陽昇る国、伊勢』など。

試験に出ないQED異聞　高田崇史短編集

高田崇史

講談社文庫

定価はカバーに
表示してあります

2023年1月17日第1刷発行

発行者——鈴木章一
発行所——株式会社　講談社
東京都文京区音羽2-12-21　〒112-8001
電話　出版（03）5395-3510
　　　販売（03）5395-5817
　　　業務（03）5395-3615

Printed in Japan

KODANSHA

デザイン—菊地信義
本文データ制作—講談社デジタル製作
印刷———株式会社KPSプロダクツ
製本———加藤製本株式会社

ISBN978-4-06-530406-8

講談社文庫刊行の辞

二十一世紀の到来を目睫に望みながら、われわれはいま、人類史上かつて例を見ない巨大な転換期をむかえようとしている。

世界も、日本も、激動の予兆に対する期待とおののきを内に蔵して、未知の時代に歩み入ろうとしている。このときにあたり、創業の人野間清治の「ナショナル・エデュケイター」への志を現代に甦らせようと意図して、われわれはここに古今の文芸作品はいうまでもなく、ひろく人文・社会・自然の諸科学から東西の名著を網羅する、新しい綜合文庫の発刊を決意した。

激動の転換期はまた断絶の時代である。われわれは戦後二十五年間の出版文化のありかたへの深い反省をこめて、この断絶の時代にあえて人間的な持続を求めようとする。いたずらに浮薄な商業主義のあだ花を追い求めることなく、長期にわたって良書に生命をあたえようとつとめるところにしか、今後の出版文化の真の繁栄はあり得ないと信じるからである。

同時にわれわれはこの綜合文庫の刊行を通じて、人文・社会・自然の諸科学が、結局人間の学にほかならないことを立証しようと願っている。かつて知識とは、「汝自身を知る」ことにつきていた。現代社会の瑣末な情報の氾濫のなかから、力強い知識の源泉を掘り起し、技術文明のただなかに、生きた人間の姿を復活させること。それこそわれわれの切なる希求である。

われわれは権威に盲従せず、俗流に媚びることなく、渾然一体となって日本の「草の根」をかたちづくる若く新しい世代の人々に、心をこめてこの新しい綜合文庫をおくり届けたい。それは知識の泉であるとともに感受性のふるさとであり、もっとも有機的に組織され、社会に開かれた万人のための大学をめざしている。大方の支援と協力を衷心より切望してやまない。

一九七一年七月

野間省一